SILENZIO
PICCOLINA

LIBRI DI LISA REGAN

In lingua italiana

Le ragazze svanite

La ragazza senza nome

La sua tomba nascosta

La confessione finale

Le sue ossa sepolte

Il suo pianto silenzioso

I corpi lungo il fiume

Trovarla viva

Salvate la sua anima

Respira un'ultima volta

Silenzio piccolina

Il suo tocco mortale

Le ragazze annegate

Guardala scomparire

Sparita ragazza del posto

In lingua inglese

Detective Josie Quinn

Vanishing Girls

The Girl With No Name

Her Mother's Grave

Her Final Confession

The Bones She Buried

Her Silent Cry
Cold Heart Creek
Find Her Alive
Save Her Soul
Breathe Your Last
Hush Little Girl
Her Deadly Touch
The Drowning Girls
Watch Her Disappear
Local Girl Missing
The Innocent Wife
Close Her Eyes
My Child is Missing
Face Her Fear
Her Dying Secret
Remember Her Name

LISA REGAN

SILENZIO PICCOLINA

Tradotto da Alessandro Cataoli

bookouture

In memoria del dottor Chris Justofin, che mi ha salvato la vita, e della dottoressa Katherine Dahlsgaard, che ha salvato la vita di una persona a me cara.

PROLOGO

Né Josie né Noah ebbero il tempo di prepararsi all'impatto. Il cervo uscì dagli alberi alla loro sinistra, come una macchia marrone sbiadita. Il suo corpo si scontrò con il muso della nuova Chevrolet di Noah con un tempismo assolutamente perfetto. Il cofano dell'auto si accartocciò verso l'interno come una lattina di alluminio. Noah non ebbe il tempo di frenare e sia lui che Josie vennero scaraventati in avanti. La cintura di sicurezza si strinse attorno al corpo di Josie; il colpo fece ondeggiare la sua testa avanti e indietro, lasciandola disorientata. Cercando di schiarirsi la mente, guardò davanti a sé e si accorse di un velo di fumo che si stava alzando dal cofano dell'auto tutto schiacciato. Come se venisse da lontano, la voce di Noah le giunse dal sedile di guida. «Josie? Stai bene? Josie?»

Girò la testa verso di lui, tremando per il dolore che dalla base del cranio le scendeva lungo la colonna vertebrale. Da un piccolo taglio sulla fronte di Noah colava del sangue. Allungando la mano verso di lui, gli disse: «Stai sanguinando...»

Lui si passò la manica della giacca sulla testa. «Sto bene.» disse. «E tu?»

La mente di Josie cominciò a rimettersi in moto, ritrovando

il contatto con il suo corpo. A parte il collo, tutto sembrava a posto. «Cerco di uscire...» disse.

Tolta la cintura di sicurezza, cercò di aprire la portiera, ma era bloccata.

«Il telaio si è piegato.» le disse Noah. «Devi uscire dalla mia parte.»

Si slacciò la cintura di sicurezza e scese, allungando una mano all'interno dell'abitacolo per aiutare Josie a uscire. Era la fine di gennaio e il tempo era stato inclemente per giorni. Una coltre di nuvole grigie incombeva bassa e pesante sulla città di Denton, impreziosendola di tanto in tanto con una spolverata di neve. Sul ciglio della strada, Josie si strinse nelle falde del cappotto e guardò da una parte e dall'altra lungo la tortuosa strada di montagna. Si vedevano solo alberi e un nastro d'asfalto che si estendeva per chilometri in entrambe le direzioni.

«Siamo ad almeno cinque chilometri da Harper's Peak.» disse Noah.

«Io direi poco meno di dieci...» valutò Josie, indicandogli la direzione da cui stavano venendo, verso la città. «Ne mancano ancora tre per arrivare in città.»

La città di Denton era annidata in una valle della Pennsylvania centrale, lungo le rive del fiume Susquehanna. La maggior parte dei suoi trentamila abitanti viveva nell'area centrale della città, dove i quartieri erano raggruppati stretti tra loro. Tuttavia, nella sua interezza, la città si estendeva per venticinque miglia quadrate e comprendeva le aree rurali circostanti. Strade solitarie e tortuose, come quella su cui si trovavano in quel momento, si snodavano dalla città vera e propria verso le montagne in ogni direzione.

Josie e Noah si avvicinarono al muso della macchina dove il cervo giaceva riverso su un fianco, immobile. Non c'erano ferite visibili, ma era evidente che l'impatto era stato abbastanza forte da ucciderlo. Josie si avvicinò di qualche passo ancora, osservando che il cervo non aveva le corna e che aveva l'addome gonfio. «Oh no...» disse. «Spero non fosse una cerva incinta.»

Noah le si avvicinò da dietro e le mise una mano sulla spalla. «Non avvicinarti troppo.» disse. «Se è ancora viva e si alza, potrebbe farti del male.»

Ma Josie non fece neanche mezzo passo indietro. Al contrario, continuò a fissare la cerva con una tristezza che le turbinava nel profondo, risvegliando vecchie emozioni che sarebbe stato meglio lasciare sopite.

«Josie...» disse Noah. «È stato un incidente.»

«Lo so...» disse lei. Non era certamente la prima volta che uno dei due investiva un cervo sulla strada. Nella Pennsylvania centrale, incidenti di questo tipo erano una consuetudine. Non riusciva nemmeno lei a capire perché questo la turbasse così tanto.

«Pensi che porti sfortuna?» chiese all'improvviso, mentre dal cielo cominciava a scendere una pioggerellina gelida.

«Cosa intendi dire?» le domandò Noah.

Si voltò verso di lui. Il sangue si era raccolto in una grossa perla lungo il taglio sulla fronte e scivolava giù verso l'occhio destro. Ancora una volta, Noah se lo pulì con la manica della giacca. Josie pescò un fazzoletto di carta stropicciato dalla tasca dei jeans. Avvicinò la mano libera verso la nuca di Noah, infilando le dita tra i suoi folti capelli castani, e con l'altra mano gli premette il fazzoletto sulla fronte, facendo pressione. Il respiro gli uscì in una nuvoletta che si disperse nell'aria fredda. «Stiamo tornando a casa dopo aver concluso i preparativi per il matrimonio e abbiamo investito una cerva.» gli spiegò lei. «Una cerva che forse stava per avere un cucciolo.»

Noah le mise le mani sulle spalle e le sorrise. «Abbiamo già avuto tutta la sfortuna che può capitare a due persone, non ti sembra?»

Josie scostò il fazzoletto e vide che il sangue si era fermato. Lasciando cadere le braccia, lo guardò negli occhi nocciola. Si conoscevano da più di sette anni, si frequentavano da tre, e in quel periodo l'inferno si era abbattuto su entrambi molte volte. Forse aveva ragione.

Noah le prese il fazzoletto e la baciò sulla fronte. «Non c'è niente da interpretare in questa faccenda. Siamo andati avanti e indietro da Harper's Peak un sacco di volte negli ultimi mesi; era quasi strano *non* aver ancora investito un animale fino a oggi.»

Di nuovo, Noah guardò da una parte all'altra lungo la strada deserta. «Non ho visto abitazioni, attività commerciali o altro sulla strada del ritorno da Harper's Peak, però. Nessuno a cui poter chiedere aiuto.»

Josie prese il cellulare dalla tasca e provò a chiamare uno dei loro colleghi. Sia lei che Noah lavoravano per il Dipartimento di Polizia di Denton, lui come tenente e lei come detective, e sapevano bene che gli altri detective della loro squadra, Gretchen Palmer e Finn Mettner, li avrebbero aiutati in qualsiasi momento. «Non c'è campo...» disse. «Fammi dare un'occhiata al tuo telefono.»

Noah glielo porse. «Prova a creare un hot spot.»

Josie ci provò usando sia il suo telefono che quello di Noah, ma non ottenne alcun risultato. Niente internet, nessun servizio. Cominciò a camminare avanti e indietro lungo il ciglio della strada, tenendo i telefoni in aria, cercando di ricevere il segnale, ma non c'era neanche mezza tacca. Erano in una zona morta.

Noah tese la mano per farsi ridare il telefono e Josie glielo restituì. «Tu resta con la macchina. Io vado verso la città e cerco di trovare un punto dove c'è segnale. Appena mi compaiono delle tacche, chiamo Gretchen o Mettner. Altrimenti, mi fermo alla prima casa che vedo e chiedo se posso usare il telefono fisso.» disse.

«Vengo con te.» disse Josie.

«Fa freddo.» le disse. «E sta incominciando a nevischiare.

Rimani in macchina, resta all'asciutto e cerca di scaldarti un po'. Sono solo un paio di chilometri, li copro in un attimo.»

Sotto il cappotto, Josie non riuscì a nascondere un brivido. La pioggia gelida era diventata pesante e umida e ogni goccia che finiva tra i suoi capelli neri le incollava le ciocche alla testa. Guardò la macchina, con il desiderio di rientrarci. «Ti gira la testa?» gli chiese. «Ti senti stordito?»

Noah fece una risata sommessa. «Non ho una commozione cerebrale, se è questo che ti preoccupa. Sali in macchina. Farò più in fretta che posso.»

Josie lo baciò prima di rimettersi al volante. Non faceva molto più caldo all'interno dell'auto ora che il motore era spento e che la macchina era sfasciata, ma la sensazione di stare all'asciutto era a dir poco meravigliosa. Guardò Noah che si incamminava a passo spedito lungo la strada finché il nevischio che cadeva sul finestrino non lo rese più grande di un puntino scuro. Poi scomparve.

Fece un altro tentativo per prendere il segnale sul telefono, ma tra quelle montagne non c'era niente. Erano passati pochi minuti da che Noah era scomparso all'orizzonte, quando sentì un rumore che la fece rabbrividire fino alle ossa; scese dall'auto e tornò a guardare la cerva, che alzò la testa da terra ed emise un mugolio acuto che attraversò le viscere di Josie.

Era il suono dell'agonia.

«Oh cazzo...» esclamò guardandosi intorno. Ogni parte di lei voleva intervenire in risposta al grido di dolore di quella povera bestia. Se si fosse trattato di una persona, in quel momento gli sarebbe stata già al fianco per prestarle soccorso, o quantomeno conforto, ma in questo caso non era possibile; non aveva altra scelta che restare ad ascoltare gli ultimi lamenti della cerva. Erano entrambe indifese, l'animale e l'essere umano; detestava quella sensazione più di ogni altra al mondo.

Quando si rese conto del rombo di un motore che si avvicinava alle sue spalle, riuscì a malapena a deglutire per il groppo che le si era formato in gola. Voltandosi, vide un vecchio fuoristrada bianco che si accostava dietro l'auto di Noah, con il motore che girava al minimo. Sul fondo dell'abitacolo del fuoristrada, appeso a una rastrelliera, c'era un fucile da caccia. Alla guida c'era una donna sulla cinquantina; azionò le quattro frecce di emergenza, scese, lasciando il fucile in macchina, e si diresse verso Josie. Era più alta di lei ed era formosa, indossava jeans scoloriti, scarponi pesanti e uno spesso giaccone impermeabile. Aveva i capelli lunghi e ricci, di un castano striato di grigio. Rivolgendole uno sguardo preoccupato, le chiese: «Sta bene, signorina?»

Josie indicò la cerva e le spiegò cosa era successo.

La donna allungò una mano e Josie gliela strinse. «Lorelei Mitchell.» disse.

«Josie Quinn.»

Josie attese la scintilla nel suo sguardo quando l'avrebbe riconosciuta: era praticamente una celebrità a Denton perché aveva risolto alcuni casi talmente sconvolgenti da essere stati oggetto di una copertura mediatica di livello nazionale. E, a parte questo, sua sorella gemella, Trinity Payne, era una famosa giornalista. Ma Lorelei Mitchell si limitò a dire: «Da quanto tempo se n'è andato il suo fidanzato?»

Josie tirò fuori il telefono per controllare l'ora, ma si rese conto di non sapere quanto tempo fosse passato. Aver investito quella cerva l'aveva sconvolta troppo per ricordarsi di tenere il conto del tempo che passava. Le sembrava di essere rimasta da sola sulla strada con quella bestiola gemente per ore, ma probabilmente erano passati meno di cinque minuti. «Non ne sono sicura.» le rispose. «Forse dieci o quindici minuti...»

Lorelei indicò il suo fuoristrada. «Perché non sale? Casa mia è a meno di un chilometro da qui e ricevo la linea per il cellulare, per quanto possa sembrare incredibile. Ho anche un telefono fisso, se vuole chiamare per farsi venire a prendere.»

«Non abbiamo visto nessuna casa.» obiettò Josie.

Lorelei sorrise. «Lo so. Il vialetto è nascosto. Mi piace avere un po' di intimità.»

«Grazie.» disse Josie. «Ma se per lei non fa differenza, preferisco aspettare il mio fidanzato.»

«Di solito non consiglio alle donne di salire su un veicolo con degli sconosciuti, ma le assicuro che con me non correrà alcun pericolo.» aggiunse Lorelei.

Josie si sforzò di esibire un sorriso. «Lo apprezzo, ma posso aspettare.»

Lorelei tacque abbastanza a lungo perché le grida della cerva riempissero di nuovo le orecchie di Josie. Lorelei tornò al suo furgone. Di nuovo, l'attenzione di Josie fu attirata dal fucile, anche se non si spiegava il perché. Ma Lorelei non lo guardò nemmeno di sfuggita. Anzi, tornò tenendo qualcosa tra le mani. Era una fotografia, vera e propria, su carta lucida, che porse a Josie. «Queste sono le mie figlie. La piccola ha otto anni e la grande ne ha dodici. Mi aspettano a casa. Ci siamo solo noi tre. Per questo motivo preferisco vivere in un posto riservato. Devo tenerle al sicuro. Venga con me, così può conoscerle, fare qualche telefonata e aspettare che arrivino i soccorsi in una casa bella calda e asciutta. E mi assicurerò che vada via con la pancia piena.»

I lamenti della cerva si erano un po' attenuati, ma erano ancora forti e penetranti. Josie distolse lo sguardo dai suoi occhi tormentati, cercando di fissarlo su qualsiasi altra cosa che non fosse l'animale morente. Guardò la fotografia. Entrambe le bambine avevano capelli castani e lunghi fino al collo. I capelli della più piccola erano lisci come la seta, mentre quelli della più grande erano ricci come quelli della madre. «La piccolina si chiama Emily...» disse Lorelei. «E la più grande Holly.»

Nella foto, Holly aveva un braccio avvolto intorno alle spalle di Emily, con fare protettivo. Emily esibiva un sorriso smagliante. Il sorriso di Holly era a labbra chiuse, ma non meno contagioso. Indossavano magliette uguali con il disegno di un bradipo e, sotto, la scritta: "Il mio animale guida". Josie fece una leggera risata.

«Sono carine, vero?» disse Lorelei con un sorriso.

Josie stava per restituire la foto quando notò le ciglia di Holly. Erano completamente bianche.

Lorelei allungò la mano e indicò il viso di Holly. «Sta guardando le sue ciglia, vero?» disse. «Non si preoccupi. Lo notano tutti. Ha la poliosi.»

Josie riusciva a malapena a sentirla sopra i lamenti della cerva. Alzò lo sguardo verso Lorelei. «Come ha detto?»

«Poliosi. È una malattia genetica. Innocua. Non è altro che l'assenza di melanina nei capelli o nelle ciglia. Lei la detesta, ma io credo che la renda affascinante.»

Josie le restituì la foto. «Mi perdoni. Non riesco a concentrarmi. Sì, andiamo a casa sua.»

«Salga su.» le disse Lorelei.

Josie salì sul furgone e si allacciò la cintura. Lorelei salì e girò il fuoristrada con un'inversione a tre tempi nel bel mezzo della strada. Potevano ancora sentire la cerva sofferente. Prima di allontanarsi, fermò il fuoristrada, inserì il freno a mano e disse: «Aspetti qui.»

Lorelei si girò, allungando una mano verso il sedile posteriore e frugando. Prima che Josie potesse fare domande, era già scesa dal furgone imbracciando il fucile. Josie si girò sul sedile e notò due scatole di munizioni sul sedile posteriore. Una delle due scatole era aperta e mancava un proiettile. Con le dita schiacciò il pulsante di sblocco della cintura di sicurezza per poter scendere e andare a cercare Lorelei.

Un colpo di arma da fuoco esplose, riecheggiando tutto intorno a loro. I lamenti cessarono all'improvviso. Josie rimase completamente immobile sul sedile. Pochi secondi dopo, Lorelei tornò verso il suo fuoristrada. Fissando il fucile alla rastrelliera dietro le loro teste, rivolse a Josie un sorriso. «Chiamerò la commissione per la caccia quando saremo a casa.»

«L'ha abbattuta!» esclamò Josie.

«Stava soffrendo e non c'era niente da fare. Nessuno poteva salvarla.»

Josie la fissò a bocca aperta.

Lorelei inserì la marcia e riprese la strada. «Non la si può fermare, lo sa.»

«La sofferenza?» chiese Josie.

Lorelei rise. «Beh, anche quella, certo... ma io intendevo la morte. Non si può fermare la morte.»

UNO

TRE MESI PIÙ TARDI

Josie si guardò nello specchio a figura intera, riconoscendo a malapena la donna che ricambiava il suo sguardo. Aveva scelto un abito da sposa semplice, senza spalline, con un lungo strascico di pizzo che avrebbe potuto raccogliere a sbuffo. Sua madre Shannon aveva detto che sembrava un abito che avrebbe indossato una dea greca. Josie ne apprezzava la semplicità e l'eleganza, oltre alla libertà di movimento che le consentiva. Come detective della città di Denton, nello Stato della Pennsylvania, Josie era abituata a indossare pantaloni cachi e polo. Il lavoro non sembrava mai rallentare e raramente le capitava di vestirsi in modo elegante, se non per i funerali. Distogliendo la mente da quel pensiero, abbassò le mani sui fianchi. Quello era un giorno felice.

Si guardò da un profilo e poi dall'altro: sua sorella gemella, Trinity Payne, una famosa giornalista che viveva a New York, aveva chiamato a Denton una truccatrice e una parrucchiera per occuparsi di Josie e delle damigelle d'onore: Trinity, l'amica Misty Derossi, e l'amica e collega la detective Gretchen Palmer.

Truccatrice e parrucchiera avevano fatto un lavoro notevole. Avevano raccolto i capelli neri di Josie acconciandoli in uno chignon e avevano fatto risplendere la sua pelle. Anche la sottile cicatrice che le correva dall'orecchio fin sotto il mento lungo il lato destro del viso era quasi invisibile. Il fotografo che Trinity aveva scelto le girava intorno, scattando fotografie da ogni angolazione.

Una mano le strinse la spalla e il volto di Trinity apparve dietro di lei nello specchio. «Stai benissimo. Noah andrà fuori di testa quando ti vedrà raggiungere l'altare.»

«Sono come te in un giorno normale.» osservò Josie.

Trinity rise e fece un cenno di diniego. «Ma per favore.» disse.

Il fotografo scattò diverse foto di loro due. I capelli neri di Trinity le fluttuavano sulle spalle. Il blu cobalto dell'abito da damigella che Josie aveva scelto creava un bel contrasto con la pelle di porcellana di Trinity. Come sempre, aveva un trucco era impeccabile.

Seduta in un angolo della suite, davanti a un piccolo tavolino rotondo, la nonna di Josie, Lisette Matson, rise. «Immagina, Josie... anche tu, con un po' di trucco, potresti sembrare una stella del cinema ogni giorno.»

Trinity rise e allungò una mano per aggiustare una ciocca di capelli di Josie. «Non sono una stella del cinema, ricordi? Sono una giornalista.»

«Una giornalista che sta per ottenere un programma tutto suo su una rete televisiva nazionale.» sottolineò Lisette. «Sono felice per te, cara.»

Josie si voltò e rivolse a sua nonna un'occhiata contrariata. «Io mi trucco. Ma non ricorro a professionisti del make up.»

Dall'altra parte della stanza, due pesanti sedie di legno con cuscini di velluto schiacciato erano state sistemate l'una accanto all'altra per permettere a Misty e Gretchen di sedersi mentre parrucchiera e truccatrice continuavano a fare la loro magia. Misty, con il viso rivolto verso l'alto mentre la truccatrice le spennellava del fondotinta lungo la mascella, disse: «Io le chiedo sempre se mi permette di truccarla, ma lei dice di no.»

«Non ho certo bisogno di tutto questo trucco per il mio lavoro.» rispose Josie.

Accanto a Misty, Gretchen si faceva sempre più accigliata mentre la parrucchiera le applicava con la punta delle dita la spuma sui capelli brizzolati a spazzola. «È vero.» concordò.

«Devo sedermi.» disse Josie. Si avvicinò al tavolo e si sedette con cura di fronte a Lisette. Si allungò per prendere un frutto fresco dalla ciotola che il resort aveva messo a disposizione, ma Trinity si precipitò e le schiaffeggiò la mano.

«No. Non si mangia con quel vestito addosso. Non prima della cerimonia.»

«Mi stai prendendo in giro...» disse Josie.

La sorella la fulminò con sguardo severo. «Sai che non scherzo.»

La pesante porta della loro suite si aprì e la madre, Shannon, entrò, guardando Josie con un sorriso. Mentre si avvicinava, studiando la figlia con evidente orgoglio e ammirazione, il fotografo scattò qualche altra foto. «Ma guardati! Assolutamente sbalorditivo.» Aprì un pugno per rivelare un fazzoletto stropicciato che si premette sugli occhi.

«Mamma...» si lamentò Trinity. «Ti rovinerai il trucco.»

«Non posso farci niente.» disse Shannon. «E comunque, se pensi che io non so trattenermi, aspetta di vedere tuo padre. È un disastro.» Posò l'altra mano sulla spalla di Josie. «Per trent'anni abbiamo pensato che questo giorno sarebbe rimasto soltanto una fantasia, sparito dalle nostre vite per sempre...»

Josie le accarezzò la mano. «Lo so.»

«Maledizione!» disse Trinity. «Avevo detto niente pianti! Nessuno deve piangere a questo matrimonio.»

Josie rise e guardò Lisette, che a sua volta aveva uno scintillio negli occhi azzurri. Josie era nata dall'unione di Shannon e Christian Payne, ma quando lei e sua sorella avevano appena tre settimane, quella che era stata la donna delle pulizie dei Payne, Lila Jensen, aveva appiccato un incendio in casa loro, con le bambine all'interno. La tata era riuscita a salvare Trinity, ma Lila era fuggita con Josie e l'aveva spacciata per sua figlia per anni, e da allora sia le autorità locali che i Payne avevano creduto che Josie fosse morta nell'incendio. Ma Josie era stata portata a Denton, a due ore di distanza da dove vivevano, e la sua spregevole rapitrice aveva detto al figlio di Lisette, Eli Matson, che Josie era sua figlia. E poiché lui non aveva avuto motivo di non crederle, aveva cresciuto Josie come se fosse sua, fino al giorno in cui era morto, quando Josie aveva soltanto sei anni. Da allora, Josie aveva vissuto nel terrore, aveva sopportato un trauma dopo l'altro per mano di Lila Jensen, fino a quando aveva compiuto quattordici anni e Lisette aveva ottenuto la sua custodia. Da quel giorno fino a tre anni prima, quando finalmente la verità era venuta a galla e Josie si era riunita ai Payne, lei e sua nonna avevano potuto contare solo l'una sull'altra. Nel frattempo, aveva sposato il suo fidanzato del liceo, Ray Quinn, appena finita l'università, con una cerimonia a cui avevano partecipato un numero limitato di invitati e gli unici membri della famiglia ancora presenti, Lisette e la madre di Ray. Nessuno aveva accompagnato Josie all'altare nel giorno del suo primo matrimonio, e questo le era andato benissimo all'epoca. La sua vita fino a quel momento non era stata affatto normale e aveva affrontato tutte le sue difficoltà in gran parte da sola; perciò, per lei era perfettamente logico che dovesse raggiungere da sola il suo sposo. Ma ora nella sua vita c'era anche il padre biologico. Avevano stretto un legame nel corso degli anni e lei era entusiasta di averlo al suo fianco ad accompagnarla all'altare verso Noah Fraley.

«Come vanno le cose dal lato dello sposo?» chiese Misty prima che qualcuna di loro potesse sciogliersi in lacrime di felicità.

Shannon agitò il fazzoletto in aria. «Oh, sai, da loro è un

manicomio. Solo Noah è davvero pronto e Harris sta inseguendo il cane per tutta la stanza.»

«Dannazione.» disse Misty, allontanando la truccatrice. «Vado da loro a dirgli di darsi una calmata.»

«Vengo con te.» disse il fotografo, seguendo Misty fuori dalla suite nuziale.

Harris aveva quattro anni ed era il figlio di Misty. Dopo che il primo matrimonio di Josie non aveva funzionato, Ray si era innamorato di Misty, ma era morto prima della nascita del bambino. Con grande sorpresa di entrambe, Josie e Misty erano diventate molto amiche dopo la morte di Ray. Harris, insieme al Boston Terrier di Josie e Noah, Trout, avrebbe dovuto portare le fedi.

«Non capisco perché abbiate insistito per far partecipare il cane alla cerimonia.» disse Trinity, e non era la prima volta.

«Trinity, datti pace.» la pregò sua madre. «È il matrimonio di Josie. Può fare quello che vuole ed è giusto che sia così.»

Trinity incrociò le braccia sul petto. «Beh, in qualità di organizzatrice non ufficiale di questo matrimonio, mi sono opposta strenuamente alla partecipazione del cane alla cerimonia.»

«Non ufficiale?» rise Josie. «Davvero? Si possono contare sulle dita di una mano il numero di decisioni che ho potuto prendere per questo matrimonio». Si girò verso Shannon e Lisette. «Ha persino prenotato la band!»

«Si tratta del Walton-Marquette Project, dalla contea di Chester. Ti ricordi di loro, vero, mamma?»

Shannon annuì. «Li abbiamo visti al Winter Music Festival. Sono favolosi. Piaceranno a tutti, Josie.»

Josie agitò una mano. «Non ho dubbi che piaceranno a tutti. Lo dico sinceramente, ti sono grata per il tuo aiuto, Trinity. Ma la presenza di Trout al nostro matrimonio non è negoziabile. Sarà adorabile e i proprietari del resort, Celeste e Adam, erano d'accordo che facessimo così e che Trout fosse presente per tutto il fine settimana.»

«Non riesco a immaginare un luogo migliore per il matrimonio, Josie.» disse Lisette. «Questo posto è fantastico.»

Josie si alzò e si avvicinò alle grandi finestre che si affacciavano sul lato nord-est della proprietà di Harper's Peak. I giardini erano vuoti, tranne che per due uomini che attraversavano il vasto prato sottostante. Uno indossava l'uniforme del personale del resort, una polo marrone e dei pantaloni cachi ben stirati. L'altro un completo chiaro; Josie lo riconobbe subito, era Tom Booth, l'amministratore delegato del resort. Quando Josie lo aveva incontrato per la prima volta, aveva pensato che fosse solo l'assistente di Celeste Harper, visto che di solito lo trovava al suo fianco con un iPad in mano, intento a scrivere sullo schermo mentre lei gli dava istruzioni. Infatti, vedendolo attraversare in fretta il prato, scorse l'iPad nascosto sotto un braccio.

La proprietà di Harper's Peak era originariamente una tenuta abitata dalla famiglia Harper, all'inizio del diciannovesimo secolo, e comprendeva centinaia di ettari di terreno che si estendevano sulla sommità di due montagne. All'inizio c'era solo una vecchia casa in pietra, che ora fungeva da residenza privata per gli attuali proprietari del resort, Celeste Harper e suo marito, Adam Long. C'era anche una piccola chiesa bianca costituita da una stanza che si trovava sulla cima di uno dei due affacci. I primi abitanti di Harper l'avevano usata come scuola e come luogo di culto. Attualmente fungeva da chiesa per le cerimonie nuziali. Le generazioni successive della famiglia Harper avevano ampliato la proprietà con altri edifici. Per prima cosa, avevano costruito il grande bed and breakfast che ora costituiva un luogo molto richiesto per le feste di matrimoni perché permetteva di riunirsi e di prepararsi per la cerimonia e il ricevimento. Era stato chiamato Griffin Hall in onore del padre di Celeste, Griffin Harper. Successivamente, diversi anni più tardi, erano stati costruiti un hotel e un resort più grandi adiacenti. Il parco dell'Harper's Peak era mozzafiato, con i suoi giardini estremamente curati e la vista sulle montagne. Josie avrebbe scelto il resort per il loro matrimonio anche solo guardando le foto degli esterni. Il suo cuore palpitava immaginando che nel giro di un paio d'ore sarebbe stata in piedi davanti all'altare della piccola chiesa affacciata sulle montagne, fissando gli occhi nocciola del suo novello sposo, Noah.

Una porta sbatté nel corridoio. Pochi secondi dopo, Misty, seguita dal fotografo, entrò nella suite nuziale e con un sorriso nervoso, disse: «Le cose sono a posto laggiù. Non è andata tanto male.»

Si sedette di nuovo sulla sedia e lasciò che la truccatrice finisse. Accanto a lei, Gretchen fece cenno alla parrucchiera di darle un attimo per controllare un allarme sul telefono. Il fotografo disse: «Facciamo qualche foto con te insieme a tua madre e tua nonna?»

«Certo.» disse Josie.

Lisette si alzò appoggiandosi al suo deambulatore e si diresse verso Josie. «Le facciamo davanti alla finestra?» chiese.

Il fotografo sorrise. «Certo, proviamo.»

Gretchen si alzò. «Torno subito.»

Dall'altra parte del corridoio Josie sentì di nuovo la porta della suite dello sposo che sbatteva mentre Gretchen usciva dalla loro stanza.

«Che succede?» le domandò.

«In che senso?» chiese Trinity.

«Sta succedendo qualcosa...» disse Josie.

«Stai per sposarti, cara.» disse Lisette. «Ecco cosa sta succedendo.»

Tutti risero. Tranne Misty. Josie la fissò. «Che c'è Misty?»

Misty non rispose e con la coda dell'occhio Josie colse del movimento all'esterno. Voltandosi verso la finestra, osservò Gretchen e il loro collega, che quel giorno sarebbe anche stato uno dei testimoni di Noah, il detective Finn Mettner, che attraversavano il giardino, diretti nella stessa direzione presa poco prima dai membri del personale. Consultando la sua mappa mentale di Harper's Peak, Josie cercò di capire dove stessero andando. In quella direzione c'era la chiesa dove stavano per sposarsi. Celeste e Adam avevano organizzato il ricevimento pre-matrimoniale in fondo alle scale, dove gli ospiti avrebbero potuto socializzare gustando gli antipasti e le bevande prima della cerimonia vera e propria. Sarebbero stati accompagnati alla chiesa con un resort cart circa mezz'ora prima dell'inizio della cerimonia, pertanto, era logico che il personale vi si dirigesse per aprire la chiesa e preparare tutto il necessario; ma perché anche Mettner e Gretchen si stavano dirigendo da quella parte? C'era un'impellenza nel modo in cui camminavano che diede a Josie un certo disagio.

«Non sta succedendo niente, Josie.» la tranquillizzò Shannon.

«Dove staranno andando tutti quanti?» chiese lei indicando la finestra. «Ho appena visto Tom e un altro membro del personale, Gretchen, e Mett...» e si interruppe quando vide il capo della polizia uscire dal primo piano dell'edificio e andare dietro ai due detective, «E il capo Chitwood andare da quella parte. Verso la chiesa.»

Trinity toccò il gomito della sorella, cercando di riportare delicatamente la sua attenzione sul fotografo. «Probabilmente si stanno preparando. Celeste mi ha detto che la chiesa viene usata solo per i matrimoni.»

Josie guardò gli straordinari occhi azzurri della sorella. «Non servono due detective e il capo della polizia per organizzare un matrimonio.» Si voltò di nuovo verso Misty. «Mi dici che succede?»

Tutte le presenti si voltarono verso Misty, che fece una smorfia.

«Non ha niente a che vedere con il matrimonio, Josie.»

Josie si tenne i lembi del vestito con entrambe le mani e si avvicinò a Misty guardandola dritta negli occhi. «Dimmelo.»

Con un filo di voce Misty disse: «Mi ha detto di non dirtelo.»

«Chi?»

«Mettner. Mi ha detto di non rovinarti la giornata.»

«Misty!»

Le lacrime cominciarono a brillarle agli angoli degli occhi e con voce strozzata Misty riuscì a dire soltanto: «Hanno trovato un corpo.»

Alle spalle di Josie, le altre donne sussultarono. «Cosa?» esclamò Shannon. «Dove?»

«Non lo so...» disse Misty.

Josie si precipitò dall'altra parte della stanza, verso la porta, ma Trinity la precedette sbarrandole la strada. «Josie, questo è il giorno del tuo matrimonio. Oggi non sei una detective, sei una sposa. So quanto sei dedita al tuo lavoro, ma ti è concesso di prenderti del tempo libero per occuparti della tua vita privata. Oggi sposi Noah. Fa' in modo che sia questa la vostra priorità. Hai dei colleghi molto capaci che posso gestire qualsiasi situazione si stia presentando là fuori.»

Josie fissò la sorella, sentendosi cedere le gambe.

Shannon si avvicinò e toccò di nuovo la spalla di Josie. «Misty ha detto che hanno trovato un corpo. Non significa che ci sia stato un omicidio. Potrebbe essere qualcuno che ha avuto un malore, un infarto o qualsiasi altra cosa, e che è morto.»

«Giusto.» disse Josie. «Hai ragione.» Le sorrise. «Facciamo quelle foto.»

Ma mentre tornava alla finestra, vide l'agente Hummel, in giacca e cravatta dal momento che era uno degli invitati al matrimonio, incamminarsi nella stessa direzione in cui erano andati tutti gli altri. Hummel era a capo della Squadra di Raccolta delle Prove della Polizia di Denton. «Misty...» disse Josie. «Hanno detto qualcos'altro sul corpo? Niente di niente?»

Misty fece un lungo sospiro.

«Non dirglielo.» le intimò Trinity.

«Prima o poi lo scoprirà.» ribatté Misty. «Che sia adesso o dopo il matrimonio.»

«Allora lascia che lo scopra dopo, Misty.»

«Non voglio mentire a Josie.» esclamò Misty. «Mettner me l'ha detto in corridoio prima di andarsene. Una bambina, Josie. Una ragazzina.»

Josie si sentì come se qualcuno le avesse dato un pugno nello stomaco, e d'istinto vi poggiò una mano sopra. «Che altro? Cos'altro ti ha detto Mett?»

«Nient'altro.» la assicurò Misty. «Solo questo.»

«Josie...» disse Lisette. «So che è terribile. È una cosa orribile, tragica. Nessuno lo sa meglio di me, ma questo è il giorno del tuo matrimonio.»

«Sii ragionevole.» disse Shannon. «Ci sono più di cinquanta invitati al piano di sotto, e Noah. Il dolce, meraviglioso Noah. Questo è anche il suo giorno.»

«Non devi combattere tutte le battaglie, Josie.» aggiunse sua nonna. «Non devi portare il fardello di tutte le indagini.»

Josie sapeva che era vero.

Però si tratta di una bambina, disse una voce nella sua testa.

Misty si alzò e si avvicinò. «Hanno ragione, Josie. So che è difficile andare avanti e trascorrere una giornata serena dopo aver saputo di una cosa così terribile, ma devi provarci. Ti meriti di passare una bella giornata. Ci sono tutti i tuoi colleghi che possono gestire la situazione come faresti tu.»

Josie sapeva che anche questo era vero. I suoi colleghi erano i migliori del settore. Naturalmente, con lei e Noah che si sposavano, rimanevano Gretchen e Mettner a occuparsi del lavoro. Così, si avvicinò al cassettone dove era appoggiata una pochette con dentro i suoi oggetti personali e, tirando fuori il telefono, disse: «Faccio solo una telefonata a Gretchen.»

«Josie!» la trattenne Trinity, ma lei aveva già portato il telefono all'orecchio.

Gretchen rispose al quarto squillo. «Boss.» disse. «Potrei dover rinunciare al mio posto di damigella d'onore.»

«Ho saputo.» disse Josie. «Con cosa abbiamo a che fare?»

Si calarono agilmente nel loro ruolo di detective e Gretchen snocciolò i dettagli con il tono che usava per qualsiasi indagine. «È una ragazzina, direi sui dodici o tredici anni, l'abbiamo trovata distesa in fondo alla scalinata della chiesa come se stesse dormendo. Non presenta segni evidenti di trauma.»

«Quindi non siete in grado di dire se si tratta di omicidio.» chiarì Josie.

Ci fu un attimo di esitazione. «Diciamo che ne abbiamo il sospetto.»

«Pensi che fosse un'invitata al matrimonio?» le chiese Josie.

«Non ne sono sicura, ma sarà facile scoprirlo. Se è scomparsa una ragazzina di quest'età e con le ciglia bianche e qualche ospite la sta cercando, sapremo che è questa che stanno cercando.»

Josie sentì una scossa fredda che la attraversava. «Che cosa hai detto?»

«Le sue ciglia. Sono bianche. È una cosa stranissima. Ma è una caratteristica piuttosto particolare, quindi...»

Josie aveva smesso di ascoltarla. La mano che teneva il telefono le ricadde lungo il fianco e il telefono finì sul tappeto.

Trinity le si avvicinò e la strattonò per il gomito. «Andiamo, adesso. Lascia che se ne occupi Gretchen. Sai che è più che qualificata.»

Josie sentì la voce di Lorelei Mitchell nella sua testa. *Poliosi. È una malattia genetica. Innocua. Non è altro che l'assenza di melanina nei capelli o nelle ciglia. Lei la detesta, ma io credo che la renda affascinante.*

«Devo andare.» esclamò. Questa volta, quando Trinity cercò di sbarrarle la strada, Josie la spinse da parte e si diresse verso la porta. Si accorse solo vagamente del coro di proteste alle sue spalle. La porta della suite dello sposo si aprì appena un secondo dopo che Josie fu uscita dalla sua. Ne emerse Noah, così bello nel suo smoking da toglierle il fiato per un rapido istante.

«Josie...» disse.

Si fissarono l'un l'altra. In un angolo remoto della sua mente, Josie si ricordò che allo sposo portava sfortuna vedere la sposa prima della cerimonia. Ma poi le venne in mente che la sfortuna era iniziata molto prima di quel momento, quando quella ragazzina era morta di fronte alla chiesa.

Gli occhi di Noah vagarono lungo il suo corpo e poi risalirono fino al suo viso. Restò a bocca aperta per un secondo. Poi la richiuse e deglutì. «Cavolo...» disse con voce roca. «Sei... bellissima.»

«Anche tu.» disse lei.

Per un attimo considerò l'idea di tornare nella suite nuziale, farsi fare tutte le foto necessarie e poi scendere nella sala del ricevimento come se niente fosse. Avrebbe potuto percorrere la navata a braccetto con il suo padre naturale, verso il suo uomo. Questo adorabile, incredibile, gentile, rispettabile essere umano che lei amava con tutto il suo cuore. Avrebbero potuto pronunciare i loro voti e ballare fino a notte fonda, rafforzando la loro unione grazie alla promessa fatta l'uno all'altra. Nessuno l'avrebbe biasimata. Anzi, sapeva bene che tutte le persone che si erano presentate a quell'evento si sarebbero arrabbiate non poco con lei se non l'avesse fatto.

«Misty ti ha detto del corpo.» constatò Noah.

Josie annuì.

«A te hanno detto qualcosa? A me non hanno detto nulla, se non che hanno trovato un cadavere.»

«Misty mi ha detto che si tratta di una bambina, Noah. L'hanno trovata fuori dalla chiesa.»

Il suo viso si velò con un'espressione di tristezza.

«Ho visto Hummel dirigersi in quella direzione.» aggiunse

Josie. «Non avrebbero avuto bisogno di lui a meno che non si trattasse di...»

«A meno che non si trattasse di un omicidio.» concluse lui.

«Di un sospetto.» lo corresse Josie. «Ho parlato con Gretchen...» e gli riferì quello che Gretchen le aveva detto sulle ciglia della ragazzina.

«L'hai conosciuta.» disse Noah.

Josie annuì. «Il giorno in cui abbiamo investito la cerva e sua madre mi ha portata a casa sua dopo che tu sei andato a cercare aiuto. Si chiamava Holly.»

Tra loro cadde il silenzio. Josie abbassò lo sguardo sul suo vestito bianco immacolato. Come poteva dirglielo? Se una bambina era stata uccisa nel parco del resort dove stavano progettando di sposarsi, nel giorno del loro matrimonio, lei non se la sentiva di andare avanti. Non si trattava di una bambina qualsiasi, ma di una ragazzina che aveva conosciuto appena tre mesi prima. Una ragazzina dolce e tranquilla, con un sorriso timido ma con una certa fierezza, soprattutto nel modo in cui vegliava protettivamente sulla sorellina. Josie sentì un dolore profondo sbocciarle nel petto e propagarsi per tutto il corpo.

Più che vedere, percepì Noah che muoveva due lunghi passi verso di lei. Poi apparve la sua mano, con il palmo aperto, invitante, e lei vi mise sopra la propria e lo guardò.

«Andiamo.» la esortò lui.

DUE

Celeste Harper, una donna alta e magra, con un regale abito borgogna che le scendeva fino alle caviglie e riccioli scuri che le ricadevano sulle spalle nude, aspettava nell'atrio. Accanto a lei c'era il marito, Adam Long, vestito con la consueta divisa da chef, che teneva la toque bianca con entrambe le mani. Sembrava che non sapesse dove posare lo sguardo. Sebbene non fosse molto più vecchio della moglie, i suoi capelli erano già diventati di un bianco brillante e non si preoccupava di tingerli regolarmente. «Mi danno un'aria molto più distinta.» aveva scherzato durante uno dei tanti incontri che Josie e Noah avevano avuto con lui, Celeste e Tom per pianificare le nozze.

Celeste era l'erede e la proprietaria del resort, mentre Adam era il capo cuoco. Di solito erano simpatici e prodighi di sorrisi, ma mentre Josie e Noah scendevano la grande scalinata centrale mano nella mano, videro bene che il colorito di Adam era cinereo. Celeste, invece, teneva il cellulare a un orecchio mentre con l'altra mano si premeva la fronte e camminava avanti e indietro per l'atrio, vicino alla reception, sussurrando con rabbia al telefono.

Adam li vide per primo e rivolse loro un debole sorriso. Prima che potessero parlare, Celeste chiuse la telefonata, infilò il cellulare in una tasca nascosta del vestito e alzò entrambe le mani, facendo loro segno di fermarsi. «Per favore.» disse. «Non so cosa abbiate sentito, ma andrà tutto bene. Abbiamo la situazione sotto controllo.»

Adam non sembrava convinto e con le dita controllava le cuciture del cappello.

«Abbiamo saputo che il corpo di una bambina è stato ritrovato davanti alla chiesa.» disse Josie.

Celeste la guardò corrucciata. «Purtroppo, sì. Ma se ne sta occupando la polizia. Vi assicuro che non dovete preoccuparvi di una cosa così terribile nel giorno del vostro matrimonio.»

«Siamo noi la polizia.» ribadì Josie.

Celeste sorrise. «So che siete della polizia. Quello che intendevo dire è solo che altri membri del vostro dipartimento sono già sul posto, perciò non dovete preoccuparvi di niente. Anzi, i vostri colleghi se ne stanno occupando proprio in questo momento.»

«Certo, e noi dobbiamo andare lì e parlare con loro.» disse Noah.

«Oh, io non credo che...» iniziò a dire Adam. «Voglio dire, questo è il giorno del vostro matrimonio. Sarebbe tremendo dover assistere a una scena del genere.»

Marito e moglie annuirono all'unisono. «È una notizia tragica.» convenne Celeste. «Non vogliamo certo insinuare il contrario, ma non dovete permettere che questo faccia deragliare l'intero matrimonio.»

«Se quella bambina è stata trovata fuori dalla chiesa e c'è stato un omicidio, la nostra Squadra di Raccolta delle Prove avrà bisogno di almeno un paio d'ore per analizzare la scena.» spiegò Josie. «Questo significa che la nostra cerimonia non potrà svolgersi lì. Andremo a fare quattro passi fino alla chiesa per parlare con i nostri colleghi.»

La pelle intorno agli occhi di Celeste si tese. «Adesso? Così? Siete già entrambi vestiti per la cerimonia, che possiamo spostare. Non è necessario che si svolga in chiesa. Ci sono molte altre belle aree del resort che possiamo mettervi a disposizione.»

«Esatto.» disse Adam. «Possiamo adattare tutto secondo le necessità. I vostri invitati si sono già riuniti per la cerimonia pre-matrimoniale e sembra che si stiano divertendo molto. Non vi consiglierei di...»

Josie strattonò la mano di Noah, passando tra Adam e Celeste. «Torneremo presto.» disse.

Fuori, l'aria primaverile superava di poco i venti gradi. Una leggera brezza soffiava sul terreno mentre percorrevano il sentiero che portava dall'ingresso della Griffin Hall alla chiesa. I tacchi di Josie ticchettavano e il suo vestito ondeggiava sull'a-sfalto. Si avviarono in silenzio verso la chiesa che si affacciava sul belvedere Griffin. Quando si avvicinarono, alla loro destra videro due dipendenti dell'hotel e Tom Booth seduti su una panchina di pietra. Uno dei due membri del personale si teneva il viso tra le mani. L'uomo al centro piangeva in silenzio, asciu-gandosi gli occhi con il dorso della mano. Tom guardava dritto davanti a sé, con lo sguardo assente, una sigaretta tra le labbra e il suo iPad che giaceva abbandonato sulla seduta accanto a lui. Davanti a loro, tra due siepi, si trovava Sawyer Hayes, uno degli addetti ai servizi di emergenza della città di Denton. Quel giorno era vestito in modo elegante con un abito blu e i capelli neri pettinati all'indietro, in un modo che gli dava un aspetto molto più bello ed elegante di quanto Josie non l'avesse mai visto. Lo aveva invitato al loro matrimonio, anche se Noah cominciava a non sopportarlo. Lo avevano invitato solo perché era il nipote di Lisette, l'unico consanguineo ancora in vita che le fosse rimasto.

La donna che aveva rapito Josie quando era ancora neonata, Lila Jensen, aveva avuto una relazione con il figlio di Lisette, Eli Matson. Quando si erano lasciati, lui aveva iniziato una relazione con un'altra donna, che era rimasta incinta di Sawyer. Dopo poco più di un anno, prima che la madre di Sawyer potesse dire a Eli della gravidanza, Lila era tornata, spacciando Josie per figlia sua e minacciando chiunque potesse mettersi tra di loro.

La madre di Sawyer non aveva più parlato con Eli e aveva detto a Sawyer del loro vero legame di parentela solo sul letto di morte, due anni prima. Sawyer aveva cercato Lisette e i test del DNA avevano dimostrato una corrispondenza. Le cose tra lui e Josie erano sempre state spinose, ma lei aveva fatto del suo meglio per trattarlo come uno di famiglia, se non altro per il bene di sua nonna.

Ora i suoi occhi azzurri erano fissi su di lei e la squadravano dalla testa ai piedi. Ignorando Noah, disse: «Preferisci questo al tuo matrimonio?»

«Ehi...» lo ammonì Noah. «Attento.»

Josie alzò una mano per far intendere a entrambi che dovevano smetterla di discutere. «Ho delle informazioni che interessano alla squadra, Sawyer.»

«Non ne avrei mai dubitato...» mormorò lui.

«Tu invece cosa ci fai qui?» lo sfidò Noah.

Sawyer finalmente gli rivolse lo sguardo. «Quando è arrivata la prima comunicazione a Griffin Hall, Tom ha detto che la ragazzina non era cosciente. Sono salito per vedere se potevo essere d'aiuto, ma quando sono arrivato era abbastanza chiaro che se n'era già andata.»

«Allora non c'è più bisogno di te qui.» lo congedò Noah e avvicinandosi a Josie, le mise una mano sulla schiena e la spinse in avanti per superare Sawyer. «Scusaci.»

Senza proferire parola, Sawyer si voltò e si incamminò verso Griffin Hall; poco più avanti a dove si erano fermati, c'era un agente della polizia di Denton in uniforme con una cartellina, che spalancò gli occhi per la sorpresa quando si furono avvicinati abbastanza.

«Detective Quinn, tenente Fraley, cosa state... questa non è una scena del crimine.»

Josie diede un'occhiata alla sua targhetta. «Brennan, siamo già al corrente che qui c'è una scena del crimine. Vorremmo dare un'occhiata.»

Lui li guardò entrambi dall'alto in basso. «Come... così?»

Josie e Noah si scambiarono un'occhiata e poi tornarono a guardare Brennan.

«Mi risulta che i detective Mettner e Palmer, il capo Chitwood e l'agente Hummel siano già sul posto.» obiettò Noah.

«Sì.»

«Sono invitati al nostro matrimonio.» gli fece presente Josie. «Non sono vestiti in modo tanto diverso da noi.»

«Registraci.» disse Noah, facendo cenno alla cartellina.

Scuotendo la testa, Brennan prese nota dei loro nomi e li lasciò passare. Josie e Noah proseguirono lungo il sentiero fino a raggiungere una lunga striscia di nastro della scena del crimine che era stata legata ai vari cespugli di azalee e altri fiori che circondavano l'area aperta di fronte alla chiesa. Sul margine del perimetro c'erano Gretchen, Mettner e il capo Chitwood. Mettner parlava a bassa voce al cellulare. Oltre il nastro c'era l'agente Hummel, che ora indossava una tuta in Tyvek sopra gli abiti da cerimonia. Con lui c'era l'agente Jenny Chan. Non era stata invitata al matrimonio, quindi Josie sapeva che Hummel doveva averla chiamata per portare l'attrezzatura per i rilievi. Chan scattava delle foto mentre Hummel abbozzava la scena su un quaderno per gli schizzi.

Una serie di gradini di pietra conduceva alla porta d'ingresso della chiesa. Sull'erba davanti al gradino più basso giaceva Holly Mitchell. Indossava un pigiama di cotone viola con stelline gialle. Era scalza. Come aveva descritto Gretchen, era effettivamente "distesa" nello stesso modo in cui una persona viene generalmente adagiata nella bara: le gambe dritte, le braccia appoggiate lungo i fianchi e ripiegate sul petto, con un oggetto sotto le mani. Gli occhi erano chiusi e i capelli castani erano sparsi intorno alla testa, con piccoli fiorellini che ne costellavano le lunghe ciocche: tra questi, Josie riconobbe la Sanguinaria canadese, il Ranunculo, le violette blu e il Lamio: tutti fiori selvatici che si potevano trovare in qualsiasi luogo della Pennsylvania in quel periodo dell'anno.

«Qualcuno ha disposto il suo corpo.» mormorò Josie.

Chitwood, Gretchen e Mettner, che aveva chiuso la chiamata, si voltarono a guardarla.

«Boss.» disse Mettner. «Non dovresti essere qui.» Guardò Noah alle sue spalle. «E neanche tu.»

«So chi è questa ragazzina...» spiegò Josie.

Chitwood incrociò le braccia sul petto magro. «Come diavolo fai a conoscere questa ragazzina, Quinn?»

Josie raccontò di quando Lorelei l'aveva raccolta dal ciglio della strada tre mesi prima, del fatto che era stata a casa sua finché Noah non era venuto a prenderla e di come aveva conosciuto le sue figlie.

«Dobbiamo parlare subito con sua madre.» disse Gretchen.

«Chi l'ha trovata?» chiese Noah.

«Un membro del personale.» rispose Mettner. «Era venuto qui per aprire le porte della chiesa e assicurarsi che tutto fosse in ordine per la cerimonia. Era piuttosto scosso. Gli chiederemo una dichiarazione più tardi.»

«La chiesa era chiusa a chiave?» chiese Noah.

Mettner annuì. «Sì. Non c'era nessuno all'interno. Nessun segno di effrazione. Quindi, chiunque l'abbia lasciata qui non aveva interesse a entrare.»

«Ma l'hanno lasciata qui per farla trovare.» disse Josie. «Ed è stata la persona che l'ha trovata a chiamare la polizia?»

«No, è stata Celeste.» disse Gretchen. «Il ragazzo che ha trovato il corpo ha chiamato la reception. Due dei suoi colleghi sono usciti e hanno riferito a Celeste ed è lei che ha chiamato immediatamente la polizia. La centrale ha contattato Mett.

Praticamente tutte le persone necessarie per mettere in sicurezza e gestire questa scena sono al vostro matrimonio. Quindi eccoci qui.»

Da dietro di loro giunse un rumore di tacchi che battevano sul sentiero. Si voltarono tutti per vedere la dottoressa Anya Feist, il medico legale, che si avvicinava. Indossava un abito rosa pallido a trapezio che le arrivava alle ginocchia, completato da tacchi a spillo della stessa tonalità. I capelli biondo-argentato le ricadevano sulle spalle e brillavano alla luce del sole. Josie e la sua squadra di solito vedevano la dottoressa solo in camice o in tuta in Tyvek. Così sembrava una donna diversa. Aspetto a parte, aveva lo stesso sorriso cupo con cui di solito li accoglieva sulle scene del crimine. Si fermò di colpo e fissò Josie e Noah, e con un sospiro e una scrollata di testa, disse: «Mettner mi ha appena chiamato per chiedermi di venire qui. Avreste dovuto organizzare un "destination wedding". Si girò verso Mettner. «Ragguagliatemi.»

Lui le disse quel poco che sapevano.

Indicò una valigia a rotelle che l'agente Chan portava spesso sulle scene del crimine, che era stata lasciata a pochi metri di distanza ma fuori dal perimetro.

«Vado a prepararmi.»

Si tolse i tacchi e si avvicinò alla valigia, tirandone fuori una tuta di Tyvek, dei copriscarpe, una cuffia e dei guanti. La tuta si adattava goffamente al suo vestito, ma lei riuscì comunque a indossarla. Aspettò che Hummel e Chan finissero le foto e gli schizzi e poi si infilò sotto il nastro di perimetro. Con lo sguardo Josie passò dalla valigetta al corpo. Con indosso l'abito da sposa non era in grado di entrare in una delle tute di Tyvek e non aveva intenzione di contaminare la scena, perciò, avrebbe dovuto aspettare la valutazione della dottoressa Feist.

L'atmosfera era cupa e la giornata stranamente silenziosa, come se persino gli uccelli fossero troppo tristi per cantare. Il medico legale si infilò i guanti e si mise in ginocchio accanto alla testa di Holly Mitchell per sollevarle le palpebre, una dopo l'altra. «Petecchie nella sclera degli occhi.»

Questo significava che c'erano delle macchie rosse nel bianco degli occhi della ragazzina a indicare che era stata privata dell'ossigeno prima della sua morte; macchioline che compaiono quando i piccoli capillari negli occhi vanno incontro a emorragia. Di solito, la loro presenza suggerisce una morte per asfissia o strangolamento. La dottoressa Feist si abbassò e osservò più da vicino il collo della vittima. «Ci sono dei lividi.» osservò. «Ma non sono dovuti a nessun tipo di legatura. Questi lividi sono irregolari, più indicativi di uno strangolamento. In base alla forma, sembra che in un primo momento il responsabile abbia iniziato a strangolarla, poi si sia fermato e abbia finito il lavoro successivamente. Hummel, assicurati di avvolgerle le mani così potremo vedere se c'è della pelle sotto le unghie.»

Con delicatezza, la dottoressa esaminò le mani della ragazzina, cercando di staccarle dall'oggetto che tenevano stretto contro il corpo. Le mani non si mossero. «È ancora in pieno rigor mortis.» disse.

«Questo significa che è morta solo da un paio d'ore?» chiese Mettner.

La dottoressa Feist gli lanciò un'occhiata. «Il rigor mortis può verificarsi da una a sei ore dopo la morte, detective Mettner. In media si va da due a quattro ore, ma può durare fino a settantadue ore. Se volete sapere l'ora del decesso, me ne farò un'idea più precisa quando la metterò sul tavolo. Dovrò misurare la temperatura interna e fare qualche calcolo, ma è molto probabile che sia morta da diverse ore.»

«Crede che sia morta qui?» chiese Mettner.

Il medico legale lo guardò dubbiosa. «Difficile a dirsi. Non vedo segni di colluttazione. Non ci sono segni nell'erba, nessun ramo rotto. D'altra parte, non presenta tracce di terra o altro che indichi che è stata trascinata sul terreno. A parte l'emorragia negli occhi e i lividi sulla gola, sembra che si sia semplicemente sdraiata e addormentata. Povera piccola.»

Mettner prendeva furiosamente appunti sull'applicazione del suo telefono.

«Sarà necessario parlare con tutti i presenti e con quelli che sono stati qui oggi.» suggerì Gretchen. «Chiamerò rinforzi per farlo.»

«Cos'è quella cosa che ha in mano?» chiese Josie.

La dottoressa Feist fece un cenno a Hummel e poi si spostò in modo che lui si potesse accucciare accanto alla bambina. «È una specie di rozza... bambolina, mi sembra. Chan, cosa ne pensi?»

L'agente Chan si avvicinò e gettò uno sguardo verso il basso. «È strana.» disse. «Credo che abbia ragione, però. Dovrebbe essere una bambolina.»

«Non riesco ad avvicinarmi con questo vestito.» disse Josie. «Uno di voi può fare una foto e mandarla a Mett per farmela vedere?»

Chan e Hummel si immobilizzarono e guardarono Josie per un attimo prima di rivolgere lo sguardo al capo Chitwood. Anche Josie lo guardò. Chitwood scosse la testa, facendo fluttuare i pochi ciuffetti di capelli bianchi che gli rimanevano sulla testa calva e, con un sospiro, disse: «Quinn, Fraley, oggi dovreste sposarvi.» Guardò l'orologio da polso. «Tra circa un'ora, a occhio e croce. Perché non lasciate che ce ne occupiamo noi?»

Josie indicò Holly Mitchell. «Ho conosciuto quella bambina. Ho conosciuto sua madre e sua sorella. Non posso voltarmi dall'altra parte come se niente fosse.»

«Boss...» disse Gretchen. «Nessuno ti sta chiedendo di andartene. Ti stiamo solo chiedendo di attendere fino a dopo il matrimonio prima di occupartene.»

«Mandare all'aria il tuo matrimonio sarebbe un po' una stronzata, Boss.» le fece notare Mettner.

«Ehi...» disse Noah. «Attento, Mett. È anche il mio matrimonio.»

Mettner scrollò le spalle con aria indifferente. «Sarebbe comunque una stronzata.»

«Il luogo dove dovevamo sposarci è diventato una scena del crimine.» gli fece notare Josie.

Noah fece un passo avanti, verso Mettner. «Se non capisci perché abbiamo bisogno di essere presenti qui, di essere coinvolti, allora non ci conosci affatto.»

In quell'istante Josie amò Noah ancora di più di quanto già non lo amasse per aver incluso anche se stesso in quell'affermazione. Il suo sostegno incondizionato e incrollabile, insieme alla sua straordinaria capacità di comprenderla, erano esattamente le ragioni per cui lo avrebbe sposato. Si avvicinò e fece scivolare la mano nella sua. «Lasciate che vada a parlare con la madre di Holly. Vive qui vicino.»

«Manderemo qualcuno.» tagliò corto il capo Chitwood. «Voi due tornate al vostro matrimonio.»

«Non riuscirete a trovarla se non vi fate accompagnare da uno di noi.» ribadì Josie.

«Voi due non dovete occuparvi di tutto, sapete? Mettner e Gretchen sono perfettamente in grado di occuparsene mentre voi due vi sposate. Questo è un resort enorme, non sarà difficile trovarvi un altro posto dove tenere la cerimonia. I vostri invitati sono già qui. La band si sta piazzando. Il personale di cucina sta spadellando a più non posso. Perderete un sacco di soldi se non tornate in quel resort e non vi sposate.»

Josie guardò di nuovo verso il corpo della bambina e respinse le lacrime sbattendo le palpebre. Sentì la mano di Noah stringere la sua. Potevano sposarsi a un'ora di distanza dal ritrovamento del cadavere di una bambina proprio davanti alla chiesa dove avrebbero dovuto celebrare il loro matrimonio? Si sarebbero scambiati i voti sulla soglia di quella chiesa? Conosceva la risposta a queste domande, ma sapeva che i loro colleghi e la loro famiglia li avrebbero osteggiati a ogni passo. «Uno di voi venga con noi a casa di Lorelei Mitchell, in modo che possa essere avvisata.» disse alla fine.

«Dopodiché tornate qui e vi sposate?» domandò Gretchen.

«Sì.» dissero all'unisono Josie e Noah. La leggera pressione della mano di Noah le fece capire che anche lui stava mentendo.

TRE

Intanto che Gretchen indugiava un attimo prima di mettersi alla guida per chiamare con il cellulare altre unità, Josie e Noah cercarono spazio nella sua auto. Noah si sedette sul sedile anteriore e Josie si prese tutto quello posteriore. Il vestito da sposa che aveva scelto era facile da indossare, ma lo strascico occupava un sacco di spazio. Si sarebbe voluta disperatamente cambiare per mettersi addosso qualcosa di più comodo, ma tornare in albergo e affrontare tutti gli altri invitati avrebbe richiesto troppo tempo: sarebbero state troppe le persone da convincere che quello che stavano facendo era la cosa giusta e lei non riusciva a pensare a una sola persona, a parte forse sua nonna Lisette, che avrebbe pensato che rinunciare al proprio matrimonio per partecipare alle indagini su un omicidio fosse la cosa giusta. Quando fosse passata l'ora fissata e fosse stato chiaro che Josie e Noah non si sarebbero sposati, i loro invitati non avrebbero avuto obiezioni sul fatto che si fossero cambiati d'abito.

«Stai bene?» chiese Noah.

Josie alzò gli occhi e lo vide girato verso di lei che la guardava fisso. «Sì, tu?»

Lui sorrise. «Certo. Sono con te.»

«Le nozze...» iniziò a dire Josie.

«Possono attendere. Ci inventeremo qualcosa. Andiamo a controllare le condizioni di Lorelei e poi ripartiamo da lì.»

Josie si allungò in avanti e lo baciò. Lui si avvicinò e le accarezzò una guancia, soffermandovi il palmo caldo. Poi i suoi occhi nocciola si incupirono. «Avevi avuto un brutto presentimento il giorno in cui abbiamo colpito la cerva. E io non ti ho dato retta.»

Josie si aggrappò alla sua mano. «Volevo credere che fosse vero, che avessimo avuto la nostra dose di sfortuna. Noah, Lorelei era estremamente protettiva nei confronti delle sue bambine. So che ho passato solo poco più di un'ora con loro, ma era evidente. Non riesco a immaginare che potesse perderle di vista.»

Quello che non disse era che aveva paura di quello che avrebbero trovato a casa di Lorelei.

Prima che lui potesse rispondere, Gretchen bussò contro il finestrino del lato guida facendoli voltare entrambi a guardare. Con una mano continuava a tenere il cellulare, ma con l'altra fece segno verso Griffin Hall: Trinity si stava dirigendo verso l'auto di Gretchen con un'espressione di furia che le lampeggiava sul viso. Il suo compagno, Drake Nally, le stava correndo dietro per raggiungerla. Era un agente dell'FBI dell'ufficio di New York e Josie in passato aveva lavorato con lui su un caso; sebbene non potesse essere d'aiuto per gli omicidi locali, Josie sperava che fosse in grado di calmare sua sorella. Si trattava comunque di un'impresa ardua, dato che, quando occorreva farci i conti, Trinity diventava una forza della natura.

Noah dovette aver intuito a cosa stava pensando Josie, perché disse: «Non promette bene...» e un attimo dopo aveva aperto la portiera del lato passeggero «Tu vai con Gretchen. Io resto qui a occuparmi delle interferenze.»

Gretchen riattaccò e salì in macchina mentre Noah correva verso Trinity e Drake. Josie lo guardò alzare le mani e sbarrare la strada a sua sorella mentre lei cercava di girargli intorno.

Drake la superò e si mise spalla a spalla con Noah per tenerla a bada.

Mentre si allontanavano da Griffin Hall e percorrevano il lungo e tortuoso viale che portava da Harper's Peak alla strada che scendeva verso valle, Gretchen disse: «Mi sembra di capire che voi due non vi sposerete oggi, dico bene?»

«Sì, dici bene.» disse Josie.

Gretchen sospirò. «Nessuno ne sarà contento, ne siete consapevoli?»

«Sì, lo sappiamo.» disse Josie. «Qui svolta a sinistra.»

Gretchen girò. «Quando dico che nessuno ne sarà contento, intendo dire che le vostre famiglie si arrabbieranno molto. Spero che siate preparati...»

«Tu vorresti che il ricordo del giorno in cui ti sei sposata fosse legato all'omicidio di una bambina ritrovata sulla gradinata della chiesa?» le domandò Josie.

«Questo è un buon argomento...» osservò Gretchen e le porse il telefono. «Prendi. Hummel mi ha mandato una foto di quella... cosa che la bambina teneva in mano.»

Josie prese il telefono e lo scorse finché non trovò il messaggio di Hummel. L'oggetto sembrava una bambolina che avrebbe potuto fabbricare un bambino molto piccolo. Il corpo era costituito da una pigna, sulla quale erano state applicate due ghiande che assomigliavano a occhi sporgenti. Piccoli ramoscelli erano stati infilati nelle pieghe della pigna per creare il naso, la bocca e poi braccia e gambe. Se non fosse stato trovato sul corpo di una ragazzina morta, l'avrebbe fatta ridere. Invece, non ottenne altro effetto che quello di smuoverle l'acido nello stomaco. Non aveva l'aspetto di qualcosa che una ragazzina di dodici anni avrebbe fatto con le proprie mani o portato con sé in giro. Era evidente che la persona che aveva sistemato il suo corpo davanti alla chiesa aveva lasciato quella cosa di proposito. Ma chi era stato? E perché l'aveva lasciato?

«Inquietante, vero?» commentò Gretchen.

Josie si sporse in avanti e lasciò cadere il telefono sul sedile anteriore. «Già.» disse. «È qui a sinistra.»

Gretchen rallentò. «Cosa c'è qui a sinistra? Non c'è niente da queste parti.»

«Sì, sì...» insistette Josie. «Accosta sul margine della strada. Laggiù.»

Gretchen fermò l'auto in mezzo alla strada deserta. «Ma che dici? Sei impazzita?»

«Tu accosta e basta!» esclamò Josie.

Scuotendo la testa, Gretchen accostò l'auto lungo il margine erboso della strada. Josie si sporse di nuovo in avanti tra i sedili frontali e indicò verso sinistra. «Laggiù.» ripeté. «Ci sono due platani, a circa cinque metri di distanza l'uno dall'altro. Passaci in mezzo e vedrai un vialetto.»

Gretchen assecondò le richieste di Josie e fece la manovra tra i due alberi. Davanti a loro apparvero due paletti di metallo con una catena che correva da uno all'altro a cui era appeso un cartello con la scritta: "Vietato l'accesso".

«Queste persone vivono qui?» chiese Gretchen. «È così che si arriva a casa loro?»

«Lorelei ha detto che le piace la loro solitudine.» spiegò Josie.

Quando ci era stata la prima volta, Josie aveva trovato la situazione un po' singolare, ma di certo non aveva pensato che ci fosse qualcosa di sinistro dietro l'insistenza di Lorelei sulla sua riservatezza. Era una donna che viveva da sola con due bambine piccole.

Gretchen fissò la catena. «Le piace la sua solitudine, o si sta nascondendo da qualcosa? O da qualcuno?»

A Josie non sfuggì il brivido, benché appena percettibile, che scosse la figura di Gretchen; lei sì che ne sapeva qualcosa di come nascondersi da persone pericolose.

«Ora, in effetti, mi viene il dubbio...» ammise Josie. «Non mi è sembrato che ci fosse niente di strano quando sono stata qui.

Lorelei ha detto soltanto che le piace vivere il più possibile "lontano dai riflettori".»

«Come quelli che si preparano per le catastrofi, le invasioni aliene e le apocalissi?» chiese Gretchen.

«No, non in quel senso.» disse Josie. «Non è che si stesse costruendo un bunker o un arsenale per difendersi. Più che altro mi è sembrata una che mangia quello che produce. Dietro la casa ci sono un grande orto e una serra. Vedrai. Mi ha detto che ha fatto studiare le figlie a casa. E mi ha anche spiegato che non ammette l'uso di apparecchi elettronici in casa.»

«Niente apparecchi elettronici... nemmeno la televisione?»

«Non fino a quando le figlie non saranno diventate più grandi, così ha detto. Ha un computer portatile, ma le ragazze non possono accedervi. Quando mi ha portata qui, sono riuscita a telefonare. Credo perché siamo vicino a Harper's Peak.»

«Direi che tutta questa preparazione sembra strana, ma è così che sono cresciuta. Non dico per l'istruzione a casa, ma per la mancanza di tecnologia. Avevamo la televisione e il telefono fisso, ma niente di più.»

Più si dilungavano a parlare, più Josie sentiva l'inquietudine crescerle nello stomaco. Holly era uscita di nascosto da casa sua? Se sì, perché? Era andata a incontrare qualcuno? Chi e quante erano le persone che vedeva quando veniva istruita a casa? Lorelei sapeva che era uscita?

«Vuoi che mi occupi io della catena?» chiese Josie.

Gretchen la guardò divertita. «Con quel vestito? No. Aspetta qui.»

Scese e sganciò la catena, sistemandola su un lato in modo che l'auto potesse passare.

«La casa è a circa mezzo chilometro su questo vialetto.» spiegò Josie quando Gretchen fu di nuovo in macchina. Percorsero il vialetto, costituito da nient'altro che due solchi nel fango fatti dalle ruote del fuoristrada di Lorelei Mitchell. La casa apparve davanti a loro. Era una graziosa casa in pietra a due piani, con un tetto a falde di latta rossa e un ampio portico anteriore. Un piccolo tronco di legno, normalmente usato per le bordature dei giardini, era stato conficcato nel terreno per segnare la separazione tra il vialetto sterrato e il giardino anteriore. Le pietre della lastricatura conducevano ai gradini del portico. Gretchen fermò l'auto accanto al fuoristrada e spense il motore. «Visto che sei vestita così, perché non lasci che ci pensi io a bussare e tu aspetti qui?» propose a Josie.

«Fa' pure.» rispose Josie.

Gretchen le lanciò un'occhiata sospettosa, ma scese e si diresse verso la porta d'ingresso della casa di Lorelei. Josie scese dal sedile posteriore e si mise accanto all'auto. I suoi tacchi bianchi affondavano nella terra. Fece un respiro profondo e si aggiustò il vestito. Si stava facendo tardo pomeriggio e il sole splendeva luminoso attraverso le fronde degli alberi. Un inebriante profumo di fiori aleggiava nell'aria. Josie non aveva dubbi che provenisse dalla fitta aiuola di fronte al portico. Rimase ad ascoltare Gretchen che bussava e chiamava il nome di Lorelei, senza però ricevere risposta.

La sensazione di disagio che già le attanagliava lo stomaco divenne irrefrenabile. Diede un'occhiata al fuoristrada. Il fucile non era più appeso alla rastrelliera nella cabina. Ma non lo sarebbe stato se Lorelei fosse stata in casa, rammentò Josie. A gennaio, quando erano arrivate in quello stesso punto, aveva visto Lorelei raggiungere il retro della cabina del fuoristrada e sollevare gli stretti sedili posteriori per rivelare una cassaforte per le armi nascosta sotto di essi. Era così abilmente nascosta che sembrava solo parte della base di metallo nero dei sedili. Lorelei aveva pescato una chiave appesa al suo portachiavi per aprirla, farvi scivolare dentro il fucile e le scatole di munizioni e chiuderla di nuovo prima di riabbassare i sedili. Era impossibile che qualcuno potesse accorgersi della sua presenza.

Gretchen bussò più forte questa volta e Josie sentì un forte scricchiolio. «La porta è aperta...» disse Gretchen. Si avvicinò alla porta e provò a chiamare di nuovo Lorelei.

Josie arrancò verso il fuoristrada e sbirciò all'interno. Sul poggiatesta del sedile del guidatore c'era l'impronta di una mano insanguinata.

«Oh cazzo...» disse Josie. Tirando su il vestito, si fece strada verso l'altro lato del fuoristrada, dove trovò un'altra impronta di mano insanguinata, stavolta sulla maniglia della portiera. Mentre il resto della parte anteriore sembrava inviolato, il sedile posteriore si presentava in maniera completamente diversa. I sedili erano alzati e il coperchio della cassaforte per le armi danneggiato. Da dove si trovava Josie, sembrava che qualcuno avesse usato un oggetto pesante per rompere il meccanismo della serratura e poi aprire la cassaforte. Il fucile di Lorelei era sparito.

Josie si voltò e senza neanche rendersene conto stava già cercando di correre verso Gretchen, ma i tacchi continuavano a impantanarsi nel fango. Cadde in avanti, arrestando la caduta con le mani in avanti. Sfilò i piedi dalle scarpe, se le lasciò alle spalle e si inerpicò sui gradini del portico. «Gretchen...» chiamò. «C'è qualcosa che non va. Ho davvero un gran brutto presentimento.»

QUATTRO

Gretchen tornò alla macchina e recuperò il telefono dal sedile anteriore. Josie si avvicinò abbastanza da poterla guardare da sopra la spalla e vedere che stava mandando un messaggio a Mettner e al capo per chiedere l'intervento dei rinforzi e della Squadra di Raccolta delle Prove. Infilandosi il telefono nel reggiseno, si abbassò all'interno dell'auto e prese una pistola dalla sua pochette che passò a Josie, dicendo: «Questa è la mia arma d'ordinanza. Tu userai questa.»

Prendendo la Glock, con la canna puntata verso il basso, Josie disse: «L'hai portata al mio matrimonio?»

Gretchen fece una smorfia. «La porto ovunque. Non è niente di personale. Andiamo.»

Guidò Josie verso il bagagliaio dell'auto e lo aprì. Spostò da una parte alcune attrezzature d'emergenza, tra cui un poncho, un kit di pronto soccorso, un avvitatore di emergenza e una torcia elettrica, per rivelare una piccola scatola metallica di forma rettangolare con un lucchetto argentato. Josie capì subito che Gretchen teneva in quella scatola la sua pistola personale. Un mazzo di chiavi di metallo tintinnava nella mano di Gretchen mentre cercava quella giusta. Una volta trovata, aprì la scatola e ne estrasse una Ruger Security-9 con il caricatore pieno. Infilò il caricatore nella pistola e caricò un colpo in canna con precisione professionale. Tenendo la canna della pistola rivolta verso il suolo, disse: «Dammi i dettagli... che tipo di arma aveva questa donna?»

«Un Winchester 1200.» rispose Josie.

La bocca di Gretchen si contrasse in una linea sottile prima di dire: «Allora, dato che sei già stata in questa casa... prendi tu il comando.»

Josie annuì.

Avrebbero potuto rimanere fuori e aspettare i rinforzi, ma per il momento sapevano soltanto che una delle persone residenti in quella casa era stata uccisa e sulla scena c'erano due impronte di mani insanguinate e un fucile mancante. In più la porta d'ingresso era stata lasciata aperta. Se Lorelei o Emily erano ancora all'interno e una delle due o entrambe erano ferite, aspettare i rinforzi poteva fare la differenza tra la vita e la morte, per cui Josie e Gretchen dovevano entrare e assicurarsi che in casa nessuno avesse bisogno di aiuto. Non si soffermarono sull'altra questione più ovvia: c'erano ancora numerose possibilità che l'assassino si trovasse all'interno della casa.

«Togliti quei tacchi.» le disse Josie.

Senza esitare, Gretchen si tolse le scarpe color tortora e seguì Josie sui gradini d'ingresso. Si posizionarono ai lati opposti della porta, con i gomiti stretti ai fianchi e le pistole accostate al busto, ma pronte.

«Io vado a sinistra.» disse Josie.

Gretchen annuì. Lei sarebbe andata a destra. Allungando la mano in avanti, Gretchen spinse la porta e Josie la attraversò agevolmente e rapidamente, spostandosi subito a sinistra mentre Gretchen andava a destra. I suoi piedi, avvolti in collant velati, si muovevano leggeri e silenziosi lungo la parete sinistra della stanza. I suoi occhi seguivano la canna della pistola, mentre la sua mente catalogava con rapidità le cose che vedeva: un vecchio divano a tre posti e un divanetto di colore giallo. Poltrone a sacco.

Gretchen percorreva la stanza dall'altro lato, muovendosi in sincronia con lei, finché non si incontrarono davanti alla porta della stanza che Josie ricordava fungere da sala da pranzo. Un ruggito le rimbombò nelle orecchie. Il cuore prese a batterle forte nel petto. Gretchen si mise leggermente dietro di lei, aspettando che Josie la guidasse. Nelle forze dell'ordine, le porte sono conosciute come l'imbuto fatale perché, quando si sgombera una struttura, diventano un punto di strozzatura in cui gli agenti sono più vulnerabili e rischiano molto di più di morire. Josie si prese un secondo per cercare di rallentare l'adrenalina che le scorreva nelle vene. «A destra...» disse a bassa voce a Gretchen, che le strinse la spalla per farle capire che aveva intuito il suo piano: Josie entrò per prima nella sala da pranzo, spostandosi verso destra, mentre Gretchen si spostò verso sinistra, con gli occhi e le canne delle armi puntati su ogni angolo della stanza alla ricerca di eventuali minacce. Anche in questo caso, la mente di Josie catalogò rapidamente ciò che vedeva: un tavolo di legno scuro occupava una parte consistente della stanza; quattro sedie, due delle quali erano infilate sotto il tavolo, una era leggermente spostata e l'ultima era rovesciata su un fianco; pennarelli, un album da disegno e un libro da colorare sparsi sul tavolo e sul pavimento; una ciotola di cereali rovesciata sul parquet; una scia di gocce di sangue secco conduceva al punto di strozzatura successivo: un'altra porta, questa più stretta. Anche in questo caso, Gretchen si mosse in sincronia con lei, rimanendo un passo indietro rispetto a Josie. «A sinistra.» le disse Josie entrando in cucina. Gretchen andò nella direzione opposta, con gli occhi e la canna della pistola puntati verso gli angoli che Josie non stava coprendo.

La cucina era come la ricordava, decorata in tonalità di grigio con accenti rossi, piani d'appoggio e pensili disposti lungo le pareti e una grande isola al centro. Le ampie finestre del retro della casa si affacciavano sul portico e sul giardino. Mazzi di erbe secche erano appesi a testa in giù sopra il lavello. Ce n'erano di nuovi rispetto alla prima volta. Cocci di vetri rotti luccicavano sulle piastrelle del pavimento. C'era un'ammaccatura sullo sportello del frigorifero impressa verso l'interno. Una macchia di sangue con due capelli ricci e marroni copriva uno degli angoli dell'isola. Sotto, una cascata di sangue secco scorreva lungo il lato del bancone e si riversava sul pavimento. Gli occhi di Josie continuarono a cercare, seguendo la sua pistola.

«La porta sul retro.» avvertì in tono brusco, indicando che era stata lasciata socchiusa. «Ci sono delle impronte.»

Josie ne contò tre, due che sembravano di scarpe da ginnastica, grandi, probabilmente da uomo, e una più piccola lasciata da piedi nudi, tutte di colore rosso.

«C'è un corpo.» disse Gretchen.

Tenendo la sua arma pronta, Josie attraversò la stanza in un ampio arco fino all'altro lato dell'isola, evitando il sangue come meglio poteva, e si accostò a Gretchen. «Porca puttana.» esclamò.

Scalza e con indosso un paio di jeans scoloriti e una camicetta bianca in stile country, Lorelei giaceva a faccia in su sul pavimento, a braccia spalancate e con il petto crivellato da una miriade di fori di proiettile. Chiunque l'avesse uccisa, le aveva sparato con cartucce a pallettoni a distanza ravvicinata. Josie si guardò intorno, notando un bossolo di fucile esploso sul pavimento vicino ai piedi di Lorelei. Sotto il suo corpo si allargava una pozza di sangue rappreso, di cui si erano impregnati i suoi riccioli indisciplinati castani e grigi. Su un lato della fronte, lungo l'attaccatura dei capelli, aveva uno squarcio aperto coperto di sangue ormai secco e rappreso. Il suo viso era congelato in uno sguardo di sorpresa e orrore che minacciava di far deragliare le emozioni di Josie.

«Emily...» disse Josie con voce strozzata. «Andiamo.»

Gretchen rimase in posizione mentre Josie dava una rapida

occhiata alla porta sul retro. Non c'erano minacce in vista. Josie aggirò il corpo per non contaminare la scena del crimine più di quanto non avessero già fatto e tornò in salotto. Il cuore tornò a galopparle nel petto quando salirono i gradini per il piano di sopra, con le pistole puntate verso l'alto. Dovette fare uno sforzo di concentrazione per non inciampare nel suo vestito. In piano, il vestito scivolava leggero sul pavimento, ma sulle scale era un vero impiccio. Josie rimase in testa con Gretchen dietro di lei, assicurandosi di tenere una linea di tiro pulita. Erano talmente vicine che quasi si toccavano e Josie si sentì confortata pensando che aveva i quindici anni di esperienza di Gretchen a coprirle le spalle.

Sopra il suono del suo stesso respiro e del suo cuore che batteva all'impazzata, si sentì un tonfo che le fece immobilizzare entrambe in cima alle scale. Josie voleva correre, correre avanti per vedere se c'era ancora qualcuno in casa, se Emily era ancora viva, ma tenne a frenò l'impulso. In queste situazioni, mantenere la calma e il sangue freddo era la scelta più sicura. Con voce pacata, rivolta solo a Gretchen, Josie disse: «Vai a sinistra lungo il corridoio.» indicando che in cima alle scale c'era un corridoio, cioè un'altra strozzatura, un altro rischio per gli agenti che devono perlustrare una casa. Lei avrebbe preso il lato destro.

Di nuovo, Gretchen strinse la spalla nuda di Josie, facendole segno di procedere. Josie raggiunse il pianerottolo e girò a destra, individuando un corridoio poco illuminato e con il pavimento in moquette. Gretchen rimase un passo indietro, prendendo la parete sinistra.

«Apri la porta.» le disse Josie quando arrivarono alla prima porta del corridoio. Per prima cosa, controllarono tutte le porte che non erano chiuse a chiave. Quella che avevano davanti era del bagno. Era vuoto, non c'erano tracce di sangue e nessun segno di colluttazione. Anche la porta successiva era aperta e dava accesso alla camera da letto di Lorelei.

Quando si furono accertate che dentro non c'era nessuno, Josie ne osservò i dettagli: un letto matrimoniale, le coperte ancora arrotolate, una parete adibita a cabina armadio, una parete finestrata, un piccolo cassettone sormontato da uno specchio. La presenza di riquadri puliti lungo i bordi dello specchio fece capire a Josie che in precedenza vi erano stati collocati diversi oggetti, probabilmente delle fotografie. Un attimo prima di uscire dalla stanza, Josie si accorse che l'angolo di una fotografia a colori che era stata strappata era rimasto attaccato su un lato dello specchio. Non ebbe tempo di pensare a chi potesse averle scattate.

Ritornarono nel corridoio, passando in rassegna tutte le stanze che rimanevano. Una era molto grande, arredata in varie tonalità di viola e con due letti gemelli. Accanto a ciascun letto c'erano una piccola scrivania e una cassettiera di colore bianco. Su un lato della stanza c'erano alcune bambole, giocattoli e animali di peluche, mentre sull'altro c'erano soprattutto libri e materiale artistico. Era la camera di Emily e Holly, pensò Josie, quindi condividevano la stanza. Accanto a quella che Josie immaginava fosse la scrivania di Holly, un'ampia porzione della parete era stata colorata con una vernice a effetto lavagna e incorniciata con finiture in legno. Un contenitore di plastica caduto sul pavimento conteneva vari gessetti colorati. Da una cordicella appesa a un lato del rivestimento in legno pendeva una cimosa. La parete stessa era decorata con disegni colorati. Josie poteva facilmente distinguere quali erano stati disegnati dalla sorella maggiore e quali dalla sorella minore, dal tratto meno esperto. Cani, ranocchi, cavalli, figure a bastoncino, volti felici, cuori e arcobaleni raccontavano la storia di due bambine felici, in totale contrasto con le due scene del crimine che Josie aveva visto fino a quel momento.

L'ultima stanza della casa era dipinta di un blando colore tanno. Anche questa presentava una parete dipinta a lavagna, ma non c'erano né disegni, né gessetti, né cimose. Al centro del pavimento giaceva uno striminzito materasso a due piazze. L'armadio non aveva sportelli ed era spoglio. Appeso c'era il manifesto di un uomo che si arrampicava su una parete di roccia con sopra la parola "Perseveranza"; sulla parete di fronte c'era quello che sembrava il disegno di un bambino arrabbiato. Un volto dai tratti frastagliati e straziati era stato disegnato con pennarello nero e poi scarabocchiato di blu e rosso. Nessuna delle altre camere da letto mostrava segni di lotta o di violenza.

«Niente.» disse Gretchen quando si trovarono in quell'ultima stanza.

Abbassarono le armi. Josie tornò nel corridoio e chiamò Emily. Gretchen seguì il suo esempio, ma non ottennero nessuna risposta.

«In soffitta?» chiese Gretchen.

Cercarono nelle stanze al piano superiore finché non trovarono una piccola porta a ribalta ricavata nel soffitto del guardaroba della camera di Lorelei. Gretchen salì i gradini di legno traballanti finché la sua testa non scomparve nell'oscurità. «È solo un'intercapedine. Non vedo nulla.»

Josie chiese: «Pensi che serva una torcia?»

Gretchen tornò faticosamente a terra e si passò una mano tra i capelli. «No. Proprio in cima c'è uno strato di polvere che sarà spesso quattro dita e scommetto che non ci danno una spolverata da un pezzo. Né ci salgono.»

«Però hai sentito quel rumore quando eravamo sulle scale, vero?» disse Josie.

«Sì.»

Avevano controllato ogni stanza, ogni armadio, ogni posto in cui un essere umano potesse nascondersi e non avevano trovato nessuno. Eppure, Josie non riusciva a togliersi di dosso la sensazione di non essere sole.

«Vivevano qui in mezzo al bosco.» disse Gretchen. «Non potrebbe essere stato un animale sul tetto o un soffio di vento tra gli infissi?»

Josie non si sentì rassicurata, ma annuì.

«Vediamo se c'è un seminterrato. Poi andiamo a controllare la serra.»

Tornando al piano di sotto, continuarono a chiamare Emily, ma non ricevettero risposta. Trovarono la porta del seminterrato nella sala da pranzo, e quello che ispezionarono, come avevano fatto con il resto della casa, fu uno spazio ammuffito dove non trovarono altro che una lavatrice, un'asciugatrice e un armadietto pieno di cibo in scatola.

Tornata in salotto, Gretchen si asciugò il sudore dalla fronte. «Emily non è qui, Boss.»

«Nemmeno il fucile.» notò Josie, sentendo una stretta al petto. «Il che significa che chi ha sparato a Lorelei potrebbe avere sia l'arma che la bambina.»

Tornarono fuori e scesero i gradini. Josie gradì molto la sensazione dell'aria aperta sulla pelle. «Controlliamo la serra.»

Senza proferire parola, Gretchen seguì Josie fino al retro della casa. Qui un ampio portico sovrastava di qualche metro un orto recintato. Il cancello era aperto. Josie alzò l'arma mentre lo attraversava e i suoi piedi affondarono nella morbida terra dell'orto. Camminando tra due file di piante novelle, si diresse verso la serra con Gretchen al seguito. Intorno a loro, l'unico rumore che potevano sentire era il canto degli uccelli.

«Senti questo odore?» domandò Gretchen.

«È odore di bruciato.» rispose Josie.

La porta della serra era chiusa, ma non a chiave. Aprendola e superandola, Josie si sentì pungere le narici dall'odore di un qualcosa che era stato bruciato di recente. All'interno della struttura c'erano almeno cinque gradi in più. Due dei tavoli erano stati rovesciati, con terra e semi sparsi ovunque. Josie e Gretchen si fecero strada tra i detriti fino a raggiungere l'estremità opposta della serra. In alto, le bocchette del tetto erano aperte. A terra, vicino alla grata di ventilazione, c'erano alcune grandi fioriere di terracotta piene di cenere, di piccoli pezzi di carta e di quelli che sembravano i resti di un computer portatile e di un telefono cellulare. Erano documenti di qualche tipo e i dispositivi elettronici di Lorelei, dedusse Josie. Ma che cavolo era successo in quella casa?

«Dobbiamo tornare sulla strada per poter dare un segnale agli altri.» disse Gretchen. «Altrimenti non troveranno mai il vialetto.»

«Vai tu.» le disse Josie. «Io resto qui e chiamo il capo Chitwood per dirgli che abbiamo bisogno di squadre di ricerca. Torniamo alla macchina e prendiamo il telefono.»

Gretchen scosse la testa. «Boss, non posso lasciarti qui da sola.»

«Posso cavarmela, lo sai. Gli altri dovrebbero arrivare a momenti. Vagli incontro.»

Con un sospiro, Gretchen si voltò e uscì dalla serra. Josie la seguì finché non raggiunsero l'auto. Gretchen si mise al volante. Pescando il suo telefono dalla console, lo passò a Josie. «Stai all'erta.»

Josie annuì e guardò Gretchen fare un'inversione in tre tempi e dirigersi lungo il vialetto per tornare sulla strada. Rimasta sola nell'ampio prato, Josie tenne la pistola al fianco con una mano e con l'altra compose il numero del capo Chitwood.

«Palmer!» rispose questi bruscamente. «Ho mandato altri agenti e la squadra di Hummel a raggiungervi. La dottoressa Feist ha detto che sarebbe andata con loro, nel caso ci fosse un corpo. In realtà dovrebbero già essere tutti lì ormai. Dov'è finita Quinn? La situazione qui sta diventando un po' tesa. Abbiamo uno sposo, più di cinquanta invitati confusi e nessuna sposa.»

«Sono io, Signore...» disse Josie.

«Maledizione, Quinn.» rispose lui. «Non credo che mi piacerà quello che mi stai per dire.»

«No, infatti.» concordò Josie. «Non le piacerà. Neanche un po'.»

CINQUE

Gretchen tornò con tre veicoli di pattuglia al seguito. Josie piazzò uno degli agenti in uniforme davanti alla casa e uno sul retro per assicurarsi che la scena all'interno della casa e della serra non venisse contaminata. Gli altri agenti furono mandati a perlustrare i boschi intorno alla casa alla ricerca di Emily o di qualunque traccia dell'assassino. Josie smaniava per andare a unirsi alle ricerche, ma il suo abito da sposa non lo rendeva pratico. Inoltre, il capo Chitwood aveva contattato lo sceriffo della contea di Alcott per richiedere l'assistenza della loro unità cinofila e Josie voleva essere presente all'arrivo del cane da ricerca e soccorso. Hummel era ancora impegnato sulla scena a Harper's Peak, quindi aveva inviato l'agente Chan e altri due membri della Squadra di Raccolta delle Prove a occuparsi di casa Mitchell. Arrivarono poco dopo i veicoli di pattuglia e si misero al lavoro, seguiti nel giro di cinque minuti dalla dottoressa Feist.

Intanto che ognuno si metteva all'opera, Josie e Gretchen rimasero fuori ad aspettare vicino all'auto di Gretchen. Lo spiazzo intorno alla casa di Lorelei era straordinariamente tranquillo. Gli unici rumori erano i richiami degli uccelli che svolazzavano tra gli alberi e la leggera brezza che soffiava tra le foglie. Era un luogo così tranquillo, così bello. E isolato. Cosa diavolo era successo? Come aveva fatto la violenza a trovare Lorelei e le sue bambine? E per quale motivo le aveva trovate? E gli oggetti bruciati nella serra? Era stata Lorelei o il suo assassino? Cos'era che volevano rimanesse nascosto?

«Dobbiamo lanciare un'allerta AMBER per Emily.» disse Gretchen.

«Sì.» concordò Josie. «Ma prima qualcuno dovrà compilare il modulo del National Crime Information Center, poi potremo lanciare l'allerta. Chiamo la centrale e vedo chi c'è all'ingresso. Posso guidarli io.»

«Non abbiamo foto di questa bambina.» osservò Gretchen. «Io non ne ho viste in casa, e tu?»

Josie scosse la testa. «Nemmeno io, ma Lorelei ne teneva una nel suo fuoristrada. Vediamo se la squadra di Hummel riesce a trovarla quando analizzeranno il veicolo. Per ora, lasciami chiamare e iniziare questa procedura.»

«Allora io chiederò a uno di loro di andare a controllare l'interno del fuoristrada per cercare quella foto.» disse Gretchen.

Josie annuì e chiamò il numero della centrale di polizia di Denton. Normalmente era il sergente Dan Lamay, il centralinista della stazione di polizia, ma quel giorno era al matrimonio di Josie e Noah, e a sostituirlo c'era un altro agente. Josie lo guidò nel processo di inserimento di tutte le informazioni conosciute di Emily nel database del National Crime Information Center. Gretchen tornò indietro per dirle che l'agente della Squadra di Raccolta delle Prove non aveva trovato nessuna foto nel fuoristrada. Dunque, toccava a Josie fornire una descrizione, avendo incontrato la bambina tre mesi addietro. Dovette indicarne approssimativamente le misure, all'incirca sul metro e venti di altezza per un peso variabile tra i venti e i venticinque chilogrammi. L'unica cosa che poteva dire con certezza era che Emily aveva capelli castani lisci e lunghi fino alle spalle e occhi nocciola, tanto che, quando l'aveva incontrata per la prima volta, gli occhi di Emily le avevano ricordato subito quelli di Noah.

Chiuse la telefonata e poi chiamò la Polizia di Stato per completare il processo di diramazione dell'allerta AMBER. Alcuni minuti più tardi, i cellulari di tutti i presenti sulla scena del crimine cominciarono a vibrare e a squillare con il diramarsi dell'allarme in tutto lo Stato della Pennsylvania.

Josie si sentì leggermente meglio.

«Mett è ancora all'Harper's Peak a raccogliere le dichiarazioni del personale...» la avvertì Gretchen, «pertanto, sarò io a condurre le indagini. Cosa puoi dirmi su Lorelei Mitchell e sulle sue figlie?»

Josie fece una scrollata di spalle. «Non molto di più di quello che ti ho già detto. Sono stata qui solo per circa due ore. Il mio cellulare qui riceveva il segnale, così ho chiamato Noah e Mett. Lorelei mi ha offerto un caffè. Le figlie sono entrate in cucina dal giardino. Ci siamo sedute tutte insieme al tavolo della sala da pranzo. Lorelei aveva appena preparato del banana bread. Le bambine sembravano entusiaste di conoscermi.»

Gretchen si guardò intorno prima di dire. «Se la madre le ha fatte studiare a casa in questo posto, immagino che non ricevessero molte visite.»

Josie ricordava come la piccola Emily l'avesse tempestata di domande, arrivando persino a chiederle dell'origine della cicatrice che aveva sul lato destro del viso, portando la madre ad arrossire visibilmente e a rimproverare la bambina per la sua invadenza. Holly si era limitata a ridere e aveva messo un braccio sulle spalle di Emily. «Non ho avuto modo di fare tante domande alla madre perché ho parlato soprattutto con le bambine.» spiegò Josie.

«E del padre che mi dici?»

«Lorelei ha detto che erano sole. Nessuna di loro ha sollevato l'argomento e non mi è sembrato che ci fossero prove di una presenza maschile in casa.»

«Questo intenso bisogno di isolamento mi fa pensare che si tratti di una questione domestica.» disse Gretchen.

A gennaio Josie non ci aveva pensato, ma in quel momento cominciò a chiedersi se Lorelei si fosse nascosta tra quei boschi perché era scappata da una relazione violenta. In simili circostanze, il padre delle ragazze sarebbe stato il principale sospettato per gli omicidi della madre e della figlia maggiore e per la scomparsa della figlia minore.

«Dovremo scoprire chi è il padre quando torneremo in centrale.» disse Gretchen. «Sai che lavoro faceva la madre?»

Josie scosse la testa. «No, non so nulla di lei oltre a quello che ti ho già detto.» Nella maggior parte delle indagini sugli omicidi la procedura prevedeva di iniziare dalla cerchia ristretta della vittima per poi procedere verso le conoscenze esterne, ma sembrava che Lorelei Mitchell non avesse una cerchia ristretta. Un altro nesso con le sopravvissute alle violenze domestiche, pensò Josie. Spesso gli abusatori isolano le vittime sistematicamente dal resto delle loro famiglie e degli amici. Era quello che era successo a Lorelei Mitchell? Quando Lorelei era fuggita dalla relazione con le sue figlie, erano rimaste senza una rete di contatti?

Da quanto tempo vivevano isolate nei boschi? Da chi dipendevano o a chi si rivolgevano in caso di emergenza?

Tra queste domande, Josie ripercorse mentalmente i passi che lei e Gretchen avevano mosso dentro casa poco prima. Un aspetto che l'aveva colpita era una sorprendente assenza di effetti personali. Non c'erano fotografie e le poche che forse c'erano state, erano state rimosse e probabilmente distrutte nella serra. La casa di Josie e Noah era piena di foto dei loro cari. Avevano tappezzato il frigorifero di disegni di Harris e della nipotina di Noah, oltre che di inviti ricevuti per feste di compleanno, matrimoni, barbecue e ogni tipo di avvenimento in famiglia e tra amici. Invece, in casa Mitchell non avevano visto nulla di tutto ciò. Non avevano visto nemmeno uno schedario o una scrivania di alcun tipo. Anche usando una semplice scatola, la maggior parte della gente conserva i documenti più importanti, come certificati di nascita, informazioni bancarie, carte di previdenza sociale e così via. Probabilmente Lorelei li teneva nascosti; perciò, se l'assassino non li aveva presi, probabilmente sarebbero stati in grado di trovarli.

«Quando la squadra avrà finito, vedremo che tipo di effetti personali e quali documenti riusciremo a trovare.» concluse Josie.

L'agente Chan uscì dalla casa, coperta di Tyvek dalla testa ai piedi e con in mano delle buste per le prove che depositò nel suo veicolo, dove prese una macchina fotografica e un blocco per gli schizzi. «Ora comincio con la serra...» annunciò. «La casa sarà pronta tra poco, così voi due potrete dare un'occhiata in giro appena vorrete.»

Josie e Gretchen annuirono e la guardarono allontanarsi.

Era impossibile dire quanto tempo fosse passato, ma il sole stava calando, quindi, a occhio e croce, Josie avrebbe dovuto percorrere la navata a quell'ora, o addirittura lei e Noah avrebbero dovuto già essere sposati. Diede un colpetto a Gretchen alle costole. «Mi faresti usare il tuo telefono per chiamare Noah?»

«Certo.»

Josie trovò Noah nell'elenco dei contatti di Gretchen e premette l'icona di chiamata. Lui rispose dopo quattro squilli. «Gretchen? Che succede?»

«Sono io...» disse Josie.

«Josie!» esclamò lui. «Ho saputo di Lorelei. Mi dispiace molto. Hanno appena portato Holly Mitchell all'obitorio. Si sa qualcosa di Emily?»

«Non ancora.» disse lei. «Lo sceriffo sta inviando un'unità cinofila. Come vanno le cose lì?»

Noah rise. «I nostri invitati sono ancora tutti qui, ma stanno diventando piuttosto irrequieti. Celeste è furiosa e Tom non è da meno, invece Adam è molto accomodante. Ha già iniziato a preparare il buffet per il ricevimento. Ha suggerito di fare soltanto il ricevimento, visto che tutti sono già qui. Lasciamo suonare la band, diamo da mangiare a tutti e rimandiamo il matrimonio vero e proprio a un altro momento.»

«Mi sembra una buona idea...» disse Josie. Si guardò i piedi. I suoi collant erano scuri di terra e sporcizia, alcuni fili d'erba le si erano appiccicati alle caviglie e anche l'orlo del vestito era macchiato di terra.

«Noah, mi dispiace.»

«Josie...» disse lui. «Una ragazzina è stata uccisa e deposta davanti alla chiesa dove dovevamo sposarci. Anche sua madre è stata uccisa e ora la sua sorellina è scomparsa. Pensi che io voglia sposarmi in questo modo?»

«No...» disse Josie. «So che non lo vuoi. Avevo solo bisogno di sentirmelo dire.»

«Ti amo.» le disse Noah. «Chiamami quando l'unità cinofila avrà terminato le ricerche.»

Josie sentì lacrime calde e insolite per lei pungerle gli occhi mentre riconsegnava il telefono a Gretchen. Non riusciva nemmeno a riconoscere le emozioni che minacciavano di sommergerla né a distinguerle l'una dall'altra. La devastazione per la sorte di Lorelei e delle sue figlie. La preoccupazione per Emily Mitchell. La tristezza per il fatto che, almeno per il momento, di sposarsi non se ne parlava proprio. La gratitudine per la consolazione che il suo futuro marito la pensava esattamente come lei su come affrontare la giornata, tanto da sentirsi sopraffatta dall'amore che provava per lui.

«Sei fortunata.» disse Gretchen. «Noah è davvero un brav'uomo.»

Incapace di rispondere senza lasciarsi andare alle lacrime, Josie si limitò ad annuire.

«Insomma, vi sposerete un altro giorno. Non è la fine del mondo.»

Prima che Josie potesse rispondere, la dottoressa Feist apparve sul portico, scese i gradini e si diresse verso il suo piccolo furgone, dove iniziò a togliersi la tuta da scena del crimine. Aveva un colorito più pallido del solito e i suoi capelli erano scompigliati dalla cuffia della tuta in Tyvek, sotto la quale il suo vestito rosa si era sgualcito. Josie e Gretchen si precipitarono verso di lei.

«Credo che la causa della morte sia stata il dissanguamento.»

«È morta dissanguata a causa delle ferite da arma da fuoco.» riformulò Gretchen.

La dottoressa Feist annuì. «Ma ha riportato anche un bel trauma cranico.»

Josie pensò al sangue e ai capelli che aveva visto sullo spigolo dell'isola in cucina.

«Qualche idea sull'ora del decesso?» domandò Gretchen.

«È in pieno rigor mortis, proprio come Holly Mitchell. Non posso stabilire con esattezza l'ora del decesso senza metterla sul tavolo del mio laboratorio.»

Josie pensò ai cereali rovesciati nella sala da pranzo. «È possibile che siano state uccise entrambe questa mattina?»

«Sicuramente.» confermò la dottoressa Feist. «Ne saprò di più quando avrò fatto l'autopsia. Eseguirò prima quella della bambina e poi quella della madre.» Guardò direttamente Josie. «Immagino che oggi non vi sposerete...»

«No, non oggi. Dovremo rimandare a un'altra data.»

«Destination Wedding.» disse la dottoressa scuotendo la testa con aria triste. «Dico sul serio. Fateci un pensierino. Vado a casa a mettermi il camice e poi corro all'obitorio e vi farò sapere se salta fuori qualcosa che possa aiutarvi a individuare il colpevole.»

«Grazie.» disse Josie.

Guardarono il medico legale che si allontanava, poi attesero ancora un po', mentre gli altri agenti della Squadra di Raccolta delle Prove finivano di esaminare l'interno della casa e si spostavano nella serra per assistere l'agente Chan. Un'ambulanza portò via il corpo di Lorelei. Il telefono di Gretchen suonava a intermittenza con l'arrivo di messaggi da Mettner, che stava ancora interrogando i membri del personale di Harper's Peak. Infine, sentirono il rumore di un altro veicolo che sobbalzava lungo il vialetto. Comparve il fuoristrada dello sceriffo della contea di Alcott. Josie riconobbe immediatamente l'agente Maureen Sandoval, con la quale aveva già lavorato in precedenza. Per le zampe di gallina che le increspavano il contorno occhi quando Sandoval la salutò con un sorriso mentre scendeva dal veicolo, Josie stimò che fosse sulla cinquantina. Indossava un paio di scarponi, pantaloni cachi e una polo blu con le insegne dello sceriffo e portava i capelli brizzolati tirati indietro in una stretta coda di cavallo.

Guardando Josie e Gretchen dalla testa ai piedi, Sandoval disse: «Non credo di aver mai visto una sposa e la sua damigella d'onore su una scena del crimine. Questa è la prima volta.»

Gretchen fece un sorriso. «Sì, è la prima volta anche per noi.»

Dal retro del fuoristrada sentirono abbaiare.

Josie disse: «Ha portato Rini con sé?»

«Certamente, ed è pronta per mettersi al lavoro.» disse l'agente Sandoval avvicinandosi lentamente al retro del veicolo per aprire il portellone, mostrando una grande gabbia per cani. All'interno, Rini, un pastore tedesco di quattro anni, si era messa seduta dritta con la lingua penzoloni e gli occhioni marroni pieni di impazienza e di vitalità puntati sull'agente Sandoval, poi su Josie e Gretchen e poi di nuovo sull'addestratrice. «Aspetta un attimo, bella.» disse Sandoval, poi rivolgendosi a Josie e Gretchen: «Che cosa abbiamo per le mani?»

Josie la ragguagliò velocemente.

«Avrò bisogno di qualcosa che abbia l'odore della bambina.

L'ideale sarebbe qualcosa che indossava. Penso che sia la cosa più immediata, visto che avete accesso alla casa.»

«Lo cerco io.» disse Gretchen.

Mentre Gretchen entrava in casa per trovare un capo di abbigliamento da far annusare a Rini, Sandoval fece scendere il cane dal furgone e le agganciò il guinzaglio al collare. «Seduta.» comandò, e Rini, con un leggero mugolio, si adagiò sull'erba, in attesa di ulteriori istruzioni.

Gretchen tornò con una maglietta rosa stropicciata. «Questa era nel cesto della biancheria in quella che crediamo sia il lato della cameretta occupato da Emily.» La tenne in mano e Josie poté constatare che non c'erano dubbi: era troppo piccola per stare a Holly, la taglia era sicuramente quella di Emily.

«Andrà bene.» disse Sandoval. Diede a Rini un comando che la fece alzare e la guidò in modo che potesse annusare la maglietta dalle mani di Gretchen. Mentre il cane annusava il tessuto, Sandoval le infilò una pettorina, ripetendole che era una brava cucciola. Poi, una volta che Sandoval fu convinta che il cane avesse fiutato la traccia, disse: «Ora è il momento di rimboccarsi le maniche, bella.»

Il cane partì in direzione del furgone, con il naso puntato a momenti verso il terreno e a momenti in aria appena sopra la testa. Fece un paio di giri intorno al furgone, saltò due volte sulla portiera del lato passeggero e rinunciò, dirigendosi verso il retro della casa. Josie e Gretchen la seguirono. Rini costeggiò il perimetro del giardino, poi attraversò il piccolo cancello, si avvicinò alle porte della serra, ma poi si voltò e tornò verso la casa e salì i gradini fino al portico sul retro. L'agente di pattuglia guardò Josie e Gretchen per avere il permesso di farla continuare nella ricerca.

«Falla passare.» gli disse Josie e lui, con un cenno, lasciò entrare Rini e l'agente Sandoval in casa, con Josie e Gretchen al seguito. Quando raggiunsero la cucina, sentirono lo scalpiccio delle zampe di Rini su per le scale. Evitarono di calpestare con i piedi protetti solo dalle calze il sangue di Lorelei da una parte del ripiano dell'isola e i vetri rotti dall'altra e salirono a loro volta al piano superiore. Avevano appena raggiunto il piano di sopra quando sentirono che Rini iniziava ad abbaiare.

Josie accelerò il passo e trovò Rini e Sandoval nella camera delle bambine. Rini si sedette al centro della stanza, ma continuò ad abbaiare. Quando Sandoval le vide, diede a Rini un altro comando e il cane si calmò e si sdraiò.

Josie sapeva che i cani da ricerca e salvataggio emettono dei segnali quando trovano ciò che stanno cercando. Sapeva anche che Rini dava sempre un indicatore di presenza quando trovava una persona viva, ovvero abbaiava.

Solo che Emily lì non c'era.

SEI

Misero a soqquadro la stanza, spostando ogni mobile, smontando i letti, ma non trovarono nessuna traccia della bambina. Sandoval riportò il cane all'esterno e ripeté l'operazione per altre due volte; per altre due volte il cane ritornò nella stanza di Emily e Holly e per altre due volte diede l'indicazione attiva di aver trovato la bambina.

«Con tutto il rispetto per Rini...» disse Gretchen, ritrovandosi per la terza volta nella camera da letto con il cane e l'agente dell'unità cinofila. «Ma si sta sbagliando e basta. Voglio dire, questa è la camera da letto di Emily. È ovvio che avrà il suo odore.»

Sandoval sembrava tanto confusa quanto Josie e Gretchen. «Questo non ha importanza. Le persone spargono il loro odore in ogni momento della giornata. Rini sarebbe in grado di trovarlo. Non si è mai persa un ritrovamento vivente prima d'ora. Non ne sono sicura, ma deve esserci qualcosa che non va. Lasciatemi... che ne dite se chiamo un collega? Magari possiamo far venire qui un altro cane per effettuare la stessa ricerca e vedere cosa succede.»

Josie non poteva fare a meno di pensare che, per ogni

secondo che passava, Emily si allontanava sempre di più dalla loro portata. Ma non avevano altra scelta. C'erano già delle squadre di ricerca nel bosco. L'allerta AMBER era stata diramata. Non aveva mai visto i cani da ricerca e salvataggio sbagliare. Talvolta le tracce si fermavano per motivi che non dipendevano da loro, ma erano estremamente affidabili. Guardò l'espressione seria di Rini. Il cane sapeva di avere ragione. Cosa si stavano perdendo, allora?

Josie ripercorse ancora una volta il perimetro della stanza, questa volta alla ricerca di punti in cui la moquette potesse essere allentata, ma non trovò niente. Se c'era un vano nascosto nelle assi del pavimento, Josie non capiva come si potesse raggiungerlo. Tornando a guardare Gretchen e Sandoval, chiese: «È possibile che sia... nel muro?»

Gretchen le rispose con uno sguardo perplesso. «Boss, come può una bambina di otto anni entrare dentro un muro? Se ce l'avesse messa qualcuno, ce ne saremmo accorti. Non è passato abbastanza tempo dalla morte di Holly e Lorelei Mitchell da premettere al responsabile di rattoppare e ridipingere un muro. E comunque, perché lasciare il corpo di Lorelei in cucina, quello di Holly a Harper's Peak ma poi prendersi il disturbo di nascondere Emily viva? Abbiamo perlustrato questo posto da cima a fondo. La bambina non è qui. Non c'è. Aspettiamo che arrivi l'altro cane e vediamo cosa succede. Chiamerò la centrale e chiederò altre squadre di ricerca.»

Con tristezza, Josie le seguì fuori dalla stanza. Quando arrivarono in fondo alle scale, le sembrò di sentire un altro tonfo, lo stesso che aveva sentito insieme a Gretchen poco prima, ma né Gretchen né Sandoval se ne accorsero e uscirono, mettendosi subito al telefono, mentre Josie rimase a fissare la casa, dietro la quale il sole aveva iniziato a tramontare, lasciandosi alle spalle un cielo ricco di sfumature arancioni e rossastre. Se dovevano rimanere lì fino a notte fonda, dovevano accendere delle luci.

Josie tornò dentro, accendendo gli interruttori e notando

altri strani dettagli. Nel soggiorno c'erano le poltrone a sacco e mancavano tavoli e tavolini da caffè. I quadri alle pareti erano tele tese, senza vetro. In un angolo c'erano due cassettiere di plastica. Josie ne aprì un paio e vide che contenevano materiale per il bricolage: carta, pastelli, pennarelli, brillantini, colla, nastro adesivo, pezze di feltro, nastri, vernice, spugne impregnate di vernice secca. Niente pennelli e niente forbici. Nella sala da pranzo i tavoli e le sedie erano di quercia, ma non c'era nient'altro. Nessun centrotavola sul tavolo. Nessuna credenza e nessun mobile. La ciotola dei cereali e il cucchiaio rovesciati erano di plastica. Trasferendosi in cucina, Josie aprì e chiuse i cassetti e si accorse che tutti gli utensili erano di plastica. Inoltre, non c'erano coltelli. Da nessuna parte in cucina. Nemmeno coltelli da burro.

Aprì gli armadietti e trovò stoviglie di plastica ma anche di ceramica. Le tazze da caffè erano di ceramica. In uno degli armadietti superiori trovò diversi flaconi arancioni di pillole. Tutti i farmaci erano stati prescritti per Lorelei. Josie li memorizzò: metilfenidato, risperidone, aripiprazolo, olanzapina, alprazolam. Josie non li conosceva tutti, ma nel corso di alcuni casi precedenti aveva appreso che almeno due di quei farmaci erano antipsicotici, spesso prescritti per la schizofrenia o il disturbo bipolare, tra le altre cose. Lorelei aveva lottato con uno di questi disturbi o con qualche altro problema di salute mentale? Josie controllò di nuovo i flaconi e constatò che erano stati tutti prescritti dal dottor Vincent Buckley. Si segnò mentalmente di rintracciarlo per scoprire cosa poteva dirle di Lorelei e delle sue figlie. Probabilmente avrebbero potuto ottenere un mandato anche per la cartella clinica di Lorelei.

Risalì le scale e trovò la stanza di Lorelei. Si mise a rovistare nell'armadio, non trovò effetti personali o documenti di alcun tipo. Ciononostante, tutti i suoi vestiti erano piegati e riposti all'interno di contenitori di plastica. Non c'erano grucce. Josie cercò nell'unico cassetto del comodino, ma non trovò niente di interessante. Si fermò accanto al letto matrimoniale, fece un giro su se stessa, meravigliandosi di quanto la stanza apparisse spoglia. Qualcosa nella parte posteriore della porta attirò la sua attenzione. Fece qualche passo per avvicinarsi e vide che c'era un lucchetto sulla porta. Non un lucchetto qualsiasi, ma un catenaccio. Chi metteva un catenaccio a chiudere la porta della propria camera da letto?

Josie tornò nel corridoio e controllò le porte delle altre stanze. Anche la camera di Emily e Holly aveva un catenaccio per chiudere dall'interno la porta. L'ultima camera da letto, invece, non aveva nessun lucchetto.

«Ma che diavolo...» mormorò tra sé e sé mentre tornava nella stanza di Lorelei. Con lo sguardo tornò a spaziare per la stanza e si soffermò ancora una volta sul letto. Il materasso poggiava su quella che a una prima occhiata appariva come una solida struttura metallica. Ci vollero diversi tentativi perché Josie riuscisse a staccare il materasso e a spingerlo parzialmente fuori dall'intelaiatura. Al centro della struttura metallica c'era una piccola porticina scorrevole, sempre di metallo.

Josie corse giù per i gradini con la velocità che il suo abito da sposa le consentiva. «Chan!» gridò irrompendo sul portico posteriore che si affacciava sul giardino e sulla serra. «Chan!»

L'agente Chan stava uscendo dalla serra proprio in quel momento. Si fermò in mezzo al giardino e fissò Josie. «Ha trovato qualcosa?»

«Credo di sì.»

Pochi minuti dopo, Josie e Gretchen si trovavano di nuovo sulla soglia della camera da letto di Lorelei mentre Chan si infilava i guanti ed estraeva una serie di oggetti dal telaio cavo del letto, descrivendo tutto quello che stava trovando. «Tre scatole di munizioni per un fucile Winchester 1200. Una grande scatola di plastica con l'occorrente per il cucito. Un piccolo contenitore di plastica pieno di... coltelli di varie dimensioni. Un contenitore di plastica più piccolo con dentro tre paia di forbici.» Aiutandosi con una torcia elettrica, ispezionò lo scomparto un'ultima volta. «Questo è tutto.»

«Nient'altro?» chiese Josie.

«Mi dispiace.» confermò Chan. «C'è solo tutta questa roba strana. Volete che registri il tutto come prova?»

«No.» disse Gretchen. «Non credo sia necessario, ma grazie.»

Chan fece un finto saluto militare prima di lasciarle sole nella stanza.

«Sapeva di essere in pericolo.» sentenziò Josie.

«Sì.» concordò Gretchen.

Josie aprì la bocca per aggiungere qualcosa, ma un suono la bloccò: un altro tonfo, questo più forte e più vicino. Si guardarono l'un l'altra, a occhi spalancati.

«È qui...» disse Josie a bassa voce.

«Non può essere.» rispose Gretchen. «Abbiamo cercato in ogni angolo di questo posto.»

«Rini l'ha fiutata qui, in questa casa, nella sua stanza.»

«Boss, il cane potrebbe sbagliarsi.»

«Hai sentito cosa ha detto Sandoval: Rini non si è mai sbagliata prima.»

Con un sospiro, Gretchen disse: «Allora cosa ci sta sfuggendo?»

Attraversarono di nuovo la casa, chiamando Emily per dirle che era al sicuro e che poteva uscire dal suo nascondiglio. Nelle stanze in cui c'era la moquette, controllarono che non ci fossero punti in cui non era fissata, e nelle stanze in cui non c'era verificarono che non ci fossero assi del pavimento allentate. Guardarono dietro i mobili e dentro gli armadi per vedere se c'era qualche scomparto segreto che non avevano notato. Ma anche stavolta non trovarono niente.

Tornate all'esterno, videro Sandoval e Rini che aspettavano accanto al loro furgone l'arrivo di un altro agente dell'unità cinofila con il suo cane. Josie studiò la casa, pensando al giorno in cui Lorelei ce l'aveva portata. Se davvero Lorelei era tanto convinta di essere così in pericolo, perché aveva portato un'estranea a casa sua? Si trovava già in pericolo quando lei era stata sua ospite? Oppure era accaduto qualcosa nei tre mesi trascorsi dal loro incontro? Qualcosa che l'aveva costretta a nascondere tutti gli oggetti taglienti che c'erano in casa in uno scomparto segreto sotto il materasso e a montare dei catenacci per chiudere dall'interno le porte delle camere da letto in cui dormivano...

Josie ripensò a quel giorno di gennaio. Al piano di sotto tutto era rimasto uguale. Solo che all'epoca non si era resa conto che Lorelei aveva provveduto a liberare la sua casa da oggetti pericolosi come coltelli e forbici o persino dai vetri dei quadri appesi alle pareti che potevano essere frantumati e usati per fare del male a qualcuno. Quel giorno non aveva avuto alcun motivo di pensare che Lorelei e le sue figlie fossero in pericolo, e nemmeno che avessero paura di qualcosa. Per l'appunto, quel giorno Lorelei aveva lasciato entrambe le bambine a casa da sole. Le avrebbe lasciate da sole se avesse temuto che qualcuno potesse far loro del male?

«Boss?» la chiamò Gretchen.

Josie distolse lo sguardo dalla porta d'ingresso e tornò a guardare Gretchen, rendendosi conto improvvisamente di aver fatto diversi passi indietro verso la casa. I suoi piedi erano alla base delle scale. Proprio dove erano stati il giorno in cui aveva seguito Lorelei in casa. Josie visualizzò ancora una volta nella sua mente quel giorno freddo e sgradevole. Quando avevano raggiunto la casa, il nevischio scendeva più forte. Con gli scarponi avevano fatto scricchiolare lo strato di neve bagnata che si era accumulata su ogni gradino, mentre Josie seguiva Lorelei fino alla porta d'ingresso.

«A volte si incastra.» aveva detto Lorelei mentre si affannava a girare la chiave nella serratura. Ridendo, ci aveva messo tutto il suo peso e nel farlo era caduta un po' in avanti, sbattendo la spalla contro il campanello. Josie ricordava di averne sentito il suono sommesso provenire dall'interno. L'aveva fatto due volte prima che la porta si aprisse.

Ma se non fosse stato un caso? Se fosse stato intenzionale?

Josie allungò le dita, soffermandosi sul campanello.

Dietro di lei, Gretchen salì i gradini. «Boss?» disse di nuovo. Josie premette il campanello, ascoltando il rintocco dall'interno, stavolta più forte, perché la porta d'ingresso era leggermente aperta. Contò tre secondi e suonò di nuovo. Poi entrò, ripensando a come aveva fatto Lorelei. Le stava parlando di qualcosa mentre attraversava il soggiorno, le raccontava di come facesse crescere sul retro una buona parte di quello che metteva in tavola, anche in inverno, dato che aveva la fortuna di avere una serra. Raggiungendo la sala da pranzo, aveva visto che una delle sedie non era infilata sotto il tavolo ma era appoggiata al muro. Lorelei l'aveva trascinata per la stanza, rimettendola al suo posto, ma facendo un rumore assordante facendo raschiare le gambe sulle piastrelle del pavimento. In quel momento Josie si era chiesta distrattamente perché non l'avesse semplicemente tirata su, ma Lorelei stava parlando di come faceva studiare le sue ragazze a casa e Josie non voleva essere scortese, così si era concentrata su quello che le stava dicendo.

Allora Josie prese una delle sedie e la mise contro la parete dove l'aveva vista la prima volta che era stata lì. Poi la trascinò per la stanza, provocando un suono simile a un urlo. In piedi sulla porta, Gretchen trasalì. «Lasci che chiami le ragazze...» aveva detto Lorelei tornando in salotto. In fondo ai gradini, aveva chiamato i loro nomi. Quando non aveva ottenuto risposta, aveva bussato tre volte contro il muro.

Gretchen si allontanò mentre Josie andava ai piedi della

scala. Non chiamò Emily. Invece, batté tre volte sul muro, più o meno nello stesso punto in cui l'aveva fatto Lorelei.

Poi si mise in ascolto.

«Vuoi dirmi cosa sta succedendo adesso, Boss?» disse Gretchen.

Josie non staccò gli occhi dalla sommità delle scale. «Stava facendo dei segnali...» spiegò a Gretchen. «Il giorno in cui sono stata qui con loro. Le aveva lasciate a casa da sole. Quando siamo arrivate qui, ha fatto tutta una serie di gesti che in quel momento non mi sono nemmeno resa conto che fossero rilevanti. Dovevano essersi nascoste e lei stava dando loro il via libera. Due volte il campanello, una sedia che raschiava sul pavimento, tre colpi sul muro.»

«Tutto qui?»

«Maledizione.»

Josie seguì le orme di Lorelei, dirigendosi a metà delle scale. Lorelei si era fermata sul quinto o sesto gradino e lo aveva calpestato quattro volte. Voltandosi verso Josie, aveva sorriso. «Questo vecchio tappeto...» aveva detto. «Continua a staccarsi.»

Ma stavolta Josie si accorse che non c'era nessun tratto di moquette allentato. Faceva parte del segnale. Senza scarponi o scarpe di qualsiasi tipo, sarebbe stato difficile fare molto rumore. Josie tirò su il vestito e sollevò un piede più che poté, facendolo ricadere con forza per quattro volte sul gradino.

Aspettò. Da qualche parte del piano di sopra giunse un fruscio. Poi uno scricchiolio silenzioso, seguito da altri fruscii, un altro scricchiolio e il rumore di piedini che sgambettavano lungo il corridoio. Per una frazione di secondo Josie ebbe l'impressione che il suo cuore si fermasse.

Emily Mitchell apparve in cima alle scale. I suoi capelli castani erano disordinati e appallottolati. Il pigiamino azzurro era tutto stropicciato. Le mancava un calzino. Tra le sue braccia stringeva un cagnolino di peluche con le orecchie lunghe e flosce.

Il cuore di Josie tornò a battere all'impazzata. Aveva trascorso le ultime ore cercando di non pensare a cosa potesse essere successo a quella bambina per mano di uno spietato assassino. Vedendola viva, al sicuro e illesa, Josie si sentì pervadere da un'ondata di sollievo che le avvolse tutto il corpo.

«Ciao, Emily.» disse.

SETTE

Emily guardò Josie con diffidenza, senza muoversi. Josie salì un altro gradino. Quanto tempo aveva passato nascosta quella bambina? Quante ore erano passate? Doveva essere affamata, esausta e terrorizzata. Josie le sorrise. «Sono felice che tu sia uscita.» le disse. «Siamo qui per aiutarti.»

Emily strinse la presa sul cagnolino di peluche mentre Josie saliva gli ultimi gradini, si metteva in ginocchio sul pianerottolo in modo da trovarsi faccia a faccia con la bambina. «Ora sei al sicuro, Emily.»

Spalancò i suoi occhioni nocciola contemplando il vestito di Josie. «Sono morta?» sussurrò.

Per l'ennesima volta quel giorno, Josie sentì che il cuore le si sarebbe frantumato nel petto. «No...» la rassicurò. «Sei più che viva.»

«Sei un angelo?»

«No.» rise lei. «Sono un'agente di polizia.»

Emily continuava a rimanere immobile, ma Josie prese per buono il fatto che non provasse a indietreggiare.

«Sembri un angelo...» sussurrò.

Josie abbassò lo sguardo sul suo vestito e sorrise ancora una volta. «Grazie. Dovevo sposarmi oggi. Ecco perché ho questo vestito. Ma in realtà sono un'agente di polizia e sono venuta a prenderti per assicurarmi che tu sia al sicuro. Ci sono altri agenti di polizia di sotto e fuori che ci aspettano.»

Emily non rispose.

«Sono già stata qui, sai?» le disse. «Qualche mese fa. Ho preso il caffè e il banana bread con te, la tua mamma e tua sorella.»

Emily la guardò con un accenno di curiosità.

Josie si accarezzò la guancia destra, tastando la sottile cicatrice sotto le dita mentre strofinava via il trucco. Girò la testa in modo che Emily potesse vederla bene. «Ti ricordi di questa? Sei stata tu a chiedermi come me la sono fatta...»

L'espressione di Emily cambiò all'istante, emozionata per averla riconosciuta. Ma quello sguardo si spense rapidamente.

«Dove sono mamma e Holly?»

Josie lanciò un'occhiata in fondo alle scale e vide Gretchen che aspettava. Che risposta poteva darle? Cosa avrebbe dovuto dirle? Ignorava quanto Emily sapesse o cosa avesse visto. Dirle cos'era successo le avrebbe provocato gravi conseguenze emotive, ma Josie non vedeva alcun vantaggio nel tenerle nascosta la verità. Per sua esperienza, a volte gli adulti hanno una propensione naturale a mentire ai bambini riguardo alle cose spiacevoli, sperando di difenderli o proteggerli in qualche modo, mentre spesso loro reagiscono meglio degli adulti. L'infanzia di Josie era stata piena di traumi, di abusi e di incertezze, eppure la verità, per quanto difficile da accettare, aveva sempre reso la vita più semplice da gestire.

«Mi dispiace molto, Emily, ma non sono più con noi.» le disse.

«Sono morte.» disse Emily. Non era una domanda, e nel suo tono non c'era alcun accenno di speranza che Josie potesse ribattere a questa affermazione. Quindi sapeva.

«Sono davvero desolata, Emily.»

«La mamma aveva detto che potevano accadere cose brutte.» disse Emily. «Aveva ragione.»

«Quali cose brutte?» domandò Josie.

«La mamma diceva che non dovevo mai parlarne se non volevo.»

«Va bene...» concesse Josie, preferendo non insistere sulla questione. La psiche della bambina era sicuramente molto fragile in quel momento e Josie non aveva intenzione di dire o fare qualcosa che potesse causare ulteriori danni. Perciò, preferì dirle: «Sei stata davvero molto intelligente a nasconderti e sei stata molto disciplinata a rimanere nel tuo nascondiglio finché non ti ho dato il segnale di uscire.»

Emily annuì. «Holly me l'ha insegnato.»

Josie scambiò un breve sguardo con Gretchen. Era una delle detective più stoiche che Josie avesse mai incontrato, ma Josie poteva comunque scorgere la tensione sul suo volto. Che razza di trascorsi erano avvenuti in una casa in cui la bambina più grande aveva insegnato alla più piccola a nascondersi quando succedevano cose brutte?

«Holly si è nascosta con te oggi?» le chiese Josie.

Emily scosse la testa. «No. Oggi non poteva nascondersi. Mi sono nascosta da sola.»

«Hai fatto bene.» la rassicurò Josie. «Sono contenta che tu l'abbia fatto. Puoi mostrarmi dov'è il tuo nascondiglio?»

Per un breve istante la bambina socchiuse le labbra mentre guardava Josie. Poi si avvicinò e, a bassa voce, chiese: «Tu hai una pistola?»

«Sì, ce l'ho.» disse Josie. «Non ce l'ho in questo momento, però sì, ho una pistola. C'è qualcosa che ti preoccupa?»

Con una mano, Emily accarezzò la testa del suo cagnolino di peluche. «Ho paura che tu non sia pronta per le cose brutte, come la mamma e Holly.»

A Josie sembrò che il respiro le uscisse tutto d'un colpo e

dovette prendersi un attimo per assicurarsi di non perdere la compostezza.

«È il mio lavoro essere pronta per le cose brutte, Emily. Ti prometto che farò tutto il possibile per tenerti al sicuro, e lo stesso faranno tutti gli altri agenti di polizia che sono venuti a prenderti. Va bene?»

Emily allungò la mano e toccò il viso di Josie, le sue piccole dita, leggere come il tocco di una farfalla, tracciarono la cicatrice di Josie. «Non mi hai raccontato come te la sei fatta.» disse. «Ma ora lo so... è stata una cosa brutta, vero?»

Josie deglutì per sciogliere un groppo in gola sempre più grande. «Sì.» gracchiò. «È proprio così.»

«Però sei ancora viva.»

«Sì.»

Emily si voltò e si incamminò lungo il corridoio. «Vieni. Ti faccio vedere il nostro nascondiglio.»

OTTO

Josie sentì Gretchen che saliva le scale dietro di lei, mentre seguiva Emily nella camera da letto delle bambine, chiedendosi cosa si fossero perse. Emily si avvicinò alla parte della parete adibita a lavagna e avvolse le dita intorno al filo che reggeva la cimosa. Lo strattonò, con forza e velocità, e la cornice che circondava la lavagna saltò fuori dal muro, oscillando come una porta. Dall'altra parte della stanza, Gretchen sussultò.

Josie guardò l'altro lato del rivestimento e vide che i cardini erano stati dipinti di viola per confonderli con la parete. Si sarebbe dovuto guardare molto da vicino per notare qualcosa di strano. Toccò l'interno della botola di fortuna: chiunque l'avesse costruita era stato piuttosto creativo. Era fatta di cartongesso e legno e, per giunta, non aveva la forma di una porta. Il fondo arrivava all'altezza delle ginocchia di Emily, il che significava che doveva entrare e uscire da lì, quasi come se fosse da una finestra. Josie infilò la testa all'interno, ma era buio.

«Solo un attimo...» disse Emily e, infilandosi il cane di peluche sottobraccio, si arrampicò abilmente all'interno del grande buco nel muro. Pochi secondi dopo, una luce si accese. Josie si sporse ancora una volta verso l'interno, ritrovandosi in uno spazio dalle dimensioni di un grande armadio, con pareti in cartongesso non verniciato. Josie cercò di farsi un'idea di cosa poteva esserci dall'altra parte: l'armadio di Lorelei. Originariamente il suo armadio doveva essere stato una cabina armadio e lei o qualcun altro doveva averlo murato per ricavarne un nascondiglio. «Non abbiamo spine qui...» disse Emily e indicò una piccola lampada a batteria sul pavimento in un angolo della botola. C'erano due sacchi a pelo, con un cuscino ciascuno. Tra i due sacchi c'era una pila di libri, accanto ai quali c'erano diverse torce e lampade a libro.

In un altro angolo c'era una toilette da campeggio con accanto un rotolo di carta igienica. Una zaffata di urina raggiunse Josie. Poi un altro odore, questo più rancido, le riempì le narici. I suoi occhi vagarono nello spazio angusto finché non ne vide la fonte: una confezione di formaggio a pasta filata mezza mangiata, un torsolo di mela marroncino e una buccia di banana. Accanto a questi c'era un vasetto di yogurt non finito da cui spuntava un cucchiaio di plastica. Josie indicò gli avanzi. «Tutto questo l'hai portato con te oggi?»

«No, ce l'ho messo l'ultima volta che ci siamo dovute nascondere.»

«Quando è stato?» domandò Josie, chiedendosi anche per quanto tempo fossero rimasti lì quegli avanzi e se Emily avrebbe avuto un'intossicazione alimentare per averli mangiati.

«Non lo so.» rispose lei. «Ma quando ho provato a mangiare queste cose, non avevano un buon sapore.»

«Come ti senti? Ti fa male la pancia?»

Emily fece una scrollata di spalle. «Non lo so.» Si spostò e si mise sopra il sacco a pelo blu. «Questo è il mio.»

Josie annuì e tese una mano, facendo cenno a Emily di tornare nella camera da letto. «Okay, molto bene, Emily. Puoi tornare fuori. Grazie per avermi mostrato il tuo nascondiglio.»

Emily uscì e rimase a fissare Josie. «Mi nascondo anche in altri posti, ma questo è il nostro nascondiglio speciale.»

«Come mai è speciale?» chiese Josie.

«Perché solo io, Holly e la mamma sappiamo dov'è. Nessuno ci ha mai trovate qui. Mai. A volte mi nascondo anche negli armadietti della cucina, dietro le poltrone a sacco del soggiorno e sotto il tavolo della sala da pranzo.»

«Perché ti devi nascondere così tanto?» le chiese Josie.

«Te l'ho già detto.» le rispose la bambina con decisione.

«Per le cose brutte.» finì Josie.

Emily annuì.

«D'accordo.» disse Josie indicando la cassettiera di Emily. «Ho bisogno che tu prepari un po' di cose da portare via. Qualche vestito e qualsiasi altra cosa tu voglia portare con te. Per esempio, qualche libro o dei peluche. E non scordarti che ti serviranno un paio di calzini e uno paio di scarpe. Puoi trovare queste cose per me?»

Emily fece nuovamente spallucce. «Certo.»

Josie e Gretchen la guardarono mentre si avvicinava alla cassettiera e cominciava a tirare fuori i vestiti, disponendo ogni capo piegato sul letto. Quando ebbe finito, si infilò sotto il letto e tirò fuori un borsone. Gretchen si avvicinò a Josie e mormorò: «Dovremo chiamare i servizi sociali.»

«Lo so.» disse Josie. «Ma credo che prima dovremmo portarla in ospedale e farla visitare. Dobbiamo anche cercare di rintracciare i parenti più stretti di Lorelei.»

Gretchen agitò il telefono in aria. «Mi trovi in salotto a fare qualche telefonata.»

Josie annuì e una volta che Gretchen fu uscita dalla stanza, si avvicinò alla bambina, che aveva fatto quattro pile di vestiti sul suo letto. In ogni mucchio c'erano una maglietta, dei pantaloni, un cambio di biancheria intima e dei calzini. Stava contando le pile sottovoce. «Uno, due, tre, quattro. Uno, due, tre, quattro.»

«Posso darti una mano?» le chiese Josie.

Emily fece una pausa e, senza guardarla, scosse la testa.

Con una smorfia, ricominciò a contare. «Uno, due, tre, quattro.» Ripeté il procedimento per sei volte e poi cominciò a mettere le pile nel borsone. Quando ebbe finito, Josie si avvicinò alla cassettiera e scelse un paio di calzini dal primo cassetto. Emily li indossò e poi recuperò un paio di scarpe da ginnastica da sotto il letto. Una volta pronta, Josie la aiutò a chiudere la cerniera del borsone stracolmo.

«Aspetta!» disse Emily quando Josie cercò di prendere il borsone. «Devo prendere le mie altre cose.»

«Quali altre cose?»

Emily si avvicinò alla scrivania e indicò un mucchio di oggetti casuali disposti in cerchio. C'erano una piccola pietra grigia, grande all'incirca come un quarto di dollaro, una minuscola paillette rosa, una piuma di uccello, una candela di compleanno inutilizzata e un tappo di bottiglia rosso vivo preso da un litro di latte. Emily iniziò a contarli, passando il dito su ogni oggetto. «Uno, due, tre, quattro, cinque.»

Ripeté il conto per sei volte. Poi alzò lo sguardo verso Josie. «Ora posso metterli nel borsone.»

Perplessa, Josie guardò Emily mentre infilava con cura ogni oggetto in una delle tasche laterali del borsone. «Sono pronta.» annunciò alla fine.

Josie aveva molte domande, ma la sua priorità immediata era portare la bambina fuori da quella casa: era pur sempre una scena del crimine.

«Emily, ti spiego cosa succederà adesso: ti porteremo in ospedale, perché oggi sono successe cose brutte qui e vorremmo farti parlare con i dottori, va bene?»

Emily annuì.

«Dopodiché è possibile che tu debba andare a stare da qualcuno... un estraneo, ma sarà una persona che ti terrà al sicuro... finché non troveremo un posto in cui tu possa vivere per sempre. Mi hai capito?»

«Vuoi dire una casa-famiglia.»

Sorpresa, Josie disse: «Sì, esattamente. Come fai a sapere delle case-famiglia?»

«Non posso dirlo.»

«Chi ti ha detto di non dirlo?» chiese Josie.

«La mamma.» rispose Emily.

Anche in questo caso, Josie si guardò bene dall'insistere troppo nel chiederle spiegazioni, anche perché c'erano implicazioni legali per qualsiasi conversazione che cercasse di tenere con la bambina senza la presenza di un tutore o di un genitore. Per ottenere una dichiarazione adeguata, Josie avrebbe dovuto aspettare di trovare un parente vicino o che Emily fosse affidata alle cure del Commonwealth della Pennsylvania. Tuttavia, era impossibile sapere quanto tempo sarebbe passato prima di poter ottenere una simile dichiarazione dalla bambina, ed era chiaro che c'era un assassino a piede libero, un assassino che non aveva problemi a uccidere dei bambini. Cambiando argomento, Josie chiese: «Ti nascondi spesso nel muro?»

Ancora una volta Emily fece una scrollata di spalle. «Qualche volta.»

«Puoi dirmi da chi ti nascondi quando entri lì dentro?»

Lentamente, Emily alzò un indice e se lo premette contro le labbra nell'espressione universale del silenzio.

Josie fece un sorriso, cercando di metterla a suo agio. «Puoi dirmelo, Emily. Ora non ti succederà nulla di male e non hai più bisogno di nasconderti. È molto importante che io sappia da chi vi dovevate nascondere tu e Holly quando siete entrate in quella stanzetta.»

«Non posso.» sussurrò la bambina.

«Perché no?»

«Perché se lo dico, continueranno a succedere cose brutte.»

Josie sentì un brivido scivolare lungo il collo. Si sforzò di mantenere il sorriso. «Va bene.» concesse a Emily. «Andiamocene via di qui.»

Josie la condusse fuori fino all'auto di Gretchen e la fece

salire sul sedile posteriore. Gretchen aveva interrotto le ricerche e l'allerta AMBER. Gli agenti di pattuglia se ne erano andati, così come l'agente Sandoval e Rini. Tutti i membri della Squadra di Raccolta delle Prove se ne erano andati, tranne l'agente Jenny Chan, che stava sistemando le buste con le prove sul cassone del suo furgone. Josie lasciò Gretchen che indugiava accanto alla portiera della sua auto, al telefono con l'ospedale, e si avvicinò a Chan. «Qualcosa di interessante dalla serra?»

Chan si tolse la tuta e i copriscarpe in Tyvek, appallottolò il tutto e lo gettò sul sedile posteriore. «Purtroppo no. Un mucchio di cenere, un portatile e un telefono distrutti. Posso farli esaminare da un esperto di elettronica, ma credo che siano troppo danneggiati per ricavarne qualche informazione. Sarebbe meglio ottenere un mandato per i tabulati telefonici. Ho trovato anche alcuni frammenti di quelle che sembrano fotografie a colori, ma nessuno che contenga elementi identificativi. Ritagli di quelli che sembrano documenti di qualche tipo, ma non saprei dire quale. Ci sono alcuni ritagli con le finali di alcune parole, ma estrapolate da qualsiasi contesto purtroppo non significano niente. Mi dispiace.»

Josie scosse la testa. «Non c'è bisogno di scusarsi. Apprezzo molto l'aiuto.»

Chan si tolse la cuffia e scosse i lunghi capelli scuri. «Mi dispiace per il matrimonio.»

Josie fece un sorriso malinconico. «Possiamo sposarci un altro giorno. Ehi, non c'era niente di interessante all'interno del furgone?»

«No, nemmeno. Nel furgone non c'è niente, a parte il libretto di circolazione e la tessera assicurativa di Lorelei.»

Josie la ringraziò, la guardò caricare il resto delle cose sul veicolo e avviarsi lungo il vialetto. Ormai era quasi buio. I suoni della notte cominciavano a levarsi intorno a loro: le rane facevano capolino e gracidavano, le cicale e i grilli frinivano.

Josie si voltò e si avviò verso l'auto di Gretchen, che era

ancora al telefono con il capo Chitwood; lo si capiva dal suo tono e dal modo in cui continuava a ripetere "Sì, Signore." Nel frattempo, lei si era rimessa i tacchi e camminava accanto alla sua auto, soffermandosi di tanto in tanto a strappare una delle erbacce che spuntavano dal terreno morbido. Dal finestrino del sedile posteriore, Emily la fissava, con uno sguardo gelido, dagli occhi così spalancati che Josie si sentì attraversare da un leggero brivido e si immobilizzò sul posto, con la sensazione che la bambina stesse cercando di comunicarle qualcosa; ma poi, lentamente, Emily girò la testa verso gli scalini d'ingresso di casa sua. Lo sguardo di Josie seguì il suo.

Un grido le sfuggì dalla gola prima che avesse il tempo di mettersi una mano sulla bocca. Gretchen si fermò di botto.

Lì, sul gradino più alto, c'era una bambola di pigne.

Josie si mise a girare su se stessa, guardandosi intorno. Non c'era niente. Non c'era nessuno. Si avvicinò alla macchina. Il movimento sembrò rianimare Gretchen. Si tuffò nel finestrino aperto della portiera del lato guida e afferrò la pistola.

Josie disse: «Chiudila dentro l'auto.»

«Dobbiamo portarla via da qui, Boss.»

«Chiama i rinforzi.»

Un fruscio le fece voltare entrambe verso il finestrino del sedile posteriore. Emily aveva usato il pulsante per abbassarlo e si stava sporgendo per dire: «È già andato via.»

«Chi?» disse Josie. «Chi se n'è già andato? Chi c'era qui, Emily? Chi ha lasciato quella bambola? L'hai visto, vero?»

Emily annuì con un cenno solenne.

«Chi era?» chiese Gretchen. «Chi è stato qui?»

Di nuovo, Emily portò un dito alle labbra.

Silenzio.

«Emily...» disse Josie, cercando di trattenere la frustrazione e la disperazione dalla sua voce. «È molto importante che tu ci dica chi ha lasciato quella bambola.»

Nessuna risposta.

«È stato tuo padre?» chiese Gretchen.

«Io non ce l'ho.» rispose la bambina.

«Allora chi è stato, Emily?» chiese Josie. «Puoi dircelo. Noi siamo la polizia. Dobbiamo sapere chi è per poterlo arrestare. Pensiamo che sia stato lui a fare del male a tua mamma e a tua sorella. Per favore, Emily, dicci tutto quello che sai.»

La bambina scosse la testa e abbassò gli occhi.

Gretchen abbassò la voce in modo che solo Josie potesse sentirla. «Forse non vuole dircelo finché restiamo in questa casa. Dobbiamo portarla via da qui.»

Josie annuì. «Chiama i rinforzi. Appena arrivano, partiamo con Emily.»

Mentre Gretchen faceva l'ennesima telefonata, Josie si sistemò sul sedile posteriore accanto a Emily. Guardarono Gretchen che terminava la telefonata, con una mano che premeva il telefono contro l'orecchio e l'altra che teneva la pistola in mano, perlustrando l'area davanti all'auto.

La bambolina fatta di pigne ricambiava lo sguardo con i suoi occhi grotteschi e stralunati, ora sinistri e minacciosi. Josie sentì la mano calda di Emily sul braccio. Guardò verso di lei.

Emily disse: «Significa che gli dispiace.»

NOVE

Oltre la vetrata di una delle stanze di osservazione del Pronto Soccorso del Denton Memorial Hospital, Josie camminava avanti e indietro. Nella stanza con Emily c'erano un'infermiera e un medico. Quando erano entrati avevano tirato le tende davanti al vetro, in modo che Josie non potesse capire a che punto fossero i loro esami. Gretchen era andata a casa a cambiarsi prima di tornare a casa di Lorelei Mitchell per dare una mano nella ricerca della persona che aveva lasciato l'inquietante bambolina fatta di pigne. L'agente Chan l'avrebbe raggiunta per analizzare la bambola e più tardi Mettner si sarebbe incontrato con Gretchen a casa di Lorelei per un confronto. Un'assistente del Dipartimento dei Servizi Sanitari e Sociali della contea sarebbe arrivata all'ospedale da un momento all'altro. Josie indossava ancora il suo abito da sposa e ogni persona che le passava accanto la fissava. Avrebbe voluto essersi portata il telefono, così avrebbe potuto chiamare Noah e chiedergli di portare un cambio di vestiti. In quel momento, si accorse che una donna in tailleur nero e dai morbidi riccioli castani che le avvolgevano il viso, stava percorrendo il lungo corridoio verso di lei. Appesa a una spalla portava una borsa a tracolla. In una mano reggeva un bicchiere di carta di caffè. Si fermò quando arrivò davanti a Josie e sfoderò un largo sorriso. «Sto cercando una bambina di otto anni trovata sulla scena di un omicidio. Mi hanno detto di fermarmi quando avessi visto una donna in abito da sposa.»

Josie rise e allungò una mano. «Detective Josie Quinn. Perdoni il vestito. Lei è dei Servizi Sociali?»

La donna strinse la mano di Josie e poi esibì le sue credenziali. «Sì. Marcie Riebe.»

Josie indicò la cabina di vetro. «Il personale medico la sta visitando in questo momento.»

Marcie guardò su e giù per il corridoio. Individuò un cesto portabiancheria e lo spostò verso il punto in cui si trovava Josie. Tirò fuori dalla borsa un piccolo computer portatile e ve lo posò sopra. Accanto vi pose il suo caffè. Dopo alcuni passaggi e una rapida digitazione, alzò lo sguardo verso Josie e disse: «Perché non mi racconta cos'è successo?»

Non appena Josie cominciò a farle un resoconto di tutto quello che sapevano, Marcie trascrisse furiosamente parola per parola sul computer, fermandosi di tanto in tanto per sparare qualche domanda. Quando ebbero finito, Marcie disse: «La prima cosa da fare è cercare di localizzare i suoi parenti più stretti. Se fosse possibile, sarebbe meglio affidarla alla famiglia, soprattutto in considerazione del trauma che ha subito.»

«Sono d'accordo.» disse Josie. «La mia squadra si metterà al lavoro il prima possibile. Al momento sono ancora sul campo.»

Prima che Marcie potesse aggiungere altro, il medico uscì dalla stanza di Emily. Josie lo conosceva per le numerose visite al Pronto Soccorso fatte durante i casi di cui si occupava. Il dottor Ahmed Nashat era intelligente, sensibile e non aveva peli sulla lingua. Josie fece le presentazioni tra il dottore e l'assistente sociale. Lui rivolse a entrambe un sorriso sofferto. «Sembra in ottima salute: è ben nutrita, non presenta segni di lesioni o traumi fisici e non ci sono segni di abusi prolungati. È vigile e orientata. Agli esami si colloca intorno al cinquantesimo percentile in relazione alle tappe fondamentali per la sua età. È sveglia e parla in modo articolato, anche se si rifiuta di rispondere ad alcune domande. Sono, invece, un po' preoccupato per il trauma psicologico che ha subito oggi, per questo ho richiesto un consulto specialistico. L'unico problema, a questo punto, è che sembra avere un episodio di intossicazione alimentare. Ha vomitato un paio di volte mentre eravamo con lei.»

Josie sospirò. «Infatti ero preoccupata proprio per questo...» e gli raccontò degli avanzi trovati nel suo nascondiglio.

Il dottor Nashat annuì. «Questo dovrebbe bastare a spiegarlo. Se per lei va bene, Ms. Riebe, vorrei trattenerla sotto osservazione per almeno un paio d'ore, e meglio ancora sarebbe per tutta la notte, per assicurarmi che sia stabile.»

«Va bene.» disse Marcie.

«Dottore...» chiese Josie, «l'ospedale ha già una cartella clinica su Emily?»

Lui scosse la testa. «No, non è nel nostro sistema, è la prima volta che viene qui.» Si voltò a guardare Marcie. «Probabilmente per la registrazione dovremo chiedere a lei, per i dettagli finanziari.»

«Ottimo.» disse Marcie con un sorriso tirato. «Se non le dispiace, adesso vorrei entrare e parlare con la piccola.»

«Certamente.» disse il dottor Nashat. «Solo un'altra cosa. Le abbiamo chiesto se conosceva qualcuno che potevamo chiamare, tra familiari e amici, e lei ci ha risposto: "Pax è un amico".»

«Pax?» ripeté Josie.

«Sì. P-A-X. È quello che ha detto. Quando le abbiamo chiesto chi fosse, ha detto che era un amico a cui sua madre dava una mano. Ha anche detto che al padre di Pax non piaceva che andasse a casa loro. Le abbiamo chiesto se lo avesse visto oggi. Ci ha risposto di no.»

Marcie sorrise. «Vedrò di ottenere qualche informazione in più su questa persona.»

«Grazie.» disse Josie. «Non appena avrò parlato con la mia squadra, vedremo di localizzare questo Pax e il padre della bambina.»

Marcie scomparve nella stanza e il medico passò a occuparsi di altri pazienti, lasciando Josie ancora una volta da sola nel corridoio. Pochi istanti dopo, il rumore di passi pesanti sulle piastrelle attirò la sua attenzione. Alzò lo sguardo e vide Noah che avanzava lungo il corridoio. Il solo vederlo le diede un sollievo così profondo che credette di crollare a terra. Si era cambiato, portava un paio di jeans, una maglietta nera sotto una giacca leggera e degli scarponi. Tra le mani reggeva una borsa di stoffa bordeaux su cui c'era scritto "Harper's Peak" in caratteri eleganti.

Il suo sorriso le fece tremare le ginocchia. «Mi hai portato un cambio di vestiti.» osservò lei.

Noah si fermò davanti a lei e la baciò sulle labbra. «Ti ho portato anche il telefono e la pistola, e sono passato da casa a prendere il portatile.»

«Grazie.»

«La band sta ancora suonando a Harper's Peak.» le disse. «Misty e Harris hanno portato Trout a casa con loro. Tua nonna, i tuoi genitori, tuo fratello, Trinity e Drake passeranno la notte in albergo. E anche mia sorella e mio fratello. Celeste e Tom non erano entusiasti di tutto questo, ma Adam è stato molto accomodante.»

Josie rise. «Così i nostri invitati possono celebrare il nostro matrimonio senza di noi.»

«Per questa volta...» disse lui.

«Hai saputo qualcosa?» chiese Josie, prendendogli la borsa.

«Nessuno dello staff di Harper's Peak ricorda di aver mai visto Holly Mitchell prima d'ora, viva o morta. Non ci sono telecamere nei giardini o nei punti panoramici, però ne hanno in tutti i parcheggi. Ho controllato tutti i filmati, ma non ho visto nessuno tirare fuori un corpo da un bagagliaio. Ho guardato i filmati delle telecamere che si affacciano sui parcheggi riservati al personale e le telecamere all'esterno di tutti gli edifici, pensando che probabilmente Holly ci sia arrivata viva insieme a qualcuno, che sia stata uccisa in uno degli edifici e poi trasportata fino all'affaccio, ma non c'è nulla in nessuno dei filmati che lo faccia pensare.»

«È chiaro che in casa c'è stato uno scontro di qualche entità.» affermò Josie. «Tenderei a credere che sia stata uccisa lì.»

«Anch'io.» disse Noah. «Ma dobbiamo indagare su più fronti per non farci sfuggire nulla. Celeste ha messo Tom al lavoro per permettere alla nostra squadra di parlare con tutti coloro che si trovano sul posto. Mett stava ancora interrogando gli invitati quando me ne sono andato. Sperava che uno di loro avesse visto l'assassino all'interno della proprietà, senza rendersene conto sul momento. Ma non ha avuto molta fortuna. Sembra che nessuno abbia visto niente di niente. Per questo pensiamo che chiunque abbia depositato il corpo davanti alla chiesa sia passato dal bosco.»

«La casa di Lorelei è a un paio di chilometri da Harper's Peak. È un tratto lungo.»

«A meno che Holly non sia scappata da casa e l'assassino non l'abbia raggiunta nel bosco, l'abbia uccisa e l'abbia trasportata fino a Harper's Peak.» ipotizzò Noah.

Josie pensò alla bambolina fatta di pigne e a quello che Emily aveva detto che significava che "gli dispiaceva". Questo voleva dire che l'assassino non aveva avuto intenzione di uccidere Holly? O solo che era dispiaciuto di averlo fatto? Era questo il significato della bambola posta sul suo corpo? E averla deposta davanti alla chiesa aveva un significato?

«Il suo corpo è stato esposto davanti alla chiesa.» disse a Noah. «Ha un significato preciso. Invece, il corpo di Lorelei non l'ha spostato.»

«Quando Gretchen ha chiamato Mett, ha detto che avevate discusso della possibilità che si trattasse di un caso di violenza domestica. Se così fosse, probabilmente non sarebbe stato dispiaciuto di aver ucciso Lorelei. Avrebbe più senso che abbia inseguito Holly nei boschi. Può darsi che non avesse l'intenzione di ammazzarla, ma che si sia spinto troppo oltre e abbia provato rimorso per averlo fatto.»

«Così l'ha lasciata in un posto bellissimo.» aggiunse Josie. «In un posto dove sarebbe stata trovata.»

«E ha sistemato il suo corpo in modo dignitoso.»

«Esatto.» disse Josie.

«Mett ha fatto intervenire altre persone per perlustrare i boschi vicino a Harper's Peak e il capo ha approvato gli straordinari.»

«È fantastico.» disse Josie. Tirò su la borsa. «Devo cambiarmi. Poi voglio vedere cosa riesco a scoprire sul passato di Lorelei. Ma ho bisogno di una mano per togliermi questo vestito.»

DIECI

Una ventina di minuti più tardi uscirono da una stanza inutilizzata nel seminterrato dell'ospedale. Josie era accaldata. Guardò Noah e vide che lo era anche lui. Sentiva ancora la sua bocca sul suo collo e le sue mani sui fianchi, mentre l'abito da sposa scivolava a terra e Noah lo scostava da una parte. Non ricordava che fossero mai stati così desiderosi l'uno dell'altra, nemmeno all'inizio della loro relazione, ma lei aveva avuto bisogno di lui nello stesso modo in cui aveva bisogno di diversi bicchierini di Wild Turkey ogni volta che i momenti più bui della vita minacciavano di sopraffarla. E dal momento in cui le dita di Noah avevano sfiorato i bottoni del suo vestito, le era stato chiaro che lui aveva bisogno di lei allo stesso modo.

Quando imboccarono il corridoio vuoto, con le sue pareti giallastre e il pavimento di piastrelle sporche, Josie si sistemò le ciocche di capelli sciolte dietro le orecchie e si aggiustò la fondina della pistola alla cintura. Si mise a tracolla la borsa con il portatile e guardò Noah, che teneva il suo abito da sposa su un braccio. La sua folta chioma castana era selvaggiamente disordinata. Josie allungò la mano per sistemarla, avvertendo ancora i residui dell'elettricità sfrenata che crepitava tra di loro.

Con semplicità, Noah disse: «Forse dovremmo provare a sposarci più spesso.»

Prima che Josie potesse rispondere, un'altra voce si levò dal fondo del corridoio. «Ehi, piccioncini. Mi stavo chiedendo dove foste finiti... anzi, vi stavo proprio cercando.»

Si voltarono e videro la dottoressa Feist che si affacciava fuori dalle porte dell'obitorio, vestita con il suo caratteristico camice blu e la cuffia aderente, che faceva loro cenno di avvicinarsi. «Ho chiamato Mettner e Gretchen, ma sono entrambi impegnati e mi hanno detto che forse uno di voi due poteva essere disponibile per ascoltare i risultati dell'autopsia.» Li squadrò bene con un lento sorriso che le incurvava le labbra. «Oh... ho interrotto qualcosa?»

Noah allungò il braccio con cui teneva il vestito da sposa per mostraglielo. «Josie doveva cambiarsi.»

La dottoressa Feist rispose con uno sguardo divertito. «Certo, come no. Andiamo. Potete lasciarlo nel mio ufficio per tenerlo al sicuro finché non potrete portarlo a casa.»

La seguirono lungo il corridoio ed entrarono nel suo laboratorio. Non c'erano finestre, le pareti erano di mattoni di cemento grigio chiaro. Al centro della stanza c'erano due tavoli da autopsia in acciaio inossidabile, con un sistema di illuminazione a lampade scialitiche. Come sempre, la combinazione di sostanze chimiche e decomposizione produceva un odore stomachevole. Per quante volte Josie avesse sentito quel fetore, non si era mai abituata. La dottoressa Feist prese il vestito dal braccio di Noah e scomparve nel suo ufficio nella stanza adiacente. Sopra entrambi i tavoli autoptici davanti a loro erano sistemati due corpi sui quali erano stesi dei lenzuoli e dalle rispettive dimensioni era evidente che quello più grande era di Lorelei e quello più piccolo di Holly. Il medico legale si avvicinò a un computer portatile sul bancone di acciaio inossidabile che correva lungo la parete di fondo della stanza e, senza neanche mettersi a sedere, lo aprì per visualizzare una serie di radiografie e poi si voltò verso Josie e Noah.

«Di quale esame volete sapere per primo?»

Josie deglutì. «Cominciamo dalla madre.»

La dottoressa fece un cenno solenne. «Ho potuto confermare la sua identità usando la patente di guida che la Squadra di Raccolta delle Prove ha preso a casa. Non ho trovato prove di violenza sessuale. La causa della morte è stata, come avevo anticipato, il dissanguamento a causa di una ferita d'arma da fuoco al petto. Ho estratto diversi pallettoni da caccia dall'addome e dalla cavità toracica. I danni interni erano ingenti, ma credo che il danno peggiore sia stato causato da un proiettile che ha colpito il polmone sinistro, causando una profonda perforazione del torace, e da un altro proiettile che ha attraversato il cuore. In pratica, il polmone sinistro e il cuore sono stati crivellati. Ogni tecnicismo scientifico sarà riportato nel rapporto. In aggiunta a questo, ha riportato una brutta ferita alla testa. Tuttavia, sembrerebbe che le sia stata inferta a pochi minuti dalla morte, perché mi sarei aspettata di vedere un rigonfiamento del cervello o un ematoma subdurale, ma non ha avuto il tempo di materializzarsi.»

«Ora della morte?» chiese Josie.

«Data la temperatura corporea e la temperatura della casa, direi che è morta tra le sei e le dieci del mattino. Ho trovato caffè e fiocchi d'avena nello stomaco, quindi sembra che avesse appena fatto colazione. Ho trovato anche alcuni reperti secondari di cui credo dobbiate essere a conoscenza; non perché abbiano a che vedere con la morte di questa donna, ma perché potrebbero avere un impatto sulla vostra indagine.»

Si avvicinò al tavolo con la sagoma più grande e ripiegò il lenzuolo fino a poco sopra il petto di Lorelei. Scostando via i riccioli dal viso, la dottoressa Feist indicò la pelle lungo il lato del collo e giù fino ai muscoli del trapezio. Josie si avvicinò e vide subito almeno una mezza dozzina di linee bianche e argentate, ognuna lunga circa un centimetro. «Ferite da taglio.» esclamò.

«Sì.» confermò la dottoressa Feist. «Molto vecchie. Sono guarite tanto tempo fa. Ce ne sono altre sulla parte superiore della schiena e del collo. Ne ho contate trentaquattro in tutto. La maggior parte sono relativamente superficiali, cioè non penetrano sotto la fascia. Due di queste, tuttavia, hanno intaccato la clavicola sinistra e un'altra è penetrata nella parte posteriore del collo abbastanza profondamente da intaccare l'osso della colonna vertebrale, asportandone una piccola scheggia, ma senza danneggiare i nervi o i vasi circostanti. È stata straordinariamente fortunata.»

«Sta dicendo che qualcuno l'ha pugnalata trentaquattro volte nella parte superiore della schiena e del collo?» chiese Noah.

«Proprio così.» disse la dottoressa Feist. «La mia ipotesi è che sia stata attaccata alle spalle. Tenderei a ipotizzare un attacco lampo, veloce e implacabile.»

«Mio Dio.» disse Josie. «C'è un modo per stabilire a quando risalgono?»

La dottoressa Feist scosse la testa. «Non posso dirlo con certezza. Credo che siano vecchie di diversi anni.»

Un momento di silenzio si protrasse intorno a loro, mentre riflettevano su ciò a cui Lorelei Mitchell era sopravvissuta in un momento imprecisato della sua vita. Come se fossero mosse da una volontà propria, le dita di Josie sfiorarono la cicatrice sul suo viso. Quando vide che il medico legale la stava guardando, abbassò la mano.

«Che ci dice di Holly?» chiese Noah.

La dottoressa fece una smorfia. «Il suo caso è un po' più complicato. Avete mai sentito parlare della sindrome "parla e muori"?»

Josie e Noah scossero la testa all'unisono.

«È un'espressione sintetica che i neurologi usano quando

parlano di un trauma cranico chiuso, di solito un ematoma epidurale, che si verifica quando il sangue si accumula tra la dura madre, il rivestimento del cervello, e il cranio. Con una lesione "parla e muori" la persona di solito subisce un trauma cranico senza frattura del cranio. Di solito sembra stare bene per diversi minuti, anche per ore. Ride, cammina, parla...»

«Finché non muore.» concluse Noah.

«Appunto. Il declino avviene in modo estremamente rapido. L'accumulo di sangue può causare pressione e gonfiore nel cervello. Può persino causare lo spostamento del cervello all'interno del cranio. È quello che ho riscontrato durante l'esame di Holly Mitchell. Aveva un ematoma epidurale molto grande che ha esercitato un'intensa pressione sul cervello e ne ha provocato il rigonfiamento e lo spostamento. È questo che ha causato la morte.»

«È possibile sapere quanto tempo è passato tra il momento in cui ha subito il trauma cranico e l'ora del decesso?» si informò Josie.

La dottoressa si accigliò. «No, purtroppo. Come ho detto, con la sindrome "parla e muori" può sembrare che una persona stia bene per cinque minuti o per diverse ore prima di morire. Data la sua temperatura corporea e le temperature esterne, probabilmente è morta tra le otto del mattino e mezzogiorno.»

«C'è un modo per capire cosa l'ha ferita?» chiese Noah.

«Temo di no.» disse la Feist. «La ferita era sopra l'orecchio sinistro, vicino alla tempia. Può essere stata provocata da un colpo, oppure in seguito a una caduta, anche se in questo caso avrebbe dovuto atterrare con l'angolazione giusta e con la giusta forza per subire una simile ferita.»

«Ma lei non crede che sia caduta.» disse Josie. «Prima, quando abbiamo trovato il suo corpo, ha detto che aveva lividi intorno al collo e petecchie negli occhi.»

«Sì. Se volete dare un'occhiata...» si interruppe, fissandoli entrambi, in attesa che acconsentissero a vedere ancora una volta il corpo della bambina.

Josie annuì e la seguì verso il tavolo autoptico. Noah si unì a loro. Con grande attenzione, la dottoressa Feist tirò giù il lenzuolo e lo rimboccò sopra le spalle di Holly. Gli occhi della ragazzina erano chiusi, le ciglia bianche risaltavano sotto la luce della lampada a LED. «Poliosi.» disse seguendo lo sguardo di Josie.

«Sì.» disse Josie. «Lorelei me ne aveva parlato.»

«Di solito si manifesta con una ciocca bianca sulla fronte o una chiazza di capelli bianchi in qualche punto della testa, ma a volte si manifesta anche con le ciglia bianche. Si tratta semplicemente di una mancanza di melanina alla radice del bulbo pilifero. Da sola, senza una condizione medica concomitante, è del tutto innocua.»

«È genetica?» chiese Noah.

La dottoressa annuì. «Di solito, sì.»

«Aveva una patologia concomitante?» chiese Josie.

«All'esame non ho trovato tracce di patologie.»

Ritornarono a guardare il viso di Holly. La Feist le aveva sistemato i capelli in modo che non potessero vedere il punto in cui aveva usato la sega per ossa per inciderle il cranio. Non era la prima volta che vedevano una vittima di quella età, e di certo non sarebbe stata l'ultima, ma non riuscivano mai ad abituarsi a stare davanti al corpo di una bambina così piccola a cui sarebbe rimasto ancora tanto da vivere. Josie fece un giuramento a se stessa: avrebbe trovato il colpevole e si sarebbe assicurata che non facesse mai più del male a nessuno.

La dottoressa Feist indossò un paio di guanti di lattice e indicò diversi lividi scuri, grandi come dita, sparsi sul collo e sulla gola della bambina. «Aveva lesioni significative ai tessuti molli della gola e del collo, ma niente che potesse ucciderla.»

«Com'è andata, hanno cercato di strangolarla e poi hanno cambiato idea e l'hanno colpita alla testa?» ipotizzò Noah.

«Oppure l'aggressore ha cercato di strangolarla, lei ha opposto resistenza e alla fine l'ha colpita alla testa?»

«Tra l'altro lei ha detto che è rimasta in vita per un po' di tempo dopo il trauma cranico.» aggiunse Josie.

«Proprio così.» confermò la dottoressa Feist. «Doveva esserlo.»

«Potrebbe essere rimasta a terra per un certo periodo di tempo tanto che l'assassino potesse pensare che fosse morta?»

«Non è da escludere. In alternativa, l'assassino è stato con lei fino al tracollo e al decesso e poi ne ha disposto il cadavere. Ma, a parte questo, ci sono altre cose di cui dovreste essere a conoscenza.»

Il medico legale sollevò un lato del lenzuolo per esporre una delle mani delicate di Holly. «Abbiamo prelevato una grande quantità di pelle da sotto le unghie. Hummel ne ha inviato i campioni al laboratorio della Polizia di Stato per le analisi del DNA. È riuscita a graffiare discretamente il suo aggressore.»

Josie provò una leggera scarica di eccitazione: così avrebbero potuto verificare la presenza di graffi su tutti i sospetti e, se ne avessero individuato uno principale, avrebbero avuto il DNA con cui confrontarlo, anche se ci sarebbero volute settimane, se non mesi, per ottenere il profilo del DNA.

«In aggiunta a questo, ho trovato graffi recenti sulle piante dei piedi...» proseguì la dottoressa Feist, spostandosi all'altra estremità del tavolo per scoprire i piedi nudi di Holly. Josie e Noah si strinsero per dare un'occhiata più da vicino e constatarono la presenza di diverse lacerazioni fresche che attraversavano le piante dei piedi.

«Quando l'hanno portata qui, aveva i piedi coperti di sporcizia e fango, e ho estratto degli aghi di pino da una delle ferite ai piedi.» aggiunse la dottoressa.

«È stata nel bosco.» concluse Josie. «Prima di morire.»

«Si direbbe di sì.» convenne la Feist.

«Quindi è riuscita a uscire di casa.» dedusse Noah.

«Perciò, potrebbe anche aver assistito all'omicidio di sua madre.» concordò Josie. «O forse ha immaginato cosa stava per accadere, così ha detto alla sorellina di nascondersi. Poi, a un certo punto si è trovata ad affrontare l'assassino, se non quando era ancora in casa, più tardi quando si è addentrata nel bosco.»

«Oppure...» propose Noah, «l'assassino l'ha aggredita e ha cercato di strangolarla, ma lei è riuscita a scappare nel bosco e in seguito lui l'ha ritrovata e le ha procurato una ferita alla testa tale da ucciderla.»

«A prescindere dall'ordine degli eventi...» precisò la dottoressa Feist, «la modalità della morte è omicidio.»

«Ci sono segni di violenza sessuale?» chiese Josie.

«No, no, nessuno. Però c'è un'altra cosa che dovreste sapere. Credo che questa bambina sia stata vittima di continui abusi fisici.»

Josie si girò di scatto verso di lei. «Sul serio? Che cosa glielo fa pensare?»

La Feist tornò verso la testa di Holly e fece cenno con un indice di avvicinarsi. Una volta che furono accanto a lei, scostò delicatamente i capelli dall'orecchio sinistro della ragazzina.

«Oh mio Dio...» esclamò Noah.

L'orecchio era gravemente deformato: la parte esterna del lobo era gonfia, bulbosa e bitorzoluta. «Orecchio a cavolfiore.» mormorò Josie.

«Precisamente.» confermò la dottoressa Feist. «Si formano coaguli di sangue sotto la pelle, che poi si staccano dalla cartilagine e formano un tessuto fibroso. Questa è la versione meno scientifica. Si forma come risultato di un trauma ripetuto all'orecchio esterno. Pertanto, o questa bambina era una lottatrice professionista oppure veniva regolarmente colpita alla testa per punizione, perché non si tratta di qualcosa che si produce con un solo colpo, è un fenomeno che si sviluppa nel tempo.»

«Santo cielo.» disse Josie. Pensò ai farmaci che aveva visto negli armadietti della cucina di Lorelei. Sebbene la violenza non fosse una caratteristica della schizofrenia o del disturbo bipolare, non era escluso che una persona affetta da una di queste malattie potesse diventare violenta. Tuttavia, Josie non riusciva ancora a credere che Lorelei fosse una persona violenta. E poi, anche lei era stata uccisa. Aveva costruito un nascondiglio segreto per le sue bambine nella parete che divideva le loro camere da letto. Teneva gli oggetti taglienti in un nascondiglio segreto sotto il materasso. C'era forse un'altra persona che viveva con loro?

«Ci sono anche alcuni altri indicatori di abuso fisico cronico.» proseguì la dottoressa Feist. Si avvicinò al suo computer portatile e fece loro cenno di raggiungerla. Aprendo una serie di cartelle, fece apparire sullo schermo le immagini radiografiche di una gabbia toracica. «Qui, qui e qui si possono vedere delle fratture costali posteriori guarite. Sono piuttosto vecchie, ma come ho detto sono posteriori, il che è quasi sempre indice di abuso.»

«Qual è il meccanismo della lesione?» chiese Noah.

«Di solito, queste fratture posteriori alle costole si verificano a causa della pressione: un adulto o una persona più grande che stringe il bambino e lo scuote o esercita una forte pressione sul suo corpo dalla parte anteriore a quella posteriore. È molto insolito che si verifichino nei bambini in seguito a un qualche tipo di incidente. Queste fratture sono probabilmente avvenute quando era molto più piccola, ma tra queste e l'orecchio a cavolfiore, si direbbe che abbia subito abusi prolungati durante la sua vita.»

Josie si sentiva come se qualcuno le avesse calato dei pesi di piombo sulle spalle. La sua mente continuava a tornare al giorno in cui aveva incontrato Lorelei e le sue figlie. Non c'era stato niente di particolare che le avesse fatto scattare qualche campanello d'allarme. Come aveva fatto a non accorgersene? E adesso cosa le sfuggiva?

«E cosa ci dice sulla sua documentazione medica?» chiese

Noah. «Se viveva a Denton, è presumibile che si facesse curare qui.»

«E Lorelei avrebbe dovuto indicare un contatto di emergenza.» aggiunse Josie.

«Non ho accesso a questa documentazione.» spiegò la dottoressa. «Dovreste procurarvi un mandato e notificarlo all'ufficio di gestione delle informazioni sanitarie.»

«Andiamo.» disse Josie guardando Noah. «Prepareremo i mandati per le cartelle cliniche di entrambe. Ma prima dobbiamo scoprire tutto il possibile su Lorelei Mitchell.»

UNDICI

Josie e Noah si fermarono a controllare le condizioni di Emily prima di ripartire. Si era addormentata, con il suo cagnolino di peluche stretto tra le braccia. Aveva le guance di un rosso acceso e la bocca aperta. Ciocche castane le si erano appiccicate ai lati del viso. Josie provò una profonda tristezza guardandola: a soli otto anni, tutta la sua vita era stata stravolta e il suo futuro aveva assunto contorni incerti. Eppure, era stata così coraggiosa e tenace fino a quel momento. Josie sentì il palmo della mano di Noah caldo sulla sua spalla. Su una sedia a lato del letto, l'assistente sociale stava lavorando al suo computer portatile e quando li vide, si alzò e si avvicinò alla porta. «Finalmente si è addormentata. Sta piuttosto male, come potrete immaginare. Il dottor Nashat la tratterrà per tutta la notte... questo dovrebbe darvi un po' di tempo per cercare i parenti più prossimi. In caso contrario, verrà inserita nel sistema.»

«Le ha detto qualcosa?» chiese Josie.

Marcie scosse la testa. «Niente di più di quello che ha detto a lei.»

«Neanche sul suo amico Pax? Le ha chiesto di lui?»

«L'ho fatto. Ha detto solo che suo padre non è particolarmente bendisposto verso sua mamma, ma che Pax è un amico. Le ho chiesto che tipo di cose fanno insieme e lei ha risposto che lui le porta della frutta e giocano. Le ho chiesto se avesse mai fatto del male a lei o a qualcuno della sua famiglia e mi ha risposto di no. Le ho domandato quando l'aveva visto l'ultima volta e non lo sapeva, ma era comunque certa di non averlo visto oggi.»

«Ha saputo dirle il suo cognome?» chiese Noah. «O dove abita?»

«Ha detto che di solito andava a casa loro in mountain bike. Tutto qui. D'altronde ha solo otto anni. Non è strano che non conosca i dettagli che gli adulti danno per scontati, come un cognome.»

Josie sospirò. «Vedremo cosa riusciremo a scoprire.»

***

Era tardi quando l'intera squadra si riunì alla centrale. La sede della polizia di Denton era ospitata in un vecchio edificio di tre piani interamente in pietra, classificato nel registro dei monumenti storici della città. Era stato trasformato da municipio a stazione di polizia più di sessantacinque anni prima e, con le sue finestre bifore e la torre di un vecchio campanile a un angolo, ricordava un castello. Al secondo piano c'era quella che chiamavano la sala grande, un'area aperta piena di scrivanie e schedari dove i detective svolgevano le indagini e gli agenti in uniforme sbrigavano le loro pratiche. L'ufficio del capo si trovava di fronte alla sala grande. Josie, Noah, Gretchen e Mettner avevano tutti la loro scrivania fissa, le une addossate alle altre, a formare un grande rettangolo. Si sedettero ciascuno alla propria scrivania in attesa dell'arrivo del capo Chitwood. Gretchen si mise a scrivere i rapporti al computer. Josie inserì il nome di Lorelei Mitchell e altri dati fondamentali in una serie di database, cercando di trovare qualsiasi informazione possibile. Accanto a lei, Noah cominciò a preparare un mandato per le cartelle cliniche di Lorelei e Holly. Mettner riprese a scorrere gli appunti che aveva preso sul suo telefono. A parte le loro, l'unica scrivania fissa era riservata alla loro addetta stampa, Amber Watts. Mettner l'aveva portata al matrimonio come sua accompagnatrice e ora se ne stava appollaiata sul bordo della scrivania con un tablet in mano e indosso ancora l'abito scollato verde pastello che avvolgeva la sua figura slanciata, circondata dai folti riccioli ramati che le ricadevano lungo la schiena. A Josie non sfuggì che ogni pochi secondi lo sguardo di Mettner si allontanava dallo schermo del telefono per dirigersi verso Amber.

Noah si sporse verso Josie e le sussurrò all'orecchio: «Secondo te Mett era davvero dispiaciuto perché abbiamo dovuto rinunciare al matrimonio o perché così gli abbiamo rovinato la serata romantica con Watts?»

Lei rise sommessamente. Mettner si era invaghito di Amber dal primo giorno in cui lei aveva fatto il suo ingresso alla stazione di polizia, ma non era mai stato così evidente come in quel momento e Josie non poté fare a meno di chiedersi se avessero fissato il loro primo appuntamento in occasione del loro matrimonio o se fossero già usciti insieme.

«Detective!» sbraitò il capo Chitwood emergendo dalla tromba delle scale. Tra le mani portava una scatola di cartone piena di pietanze che Josie riconobbe immediatamente come parte del menù previsto al ricevimento del loro matrimonio. Chitwood la pose al centro delle loro scrivanie. «Questa ve la manda Adam Long. Sono gli avanzi del ricevimento.»

Tutti e quattro si tuffarono sulla scatola e per la prima volta quel giorno Josie si rese conto di quanta fame avesse. Non mangiava da diverse ore. Chitwood concesse alla squadra qualche minuto per mangiare prima di iniziare la riunione. «Qualcuno di voi ha parlato con la dottoressa Feist?» chiese. «Si è già occupata delle autopsie?»

Gli rispose Josie: «Sì ci abbiamo parlato noi e ha già terminato entrambe le autopsie.»

Lei e Noah raccontarono alla squadra tutto ciò che avevano appreso dal medico legale. Seguì un lungo momento di silenzio angosciato, mentre tutti prendevano atto della ferocia dell'aggressione alla famiglia Mitchell. Poi Chitwood si rivolse a Mettner. «Tu cos'hai scoperto, Mett?»

Mettner prese il telefono e lo scorse. «Non molto.» disse. «Nessuno del personale di Harper's Peak o degli invitati che abbiamo interrogato ha visto un bel niente. Non abbiamo trovato nulla nei filmati delle telecamere a circuito chiuso né dentro gli edifici né sui parcheggi. Nessuno del personale ricordava di aver mai visto Holly prima e, con le sue ciglia bianche, è facile presumere che chiunque se la sarebbe ricordata. Dunque, supponiamo che sia stata portata nel parco attraverso il bosco. Nemmeno le squadre di ricerca hanno trovato qualcosa. Ci sono un paio di sentieri che si allontanano da Harper's Peak attraverso il bosco, ma nessuno conduce a casa Mitchell. Se è stata portata in auto, chiunque sia stato è riuscito a non farsi riprendere dalle telecamere o a non farsi vedere dal personale o dagli invitati. L'ultima volta che qualcuno è entrato in chiesa è stato la sera prima, intorno alle sette, quando Tom Booth ci è andato per aprirla e prepararla per la cerimonia di oggi. Sappiamo però dall'autopsia che Holly è morta oggi, quindi l'assassino ce l'ha lasciata questa mattina o nel primo pomeriggio.»

«Abbiamo consegnato un mandato per i tabulati del cellulare di Lorelei.» disse Gretchen. «Se riusciamo a ottenerli, forse possiamo vedere chi ha chiamato o mandato l'ultimo messaggio.»

Mettner sospirò. «Purtroppo, ci vorrà quasi una settimana per averli. Il gestore ha detto almeno tre giorni.»

«I risultati delle analisi del DNA ritrovato sotto le unghie di Holly richiederanno ancora più tempo.» disse Noah. «Settimane, forse anche mesi.»

«Allora dobbiamo lavorare con quello che sappiamo fino a questo momento.» disse Josie. «Cos'altro abbiamo?»

«La squadra di Hummel non è stata in grado di ricavare alcuna impronta dal corpo di Holly o da quella inquietante pigna che è stata lasciata sul suo corpo.» rispose Mettner.

Gretchen disse: «Chan non è riuscita a ricavare le impronte neanche da quella che è stata lasciata a casa Mitchell.»

Mettner puntò il mento in direzione di Josie. «Nessuna idea del significato della loro presenza?»

Josie smise di scorrere i risultati della ricerca di Lorelei Mitchell sul suo computer e incontrò lo sguardo di Mettner. «È chiaro che quelle bambole hanno un significato molto preciso. Emily ha detto che significano che "gli dispiace". Di conseguenza, la mia ipotesi è che l'assassino ne abbia fatta una per Holly come simbolo del suo rimorso, e che quella che ha lasciato in casa fosse destinata a Emily.»

«Ma non ha ucciso Emily...» ribatté Noah.

«No, ma ha ucciso la sua famiglia. Oltretutto, è chiaro che Emily sa chi è questa persona, anche se non vuole dircelo.»

Mettner sospirò di nuovo e si passò una mano sul viso. «Intendi dire che potremmo catturare l'assassino, in questo preciso istante, se Emily Mitchell ci dicesse chi è?»

«Non è così semplice, Mett...» disse Noah.

«A me sembra di sì.» protestò Mettner. «Mi rendo conto che quella bambina è stata traumatizzata e che ha paura, ma se basta questo per risolvere il caso, qualcuno dovrebbe andare subito all'ospedale a cercare di estorcerle queste informazioni.»

«Adesso all'ospedale con lei c'è l'assistente sociale.» gli fece presente Josie. «Il medico curante ha ordinato un consulto psicologico, perché ritiene che uno specialista potrebbe avere più fortuna nel convincerla a fornirci le informazioni. So che è frustrante, Mett, ma accanirsi su una bambina di otto anni che ha appena perso tutti i suoi familiari in un brutale omicidio non servirebbe a velocizzare le cose. Dobbiamo lavorare con quello che abbiamo.»

«Vale a dire con niente.» rispose Mettner lanciando il telefono sulla scrivania. Amber gli si accostò e gli mise una mano sulla spalla. «Scusatemi...» borbottò lui, scosso da un brivido. «Vedere quella povera ragazzina... mi ha stravolto.»

A volte Josie dimenticava che Mettner non aveva tanti anni di esperienza come il resto della Squadra, né tanti casi strazianti all'attivo.

«Ci ha stravolti tutti quanti, Mett.» gli disse Gretchen. «Se così non fosse, sarei preoccupata per te.»

Da sotto le ciglia abbassate, Mettner li guardò uno per uno. «Voi non lo date mai a vedere.»

Josie disse: «È noto che di tanto in tanto perdo la testa.»

«Ma per favore.» sbuffò Mettner. «Tu non perdi mai la testa.»

«Tutt'altro!» si intromise Gretchen. «Josie è scoppiata a piangere aggrappata alle fronde di un albero durante l'alluvione dello scorso anno.»

Mettner rispose con uno sguardo carico di scetticismo.

«È vero.» confermò Josie. «Però ti dico una cosa: un albero è un bel posto per scoppiare in lacrime. Nessuno può vederti.»

La sala scoppiò in una risata. Persino Chitwood fece una smorfia meno severa.

Gretchen riportò la conversazione sul tema principale. «Va bene. Parliamo di quello che sappiamo, perché abbiamo un paio di cose su cui lavorare. Per cominciare, abbiamo le impronte trovate in casa. Siamo riusciti a confrontare quelle di Lorelei, Holly ed Emily. A parte queste, abbiamo altre quattro serie di impronte non identificate.»

Il capo Chitwood chiese: «Qualcuna risulta nel Sistema di Identificazione?» Il Sistema Automatizzato di Identificazione delle Impronte Digitali conservava solo le impronte delle persone che erano state arrestate o condannate per un reato.

«In effetti, sì.» disse Gretchen tenendo la penna puntata in aria. «Una di queste serie appartiene a un uomo di nome Reed Bryan. Ha cinquantotto anni ed è stato arrestato e accusato di aggressione aggravata nove anni fa. Sembrerebbe per un episodio di violenza domestica. In seguito, la moglie ha ritirato le accuse.»

«Davvero?» chiese Noah. «Dove vive questo Reed?»

«Ha una fattoria a sud di Denton, ma è anche proprietario di un'azienda agricola, la "Prodotti Freschi di Fattoria di Bryan" che gestisce un mercato a circa cinque chilometri da casa di Lorelei.»

«Conosco quel posto.» disse Josie. «Bisogna passarci davanti per arrivare sia a casa di Lorelei che a Harper's Peak.»

«Quante impronte hanno trovato di questo tizio in casa Mitchell?» domandò il capo Chitwood.

Gretchen sfogliò una pagina del suo taccuino. «Due serie. Una sulla porta d'ingresso e una sulla porta della cucina. Nessuna, invece, al piano di sopra.»

«Ma non sul fuoristrada.» disse Chitwood.

«No, Signore. Le uniche impronte chiare che abbiamo ricavato dal fuoristrada sono quelle di Lorelei e delle sue figlie. Chan non è riuscita a ricavare niente dall'altra serie, cioè le impronte delle mani, perché il sangue era spalmato.»

«Ormai è mezzanotte passata. Lasciamo perdere, ci pensiamo domattina, d'accordo? Se fosse lui l'assassino, mi aspetterei di trovare le sue impronte dappertutto. Per prima cosa domani, qualcuno deve andare a parlare con lui. Cos'altro ha trovato Chan in casa, Palmer?»

Gretchen guardò di nuovo i suoi appunti. «Cominciamo dall'interno della casa. Il gruppo sanguigno di Lorelei Mitchell è A positivo. Il sangue trovato sul bancone dell'isola in cucina e sul pavimento è A positivo. Le gocce di sangue che vanno dalla sala da pranzo alla cucina, invece, sono o positivo.»

«Quindi c'è un'altra persona che ha perso sangue sulla scena del crimine.» concluse Josie.

«Ma non Holly.» disse Noah. «Non aveva ferite aperte o lacerazioni di alcun tipo.»

«Allora deve essere stato l'assassino.» disse Mettner.

«Sono d'accordo.» disse Gretchen. «Anche il sangue trovato all'esterno e all'interno del furgone è o positivo.»

«Conosciamo il gruppo sanguigno di Reed Bryan?» domandò Chitwood.

«No, Signore.» disse Gretchen.

«Non possiamo dire con certezza se le impronte che sono state trovate sul furgone siano quelle di Reed...» disse Josie, «anche se chi ha lasciato quelle impronte lo ha fatto con il suo stesso sangue.»

«Quando interrogheremo Reed Bryan, potremo chiedergli qual è il suo gruppo sanguigno e se ha riportato ferite di recente.» suggerì Gretchen. «Se si mostrerà disposto a collaborare. Se non ha un alibi di ferro. A parte questo, Chan è riuscita a prendere le impronte delle scarpe vicino alla porta sul retro. In realtà, ce n'erano anche sul portico posteriore. Una era di uno scarpone da uomo taglia quarantaquattro. Hummel ha chiesto alla Polizia di Stato di inserire l'impronta nel database delle calzature per vedere se è possibile ottenere un riscontro sulla marca, ma ci vorrà del tempo. L'altra impronta proveniva da un piede scalzo. Chan ha stimato che il numero di scarpe sarebbe quasi sicuramente di una donna, un trentasette.»

Noah ipotizzò: «Potrebbe essere di Holly. Non indossava scarpe e aveva delle lacerazioni ai piedi che, stando alla dottoressa Feist, potrebbe essersi procurata correndo nei boschi.»

Gretchen disse: «Chiederò a Chan di mandare l'impronta alla dottoressa Feist per un confronto.»

«Era mattina presto.» ricapitolò Josie. «Stavano facendo colazione. L'assassino è arrivato. C'è stata una colluttazione di una certa entità in cucina.»

«Quello è stato il momento in cui Lorelei ha ricevuto un colpo alla testa.» disse Noah. «L'assassino è rimasto ferito in qualche modo. È andato al suo furgone e ha preso l'arma.»

«A un certo punto, durante questo scontro, Holly ha detto a Emily di nascondersi.» continuò Gretchen.

Noah annuì. «E lui ha sparato a Lorelei.»

«Holly è scappata dalla porta sul retro per allontanarsi e lui l'ha inseguita.» proseguì Josie.

«Deve aver portato con sé l'arma.» disse Gretchen. «Non si trova da nessuna parte.»

«Però non le ha sparato.» osservò Mettner. «Ha cercato di strangolarla e alla fine le ha provocato un trauma cranico, almeno stando a quello che ha detto la dottoressa all'obitorio, giusto?»

«Esatto.» rispose Josie. «È possibile che abbia aggredito Holly mentre erano ancora dentro casa e che lei sia riuscita a scappare. La Feist ha detto che era ancora viva almeno per un certo periodo di tempo dopo la ferita alla testa. Potrebbe essere scappata quando lui è andato a prendere il fucile. Poi, dopo aver ucciso Lorelei, l'ha cercata, ma quando l'ha trovata era già morta per il trauma cranico.»

«Complimenti!» esclamò Chitwood. «Siete tutti dei geni. Avete capito cosa è successo in quella casa. Ma questo non ci avvicina a trovare l'assassino, dico bene? Andiamo! Non voglio che un assassino di bambini scorrazzi in giro per la città. Ci siamo già bruciati con l'allerta AMBER e la stampa sta già ficcando il naso. Non è vero, Watts?»

Amber annuì. «È tutta la sera che ricevo telefonate. Abbiamo dovuto rendere noto il nome di Emily Mitchell quando abbiamo diramato l'allerta AMBER, ma per il momento sto cercando di tenere sia Lorelei che Holly lontane dalle cronache, per il bene della privacy di Emily.»

«Qualcuno di voi ha fatto delle ricerche sulle persone vicine a Lorelei Mitchell?»

Josie indicò lo schermo del suo computer. «Ho passato l'ultima ora a cercare nei database. Tutti i contatti più stretti che aveva sono morti.»

«Come sarebbe a dire?» chiese Chitwood.

«Da quando sono arrivata qui, ho cercato tutte le informazioni personali possibili.» spiegò Josie. «L'unica parente menzionata è sua madre, che è deceduta. Per la precisione, sua madre è morta quando lei aveva nove anni, ma non ho trovato alcuna informazione su cosa sia successo dopo alla figlia.»

«Probabilmente è stata data in affidamento.» disse Gretchen. «Potrebbe essere per questo che Emily sapeva del sistema, perché sua madre le aveva raccontato la sua esperienza.»

«È possibile.» concordò Josie. «Oltre alla madre, non ci sono parenti noti in questo database. Non si è mai sposata. È passata da un appartamento a un altro, a Philadelphia, tra i venti e i trent'anni. Il successivo indirizzo riportato è la casa qui a Denton. Non ci sono altri residenti collegati. Non ci sono nemmeno vicini, visto che la casa è così isolata.»

«Com'è possibile che qualcuno sia così solo al giorno d'oggi?» si chiese Mettner.

«Ho controllato tutte le piattaforme di social media e non aveva neanche un profilo.» rispose Josie. «Non che mi aspettassi di trovarne.»

«E il lavoro?» chiese Gretchen. «Hai trovato qualche documento di assunzione?»

«È qui che le cose si fanno interessanti...» disse Josie. «Era una psicologa abilitata nel Commonwealth della Pennsylvania. Aveva conseguito il dottorato di ricerca presso l'Università della Pennsylvania a Philadelphia. Tuttavia, la sua licenza è stata revocata vent'anni fa e da allora non ha mai più esercitato.»

«Per quale motivo le era stata revocata la licenza?» chiese Mettner. «Sei riuscita a scoprirlo?»

Josie scosse la testa. «La commissione per le licenze non se ne occupa, ma posso controllare altre fonti. Sembra che all'epoca esercitasse a Philadelphia. La revoca della licenza avrebbe potuto fare notizia.»

«Continua su questa linea, Quinn.» la esortò Chitwood. «Uno di voi dovrà procurarsi i certificati di nascita delle sue figlie e vedere se è indicato un padre. So che qui in Pennsylvania non è obbligatorio indicarlo, ma vale la pena tentare.»

«Una volta terminato con questo mandato...» intervenne Noah, «potremo consultare le cartelle cliniche della madre e vedere chi ha indicato come contatto per le emergenze.»

«C'era un medico che le prescriveva i farmaci.» disse Josie. «Dovremmo contattarlo. Si chiama Vincent Buckley, posso pensarci io a cercarlo. Poi farò qualche ricerca anche sull'atto di proprietà della casa per vedere se è intestata a Lorelei.»

«Buona idea.» disse Gretchen. «Sembra che questa donna sia rimasta senza reddito negli ultimi vent'anni. Come faceva a mantenersi?»

«Probabilmente possiamo ottenere un mandato anche per i suoi documenti finanziari, ma anche questo richiederà del tempo.» commentò Mettner.

Chitwood batté le mani. «Allora datevi una mossa! Voglio che questo caso sia risolto il più rapidamente possibile. Watts, fai la tua parte con la stampa.»

«Devo dire che "non possiamo fare commenti su un'indagine in corso"?» chiese Amber.

«Proprio quello.» confermò Chitwood.

Il telefono della scrivania di Josie squillò. Mentre gli altri si mettevano al lavoro, lei rispose. «Detective Quinn?» disse una voce familiare. «Sono il dottor Nashat del Denton Memorial Hospital. Abbiamo un problema.»

DODICI

Nel giro di dieci minuti Josie si ritrovò di nuovo davanti alla stanza d'ospedale di Emily Mitchell; le grida della bambina che provenivano dall'interno le fendevano le ossa come fossero mille coltelli. Il dottor Nashat e Marcie Riebe la guardarono impotenti.

«Non vuole saperne di calmarsi.» disse Marcie.

«Posso darle del Valium.» spiegò il dottor Nashat. «O del Versed. Ma in assenza di un'anamnesi adeguata potremmo ignorare delle allergie di cui non sospettiamo l'esistenza. Senza contare che dovremmo tenerla ferma, ma si arrabbia ogni volta che cerchiamo di avvicinarci a lei. Ho chiamato di nuovo per il consulto psicologico, ma il medico reperibile non sarà qui prima di un'ora.»

«Non so cosa si aspetta che faccia.» disse Josie.

«È la bambina che chiesto di lei.» rispose il medico. «Anzi, per essere precisi, ha chiesto della "poliziotta angelo con la cicatrice sul viso".»

Con imbarazzo, Josie fece scorrere le dita sul lato destro del viso. «È stato prima o dopo che ha iniziato a urlare?»

«Le abbiamo spiegato che stava lavorando e non poteva

tornare.» spiegò l'assistente sociale. «Evidentemente non era la risposta che voleva sentire.»

«Abbiamo cercato di convincerla...» proseguì il dottor Nashat. «Non sta cercando di farsi del male, ma non vuole smetterla... come può sentire.»

«Nel mio lavoro ho visto molti crolli, ma questo è diverso.» aggiunse Marcie.

«Che cosa è successo subito prima che iniziasse a piangere?» chiese ancora Josie.

«Stava dormendo.» rispose Marcie, sconcertata.

Josie si rivolse al dottor Nashat. «Non potrebbe trattarsi di qualcosa di simile agli incubi notturni?»

«Non credo. È completamente sveglia e cosciente. Voglio dire, ha chiesto di lei due volte.»

Josie li lasciò nel corridoio e aprì la porta. Emily non era nel letto. La vide raggomitolata in un angolo della stanza, accoccolata intorno al suo cagnolino di peluche, con le ginocchia tirate su fino al mento. Aveva la bocca spalancata in un urlo, interrotto da un respiro affannoso e seguito da un altro urlo. Josie controllò tutta la stanza mentre camminava lentamente verso di lei. Il lenzuolo e la coperta erano appallottolati sul materasso. Su un vassoio c'erano un bicchiere d'acqua e una piccola bacinella per il vomito. Un paio di scarpe da ginnastica erano infilate ordinatamente sotto il letto. Il borsone era appoggiato su una delle sedie per gli ospiti. Josie si fermò quando si accorse che la cerniera della tasca laterale era aperta. Diede una rapida occhiata all'interno, constatando che gli strani tesori che Emily aveva insistito per portare via da casa non c'erano più. «Oh cazzo...» mormorò.

Inginocchiandosi di fronte alla bambina, Josie attese il momento in cui Emily avrebbe dovuto riprendere fiato per dire: «Emily, possiamo parlare?»

Un altro urlo squarciò l'aria. Gli occhi di Emily si fissarono su quelli di Josie in uno sguardo di terrore e impotenza. Josie si rese conto che non poteva fermarla. Le emozioni erano troppo grandi. Non c'era modo di controllarle. Poteva soltanto aspettare che si placassero. Perciò, si sedette a gambe incrociate di fronte a lei e allungò una mano, con il palmo rivolto verso l'alto. Le grida stridule continuarono, ma negli occhi di Emily Josie vide una bambina intrappolata in quel corpo isterico. Poi si allungò in avanti e con le dita toccò il palmo di Josie che, avvicinandosi di più, abbassò la testa e, accogliendo delicatamente le dita di Emily, le portò verso l'alto e le guidò lungo la cicatrice sul suo viso. Iniziò dall'estremità più alta, vicino all'orecchio, e la tracciò fino a sotto il centro del mento, poi ricominciò.

«Emily...» disse Josie con dolcezza. «Puoi superare le cose brutte. Te lo assicuro.»

Dopo un lungo momento, le dita di Emily continuarono da sole a passare sulla cicatrice. Dopo essere rimasta un po' in quella scomoda posizione, a Josie cominciò a fare male il collo, ma le grida di Emily si erano ridotte a gemiti e a qualche occasionale singhiozzo, così rimase immobile, finché, alla fine, dalla gola della bambina non uscì altro che un sussurro rauco. «Uno, due, tre...» Arrivata a "sei", si fermò e allontanò la mano dal viso di Josie, che si rimise a sedere dritta e le sorrise. Emily si strinse al petto il suo cagnolino di peluche. La pelle del suo viso era cosparsa di chiazze rosee, aveva gli occhi vitrei e un'espressione di completo smarrimento.

«Cos'è successo, Emily?» le chiese Josie. «Perché ti sei agitata così tanto?»

«Non potevo farci niente.» disse Emily.

«Lo so.»

«A volte non riesco a fermare... l'angoscia. È così che la mamma la chiama. Angoscia. Sono emozioni brutte, cattive e tristi, tutte insieme. Si impossessano del mio corpo. Non le voglio, ma non riesco a fermarle.»

«La tua mamma cosa ti ha detto di fare quando ti senti così angosciata?» le chiese Josie.

Emily cominciò a dondolare lentamente avanti e indietro. «Dice che devo "tollerarla". Holly dice che questo significa che devo lasciare esprimere le emozioni fino a quando non sono finite.»

«A dire il vero, ha perfettamente senso.» convenne Josie.

«Ora non mi sento più agitata.»

«Questo è un buon segno. Vuoi sdraiarti sul letto?»

Emily annuì. Josie le porse una mano, la aiutò a mettersi in piedi e la infilò sotto le coperte. «Le tue cose non sono più nella borsa.» disse. «È per questo che ti sei arrabbiata? Te le ha prese qualcuno?»

«Le avevo messe sul tavolo accanto al bicchiere con l'acqua. La signora che era qui si è addormentata sulla sedia. Volevo solo vederle. Poi è arrivata un'altra signora con un carrello pieno di roba per fare le pulizie. Aveva un sacchetto della spazzatura, ha passato la mano sul tavolo e le ha infilate nel sacchetto. Ho cercato di dirle di fermarsi, ma poi sono arrivate le emozioni e io...»

Il suo petto prese ad alzarsi e ad abbassarsi più rapidamente, così Josie la interruppe. «Ho capito. Mi dispiace molto, Emily.»

«Ho chiesto alla signora col computer e al dottore di chiamarti. Tu sei una poliziotta. Ho pensato che potevi recuperare le mie cose.»

Josie sentì una fitta di dolore pugnalarla al petto. Non riusciva a immaginare come avrebbe potuto ritrovare i cinque oggettini nella spazzatura dell'ospedale e sarebbe stato altrettanto difficile sostituirli. E comunque perché erano così importanti per quella bambina? Lorelei non aveva permesso l'uso della televisione o di apparecchi elettronici, ma aveva messo a disposizione delle figlie un sacco di giocattoli, di libri e di materiale per il bricolage. Evidentemente non erano molto esigenti. Josie si segnò mentalmente di parlarne con lo psicologo quando sarebbe venuto a fare il consulto. Rivolgendosi alla bambina, disse: «Posso provare a cercare le tue cose, Emily, ma è altamente improbabile che riesca a trovarle. Questo è un grande ospedale e ci sono molti rifiuti. In questo momento stiamo cercando di trovare la persona che ha fatto del male alla tua mamma e a tua sorella.»

Josie intuì che Emily voleva rispondere, ma la stanchezza stava prendendo il sopravvento. Le palpebre le calavano e lei le riapriva di scatto nel tentativo di rimanere sveglia. «Okay...» disse alla fine con rassegnazione. «Ma puoi rimanere su quella sedia e assicurarti che nessuno prenda le altre cose?»

«Emily, vorrei tanto, ma ho un sacco di lavoro...»

«Non puoi farlo al computer? Come quella signora? Solo finché non mi danno in affidamento?»

Josie guardò l'orologio. Era l'una di notte passata. L'unico lavoro che avrebbe potuto fare a quell'ora era dal suo computer, seguendo le piste di cui aveva parlato alla squadra. Poteva chiedere a Noah di portarle il computer. Le sistemò i capelli sulla fronte, calda di febbre al tocco. «D'accordo, posso restare per stanotte.»

TREDICI

Josie si mise seduta accanto al letto di Emily con il portatile aperto sulle ginocchia. Una delle infermiere aveva spento l'intensa luce a soffitto, ma non aveva ottenuto un grande risultato. Eppure, né la luce né i rumori del Pronto Soccorso in un venerdì sera come quello riuscivano a tenere Emily sveglia. Raggomitolata su un fianco, con il suo cagnolino di peluche stretto tra le braccia, russava lievemente, nella stessa posizione da quando Josie le aveva rimboccato le coperte quasi due ore prima; da parte sua, avrebbe dovuto setacciare banche dati e altre risorse su Internet alla ricerca di informazioni su Lorelei e sulla sua vita, ma non riusciva a staccare gli occhi dalla bambina.

«È matura per la sua età, vero?»

La voce del dottor Nashat la fece trasalire. Si voltò e lo vide che sorrideva sulla soglia della stanza.

«Sì.» convenne Josie. «È ancora di turno?»

«Fino alle sette del mattino.» disse. «Sono venuto a dirle che è arrivata la psicologa.»

Josie tornò a guardare Emily. «Non vorrà mica svegliarla adesso?»

Lui scosse la testa. «No. Pensavo che potesse parlarci, fintanto che rimane qui, soprattutto perché Emily sembra essersi legata a lei. Chiederò alla dottoressa di tornare più tardi in mattinata, a un'ora più ragionevole, per un consulto formale, così potrà parlare anche con l'assistente sociale.»

Josie si alzò, lasciò il portatile sulla sedia e seguì il dottor Nashat nel corridoio. Si fermò quando vide che fuori la attendeva la dottoressa Paige Rosetti. Portava i lunghi capelli biondi ondulati tirati indietro in una coda di cavallo e la sua figura esile era avvolta in un lungo abito di lino color sabbia accentuato da un maglione corto bianco. Da una spalla le pendeva una borsa a tracolla. Josie aveva frequentato il liceo con la figlia della dottoressa, Lana, e aveva dovuto chiedere il suo aiuto per risolvere un caso l'anno precedente. Tra di loro si era creato un legame e, in un momento di debolezza, Josie aveva condiviso con lei alcune delle sue paure più profonde e nonostante l'imbarazzo che aveva provato in quel momento, apprezzava sinceramente quella donna. Noah e Gretchen le chiedevano da mesi di andare in terapia per risolvere alcuni problemi che si portava dietro dall'infanzia e che avrebbe dovuto cercare di superare e il nome di Paige Rosetti era venuto fuori più di una volta.

«Detective Quinn...» la salutò la dottoressa Rosetti con un caldo sorriso. «Che piacere vederti, anche se preferirei che fosse in circostanze diverse...»

«Anch'io.» disse Josie.

«Mi dispiace di essere venuta così tardi. Ero al Geisinger per un'altra questione che richiedeva la mia attenzione e ci è voluto molto più tempo del previsto. Il dottor Nashat ha detto che non vuoi svegliare la paziente, ma se hai un minuto, potrei prendere qualche appunto iniziale e tornare tra qualche ora, quando farà giorno.»

«Nessun problema.»

Paige si guardò intorno, come per cercare un posto dove sedersi. «Vuoi andare nella saletta del personale?»

«Non vorrei lasciare Emily sola troppo a lungo. Ecco...» Josie prese il cesto della biancheria che Marcie aveva usato qualche ora prima e lo accostò. «Può appoggiarsi qui col suo computer.»

Paige rise e mentre prendeva il portatile dalla borsa e lo avviava, si scambiarono qualche convenevole. Josie le chiese come stava sua figlia e la dottoressa chiese notizie di Lisette. Poi venne il momento di passare al lavoro e Josie le illustrò il caso, la giornata, le circostanze del ritrovamento di Emily e il suo comportamento insolito. L'espressione della dottoressa non cambiò, mentre ascoltava e scriveva sul portatile per tutto il tempo. Quando Josie finì, la dottoressa smise di scrivere e alzò lo sguardo in un'espressione corrucciata. «Cominciamo con la madre. Lorelei Mitchell, giusto?»

«Sì.» disse Josie. «La conosceva?»

La dottoressa incrociò le braccia sul petto. «Abbiamo frequentato insieme i corsi post-laurea all'Università della Pennsylvania. Eravamo nello stesso gruppo per il dottorato di ricerca. Lei aveva qualche anno in meno di me, perché io avevo interrotto i miei studi tra la laurea specialistica e il dottorato. È così che siamo finite insieme nel programma.»

Josie provò un brivido di eccitazione. «Eravate amiche?»

«Non direi proprio amiche, però ci conoscevamo. In seguito, si è specializzata in psicologia dell'adolescenza e dell'infanzia, ma si è occupata soprattutto di disturbi oppositivi provocati dal disturbo ossessivo compulsivo, di deficit di attenzione e altri disturbi del comportamento. Quello che le interessava era la terapia cognitivo-comportamentale.»

«Per i non psicologi, se può...» commentò Josie.

La dottoressa rise. «La terapia cognitivo-comportamentale è una forma di trattamento che si concentra sul cambiamento dei comportamenti basati su distorsioni cognitive.»

«Mi scusi, ma ancora non ci arrivo...» disse Josie.

Stavolta la dottoressa scoppiò in una risata fragorosa, rovesciando la testa all'indietro a bocca spalancata.

«La maggior parte delle terapie si basa su una sorta di spacchettamento del passato, d'accordo? Si esplorano l'infanzia o gli eventi che si sono succeduti nel passato del paziente e che lo hanno plasmato emotivamente e cognitivamente.»

«Fin qui tutto chiaro.» disse Josie.

«La terapia cognitivo-comportamentale è diversa. Parte dal presupposto che i comportamenti del paziente siano basati su pensieri o abitudini distorti e cerca di aiutarlo a cambiarli proponendo strategie e meccanismi che consentono di superare questi comportamenti esattamente come vengono attuati nella vita di ognuno di noi.»

«Lorelei era brava?»

«Non lo so.» rispose Paige. «Ci siamo perse di vista dopo il dottorato. Io dividevo il mio tempo tra Philadelphia e Denton mentre completavo il programma, e siccome mia figlia e mio marito vivevano qui a Denton, una volta conseguito il dottorato sono tornata definitivamente. Invece, Lorelei è rimasta a Philadelphia. Mi ha sorpreso scoprire che era venuta a vivere qui. Pensavo che a questo punto avesse cominciato a lavorare in un grande ospedale, magari insegnando, tenendo conferenze. Era molto ambiziosa.»

«In realtà le è stata revocata la licenza vent'anni fa.» la informò Josie.

«Oh, ma pensa... per quale motivo?»

«Non lo abbiamo ancora scoperto. Cosa può dirmi di Emily?»

Paige abbassò lo sguardo sui suoi appunti. «Sembra che abbia un disturbo ossessivo compulsivo. Non sono un'esperta, ma contare, accumulare oggetti e perdere le staffe sono segni piuttosto tipici.»

«In che senso?»

La dottoressa chiuse il computer. «La gente pensa al

disturbo ossessivo compulsivo come a un disordine in cui la persona che ne è affetta ha semplicemente un'eccessiva mania di pulizia o pretende la simmetria più assoluta, giusto? Qualcuno potrebbe dire: "Oh, devo raddrizzare quel quadro perché alimenta il mio disturbo ossessivo compulsivo". Oppure: "Devo tenere la casa pulita perché ho il disturbo ossessivo compulsivo".»

«Ho sentito persone dire cose del genere, sì.» confermò Josie.

«Il disturbo ossessivo compulsivo non ha assolutamente nulla a che fare con la pulizia.»

«Sul serio?»

«Sul serio. È un disturbo che ha a che fare con la certezza. Una persona affetta da disturbo ossessivo compulsivo di solito manifesta una forma di pensieri intrusivi o di ossessioni di qualche tipo. In genere, non hanno senso. Per esempio, alcuni pensano che, se non camminano sulle piastrelle del pavimento del bagno in un certo ordine ogni volta che ci entrano, un loro amico potrebbe morire. Oppure, se non ripetono mentalmente la stessa frase cinquantadue volte, la loro casa potrebbe andare a fuoco. Il disturbo ossessivo compulsivo è illogico in questo senso, ma la cosa principale da capire è che provoca ansia nel soggetto. Per quanto riguarda gli esempi che ho appena citato, nessuno vorrebbe che un amico morisse o che la casa andasse a fuoco, giusto?»

«Giusto.»

«Quindi devono fare qualcosa per alleviare l'ansia che li tormenta. È qui che entra in gioco la compulsione.»

«La compulsione che consiste nel calpestare le piastrelle in un certo ordine o nel ripetere un certo numero di volte una determinata frase.» completò Josie.

«Sì! Esattamente. Se credi che camminare sulle piastrelle del bagno in un certo ordine eviterà la morte di un tuo amico, allora farlo allevierà l'ansia che ti deriva dalla preoccupazione che il tuo amico possa morire. Il problema è che, anche se cammini sulle piastrelle nell'ordine perfetto, c'è sempre questa vocina nella tua testa che ti assilla e ti chiede: "Sei sicuro di aver calpestato le piastrelle nell'ordine giusto?"»

«E ti spinge a tornare indietro e a rifarlo ancora e ancora.» concluse Josie. «Perché più la tua mente si pone quella domanda, più diventi insicuro.»

«Precisamente. Pertanto, continui a mettere in atto la compulsione. È tutto molto rituale e assume forme diverse. Sembra che Emily abbia dei pensieri intrusivi e delle compulsioni che riguardano il contare e l'accumulare. Il problema è che, per quante volte una persona affetta da disturbo ossessivo compulsivo possa mettere in atto la propria compulsione, l'ansia non sparirà mai perché si basa su un pensiero distorto. Per questo motivo, cercare di ragionare con loro o di convincerli ad abbandonare i loro pensieri o le loro compulsioni non funziona. Il loro cervello fa cilecca. Dire a una persona affetta da disturbo ossessivo compulsivo di non avere pensieri ossessivi o comportamenti compulsivi sarebbe come dire a un paziente diabetico di produrre più insulina.»

«Ha parlato di accumulare.» osservò Josie. «Ma Emily aveva cinque piccoli oggetti molto comuni. Non lo definirei proprio accumulare.»

«Accumulare non significa sempre collezionare centinaia o migliaia di oggetti. Quello che Emily ha fatto è una forma di accumulo. Quegli oggetti sono privi di significato, non è vero?» argomentò la dottoressa. «La maggior parte delle persone penserebbe di doverli buttare nella spazzatura. Infatti, ovviamente, la donna delle pulizie ha pensato bene di doverli gettare nell'immondizia. Eppure, lei li teneva, li conservava, perché sbarazzarsene avrebbe causato troppa ansia e stress. Questo è il pensiero distorto. Il cervello le stava facendo cilecca. Quegli oggetti avevano assunto un significato per Emily, rendendole molto difficile separarsene. La voce nella sua testa probabilmente le diceva qualcosa del tipo: "Se li butti via, succederà qualcosa di terribile". È del tutto illogico. Ecco perché la terapia cognitivo-comportamentale è molto efficace nel modificare i comportamenti e i pensieri.»

«E la crisi?» chiese Josie.

«Il disturbo ossessivo compulsivo provoca una risposta di lotta o di fuga. Mentre una persona che non ne è affetta potrebbe reagire combattendo o fuggendo solo in caso di aggressione, una persona affetta da disturbo ossessivo compulsivo reagisce combattendo o fuggendo anche in caso di situazioni che sembrano di poco conto, come il fatto che i suoi oggetti vengano buttati nella spazzatura. Anche in questo caso, è il cervello che fa cilecca, dicendo al soggetto che perdere quegli oggetti è una situazione di vita o di morte, quando chiaramente non lo è affatto. Non esagero quando dico che è qualcosa che non si può controllare. Lo stress e i traumi, come quello che la bambina ha vissuto nelle ultime ventiquattro ore, aggravano sempre i pensieri ossessivi e gli atteggiamenti compulsivi. Il disturbo ossessivo compulsivo può essere difficile da gestire nelle migliori circostanze, figuriamoci dopo un evento traumatico. In tutta franchezza, Emily è stata fortunata ad avere una madre come Lorelei, perché probabilmente starebbe molto peggio se non l'avesse avuta...» La dottoressa Rosetti si interruppe e guardò per terra con il viso increspato di rughe. Non occorreva che nessuna delle due lo dicesse: Emily ora stava molto peggio senza Lorelei.

Schiarendosi la gola, la dottoressa cambiò direzione. «Il trucco della terapia cognitivo-comportamentale e del disturbo ossessivo compulsivo è esattamente quello che Emily ti ha detto: se riesce a tollerare queste emozioni, alla fine diminuiscono e addirittura scompaiono. Per esempio, se avesse paura di toccare una ringhiera, bisognerebbe fargliela toccare più e più volte, e farle sopportare quelle emozioni fino a quando il suo cervello non si fosse abituato a capire che, toccando quella ringhiera, non può succederle nulla di male. La cosa peggiore da fare è cedere alle compulsioni.»

«Allora non occorre che vada a scavare nei cassonetti sul retro per trovare una pietruzza, una paillette, una piuma, una candelina di compleanno e un tappo di bottiglia del latte?»

La dottoressa sorrise. «No, non te lo consiglio.»

«Cos'altro ricorda di Lorelei?»

«Non molto altro. Come ho detto, dopo il dottorato abbiamo preso strade diverse. Io ho iniziato a praticare privatamente qui a Denton e non sapevo nemmeno che ci vivesse anche lei. Quando hai detto che le è stata revocata la licenza?»

«Vent'anni fa.»

«Che strano...» disse Paige. «Deve essere stato devastante per lei. Aveva una grande passione per il suo lavoro.»

«Si ricorda se aveva una famiglia o degli amici a cui era legata?»

«No, non ne sono a conoscenza, mi dispiace.»

«Ha mai sentito parlare del dottor Vincent Buckley?»

Paige Rosetti scosse la testa. «Questo nome non mi suona familiare.»

Josie la ringraziò per il suo tempo e lei accettò di tornare l'indomani mattina per parlare direttamente con Emily. Josie tornò nella stanza poco illuminata dove la bambina continuava a russare imperterrita. Era contenta che stesse riposando un po'. Presto si sarebbe risvegliata in un mondo completamente distrutto.

QUATTORDICI

Le ci vollero un paio d'ore di ricerca e dovette anche abbonarsi al *Philadelphia Inquirer*, però alla fine Josie riuscì a trovare un articolo su Lorelei Mitchell risalente a vent'anni prima. Il titolo recitava: Psicologa della Pennsylvania perde la licenza dopo un omicidio-suicidio evitabile. A quelle parole ebbe un sussulto e si sedette più dritta sulla sedia degli ospiti. Guardò Emily per assicurarsi che stesse ancora dormendo e continuò a leggere.

L'Ordine degli Psicologi della Pennsylvania ha revocato la licenza della dottoressa Lorelei Mitchell dopo che un adolescente, suo paziente da diverso tempo, ha ucciso la madre in casa sua e poi ha aggredito la dottoressa Mitchell nel suo studio prima di togliersi la vita. Il paziente aveva una storia di disturbo oppositivo provoca-torio e di disturbo schizoaffettivo con deliri paranoici. Al momento della tragedia il paziente era anche in fase di valutazione per il disturbo bipolare. Il padre del ragazzo, che si era già allontanato dalla famiglia, ha presentato un reclamo alla commissione disciplinare in seguito all'in-

cidente. Dopo aver esaminato la cartella clinica redatta sul paziente, la commissione ha ritenuto che la tragedia fosse "prevedibile e prevenibile", date le qualifiche e l'esperienza della dottoressa Mitchell con pazienti in età adolescenziale affetti da questi e altri disturbi simili. «È impensabile che una cosa del genere possa accadere.» ha dichiarato il padre del paziente. «La dottoressa Mitchell si vanta di essere un'esperta di disturbo oppositivo provocatorio, schizofrenia e disturbo bipolare, eppure ha portato mio figlio alla rovina. Lo ha avuto in cura per anni. Lo conosceva abbastanza bene da riuscire a prevedere che potesse verificarsi una tragedia simile e a farlo mettere in una struttura apposita in modo da impedirgli di fare del male a qualcuno.»
La dottoressa Mitchell, che si sta ancora riprendendo dalle gravi ferite riportate, non ha voluto rilasciare commenti.

«Buon Dio...» mormorò Josie sottovoce.

Questo bastava a spiegare le trentaquattro coltellate. Josie pensò alla direzione che aveva preso la vita di Lorelei: aveva perso la madre all'età di nove anni; era riuscita a diventare una psicologa di successo per poi scampare per un soffio alla morte per mano di un paziente; aveva perso la licenza e infine era stata selvaggiamente ammazzata insieme alla figlia maggiore, lasciando la più piccola sola, proprio come era successo a lei. Nel corso della sua vita, Lorelei aveva incontrato un uomo da cui aveva avuto due figlie. Quell'uomo aveva abusato di Holly? Josie pensò agli antipsicotici nel mobiletto della cucina. O era stata Lorelei?

«Signora angelo...» sussurrò Emily dal letto.

Josie mise da parte il portatile e le si avvicinò, porgendole una mano, che lei prese. «Puoi chiamarmi Josie.»

«Josie. Siamo ancora vive?»

Le strinse la mano e disse: «Sì, siamo ancora vive. Io rimango qui fino a domattina. Tu rimettiti a dormire.»

Emily annuì e chiuse gli occhi. Dopo qualche minuto, lasciò la mano di Josie e si girò sull'altro fianco. Josie tornò al suo computer, concentrandosi stavolta sulle proprietà di Lorelei. Ci volle un'altra ora di ricerche tra i registri degli atti e la dichiarazione dei redditi della contea di Alcott prima di trovare quello che stava cercando, e questo la portò a un'altra ricerca approfondita tra i registri del tribunale della contea.

«Porca puttana...» borbottò.

Guardò l'orologio nell'angolo in basso a destra del portatile. Erano quasi le cinque del mattino. Per un attimo pensò di chiamare Noah e svegliarlo, ma non avrebbero potuto fare nulla con quelle informazioni per almeno tre ore. Chiudendo il portatile, cercò di addormentarsi. Le sarebbero servite almeno un paio d'ore di sonno per poter essere operativa durante il giorno. Sembrava passata un'eternità da quando si era fermata davanti allo specchio della sua suite privata a Harper's Peak, a malapena riconoscibile nel suo abito da sposa e nel suo trucco sapientemente applicato. Presto ci sarebbe tornata, questa volta in veste di detective.

QUINDICI

Josie sorseggiò il caffè da un bicchiere di carta e osservò il vivace paesaggio che passava davanti al finestrino dell'auto mentre Noah guidava verso Harper's Peak, fuori dal centro di Denton. Era arrivato all'ospedale con un caffè e una danese al formaggio, che era uno dei tanti motivi per cui lei aveva deciso di sposarlo, e aveva presentato all'ospedale il mandato per le cartelle cliniche di Lorelei e Holly. Avevano fatto una sosta alla stazione di polizia in modo che lei potesse stampare alcuni documenti. Infine, si erano diretti verso il mercato "Prodotti Freschi di Fattoria" di Reed Bryan e poi verso Harper's Peak.

«Mett ha trovato i certificati di nascita sia di Holly che di Emily Mitchell.» le disse Noah. «Ci è voluto un po', visto che avevamo solo le loro età approssimative e non le date di nascita. E a parte questo, in nessuno dei due è indicato il nome del padre.»

Josie sospirò. «Allora è un vicolo cieco. È comunque strano. I certificati di nascita sono documenti accessibili al pubblico. Sono sicura che Lorelei ne tenesse delle copie a casa sua, eppure l'assassino ha distrutto ogni documento in quella casa e ogni foto.»

«Viene da chiedersi cosa stesse cercando di nascondere...» disse Noah.

«Esattamente. Oh, e ho trovato informazioni su un certo dottor Vincent Buckley in una delle contee fuori Philadelphia. È uno psichiatra. Gli ho lasciato un messaggio in segreteria.»

Quando imboccarono la strada che portava oltre la casa di Lorelei e verso Harper's Peak, sulla sinistra apparve il mercato agricolo. Si trattava di un vecchio fienile che era stato trasformato in un mercato. Su uno dei lati del capannone erano stampate a grandi lettere verdi le parole "Prodotti Freschi della Fattoria di Bryan". Tavoli e casse di legno grezzo erano allineati su un lato del parcheggio, ricolmi di diversi tipi di frutta e verdura. Un ragazzino alto e robusto, dai capelli castani tutti arruffati che gli ricadevano sugli occhi con un grembiule verde sopra una maglietta di cotone nero a maniche lunghe e jeans scoloriti, stava spostando dei cocomeri da una carriola su uno dei tavoli. Accanto agli espositori di prodotti c'erano due furgoni parcheggiati uno accanto all'altro, ciascuno dei quali aveva un'insegna magnetica affissa sulla fiancata che recitava: "Prodotti Freschi della Fattoria di Bryan".

Lasciarono l'auto e si diressero verso l'interno: era spazioso e fresco, pieno di tavoli per la vendita di prodotti che si estendevano da un lato all'altro del fienile. Vicino alle porte d'ingresso c'era un bancone con un registratore di cassa; di fronte contenitori di plastica pieni di diversi tipi di frutta secca e caramelle e accanto al bancone una fila di espositori refrigerati pieni di latte, formaggio e uova.

Si guardarono intorno: c'erano diverse persone che curiosavano tra i banchi, servendosi di cestini di plastica per trasportare i prodotti scelti. All'apertura del portone frontale alle loro spalle, accompagnata dal tintinnio del campanello soprastante, fece il suo ingresso un omone con una logora maglietta verde e una tuta da lavoro che portava un cesto pieno di pannocchie di mais. Ciuffi di capelli bianchi gli pendevano dalla nuca, per lo più calva. Piccoli occhi marroni restituivano lo sguardo da sopra due guance rubiconde. «Posso aiutarvi?» chiese in tono burbero, passando davanti a loro per andare dietro al bancone.

Josie gli mostrò tesserino e distintivo. «Questo posto è suo?»

«Sì. Reed Bryan. Cosa posso fare per voi?»

«Siamo venuti a parlarle di una donna di nome Lorelei Mitchell.» disse lei.

«E di che cosa si tratta?»

Noah gli chiese: «La conosce?»

Josie aveva già capito che Noah voleva vedere se Reed avrebbe negato il suo legame con Lorelei, perché non poteva immaginare che avessero trovato le sue impronte in casa sua. Se avesse deciso di mentire sul fatto di conoscerla, avrebbero dovuto indagare molto più approfonditamente su di lui per gli omicidi di Lorelei e Holly.

Reed annuì. «Vive in fondo alla strada. È successo qualcosa?»

«Purtroppo è stata uccisa. Anche una delle sue figlie.»

Reed rimase immobile, appoggiando le mani grandi e callose sul bancone. Josie notò che non aveva ferite visibili sulle braccia o sulle mani, anche se questo non significava molto. Sapevano che l'assassino aveva perso sangue sulla scena dell'omicidio di Lorelei, ma non avevano idea di dove fosse rimasto ferito. Contò quattordici secondi prima che Reed parlasse.

Questa volta la sua voce era più morbida. «Cosa... cosa è successo?»

«Stiamo ancora indagando.» precisò Noah.

«Sono state uccise solo loro due?»

«Lorelei e Holly.» rispose Josie.

«Quando? Quando è successo?»

Gli rispose Josie: «Crediamo sia successo ieri mattina.»

«Dove si trovava ieri mattina?» gli chiese Noah.

Lo sguardo di Reed si fece minaccioso e la sua voce recuperò un po' dell'asprezza di un attimo prima. «Ero qui, a lavorare.»

«A che ora?» chiese Josie.

«Sono arrivato alle sette.»

«Dove si trovava prima?» chiese Noah.

Reed esitò un attimo, spostò lo sguardo tra lui e lei, con gli occhi cupi di sospetto, come se stessero cercando di ingannarlo. «Ero a casa.» rispose.

Noah disse: «Qualcuno può confermare che era in casa fino al suo arrivo qui alle sette del mattino?»

«Sì, mio figlio.»

«Conosceva bene Lorelei?» gli chiese Josie.

«No. Veniva regolarmente, ma non la conoscevo a parte per un saluto.»

«Sa dove abitava?» chiese Noah.

«In fondo alla strada.»

«È mai stato a casa sua?» chiese Josie.

Spostò il peso in modo imbarazzato. Guardò alle loro spalle, allungando il collo per vedere attraverso le porte d'ingresso. Poi abbassò la voce. «Potrei esserci stato una o due volte. Ma cosa c'entra tutto questo con me?»

«Quando è stata l'ultima volta che è stato a casa sua?» si informò Josie.

«Perché volete saperlo?»

«Stiamo indagando sull'omicidio di una madre e di sua figlia. Può scegliere se preferisce dirci quello che sa qui e adesso, oppure venire alla stazione di polizia e rilasciare una dichiarazione più formale.»

Lui la fulminò con lo sguardo. «Non lo so, d'accordo? È stato molto tempo fa.»

«Qual era il suo rapporto con Lorelei?» chiese Josie.

Lui si strinse il ponte del naso tra due dita. «Non c'era nessun rapporto tra noi, chiaro? Sono andato a casa sua per prendere mio figlio. A volte parte con la sua mountain bike e va là.»

«Suo figlio si chiama Pax?» chiese Josie.

«Sì, è il diminutivo di Paxton. Cos'altro volete sapere?»

Noah chiese: «L'ha mai vista con qualcuno?»

«Solo con le sue figlie. Avete finito?»

Ignorandolo, Josie continuò: «Crediamo che Lorelei e le sue figlie siano state prese di mira per motivi personali. Lei è qui da molti anni, vero?»

«Ventidue anni. Gestivo questo posto con mia moglie finché non è morta. Ora siamo solo io e mio figlio. Ho una fattoria fuori città. Ho alcune persone che pago per lavorarci. Il resto della roba lo prendiamo dai contadini della zona o da altri posti.»

«È in affari da molto tempo.» disse Noah. «Non ricorda di aver mai visto Lorelei o le sue figlie con qualcun altro?»

«Ogni tanto l'ho vista parlare con alcuni clienti, ma no, non l'ho mai vista con nessun altro a parte le bambine, che di solito non venivano con lei. Il più delle volte la vedevo da sola.»

«Quanto spesso veniva qui?» chiese Josie.

«Un paio di volte alla settimana.»

«Suo figlio è qui?» chiese Noah. «Vorremmo avere conferma da lui che eravate insieme ieri mattina.»

Reed rispose con un grugnito. Girò di nuovo intorno al bancone e uscì dalla porta. Josie e Noah lo seguirono. Si avvicinò al tavolo posto all'esterno dove il ragazzo stava sistemando mele, arance e banane. Ogni tanto sembrava che si bloccasse su una particolare fila di frutta. Allora prendeva l'intera fila dal tavolo, la rimetteva nella cesta e ricominciava da capo. Reed gli si avvicinò e gli disse qualcosa all'orecchio. Poi strappò via il cesto e lo gettò a terra. Il ragazzo trasalì.

Josie e Noah si avvicinarono con i loro distintivi in mano, perché il ragazzo li esaminasse mentre si presentavano. Con gli occhi spalancati, studiò i loro documenti. Da vicino, Josie vide che il suo viso era coperto di acne e aveva gli occhi marroni, adesso spalancati da una combinazione di paura e incertezza. Reed gli diede un colpetto alla nuca. «Diglielo.»

«Ciao, Paxton.» disse Josie.

Borbottando un saluto, il giovane abbassò lo sguardo e infilò entrambe le mani nella tasca del grembiule.

«Quanti anni hai, Paxton?» gli chiese Noah dal momento che, se non fosse stato ancora maggiorenne, non avrebbero potuto parlargli senza la presenza del padre.

«Diciotto.» rispose Paxton. «Potete chiamarmi Pax.»

Josie e Noah si guardarono. Lui le fece cenno di continuare. «Pax...» cominciò Josie. «Abbiamo delle domande su alcune tue amicizie: Lorelei Mitchell e le sue figlie, Holly ed Emily. Puoi dirmi...»

«Ehi...» disse Reed, interrompendola. «Non potete fargli le vostre domande qui. Avete detto che volevate che vi desse conferma che ero qui e a casa ieri mattina. E questo dovete fare.»

A bassa voce, Pax disse: «Io e mio padre siamo stati a casa ieri. Ci siamo svegliati alle cinque. Poi alle sei e mezza abbiamo guidato fino al mercato. Sono stato con lui tutto il tempo.»

«Grazie, Pax. Quando è stata l'ultima volta che hai visto Lorelei, Holly o Emily Mitchell?»

Reed si mise davanti al figlio, con i pugni stretti. «Cosa diavolo pensate di ottenere qui? Non vi ho detto che potevate fare domande a mio figlio.»

Josie rimase ferma, con le mani sui fianchi e il mento proteso in avanti. «Emily Mitchell ha detto che Pax era un amico. Lei ha ammesso di essere stato a casa Mitchell in più di un'occasione per riprendere suo figlio. Stiamo solo cercando di capire chi ha ucciso Lorelei e Holly, e suo figlio potrebbe avere le informazioni che ci occorrono.»

La voce di Paxton era ancora sommessa quando intervenne alle spalle del padre. «No.» disse. «Non ho informazioni. Non eravamo amici. Io non ero loro amico.»

«Allora perché sei andato a casa loro, in più di un'occasione?» insistette Noah.

Reed fece un respiro profondo ed espirando, disse: «È colpa mia, d'accordo? Pax ha detto la verità: non è amico loro. Non volevo che fosse amico della famiglia Mitchell.»

«Perché no?» si informò Josie.

«Pax...» disse Reed. «Vai dentro e metti a posto il resto della lattuga.»

Reed si fece da parte per permettere a Paxton di passargli davanti. Il ragazzo si diresse di corsa verso le porte del mercato, fermandosi brevemente a guardarli. Una volta dileguatosi, Reed si voltò verso Josie e Noah. «Mio figlio non sta bene, chiaro? Non l'avete capito parlandogli?»

«A me sembra perfettamente normale.» ribatté Josie. *Terrorizzato dal padre, semmai...* aggiunse nella sua testa.

«Beh, non lo è, va bene?» riprese Reed. «È sempre stato un po' strano. Sua madre si è occupata di lui finché non è morta. L'ha fatto visitare da un sacco di medici diversi nel corso degli anni, ma nessuno è riuscito a trovare una soluzione al suo problema.»

«Avete avuto una diagnosi ufficiale?» chiese Josie.

«Non lo so.» rispose lui agitando una mano in aria in segno liquidatorio. «Ma non ha importanza, dico bene?»

«Può darsi che ce l'abbia.» obiettò Noah. «Potrebbe esserci una terapia per il problema che lo affligge.»

Reed alzò un indice e lo puntò contro il petto di Noah. «Nessuno può entrare nella testa del mio ragazzo. Capito? Niente medici che straparlano, niente assistenti sociali, niente insegnanti. Nessuno. Ora ci penso io a lui. È tutto ciò di cui ha bisogno. Non voglio che qualcuno si impicci delle sue faccende, soprattutto se si tratta di una maledetta ficcanaso come Lorelei Mitchell.»

Né Josie né Noah si scomposero e Josie disse: «Lorelei pensava di poterlo aiutare?»

«Sì, lo pensava, ma non ci è riuscita. Nessuno può aiutarlo.»

«È violento?» chiese Noah.

Gli occhi di Reed si restrinsero ulteriormente e tornò a puntargli un dito contro, questa volta a pochi centimetri dal naso di Noah.

«Non provate a far ricadere su mio figlio quello che è successo a quella puttana. Mio figlio non ucciderebbe mai nessuno. A volte si arrabbia. Ha delle crisi leggere, ma ha sempre e solo cercato di fare del male a se stesso. Per esempio, qualche volta, si mette a sbattere la testa contro il muro. Nient'altro. Se faccio in modo che le cose vadano come piacciono a lui, sta bene. È questo che Lorelei non è mai riuscita a capire.»

Noah non indietreggiò e lentamente, Reed abbassò il braccio.

Pensando a Emily e al suo disturbo ossessivo compulsivo, Josie chiese: «Come deve fare perché le cose vadano come piacciono a lui?»

«Non sono affari vostri, mi pare...»

«Forse quello che Lorelei voleva offrirgli era soltanto la sua amicizia.» suggerì Josie. «Emily ci ha detto che Paxton andava a casa loro, portava la frutta e giocava con lei.»

«Gliel'ho impedito non appena l'ho scoperto. Non è normale che un ragazzo della sua età si metta a giocare con delle bambine.»

«Mi sembrava che avesse appena detto che Paxton non è pericoloso...» insistette Noah.

«Ed è così. Non è di lui che mi preoccupo. Sono le altre persone. Le persone come voi. Voi non lo capite. Voi non lo conoscete. So già quello che pensate: che siccome ha dei problemi qui dentro...» e Reed accompagnò questa affermazione battendosi un dito sulla tempia, «...sarebbe capace di fare del male alle altre persone. È quello che voi date per scontato che accada. Sapevo che, se avesse frequentato la famiglia Mitchell, non solo Lorelei sarebbe entrata nel suo cervello, ma qualcuno si sarebbe fatto un'idea sbagliata sul fatto che passava il tempo con due ragazzine.»

Dalla bocca dello stomaco Josie sentì scaturire una sensazione di disagio. Non conosceva affatto quel ragazzo, ma si chiedeva cosa avesse portato suo padre a credere che potesse essere accusato di comportamenti inappropriati con le figlie di Lorelei. Era il figlio ad aver fatto qualcosa per mettere in testa al padre una cosa del genere, o era il padre che proiettava i propri pensieri malati su suo figlio?

«Va ancora a scuola?» chiese intanto Noah.

«L'ha mollata dopo la morte della madre. Non ce la faceva a continuare senza di lei.»

Josie si sentì spezzare il cuore per quel ragazzo, che aveva perso la madre ed era stato cresciuto da un uomo che riteneva che non fosse "a posto" con la testa. Lorelei e le sue ragazze dovevano essergli sembrate una boccata d'aria fresca. A quel punto, le venne da chiedersi se Reed avesse ragione ad affermare che, secondo lui, Paxton aveva una malattia mentale di qualche tipo. Poteva darsi che avesse semplicemente un disturbo imprecisato. O magari Paxton non aveva nessuna malattia, nessun disturbo e nessuna condizione da dover curare. Forse era semplicemente diverso e richiedeva più attenzioni, più lavoro e più impegno di quanto Reed fosse disposto o in grado di dargli. Cosa aveva visto Lorelei in quel ragazzo? Se c'era qualcosa che affliggeva Paxton, sicuramente doveva essere giunta a una conclusione o aveva fatto una diagnosi, anche se poi l'aveva tenuta per sé. Ci scommetteva che la scuola di Paxton dovesse aver fatto qualche tipo di valutazione, forse anche una diagnosi, quando la madre era ancora in vita. Ma non spettava a loro interferire tra padre e figlio; il loro compito era trovare la persona che aveva ucciso Lorelei e Holly.

«Paxton andava di nascosto a casa loro?» chiese Josie. «Ha detto che non voleva che ci andasse.»

«Sì, mi spariva quando ero occupato o quando stava per conto suo; andava lassù con la bicicletta.»

«Lo lascia spesso da solo?» gli domandò Noah.

«È molto impegnativo avere a che fare con lui e allo stesso tempo cercare di mandare avanti la fattoria e l'attività. Sì, qualche volta deve stare da solo. Non posso fare altrimenti.»

«È rimasto da solo in qualche momento ieri mattina?» chiese Noah.

Josie contò i secondi di esitazione prima che Reed rispondesse. Uno, due, tre... Una vena prese a pulsare sul collo di Reed.

«No, come ho detto e come vi ha detto anche lui, è stato qui con me.»

«Quando è stata l'ultima volta che ha visto Lorelei Mitchell qui al mercato?» chiese Josie.

«Pochi giorni fa.» rispose senza esitazione.

«Mr. Bryan, potrebbe dirci qual è il suo gruppo sanguigno e quello di Paxton?» chiese Noah.

Reed si fece rosso in viso e si portò un pugno sul fianco. «A cosa diavolo vi serve saperlo?»

Gli rispose Josie: «È per la nostra indagine.»

«Stronzate. Non sono obbligato a dirvi questa roba. Sono cose mediche. Questioni private.»

«E il vostro numero di scarpe?»

Le sue guance divennero color porpora. «Non vi dirò niente di privato. Ora andatevene e lasciate in pace me e il mio ragazzo.»

Senza scomporsi, Noah disse: «Grazie per il suo tempo.» Con calma, consegnò a Reed un biglietto da visita e gli disse di chiamarlo se gli fosse venuto in mente qualcosa di utile per le indagini. Josie sospettava che il biglietto sarebbe finito direttamente nella spazzatura non appena Reed fosse rientrato nel capannone.

Tornarono alla macchina. Reed era rimasto in piedi davanti

alle porte del mercato, con le braccia incrociate sul petto, a guardarli mentre si allontanavano.

«Se non ha niente da nascondere...» domandò Josie, «per quale motivo non avrà voluto dirci il gruppo sanguigno o il numero di scarpe, secondo te?»

«Perché probabilmente sta nascondendo qualcosa. Purtroppo, non credo che possiamo ottenere un mandato per i loro gruppi sanguigni o i numeri di scarpe, dato che lui e Paxton hanno un alibi che li protegge a vicenda.»

Josie sospirò. «Hai ragione. Nessun giudice autorizzerebbe un mandato se entrambi hanno un alibi. Possiamo far venire qui Hummel o Chan e prelevare le impronte da qualche oggetto che Paxton ha toccato, magari dalla spazzatura o da qualcosa all'interno del mercato, per confrontare le sue impronte con quelle della scena del crimine.»

«Ha già ammesso di essere stato in casa Mitchell, però.» disse Noah. «Pensi che abbia ucciso lui Lorelei e Holly?»

Josie tirò fuori il telefono e mandò un messaggio a Hummel. Non avevano bisogno di un mandato per rilevare le impronte da qualcosa che Paxton aveva toccato e poi gettato. Qualcuno della Squadra di Raccolta delle Prove avrebbe potuto bazzicare il mercato fino a quando Paxton non avesse gettato via qualcosa e allora avrebbero potuto prenderlo e ricavarne le impronte. Non c'era nemmeno bisogno di dirglielo. «Non sono ancora disposta a escludere nulla.» affermò. «So solo che se riusciamo a capire quali sono le impronte di Paxton e se già sappiamo quali sono quelle di Reed, allora a casa di Lorelei ci ritroviamo con due serie di impronte non identificate invece di quattro.»

«È vero.» convenne Noah. «Non sono sicuro del ragazzo, ma il padre sembra avere molta rabbia repressa. Pensi che potrebbe essersela presa così tanto con Lorelei per essersi intromessa nella vita di suo figlio da ucciderla?»

«Non lo so, ma non c'è dubbio che il ragazzo è terrorizzato dal padre.»

SEDICI

Portando sotto il braccio i documenti che aveva stampato, Josie entrò nella Griffin Hall alla ricerca di Celeste Harper. Noah correva per starle dietro. Celeste indossava un tailleur con gonna, portava i capelli raccolti in un french twist. Un trucco pesante copriva il suo pallore ma non le borse sotto gli occhi. Sorrise malinconicamente quando Josie si avvicinò, ma gli angoli della bocca si abbassarono quando questa fece scivolare uno dei documenti sul bancone verso di lei. Tom, che era in piedi alle sue spalle e scriveva sull'iPad, si sporse in avanti per prendere il documento. Celeste lo afferrò per un polso, impedendogli di toccare i fogli. «Non qui, Tom...» disse.

Lui la guardò con aria sorpresa e ritirò la mano, tenendo gli occhi incollati sul viso di Celeste. Sul suo volto balenarono diverse emozioni: confusione, irritazione, ansia. Evidentemente era abituato a prendere il comando e a dare ordini, anche se Celeste era il suo capo.

Lui continuò a fissarla, senza muovere un muscolo. Celeste tenne gli occhi puntati su Josie, si raddrizzò, si schiarì la gola e disse: «Se non vi dispiace, preferirei discutere di questo argomento nella nostra residenza privata.»

«Ci faccia strada...» disse Josie.

Si incamminarono in fila indiana con Celeste in testa, seguita da Tom e Josie e Noah in coda. Celeste camminava con sorprendente agilità anche sul pratino, nonostante le scarpe tacco quindici. La residenza privata che condivideva con il marito, la casa originale in pietra degli Harper, distava un quarto d'ora a piedi da Griffin Hall. C'era un'ampia strada riservata alle auto di servizio del resort che collegava le due strutture e Josie sapeva che Celeste avrebbe potuto benissimo chiedere a Tom, o a qualsiasi membro del personale, di recuperarne una per portarli alla loro residenza, eppure aveva scelto di farli camminare. La casa era circondata dagli alberi su tre lati, ma dalla porta d'ingresso si potevano vedere tutti gli altri edifici che componevano Harper's Peak. Era facile immaginarsi il padre di Celeste, Griffin Harper, in piedi in quel punto a sorvegliare il suo piccolo impero. Probabilmente Celeste faceva lo stesso ogni mattina quando usciva per andare al lavoro. All'interno, sembrava che poco fosse cambiato da quando la casa era stata costruita. Ogni pezzo dell'arredamento era composto da mobili antichi in legno rustico; al centro dell'atrio c'era un tavolo rotondo di quercia bianca, in mezzo al quale c'era un mazzo di fiori freschi in vaso.

Celeste tese un braccio verso destra, indicando un salotto. All'interno, uno di fronte all'altro erano stati piazzati due grandi divani Chesterfield imbottiti di colore grigio, separati da un grande tavolino ovale in ciliegio. Su uno dei due divani era accomodato Adam, con una tazza di caffè in una mano e un giornale nell'altra. Quando Josie, Noah e Tom entrarono, lui si alzò in piedi, posando giornale e caffè sul tavolo ed esibendo un sorriso che, però, sembrava forzato. Guardò dietro di loro, verso Celeste. «Che succede? Hanno scoperto qualcosa sulla ragazzina della chiesa?»

Celeste gli si avvicinò a grandi falcate. «Sì...» disse, «hanno scoperto qualcosa, ma non su quella ragazzina...» e rivolgendo lo sguardo su di loro, li spronò: «Avanti, dite tutto quello che avete da dire.»

«Non capisco cosa stia succedendo.» disse Adam lanciando un'occhiata a Tom, che si era messo proprio dietro Celeste, come sempre alle sue calcagna. «È proprio necessario che lui resti qui?»

Celeste non rispose.

La stanza si riempì di una tensione densa come un gas nocivo. Adam spostò lo sguardo da Celeste a Tom e viceversa. Tom rimase perfettamente immobile, con l'iPad tra le mani all'altezza della vita.

«Celeste...» disse Adam, «quello che succede in questa casa non lo riguarda.»

Celeste guardò il marito con occhi ridotti a due fessure. «Ma quello che succede nel resort sì. Lui è il direttore. Deve essere a conoscenza di tutto ciò che può interessare l'azienda.»

«Sono affari nostri, non suoi.» ribadì Adam.

Celeste sospirò. «Tom sta con me da quasi quanto te, non lo dimenticare.»

Adam si premette un indice sul petto. «Ma io sono tuo marito. Lui è un dipendente.»

Celeste gli lanciò un'occhiata fredda. «Questi sono affari miei. Miei! Decido io cosa è meglio per l'attività. Tom deve saperlo.»

Adam aprì la bocca, come se volesse controbattere ancora, poi la chiuse, scosse la testa e fece un gesto verso Josie e Noah.

«Cosa c'è?»

«Ieri, Lorelei Mitchell è stata uccisa in casa sua con un colpo di fucile.» disse Noah.

Josie scorse il tremore del labbro inferiore di Celeste, nonostante si vedesse che lottava per controllare le sue emozioni.

«Che cosa ha detto?» Adam guardò Celeste. «Ne eri al corrente?»

«Al corrente? Come diavolo avrei potuto esserne al corrente?»

Josie disse: «La casa è a dir poco remota. Inoltre, non siamo riusciti a trovare un solo parente stretto. Abbiamo controllato i registri delle proprietà ed è così che abbiamo scoperto che la casa e il terreno in cui viveva Lorelei Mitchell le erano stati donati diciannove anni fa dalle Harper's Peak Industries.»

Celeste la guardò con aria di sfida. «E con questo?»

«E con questo...» proseguì Noah, «pagò un dollaro per dieci ettari di terreno. Piuttosto insolito.»

«Molto insolito.» sottolineò Josie. «Ragione per cui ci siamo chiesti che motivo avevano le Harper's Peak Industries di dare a questa donna dieci ettari di terra per un dollaro.»

«Arrivate al dunque.» sbottò Celeste.

«Abbiamo controllato i registri del tribunale. Sono di pubblico dominio, ma sono anche molto vecchi e alcuni atti sono stati secretati per motivi di riservatezza; ciononostante, ci sono abbastanza informazioni per desumere che tipo di relazione c'era tra voi due.» disse Josie.

Celeste sgranò gli occhi. «Non c'è nessuna relazione.»

«Davvero?» disse Noah mentre Josie gli porgeva un atto legale dalla pila di documenti che aveva portato con sé. Lo mostrò a tutti per esaminarlo prima di porgerlo a Celeste, che si rifiutò di prenderlo. «Qui c'è scritto che era sua sorella.»

«Non era mia sorella.»

Tom si fece avanti e cercò di esaminare il documento, ma Adam lo strappò dalle mani di Noah ed emise un verso di esasperazione. «Celeste, adesso basta.»

Lei gli lanciò un'occhiataccia, ma rimase in silenzio.

«Lorelei Mitchell è... era la sorellastra di Celeste, ma come ha detto lei, non avevano alcun rapporto.» spiegò Adam.

«Adam, fammelo vedere...» disse Tom.

Adam non gli prestò la minima attenzione.

«E lei, invece?» chiese Josie rivolgendosi a Adam. «Aveva una relazione con Lorelei?»

Adam scosse la testa. «Io non l'ho mai incontrata.» Indicò la data sul documento che stava leggendo, che era un atto di proprietà.

«Tutto questo è avvenuto l'anno prima del nostro matrimonio. Mia moglie ha ragione in questo senso: lei e Lorelei non avevano alcun tipo di rapporto, anche se tecnicamente erano sorellastre.»

«Perciò, per tutti questi anni in cui Lorelei ha vissuto in fondo alla strada...» disse Josie, «non ha mai avuto alcun contatto con lei?»

«Nessuno in questo resort ha avuto contatti con lei.» disse Tom.

Finalmente, Adam lo guardò. «Che cosa hai detto?»

Non ottenendo risposta da Tom, Adam guardò Celeste. «Gliel'avevi detto?»

Tom fece un passo verso Adam, con un'espressione impassibile. «Certo che me l'aveva detto. Sono l'amministratore delegato di questo resort. Devo sapere tutto ciò che potrebbe avere un impatto negativo sull'attività.»

«Questo non ha niente a che fare con la nostra attività.» ringhiò Adam, colpendo con forza il petto di Tom e facendolo indietreggiare di un passo. «La vita privata di mia moglie non ti riguarda.»

Tom non si scompose. «Tutta questa storia ha a che fare con l'attività.» replicò spazzolandosi la giacca nel punto in cui Adam lo aveva spinto. «Cosa succederà quando la stampa scoprirà che Celeste Harper aveva tenuto segreta l'identità di una sorellastra che è stata ammazzata? Se la polizia l'ha scoperto con una semplice ricerca nei registri pubblici, la stampa la seguirà a ruota. Questo tipo di scandalo è l'ultima cosa che serve al resort, Adam.»

«Non c'è nessuno scandalo.» ribatté Adam.

«Questo lo giudico io.» disse Tom. «Tu pensa a cucinare.»

Adam si fiondò su Tom, sferrandogli un pugno. L'atto di proprietà volò in aria e svolazzò a terra. Noah si lanciò tra i due uomini. Il colpo di Adam si schiantò contro la spalla di Noah. Per il contraccolpo Tom barcollò all'indietro, rischiando di cadere, ma con un gesto fulmineo si aggrappò al bracciolo di uno dei divani, recuperando l'equilibrio. Il suo viso divenne bianco per la sorpresa. «Come ti permetti?» farfugliò.

«Come mi permetto io?» gli fece eco Adam, sforzandosi ancora di raggiungere Tom, petto a petto con Noah. Allungandosi sopra la sua spalla, puntò un dito accusatore sul viso di Tom. «Hai una bella faccia tosta. Hai sentito cosa hanno detto? Una donna è morta. A te interessano solo le pubbliche relazioni. Come ti permetti tu?»

Tutti si voltarono quando Celeste parlò, con voce alta e roca. «Lorelei Mitchell è... era... una persona tremenda.»

«Celeste!» la ammonì Adam, allontanandosi non appena Noah lo liberò.

Fece un passo verso la moglie e allungò una mano per toccarle la spalla, ma lei la allontanò con uno schiaffo. «No, non voglio mentire e fingere che fosse una persona meravigliosa solo perché è morta. Ho dovuto mentire per tutta la vita a causa sua. Ora basta.»

«Nessuno ti chiede di mentire, Celeste.» la rassicurò Tom.

Josie si sarebbe aspettata che Adam si scagliasse ancora una volta contro il giovane Tom, e invece mantenne la sua attenzione su Celeste. «Ti voglio un bene dell'anima, Celeste, lo sai, ma come puoi dire una cosa del genere su una completa estranea? So che voi due avete avuto problemi quando eravate più giovani, ma questo atto risale a diciannove anni fa e tu non le hai più parlato da quando è stato firmato. Come fai a sapere che tipo di persona era?»

Celeste si lasciò cadere sul divano e nascose il viso tra le mani. Tom fece per avvicinarsi a lei, ma poi ci ripensò e rimase accanto al divano. Adam si chinò a raccogliere l'atto, posandolo sul tavolino, e poi si abbassò accanto alla moglie. Iniziò a massaggiarle la schiena, ma lei se lo scrollò di dosso e si allontanò da lui. Josie e Noah le concessero un momento. Adam la guardava impotente. Alla fine, lei rialzò la testa. Aveva gli occhi asciutti. Guardò Josie e Noah e poi suo marito. «La conoscevo abbastanza bene. Ha cercato di portarmi via tutto. I miei genitori. Questo posto. Tutto quanto.»

Josie disse: «Dunque Lorelei le ha fatto causa per una quota delle Harper's Peak Industries.»

Celeste annuì. «Pensava di meritarsela.»

«Celeste, credo che tu stia dimenticando il ruolo di tuo padre in tutto questo.» le fece notare Adam.

«In tutto questo cosa?» lo incalzò Noah.

Celeste fece diversi respiri profondi, come se stesse cercando di mantenere la sua compostezza. Josie vide bene che stava erigendo mentalmente dei muri intorno ai suoi punti più vulnerabili, in modo da poter parlare di ciò che era successo in seguito alla cessione dei terreni, senza giri di parole e senza emozioni, con distacco. Riconosceva bene quel trucco perché aveva passato una vita a metterlo in pratica a sua volta. Come Celeste stava facendo in quel frangente, Josie sapeva cosa si provava a spingere sistematicamente i propri traumi così in profondità dentro di sé da non riuscire più a raggiungerli. Era necessario per sopravvivere, per continuare a funzionare, ma Josie sapeva anche che, per quanta forza mentale ci volesse per compartimentare quel trauma e rinchiuderlo, qualcosa di semplice come una parola o un'immagine, un ricordo o una frase al momento sbagliato, potevano aprire quella serratura e scatenare il trauma in una frazione di secondo, provocando un'ondata impressionante di dolore.

«Si prenda il tempo che le occorre, Celeste.» le disse Josie.

Lo sguardo di Celeste si spostò verso il soffitto. Adam si avvicinò di più a lei e Celeste si allontanò fino a schiacciarsi contro uno dei braccioli del divano. Dalla parte in cui si trovava Tom, il silenzio più totale; però, con tocco leggero, Tom le sfiorò la spalla con una mano. Lei non lo scrollò e con tono brusco, disse: «Eravamo felici. Mia madre, mio padre e io. Vivevamo qui. Mio padre aveva aperto il resort più grande poco prima che io nascessi. Non appena fui abbastanza grande per camminare, cominciai ad accompagnarlo ovunque, per tutta la proprietà. E lui mi mostrò tutto quanto, ogni meccanismo interno di questo posto. Quando diventai abbastanza grande per andare a scuola, mia madre mi veniva a prendere alla fermata dell'autobus e mi riportava a casa, e io partivo alla ricerca di mio padre. Ogni giorno era un'avventura. Mia madre lavorava spesso al suo fianco ed era felice. Felicissima.»

Celeste abbassò la voce a un sussurro. Sbatté rapidamente le palpebre e Josie capì che si stava sforzando di non far affiorare le sue emozioni.

«Siamo riusciti a trovare il necrologio di sua madre.» disse Noah. «È morta quando lei aveva dieci anni. Mi dispiace. Deve essere stato un evento tremendo.»

Celeste annuì. Deglutendo, cercò di nuovo di parlare. «Mia madre si è tolta la vita.»

Questa volta, quando Adam pose una mano sulla sua, Celeste non fece il minimo movimento per allontanarlo.

«Mi dispiace molto, Celeste.» disse Josie.

Il volto di Celeste si indurì. «È stato a causa di Lorelei. Vedete, mio padre aveva una seconda famiglia in città. Frequentava la madre di Lorelei almeno da quando era sposato con mia madre. L'aveva messa incinta. La manteneva con i profitti del resort. Poi morì di cancro. Mio padre avrebbe potuto e dovuto dare la figlia della sua amante in affidamento, ma non lo fece.

Anzi, la portò a casa.» Mentre parlava, gli occhi di Celeste brillavano di una rabbia appena celata. «È così che mia madre scoprì che le era stato infedele, che l'aveva tradita, quando la piccola Lorelei Mitchell si presentò alla sua porta. Mio padre si aspettava che mia madre se ne prendesse cura come se fosse figlia sua. Mia madre avrebbe dovuto andarsene, ma non lo fece. E finì con l'impiccarsi.»

Celeste indicò le grandi finestre sul davanti.

«A un albero qui di fronte. Proprio nel giardino davanti a casa. L'ho fatto abbattere dopo la morte di mio padre. Anche dopo il suicidio di mia madre, mio padre insistette per tenere Lorelei. Voleva che fosse parte di questa famiglia a pieno diritto. E crescendo, anche lei cominciò ad aspettarselo.»

A Josie sembrava che nulla di ciò che era accaduto nella famiglia Harper fosse colpa di Lorelei, ma sentiva che Celeste non lo avrebbe mai accettato. Forse era più facile incolpare la sorellastra in quanto estranea, piuttosto che attribuire la colpa a chi davvero spettava, ovvero al suo amato padre.

«Sua sorella ha lasciato Denton ed è diventata una psicologa.» riprese Noah. «Quindi è chiaro che non si aspettava di avere un futuro qui al resort.»

«Non è riuscita a fare bene nemmeno quello, vero?» sputò Celeste. «È tornata qui in disgrazia, con la licenza revocata e la carriera in frantumi.»

«È tornata qui con trentaquattro ferite da taglio sul collo e sulla schiena.» le fece notare Josie. «Dopo essere stata aggredita da un paziente.»

Tom non parve sorpreso, invece Adam ebbe un sussulto. «Non me l'avevi mai detto, Celeste.»

La moglie si voltò verso il marito. «E che importa, Adam? Quando ci siamo conosciuti ti ho detto che lei non faceva parte della mia vita e che non ne avrebbe mai fatto parte. Mi sono fatta carico di tutto questo...» disse scorrendo i fogli che Adam aveva messo sul tavolino dopo aver tentato di saltare addosso a

Tom, «Prima che ci sposassimo. A te ho detto solo quello che dovevi sapere. Era il frutto illegittimo di una relazione di mio padre. Questo non era il posto per lei. Ha fallito nella sua carriera da psicologa e poi è tornata qui, a chiedermi l'elemosina.»

«Ma lei non le ha dato nulla.» riprese Noah. «Per questo Lorelei le ha fatto causa per avere la sua parte di eredità.»

«Perché sapeva di non avere diritto a un solo centesimo guadagnato da mio padre.» rispose Celeste con voce irritata. «Abbiamo trovato un accordo in via extragiudiziale.»

«Perché non volevate cattiva stampa?» chiese Noah, «O perché non volevate che la reputazione di vostro padre fosse macchiata?»

«Entrambe le cose.» ammise Celeste.

«Quali erano i termini dell'accordo?» si informò Josie. «Quando Lorelei è morta, riceveva ancora dei versamenti da parte vostra?»

Celeste agitò una mano in aria. «Santo cielo, no. Le era stata data una rendita in contanti più il terreno. Abbastanza per costruire una casa e vivere comodamente per parecchi anni. Da allora non l'ho più vista e non abbiamo mai più parlato. Io non sono mai andata a casa sua e lei non è mai venuta qui.»

«Cioè, sta dicendo che in tutti questi anni sua sorella...» iniziò a dire Noah.

«Sorellastra.» lo corresse Celeste.

«Che in tutti gli anni in cui la sua sorellastra è vissuta a pochi chilometri da qui, in una casa che un tempo faceva parte della sua proprietà di famiglia, non l'ha mai vista?»

«Proprio così.» confermò Celeste. «Nessuna di noi due aveva alcun desiderio di vedere o parlare con l'altra.»

Josie guardò Tom. «E lei, Mr. Booth? Ha mai incontrato Lorelei Mitchell?»

«No.» rispose. «Non ho mai avuto motivo di incontrarla.» Guardò Adam dall'alto in basso. «Sapevo di lei solo perché da quando sono subentrato come amministratore delegato, Celeste e io abbiamo parlato di espandere ulteriormente il resort, ed è emersa la questione dei confini della proprietà.»

Adam ritirò la mano da quella di Celeste. «Avevate intenzione di espandere il resort? Ulteriormente? Senza discuterne con me?»

Celeste agitò una mano in segno di rifiuto e fece un verso di gola per l'esasperazione. «Non siamo mai arrivati a definire alcunché. Non c'era motivo di discuterne, visto che non l'avremmo fatto.» Guardò Josie e poi Noah. «Ora che conoscete la storia della mia vita, potete dirmi se si può dare un senso a questo caos, oltre al fatto che Lorelei è stata uccisa? Di sicuro non penserete che io abbia qualcosa a che fare con questa faccenda!»

«Non possiamo escludere nulla.» disse Noah. «Ma il vero motivo per cui siamo qui è che una delle figlie di Lorelei è ancora viva e, a meno che i parenti più stretti non la accolgano, finirà nel sistema di affidamento.»

Arrivati a questo punto, l'ultima cosa che Josie voleva fare era consegnare Emily Mitchell a quella donna, ma non spettava a lei decidere: erano le leggi del Commonwealth della Pennsylvania a stabilire cosa sarebbe successo a Emily Mitchell in seguito alla morte di sua madre. L'assistente sociale, Marcie Riebe, sarebbe stata incaricata di trovarle una sistemazione, che fosse con Celeste e Adam o con una famiglia del sistema di affidamento.

«Lorelei aveva delle figlie?» chiese Adam. «Celeste, tu lo sapevi?»

Celeste scosse la testa. «No, è ovvio che non lo sapevo.»

Adam lanciò un'occhiata a Tom, il quale si limitò a scrollare le spalle. «Non ho mai incontrato quella donna. Non lo sapevo nemmeno io.»

«Tutto questo cosa c'entra con noi?» chiese Celeste.

«Come ha detto il mio collega, siamo qui perché siete i suoi parenti più stretti...» ribadì Josie.

«Quante figlie aveva?» domandò Adam.

Celeste gli lanciò un'altra occhiataccia. «E a chi importa, Adam?»

«Due.» disse Noah. «Holly era la bambina trovata morta nella vostra proprietà.»

«Aspettate, cosa?» disse Celeste, alzandosi di scatto dalla sedia. «Quella ragazzina era la... la figlia di Lorelei?»

«Sua nipote.» chiarì Josie.

Celeste chiuse la bocca. Le sue labbra si strinsero in una linea sottile. Josie la vide perdere il controllo delle sue emozioni. «Era solo... solo una bambina.»

«Oh mio Dio...» esclamò Adam. Lacrimoni presero a scorrere liberamente sul suo viso. «E lei è stata... qualcuno l'ha uccisa?»

«Sì...» disse Josie, «Purtroppo sì.»

Tom non disse nulla. Sul suo viso non traspariva alcun segno di partecipazione. Invece, le spalle di Adam, ancora seduto sul divano, tremavano. Celeste era in piedi e li fissava, con gli occhi che si riempivano di lacrime anche se Josie poteva chiaramente vederla trattenere l'emozione. «Quanti anni aveva?»

«Dodici.» rispose Noah.

«Santo Dio.» disse Celeste coprendosi la bocca con una mano.

Adam alzò lo sguardo. «Avete detto che ce n'era un'altra? Un'altra figlia?»

«Sì.» disse Josie. «Emily. Ha otto anni.»

«Aspettate. Era per lei l'allerta AMBER che abbiamo ricevuto ieri sera.» disse. «L'avete trovata?»

«Sì.» confermò Noah. «Si era nascosta. Era al sicuro.»

«Ma noi non lo sapevamo.» precisò Josie. «Per questo abbiamo dovuto lanciare l'allerta AMBER.»

«Capisco.» disse Adam.

«E il padre?» chiese Celeste.

«A quanto pare, non è presente.» spiegò Noah. «Non c'è nessun nome sui loro certificati di nascita. Emily ha detto di non avere un padre. E non abbiamo trovato in casa alcuna prova che indichi che ci vivesse un uomo.»

«Povera bambina.» disse Adam. «Deve essere traumatizzata.»

«Sì.» confermò Noah. «Ha perso la madre e la sorella in un solo giorno e ora deve lasciare la casa in cui è cresciuta. Si è nascosta in un armadio durante l'omicidio. È rimasta lì dentro per diverse ore e ha mangiato del cibo avariato. È in ospedale per un'intossicazione alimentare adesso, ma presto avrà bisogno di un posto dove andare. I servizi sociali sono già stati coinvolti e hanno riferito che sarebbe molto meglio se fosse un membro della famiglia a prenderla in custodia fino a quando non sarà possibile prendere accordi più definitivi.»

«Non possiamo occuparcene noi.» protestò Celeste. «Non ci conosce nemmeno!»

«Celeste...» la apostrofò Adam.

Lei abbassò lo sguardo su di lui. «No. Non sto dicendo che non possiamo prenderla perché è la figlia di Lorelei. Sto soltanto dicendo che avrà bisogno di un sostegno, di qualcuno che stia con lei e noi lavoriamo praticamente ventiquattr'ore su ventiquattro. Non possiamo lasciarla qui, in questa casa, da sola, Adam.»

Lui si alzò e guardò negli occhi la moglie. «Li hai sentiti, è solo una cosa temporanea. Possiamo trovare una soluzione per qualche giorno. Abbiamo un sacco di personale che può sostituirci. Possiamo anche fare dei turni, volendo.»

Tom fece un passo avanti, avvicinandosi a Celeste. «Non credo che sia una buona idea.»

Adam si girò verso di lui. «Tu stanne fuori.»

Celeste toccò il braccio di Adam. «Smettila.»

«No.» disse Adam. «Ne ho abbastanza di lui. Quello di cui stiamo parlando adesso è una cosa tra noi due. Non ha nulla a che fare con lui. È una decisione che dobbiamo prendere noi due.»

«Devi pensare alle implicazioni per le pubbliche relazioni.» gli fece notare Tom.

Adam puntò un dito in aria davanti alla faccia di Tom.

«Sta' zitto. Non voglio sentire una parola di più. Sto parlando con mia moglie.»

Quando si voltò verso di lei, Celeste scosse la testa. «Non possiamo...»

«Non ha altro posto dove andare, Celeste!» la implorò Adam. «Non vuoi almeno incontrarla?»

Si guardarono per un lungo momento. Josie capì che tra di loro si stava svolgendo un silenzioso flusso di comunicazione. Era il linguaggio segreto delle coppie. Anche lei e Noah ne avevano uno. Alla fine, Celeste gli prese la mano, intrecciando le dita tra le sue e, voltandosi verso Josie e Noah, disse: «Va bene. Ma solo per qualche giorno. Poi basta. Non siamo preparati a occuparci di un bambino a tempo pieno. E a condizione che la stampa rimanga all'oscuro di tutto questo.» A quel punto lanciò un'occhiata a Tom, che non sembrava affatto contento, ma che rimase in silenzio. Celeste riprese: «Non voglio sembrare insensibile, ma non tollero che la cattiva pubblicità ricada su Harper's Peak. È una cosa che riguarda noi, personalmente, ma qui diamo lavoro a centinaia di persone ed è mio compito proteggerle e assicurarmi che continuino ad avere un lavoro.»

«Faremo del nostro meglio.» le assicurò Noah. «Adesso dobbiamo parlare con l'assistente sociale. Spetterà a lei, in ultima analisi, approvare il trasferimento temporaneo di Emily in questa casa. Immagino che vorrà incontrarvi.»

«Potete darle i nostri numeri di cellulare.» disse Adam. «Siamo sempre qui.»

Il cellulare di Noah vibrò e Josie riconobbe che era la notifica di un messaggio. Lo tirò fuori e diede un'occhiata allo schermo. «È l'ospedale.» annunciò. «Hanno le cartelle cliniche che abbiamo richiesto.»

«Andiamo.» disse Josie e rivolgendosi a Adam e Celeste aggiunse: «Marcie Riebe dei servizi sociali si metterà in contatto con voi.»

DICIASSETTE

Lasciarono la residenza di Celeste e Adam e tornarono al parcheggio adiacente l'edificio principale del resort. Mentre stavano per salire in macchina, passò un furgone bianco diretto verso il retro dell'edificio. «Noah, guarda...» disse Josie.

«È uno dei furgoni del mercato.» constatò lui leggendo le parole sulla fiancata: "Prodotti Freschi della Fattoria di Bryan". «Hai visto chi c'era alla guida?»

«No.» disse Josie. «È passato troppo velocemente. Tu sei riuscito a vederlo?»

Noah scosse la testa, ma lo seguì avviandosi verso il retro dell'edificio lungo il viale asfaltato. «C'è solo un modo per scoprirlo.»

Josie lo seguì. Girarono intorno all'edificio principale del resort e videro che il furgone si era accostato a una banchina di carico, con i portelloni aperti. Sulla banchina c'era Reed Bryan con un addetto del resort. Mentre i due studiavano una cartellina su cui l'addetto spuntava gli articoli con una penna, Paxton scaricava le cassette di prodotti dal furgone, mettendole ai piedi del padre. Le sistemava in fila per quattro, assicurandosi che ogni cassetta fosse accanto alla precedente, perfettamente allineata, con la larghezza esatta di un dito indice tra l'una e l'altra. Josie lo guardò infilare il dito negli spazi tra le cassette per ben tre volte. Una delle cassette era troppo vicina all'altra. La aggiustò e ricominciò da capo, contando e misurando di nuovo con il dito.

«Maledizione, Pax!» urlò suo padre. «Ti ho detto di smetterla con queste stronzate. Datti una mossa, non abbiamo tutto il giorno.»

Paxton fece un salto e tornò rapidamente al furgone per prendere altre cassette. Intanto, un membro del personale del resort cominciò ad aiutare Reed a portare le prime all'interno del magazzino e in quel momento Josie vide che il ragazzo approfittò dell'assenza del padre per dare di nascosto un'aggiustatina alle cassette. Paxton alzò lo sguardo proprio mentre Josie e Noah si avvicinavano e li vide. I suoi occhi marroni si spalancarono per il panico. Lanciò un'occhiata verso la banchina di carico, ma suo padre non era ancora tornato. Si portò un dito alle labbra.

Silenzio.

Poi scosse la testa.

Josie continuò a camminare. Non si sarebbe fatta intimidire da Reed Bryan. Era a pochi metri dal muso del furgone quando sentì la mano di Noah che la prendeva per un avambraccio. «Guarda.» le disse.

Paxton aveva smesso di scaricare le cassette dal furgone e si era infilato le mani nelle tasche del grembiule, alla ricerca di qualcosa. Da una tasca tirò fuori un pezzo di carta tutto appallottolato. Con un movimento brusco, lo gettò da una parte. Andò a finire accanto al furgone, tra la portiera posteriore e quella del lato guida, ma fuori dalla visuale del padre che intanto era tornato sulla banchina di carico e non poteva vederlo. Paxton incrociò lo sguardo di Josie, facendole di nuovo il gesto di fare silenzio con l'indice. Lei annuì. Non appena Reed uscì dall'edificio, lei e Noah si schiacciarono contro il muso del furgone. Da dove si trovava, Reed non sarebbe stato in grado di vederli.

«Ma che cavolo, Pax! Andiamo... Non abbiamo tutta la giornata. Dopo questa dobbiamo fare altre consegne.» sentirono Reed lamentarsi.

«Scusa, papà.»

Noah sbirciò sul lato del furgone. « Eccolo lì...» disse. «Posso prenderlo io.»

«È ridicolo.» disse Josie.

«Può darsi, ma chissà quando riusciremo a parlare con quel ragazzo senza che ci sia suo padre nei paraggi. È evidente che sta cercando di dirci qualcosa. Aspetta.»

Con rapidità fulminea, si accovacciò e scattò intorno al lato del furgone, raccogliendo il foglio accartocciato e riportandolo indietro. Da dietro di loro, sentirono Paxton depositare le cassette sulla superficie della banchina di carico e a seguire i grugniti di Reed e del membro dello staff del resort che le trasportavano verso l'interno. Noah stese il pezzo di carta sul cofano del furgone. Una buona parte del documento era sparita, bruciata o annerita dal fuoco. In molti punti, dove Paxton l'aveva stropicciata, alcune parti si erano cancellate. Solo alcuni pezzi di testo erano sopravvissuti.

«Questo viene dalla casa di Lorelei. Forse dalla serra.» disse Josie a bassa voce.

Noah annuì. «È stato scritto a mano. Non è facile da capire. Potrebbe essere una lettera o un biglietto. Dice: "...*non voglio coinvolgerti. Non l'ho mai voluto. Pensavo di potercela fare, ma mi sbagliavo. Non sarò in grado di...*" Il resto della frase è incomprensibile. Più avanti dice: "...*abbiamo fatto un accordo, ma se tu gli dessi una possibilità, potresti sentirti...*". Da qui è illeggibile. Poi sembra che dica: "...*sappia la verità su di te, e non mi interessa...*" Non riesco a leggere il resto del paragrafo, ma subito sotto dice: "...*non puoi fare la cosa giusta? Perché mi costringi a fare questa scelta? È una scelta impossibile. Non voglio dirlo, ma..."* Il resto è sparito, bruciato. Non c'è altro. Non riesco a capire.»

«Ci leggi qualche nome?»

«Niente. Tu?»

Josie si avvicinò. «Non ci si capisce nulla.»

La voce tonante di Reed li fece trasalire. «Ragazzo, metti in moto il furgone mentre io sistemo le pratiche.»

«Sì, papà.» rispose Paxton.

Rapidamente, Noah infilò il foglio in tasca. Paxton si avvicinò al muso del furgone, spalancando gli occhi quando li vide. «Dovete andarvene. Mio padre si arrabbierà se vi vedrà qui.»

«Pax...» disse Josie, «sai che puoi parlare legalmente con noi senza il permesso di tuo padre.»

«Vivo in casa con lui. Mi prenderà a calci nel sedere se mi vede parlare con voi.» sottolineò Paxton. «Sentite, per favore, andatevene. Non peggiorate la mia situazione.»

Josie alzò le mani. «Ce ne andiamo, Pax. Grazie per questo. Dove l'hai trovato?»

«Nel bosco. Era vicino alla casa di Lorelei. L'ho trovato. Sapevo che era successo qualcosa di brutto perché non era venuta a prendere la frutta come fa sempre il venerdì.»

«Sei stato a casa sua ieri?» chiese Josie.

Paxton guardò alle sue spalle verso la banchina. Con gesto nervoso afferrò la maniglia della portiera del furgone. «Mio padre era impegnato con un grosso ordine. Era al telefono. Ho preso la bicicletta e sono andato nel bosco come faccio sempre. A un tratto ho sentito odore di bruciato. So che a Lorelei non piace che si accendano fuochi vicino a casa sua. Qualcuno aveva bruciato qualcosa nella serra.»

«Sei entrato?»

Scosse violentemente la testa. Una lacrima gli rigò il viso e la asciugò in fretta. «C'era del sangue sul portico posteriore. Mi sono spaventato. Mi sono allontanato da lì e sono tornato in bicicletta nel bosco.»

«Hai visto qualcuno, Pax?» chiese Josie.

«Vi prego...» disse lui. «Dovete andarvene.»

«Dicci solo un'ultima cosa...» lo pregò Noah. «Hai visto qualcuno?»

«Non ho visto nessuno. Solo questo foglio nel bosco. Ero agitato e mi sono perso. Ho dovuto fare la strada a ritroso per tornare al mercato. Così ho trovato questo. Pensavo che fosse importante e l'avrei dato a Lorelei quando l'avessi vista in seguito, ma poi oggi, quando siete venuti al mercato e avete detto che era morta... e che anche Holly...»

Un'altra lacrima gli scese sulla guancia.

«Mi dispiace, Pax.» disse Josie.

«Emily sta bene?»

«Sì...» disse Josie. «Sta bene. Sei gentile ad averlo chiesto. Hai fatto la cosa giusta. Pax, c'era qualcun altro in casa con Lorelei, Emily e Holly quando ci andavi tu?»

Abbassò il mento sul petto. «Non dovrei dirlo. Mio padre nemmeno lo sa.»

Sentirono Reed che salutava l'addetto sulla banchina di carico. «Prendete il foglio e andatevene e basta.»

«Questo foglio, sai chi l'ha scritto?» gli chiese Noah.

La voce di Reed rimbombò dalla banchina di carico. «Ragazzo! Perché questo furgone non è partito! Pax?»

«Lorelei, probabilmente. Sembra la sua calligrafia. Aveva dei segreti. Tutti gli adulti hanno dei segreti. Sono tutti bugiardi, anche mio padre. Potete chiedere a Emily. Chiedetele cosa fanno gli adulti.»

«Pax! Dove diavolo sei?»

«Adesso, vi scongiuro, andate!»

Josie gli mise in mano un biglietto da visita. «Chiamaci se hai bisogno di noi o se pensi di poter parlare, mi raccomando.»

Mentre Paxton si dirigeva verso il retro del furgone per distrarre suo padre, Josie e Noah scattarono verso la parte anteriore dell'edificio. Una volta in macchina, Noah ingranò la marcia e partì per il lungo viale.

DICIOTTO

Emily era stata spostata in un'altra area del Pronto Soccorso. Ora giaceva su una barella dietro una tenda. Il suo borsone era ai piedi del letto e lei teneva il suo cagnolino di peluche stretto tra le braccia. Qualcuno aveva acceso il televisore a parete e lei ci era rimasta incollata. Sulla sedia accanto al letto sedeva Marcie, che scriveva sul suo telefono. Quando vide Josie e Noah, saltò dalla sedia. «Oh, bene.» disse. «Vi stavo mandando un messaggio. A breve cercheranno di cacciarci da questo posto e io devo sistemare Emily da qualche parte. Ho trovato un posto per lei in una casa-famiglia qui vicino. Siete riusciti a trovare una soluzione con i parenti più stretti?»

«Sì.» disse Josie. «Possiamo parlarne in privato?»

«Io faccio una corsa al Servizio Informazioni Sanitarie per prendere quei documenti.» si offrì Noah. «Torno subito.»

Josie e Marcie si allontanarono in modo che la bambina non potesse origliare il resoconto di ciò che Celeste e Adam avevano detto. «Non è l'ideale...» concordò Marcie. «Ma sembrerebbe che possano mostrarsi più sensibili al suo recente trauma rispetto a un estraneo. In realtà, per essere precisi anche loro sono degli estranei, ma se hanno mostrato interesse a prenderla per il momento, dovrei almeno incontrarli. La casa-famiglia che ho in mente è gestita da una donna adorabile, ma si sta già occupando di un sacco di bambini.»

«La dottoressa Rosetti è passata questa mattina?» chiese Josie.

«Per il consulto psicologico? Sì. A parte il disturbo ossessivo compulsivo e un evidente trauma emotivo per la perdita della madre e della sorella, Emily non presenta alcun problema.»

«Per caso la dottoressa ha chiesto alla bambina cosa ha visto ieri?»

«Sì, ho assistito al consulto. Emily si è rifiutata di dirlo. La dottoressa Rosetti ha spiegato che ovviamente sta ancora elaborando tutto quello che è successo, perciò è meglio non insistere.»

«Certo.» convenne Josie. «Ma qualcuno ha costretto Emily a mantenere dei segreti, segreti che potrebbero aver fatto uccidere la sua famiglia.»

«Senta, mi rendo conto che sta cercando di risolvere un caso, ma il mio compito è quello di trovare un posto per questa bambina in attesa di una sistemazione definitiva. Può parlare di nuovo con lei se pensa che possa essere utile, ma le chiedo di non sottoporla a ulteriori pressioni.»

«Non lo farò.» promise Josie. «E lei incontrerà Celeste Harper e Adam Long oggi stesso, dato che si sono detti disponibili?»

«Ha i loro numeri?» le chiese Marcie.

Josie le diede i numeri di cellulare di Adam e Celeste, e quando Marcie fu sparita nel corridoio, si infilò nel box chiuso dalle tende e si mise a sedere su un lato del letto di Emily. «Oggi ho conosciuto il tuo amico Pax.» le disse.

Emily spostò lo sguardo dalla televisione a Josie. «È triste?»

Josie annuì. «Sì, direi proprio di sì.»

«Anch'io.» disse Emily, stringendo più forte il suo cagnolino.

«Emily...» cominciò Josie, pensando a ciò che aveva detto

Paxton. «Pax mi ha detto di farti una domanda. Mi ha detto di chiederti cosa fanno tutti gli adulti.»

«Mentono.»

«Che cosa te lo fa pensare?»

Lei tornò a guardare la televisione; l'avevano sintonizzata su Nickelodeon.

Con un'alzata di spalle, disse: «Perché è vero.»

«La tua mamma ha mentito?»

«Solo perché doveva farlo.»

«E come mai doveva mentire?»

«È un segreto.»

«Chi ti ha detto che è un segreto?»

«La mamma.»

Josie cercò di catturare ancora una volta lo sguardo della bambina. «Emily, adesso è molto importante che tu non nasconda niente alla polizia. Stiamo cercando di catturare la persona che ha fatto del male alla tua mamma e per fare questo abbiamo bisogno di sapere tutti i segreti che ti ha detto.»

«Non posso raccontare i segreti.»

Josie provò una tattica diversa. «Emily, c'era qualcun altro che viveva con te, Holly e la tua mamma?»

Gli occhi di Emily si spostarono su Josie. «Non posso raccontare i segreti. Se li racconto, accadranno altre cose brutte.»

«Ti prometto che non succederà niente di brutto se mi dici questi segreti.» le assicurò Josie.

«Non posso raccontare i segreti.» ripeté Emily, raggomito-landosi su se stessa.

«Va bene.» concesse Josie e, cambiando argomento, le chiese: «Hai mai conosciuto il padre di Pax?»

«È venuto a prendere Pax per portarlo via. Non voleva che fossimo amici.»

«Ha mai fatto del male a qualcuna di voi?»

«Forse ha fatto del male a Pax. Era cattivo.»

Marcie apparve nell'apertura della tenda. «Sto andando a Harper's Peak per quell'incontro. Ho avvertito l'infermiera che Emily resterà qui ancora per un po'.»

Emily le si rivolse con un filo di voce. «Josie può restare finché non torni?»

«Non credo che possa farlo, Emily. Mi dispiace. Ha del lavoro da svolgere per la polizia, purtroppo...»

«Posso restare.» disse Josie. «Il mio collega è di sopra a chiedere informazioni. Lo devo comunque aspettare.»

Marcie sorrise. «Tornerò il prima possibile.»

Josie si spostò sulla sedia accanto al letto. Emily tornò a guardare la televisione. In pochi minuti si addormentò. Noah si affacciò all'apertura tra le tende con una chiavetta in una mano e una piccola pila di fogli nell'altra.

«Perché ci hai messo così tanto?» chiese Josie.

Noah fece un'alzata di mento in direzione di Emily. «Avevo la sensazione che non saremmo usciti presto da qui. Ho chiesto all'impiegato del Servizio Informazioni Sanitarie di stampare il modulo di registrazione dell'ultima volta che Lorelei è stata visitata al Pronto Soccorso.»

Si chiuse la tenda alle spalle e si avvicinò, porgendo a Josie una pila di documenti. «È stato un anno fa. È venuta qui per un morso di ragno. A quanto pare, ha avuto una reazione violenta. Comunque, il suo contatto di emergenza è lì.»

Josie sfogliò le pagine finché non lo trovò. «Vincent Buckley.»

«Lo psichiatra che vive a due ore da qui e le prescrive antipsicotici e ansiolitici è il suo contatto di emergenza. Non ti sembra strano?»

Josie gli restituì la documentazione e tirò fuori il telefono. «Strano è dire poco. Richiamo questo tizio. Tu resta qui.»

Con il telefono premuto contro l'orecchio, Josie percorse il corridoio, evitando infermieri e medici che andavano e venivano. Questa volta il dottore rispose. «Parla il dottor Buckley. Posso aiutarla?»

Josie si presentò e gli disse: «Devo parlarle di Lorelei Mitchell.»

Ci fu un attimo di esitazione, ma Josie poteva sentirlo respirare all'altro capo. Poi disse: «Di cosa si tratta, dunque?»

«Lorelei è stata ammazzata ieri, insieme a una delle sue figlie. A casa sua abbiamo trovato dei farmaci che lei le ha prescritto. Inoltre, abbiamo trovato il suo nome tra i contatti di emergenza di casa Mitchell. Ho bisogno di incontrarla al più presto per sapere tutto ciò che può dirci su Lorelei e sulla sua situazione familiare.»

Ancora silenzio. Il suo respiro accelerò. «M-m-m-mio...» balbettò. «Non so cosa dire. Io... cosa è successo? Può dirmi cosa è successo?»

«Non sappiamo cosa sia successo.» disse Josie. «È per questo che la sto chiamando. Cosa può dirmi della situazione in cui viveva Lorelei?»

Il dottore, invece di rispondere, disse: «Può descrivermi la scena?»

«Mi scusi, cosa?»

«La... ehm, la scena del crimine.»

«Non posso divulgare queste informazioni, dottor Buckley. C'è un'indagine in corso.»

«Capisco. Mi chiedeva della situazione in cui viveva Lorelei: viveva con le sue figlie.»

Josie trattenne un sospiro di esasperazione. «Dottor Buckley, abbiamo un assassino a piede libero. Il tempo è fondamentale. Se potesse dirmi tutto quello che sa su Lorelei, potrei farmi un'idea più chiara di quali informazioni sono utili e quali non lo sono.»

«Cosa vorrebbe sapere, in particolare?»

A quel punto a Josie fu chiaro che il dottore non le avrebbe reso le cose facili. «È lei il padre delle sue figlie?»

Il dottore rispose con una risatina. «Santo cielo, no. Io e Lorelei siamo stati colleghi quando lei esercitava. È così che ci siamo conosciuti.»

«Va bene.» concesse Josie. «Ha idea di chi potesse volerla uccidere?»

«Abito a due ore da Denton. Non la vedevo spesso. Non ero al corrente di ogni singolo dettaglio della sua vita quotidiana.»

«Era una sua paziente e lei era il suo contatto di emergenza. Deve essersi confidata con lei su molte cose.»

Un altro lungo attimo di esitazione. Proprio mentre Josie stava per chiedere se fosse ancora lì, dall'altro capo del telefono giunse un lungo sospiro. «Detective, Lorelei Mitchell non era una mia paziente.»

«Come sarebbe? Abbiamo trovato dei farmaci con il suo nome sopra.»

«D'accordo. Questa è una conversazione lunga che è meglio fare di persona. Purtroppo, non sono in grado di guidare in questo momento. La mia auto è in officina. Ma la riavrò entro la fine della prossima settimana. Forse allora potremmo...»

«Ci vediamo tra qualche ora.» tagliò corto Josie e riattaccò.

DICIANNOVE

Vincent Buckley viveva in una grande casa colonica nella contea di Bucks, circondata da un basso e fatiscente muro di pietra. Il viale d'accesso all'enorme casa si estendeva per quasi un chilometro. Su entrambi i lati c'erano dolci colline di un verde intenso, punteggiate da qualche sporadico albero. Anche se non offriva il tipo di panorama che si vedeva da Harper's Peak, era molto bello.

Lasciarono la macchina davanti all'entrata e salirono i gradini che portavano all'ampio portico. Un uomo sulla settantina, con folti capelli bianchi ondulati e una barba bianca molto curata, sedeva su una sedia a dondolo. Accanto a lui c'era un piccolo tavolo circolare con un posacenere. In una mano teneva un sigaro mezzo finito e nell'altra un libro. Dal sigaro si alzavano dei filamenti di fumo che sprigionavano un forte profumo nella loro direzione.

«Voi dovete essere i detective di Denton.» disse, senza alzarsi.

Sia Josie che Noah gli mostrarono i loro distintivi. Il dottore si prese qualche momento per studiarli attentamente. Poi, apparentemente soddisfatto, lasciò il sigaro nel posacenere e posò il libro sulle ginocchia. Fece cenno a un divanetto di vimini di fronte a dove era seduto. «Prego.» disse.

«Dottor Buckley...» disse Josie. «Al telefono ha detto che Lorelei non era una sua paziente, eppure è evidente che le ha prescritto dei farmaci. È un'ammissione piuttosto grave, che potrebbe costarle la revoca o la sospensione della licenza.»

«Mi denuncerete, allora?» chiese lui con un tono che dava quasi l'impressione di volere che lo facessero.

«Dobbiamo discuterne con il nostro capo.» disse Noah. «Per il momento, abbiamo solo bisogno di sapere perché ha prescritto dei farmaci a una persona che non era una sua paziente.»

«Suo figlio era un mio paziente.»

Josie sentì un solletico alla nuca. «Mi scusi, dottor Buckley... ha detto "suo figlio"?»

«Rory Mitchell.» Il dottore posò il libro sul tavolo e si piegò in avanti, appoggiando i gomiti sulle ginocchia. «Posso dedurre dalle vostre facce che la notizia del figlio di Lorelei è del tutto sconvolgente per voi. È esattamente quello che voleva lei, anche se alla fine non sono sicuro che le sia servito a molto. Dopotutto è morta.»

Noah gli chiese: «Quanti anni ha il figlio?»

«Oh, avrà già quindici anni, immagino. Detective, se volete sapere chi ha ucciso Lorelei e chiunque altro vivesse in casa sua, non dovete cercare nessun altro, oltre a Rory.»

«Non era in casa.» disse Josie. «Non c'erano prove che ci vivesse. Nessuno ci ha mai parlato di lui.»

Buckley fece un sorriso sofferto. «Perché era il suo segreto.»

«Ma come ha fatto a tenere nascosto un figlio?» domandò Noah. «E perché lo avrebbe tenuto nascosto?»

«Avete scoperto del passato di Lorelei? Immagino di sì, se siete qui a parlare con me.»

«Era una psicologa.» ricapitolò Josie. «Era specializzata in psicologia delle anomalie negli adolescenti ed è stata aggredita da un paziente che aveva ucciso la madre e che, in seguito, si è tolto la vita.»

Buckley annuì. Il sorriso era sparito. «Ho già ammesso di aver prescritto farmaci a una persona che non avevo in cura e adesso vi dirò un'altra cosa che può mettere fine alla mia carriera, se non fosse che posso andare in pensione ora che Lorelei non ha più bisogno di me. Non ho in cura nessuno da oltre cinque anni. Rory è stato il mio ultimo paziente. Solo che Lorelei non voleva inserirlo in nessun sistema, né in quello della medicina generale, né in quello della specializzazione psichiatrica, né tanto meno nel sistema della giustizia penale, e così le ho prescritto i farmaci per il ragazzo e lei glieli ha somministrati a seconda delle necessità.»

«Qual è l'altra cosa che voleva dirci?» gli chiese Josie, intuendo che stava perdendo il filo dei suoi pensieri. Il dottore alzò un dito in aria. «Oh, giusto. Sì, è vero. Beh, è questa...» Rimise la mano in grembo. «Lorelei e io eravamo colleghi. Era molto più giovane di me ed era estremamente brillante. Aveva un grande successo nel trattare anche i pazienti più difficili. La sua specialità era la terapia cognitivo-comportamentale. Non le piaceva prescrivere farmaci ai pazienti. Quello era il mio lavoro. Spesso non ci trovavamo d'accordo sul quando o sul bisogno di somministrare una terapia farmacologica ai pazienti e discutevamo non poco al riguardo. Poi ci fu un paziente particolarmente problematico. Lo aveva in cura da poco più di tre anni e aveva fatto grandi progressi.»

«Che diagnosi aveva formulato?» chiese Josie.

Buckley agitò una mano. «Oh, cielo. Esiste mai una sola diagnosi per i bambini particolarmente afflitti nella mente e nell'animo? Molti bambini hanno diverse patologie concomitanti. Di conseguenza, diventa difficile curarne una senza peggiorare in qualche modo l'altra... o le altre. I casi più difficili sono quelli che non si possono ricondurre a un'unica causa. Immaginate, per esempio, un bambino che arriva alla clinica con una sensazione di malessere generale. Non si sente bene. Forse ha dei dolori o lo stomaco gli dà fastidio. Forse ha mal di testa o stanchezza. In generale, semplicemente non si sente bene. Non è in grado di stare bene. Cosa si può fare?»

Rimase in silenzio, come se aspettasse una risposta. Alla fine, Noah azzardò un'ipotesi. «Si cerca di escludere diverse cause fino a restringere il campo a una o due?»

Buckley sorrise. «Sì, esattamente. Questo è parte di ciò che cercavo di fare. Se si ha un bambino che presenta episodi di rabbia estrema, che si comporta in modo violento, si potrebbe dire che forse questo bambino ha un disturbo esplosivo intermittente, un disturbo comportamentale, o un disturbo oppositivo provocatorio, o una serie di altre cose. Se possibile, sarebbe utile individuare quale. Ma cosa succede se i sintomi e i comportamenti sono più coerenti con il disturbo da deficit dell'attenzione, il disturbo ossessivo compulsivo o addirittura il disturbo bipolare? E se si ritiene che ci sia una qualche combinazione di questi fattori? E se quel bambino mostrasse anche indicatori di schizofrenia? E se avesse deliri paranoici costanti? Noi cerchiamo di restringere il campo, ma qualche volta non ci riusciamo. Qualche volta il funzionamento interno di queste varie sindromi e disturbi nella mente di un bambino è così complesso che non possiamo trattarlo che per tentativi ed errori.»

«Sta dicendo che il paziente che lei e Lorelei avevate avuto in cura vent'anni fa...» disse Josie, «soffriva di molteplici disturbi, alcuni dei quali gli causavano episodi di violenza?»

«Esattamente, sì.»

«E Lorelei non voleva trattarlo?» chiese Noah.

«Al contrario. Voleva trattarlo. Aveva fatto per lui tutto quanto era possibile usando le sue terapie però credeva che lui stesse peggiorando, avviandosi verso una sorta di crollo psicotico. Voleva che lo prendessi in carico io.»

«Ma non lo fece.» disse Josie.

«No, non lo feci.»

«Se Lorelei credeva che questo paziente era così pericoloso per gli altri o per se stesso, non poteva farlo inserire in una struttura?» domandò Noah.

«L'aveva fatto. Ma dovete capire che ci sono poche strutture, se non nessuna, per gestire i bambini che hanno questo tipo di problemi. Uscì nel giro di una settimana. In ospedale si era comportato bene. Lorelei credeva che fosse perché si trattava di un ambiente controllato in cui non aveva accesso alle cose di cui aveva bisogno per compiere qualche atto violento. Voleva comunque iniziare a somministrargli un regime di farmaci diverso da quello che gli era stato somministrato in ospedale per curarlo in modo drastico.»

«Ma lei disse di no.» disse Josie. «Perché?»

Il dottore emise un pesante sospiro e spostò lo sguardo sopra le loro teste. «Perché? È una domanda che mi dà il tormento da quasi vent'anni. Perché? Perché ero un ubriacone. Ero pigro. Ero testardo, un vecchio sciocco libidinoso. Non volevo aiutare Lorelei con il suo paziente perché ci avevo provato con lei e lei mi aveva rifiutato. La verità è che in quel periodo della mia vita ero troppo sbronzo per ricordare granché. Era tutto confuso. Lei cercò di trovare un altro psichiatra per curare il paziente, ma prima che potesse trovare qualcuno, lui l'aveva aggredita.»

«Come è possibile che sia stata ritenuta responsabile?» chiese Josie. «Le è stata revocata la licenza. La sua carriera è stata distrutta.»

Buckley sospirò di nuovo. «Non è stata colpa sua. È stato un episodio così grave che le autorità ritennero che si dovesse fare qualcosa. In quel caso, tutto si sarebbe dovuto risolvere con una lavata di testa. Ma poi venne coinvolto il padre del ragazzo. Un uomo che non vedeva il figlio da dieci anni perché non riusciva a gestire il suo comportamento. Quell'uomo aveva rinunciato al figlio, ma quando ci fu da guadagnare facendo causa alla nostra clinica, si mise in prima linea. Ha ricavato un bel milione di dollari dalla nostra polizza di assicurazione. La revoca della licenza di Lorelei è stata solo un danno collaterale.»

«Ma non la sua.» disse Noah.

«No, non la mia. Lorelei avrebbe potuto portarmi a fondo con sé, ma non lo fece. Naturalmente, ho passato il resto della mia vita a ripagare quel debito. Fino a oggi. Ora sono libero. E anche Lorelei. Finalmente.»

Josie non pensava che Emily l'avrebbe vista allo stesso modo, ma non lo disse. Così, spostò la conversazione sul caso e sulla ricerca di tutto il possibile sulla vita di Lorelei e su chi ne aveva fatto parte. «Lei rimase in contatto con Lorelei durante tutto il processo? La causa e le udienze per la licenza?»

«No. L'ho sentita di nuovo solo quando Rory aveva sei anni, più o meno. Faceva i capricci. O meglio, aveva gravi scatti d'ira. Distruggeva i giocattoli e tutto ciò su cui riusciva a mettere le mani. Era dispettoso. Se lei gli diceva di lavarsi i denti, lui provava a gettarle in faccia il caffè bollente. Non riusciva a gestirlo, non con una bambina in casa.»

Josie chiese: «Il padre dei bambini non era coinvolto?»

«No. Lei diceva che non era da tenere in considerazione. Aveva mostrato un certo interesse per Rory quando era un neonato, ma una volta iniziate le difficoltà, non aveva voluto essere coinvolto. Non diverso dal padre del suo ultimo paziente, purtroppo. Non credo che Lorelei lo volesse comunque coinvolgere. Aveva seri problemi di fiducia quando si trattava di uomini. Beh, non solo degli uomini, suppongo, ma diciamo che si fidava meno degli uomini. Era lei l'esperta, diceva, e non voleva che un'altra persona prendesse decisioni per i suoi figli.»

«A lei non ha mai detto nulla del padre?» domandò Noah. «Per esempio il suo nome. Niente di niente?»

Il dottor Buckley scosse la testa. «Diceva solo che era stato un errore. Tutto qui. Io scherzavo sul fatto che era chiaramente un errore che le piaceva commettere ripetutamente. Non le piaceva questa battuta.»

«Cosa successe quando la chiamò per Rory?» chiese Josie. «Cosa voleva?»

Lui allargò le mani. «Un aiuto. L'aveva già sottoposto a una valutazione e pensava che avesse, con tutta probabilità, un disturbo oppositivo provocatorio. Andai a casa sua e lo esaminai. Concordai con la sua valutazione, anche se sospettavo che potesse avere delle patologie concomitanti come il disturbo del comportamento, l'autismo e il disturbo da deficit dell'attenzione, che rendevano le cose molto più complicate per lui. L'unica cosa certa era che aveva un'aggressività incontrollabile. Nella maggior parte dei casi, i bambini con disturbi che causano tendenze violente non le mettono in pratica. A volte distruggono degli oggetti, ma la violenza contro altre persone è estremamente rara, che ci crediate o no. Tuttavia, Rory non rispondeva agli sforzi di Lorelei. Lo voleva sottoporre a una cura farmacologica. Ma io, di solito, non somministro farmaci a bambini così piccoli.»

«Dunque non lo fece?» chiese Josie.

«No, non lo feci. Le dissi di continuare a lavorarci sopra e siccome era da tempo che non esercitava più, le feci alcune raccomandazioni basate su studi che avevo letto.»

«Che però non funzionarono.» disse Noah.

Di nuovo, lo sguardo del dottor Buckley passò sopra le loro teste, come se stesse guardando nel suo passato e quello che vedeva non gli paceva. «No. Non funzionarono. Dovetti tornare nel giro di un anno.»

«E gli prescrisse dei farmaci.» disse Josie. «Perché?»

«Perché Rory aveva ferito sua sorella Holly. In modo grave. La picchiava abitualmente, la percuoteva, la spingeva e la strattonava. Era fuori controllo. Lorelei non riusciva a gestirlo.»

«E lei che cosa fece?» chiese Josie.

Buckley agitò una mano verso il terreno intorno a loro. «Lo portai qui. Lo feci stabilizzare. Lavorai con lui finché non ritenni che fosse sicuro farlo tornare alle cure di sua madre.»

«E Lorelei le consegnò suo figlio? Così?» chiese Josie allibita.

«Dovete cercare di comprendere che era davvero disperata, spaventata ed esausta.»

«Perché non lo fece ricoverare da qualche parte?» chiese Noah.

«Perché sapeva cosa gli sarebbe successo. Lo avrebbe condannato a una vita in cui sarebbe entrato e uscito dagli istituti di cura, senza alcuna continuità di assistenza. Spesso sarebbe stato collocato lontano da lei, perché le strutture attrezzate per affrontare i suoi problemi sono poche e lontane le une dalle altre. Poi, una volta diventato adolescente, avrebbe detto qualcosa o commesso un gesto che lo avrebbe fatto finire nel sistema giudiziario. Per i bambini come Rory la storia finisce lì. In prigione. Non ricevono aiuto. Non ricevono assistenza. Almeno, non fino all'età adulta. In questo paese non ci sono strutture in grado di sostenere questi bambini. Lorelei lo sapeva e non voleva perdere così suo figlio.»

«È per questo che prescriveva il farmaco a lei e non a lui?» chiese Josie.

«Non voleva che lui si macchiasse dell'assunzione di quel tipo di farmaci così presto nella vita. Era più facile e le avrebbero fatto meno domande, se li avessi prescritti a lei piuttosto che a un ragazzo. Ci sono anche farmaci, in particolare certe combinazioni di farmaci, che non potevo prescrivere a un bambino, ma che potevo prescrivere a un adulto. Abbiamo dovuto adottare misure straordinarie per portare Rory a un punto in cui riuscisse a comportarsi senza scoppi violenti. Lorelei aveva sempre paura che se anche una sola persona avesse assistito a uno dei momenti peggiori, avrebbe chiamato le autorità e lui sarebbe stato affidato al sistema statale e allora le sarebbe stato impossibile riottenere la custodia del ragazzo, soprattutto considerando che le era stata revocata la licenza.»

«È per questo che era così riservata su di lui?» chiese Noah.

«Pensate che le persone intorno a voi continuerebbero a camminare senza fare nulla se foste in pubblico da qualche parte e vostro figlio cominciasse a prendere a pugni e a schiaffi la sorellina, a scuoterla, a buttarla a terra, a tirarla per le braccia e per le gambe, e a dirle cose come: "Se trovo i coltelli io vi pugnalo a morte. Vi faccio a pezzi tutt'e due. Vi ammazzo."?»

«Probabilmente no.» disse Josie.

«Come ho già detto, Rory non riusciva a controllare questi scatti d'ira, questi impulsi. Solo perché si trovavano in pubblico non significava che si sarebbe comportato bene. Se le pulsioni violente si impossessavano di lui, cercava di metterle in pratica. Una volta erano in macchina e picchiò Holly a sangue mentre tornavano a casa dal parco giochi. Credo che quella sia stata l'ultima volta che Lorelei lo ha portato fuori in pubblico.»

«Non le importava che lui facesse del male all'altra figlia?» chiese Noah.

«Certo che sì.» rispose Buckley. «Ma cosa doveva fare? Anche lui era figlio suo. Erano entrambi sotto la sua responsabilità. Voleva proteggerli tutti e due.»

«Pensava di poter salvare il figlio.» disse Noah, con un leggero accento ironico nella voce.

«Noah...» disse Josie.

«Mi dispiace.» disse Noah a Buckley. «Sto cercando di capire. Come si fa a proteggere entrambi i figli quando uno dei due sta cercando di uccidere l'altro?»

«Beh, è proprio questo il punto, no? È una situazione impossibile. Sono entrambi figli tuoi. Devi scegliere? Se scegli quello che non ha problemi psicologici, cosa farai con quello che ne è afflitto?»

«Lorelei sentiva di non avere scelta.» disse Josie con delicatezza.

«Amava i suoi figli.» affermò Buckley. «Intensamente e appassionatamente. Più di qualsiasi altra cosa o di qualsiasi altra persona al mondo. Con un piano di protezione efficace Holly poteva essere isolata dal pericolo. Ma Rory era più difficile da proteggere. Lorelei sentiva di doverlo tenere lontano da un mondo che non lo avrebbe capito e non lo avrebbe accettato. Non voleva che si ripetesse quello che era successo con il suo ultimo paziente.»

Josie e Noah rimasero in silenzio per un lungo momento, assimilando queste informazioni. Poi Josie disse: «L'autopsia di Holly ha mostrato segni cronici di abuso fisico. Le erano stati inflitti da Rory. Non da Lorelei o dal padre dei bambini.»

«Esatto.»

«Lei e Lorelei non eravate in grado di gestire il comportamento violento del ragazzo.» disse Noah. «Anche se c'erano dei sistemi di sicurezza in casa. Qual era il piano a lungo termine di Lorelei per Rory? Non poteva restare lì nel bosco con lei per sempre.»

«Gliel'ho chiesto spesso anch'io, ma lei era così esausta e logorata dall'essere in costante stato di crisi con lui che non credo avesse pensato tanto a lungo termine. Credo che pensasse davvero di poterlo fare arrivare a un punto in cui sarebbe diventato autonomo e non violento. È sicuramente possibile. Non bisogna mai dare per spacciati questi bambini. Ma il trattamento è difficile e molto complicato. Con questi bambini, spesso è come tirare una manciata di spaghetti contro il muro e vedere se rimangono attaccati.»

«È rassicurante detto da uno psichiatra.» commentò Josie.

Buckley rise. «Intendo solo dire che ogni persona è diversa. Un trattamento che può funzionare per un individuo può non funzionare per un altro, anche se hanno la stessa diagnosi. Come ho detto, sospetto che Rory abbia diverse patologie coesistenti e che alcune non siano ancora state affrontate completamente. Con una persona che si trova in uno stato di crisi quasi costante, si cerca sempre di spegnere il fuoco e diventa sempre più difficile trovare il tempo per guardare in profondità e affrontare in primo luogo tutti gli aspetti che continuano a causare questi accessi d'ira. Non avevamo imparato a gestire il suo comportamento violento nel senso che non lo avevamo fatto sparire per sempre. Potrebbe non sparire mai. Ma eravamo riusciti a fargli raggiungere un punto in cui i suoi sfoghi erano meno frequenti e meno intensi, in cui riusciva a controllarli in modo più consapevole. Lorelei e le sue ragazze avevano un piano di emergenza per affrontare i momenti in cui Rory perdeva il controllo. Inoltre, per quanto ne so, raramente faceva del male alla più piccola. Come si chiama?»

«Emily.» rispose Josie. «L'ha conosciuta?»

«L'ho incontrata solo due volte, di sfuggita, diversi anni fa. Probabilmente era troppo piccola per ricordarsi di me.»

«Il piano di emergenza...» disse Josie, «comportava nascondersi? Tenere tutti gli oggetti pericolosi o taglienti lontani dal ragazzo?»

«Sì, certamente. Avevo portato qui Rory quando era un po' più grande, dopo alcuni episodi particolarmente violenti con Holly. Occorreva aggiustare il dosaggio dei farmaci. Lorelei aveva detto che avrebbe trasformato l'armadio della sua camera da letto in una sorta di nascondiglio per le ragazze, finché lui sarebbe rimasto qui con me. Dopo averlo rimandato a casa quella volta, non l'ho più sentita, se non per chiedere notizie e prescrivere le medicine del ragazzo.»

«Rory ha un disturbo ossessivo compulsivo?» chiese Josie.

«Rory ha diverse patologie, ma no, il disturbo ossessivo compulsivo non è uno di questi.»

«Ha detto che non ha contatti con Rory da diversi anni, ma pensa che sia stato lui a uccidere Lorelei?» disse Noah.

«Sarebbe la spiegazione più ovvia. L'ultima volta che l'ho visto, credo che stesse iniziando ad avere allucinazioni e deliri paranoici. Ne ho parlato con Lorelei, ma lei credeva di poterlo ancora gestire con i farmaci e i suoi sforzi. Tuttavia, non credo che Rory abbia smesso un giorno di avere scatti di violenza o aggressività incontrollata.»

«Lorelei aveva un fucile.» disse Josie. «Lo sapeva?»

Buckley la guardò meravigliato. «No, non lo sapevo. È una sorpresa. Immagino però che lo tenesse fuori dalla portata di Rory.»

Non abbastanza lontano, pensò Josie. «Dove si trovava ieri mattina, dottore?»

«Ero qui. Sono sempre qui. Come ho detto, la mia macchina è in officina.»

«C'è qualcuno che vive con lei?» chiese. «Qualcuno che possa confermare che lei era qui?»

«No, ci sono solo io.»

Noah chiese: «Ha qualche foto di Rory?»

Buckley scosse la testa. «Non ne ho. Lorelei ne aveva molte, però. Un sacco di album.»

Josie incrociò lo sguardo di Noah e capì che stava pensando la stessa cosa: quegli album erano spariti o erano stati distrutti.

«Rory li avrebbe distrutti se avesse avuto uno dei suoi attacchi d'ira?» gli chiese.

«Senza dubbio. Ha distrutto molte cose nel corso degli anni.»

«Può dirci che aspetto aveva?» chiese Noah.

«L'ultima volta che l'ho visto era alto e tarchiato. Assomigliava molto a Lorelei. Occhi marroni. Capelli castani. Oh, ha una ciocca di capelli bianchi proprio qui.» Buckley indicò il centro della fronte, dove iniziava l'attaccatura dei capelli.

«Poliosi.» disse Josie.

Lui sorrise. «Sì! Lui aveva il ciuffo bianco e Holly le ciglia.»

«Sa se anche Lorelei aveva la poliosi?» chiese Noah.

«Non credo.» disse Buckley.

«I bambini devono averla presa dal padre, allora.» concluse Josie.

«Non posso dirlo con certezza.» rispose il dottore. «Non sono un genetista o un esperto di poliosi, ma è plausibile.»

Emily, invece, non aveva né ciuffi né ciglia bianche. «Sa se

Lorelei ha avuto tutti e tre i figli dallo stesso uomo?» chiese Josie.

«Io ho sempre pensato che avessero tutti lo stesso padre, ma non posso dirlo con esattezza.

Non è che Lorelei uscisse molto. Passava tutta la sua vita a occuparsi di quei bambini. Se vi chiedete se possa aver incontrato qualcun altro dopo la nascita di Holly, certo, può darsi di sì, ma non ne abbiamo mai parlato.»

Josie pensò a quello che Paxton ed Emily avevano detto sugli adulti che mentivano. Buckley era stato abbastanza disponibile con loro, anche a rischio di infangare la sua carriera. Anche se Josie e Noah lo avessero denunciato allo Stato, con Lorelei morta e lui in pensione, il danno alla sua carriera sarebbe stato irrilevante. In mancanza di Lorelei, non ci sarebbe stato nessuno a sporgere denuncia penale o ad intentare cause civili; in un certo senso, dopo la sua scomparsa, l'unica cosa che Buckley aveva da perdere era la sua reputazione. Tuttavia, sia Paxton che Emily avevano ragione: sembrava che ogni adulto nella vita di quei bambini avesse mentito su diverse cose.

«Conosce un uomo di nome Reed Bryan?» si informò Josie.

Sul suo volto non si lesse alcun segno di riconoscimento ancor prima che il dottore rispondesse «No, non lo conosco...»

«Lorelei le ha mai parlato della sua famiglia?» gli domandò Noah.

«La sua sorellastra cattiva?» rise lui. «Sì, a grandi linee. Infatti, quando la incontrai per la prima volta, mi chiesi come avesse fatto a ottenere la casa e tutta quella terra, visto che non aveva un lavoro né prospettive. Se vi state chiedendo quali altri segreti Lorelei abbia condiviso con me, non ce ne sono. So soltanto di Rory.»

«Dottor Buckley...» disse Josie, «che numero di scarpe porta?»

Lui la guardò incuriosito prima di rispondere: «Porto il quarantaquattro.»

«Può dirci il suo gruppo sanguigno?»

«B positivo.» rispose senza esitazione. «Volete anche le mie impronte digitali?»

Era una battuta, Josie lo capì dal suo sorriso, e gli rispose: «A dire il vero, sì.»

VENTI

«Pensi che quel tizio sia il padre dei figli di Lorelei?» chiese Noah mentre lasciava il lungo vialetto di Vincent Buckley e tornava verso Denton.

«Non lo so.» disse Josie. Infilò nel vano portaoggetti una busta marrone contenente uno dei suoi biglietti da visita con le impronte di Buckley. Avrebbe chiesto a Hummel di analizzare il biglietto quando sarebbero tornati, per vedere se le impronte corrispondevano a quelle trovate a casa di Lorelei. «Direi che l'avrebbe confessato. Ci ha detto praticamente tutto quanto, compreso di averci provato con Lorelei.»

«Tutte le cose che ci ha detto non significano più nulla.» replicò Noah.

«No, se ha smesso di fare il medico. Ma se Rory ed Emily sono figli suoi, questo rende le cose molto più complicate per lui.»

«È vero.» convenne Josie. «Ma ha fregato Lorelei. Ha osteggiato in maniera concreta i suoi tentativi di aiutare un paziente e, a causa di questa condotta, sono morte delle persone. Poi le ha fatto perdere la licenza e le ha mandato a monte la carriera. Già è difficile per qualsiasi altra donna poter perdonare una cosa del genere, figuriamoci poi se ci fa tre figli insieme. Comunque, ora dobbiamo concentrarci sulla ricerca di Rory. Puoi lasciarmi all'ospedale? Ho lasciato lì la mia macchina. Voglio andare a casa di Lorelei per vedere se riesco a trovare qualcosa che apparteneva al ragazzo.»

«Mentre tu ti occupi di questo...» disse Noah, «io vado a vedere se riesco a trovare un certificato di nascita di Rory Mitchell e a chiedere un mandato per tutte le sue cartelle cliniche. Va bene che Lorelei lo ha tenuto nascosto, ma dovrà pur averlo partorito da qualche parte. Anche se molte donne partoriscono in casa, sia Holly che Emily sono state registrate al Denton Memorial Hospital, quindi magari c'è qualche possibilità che anche Rory sia nato lì. In tal caso, il suo gruppo sanguigno sarà stato archiviato. Vedrò anche di convincere lo sceriffo a mandare da te il vicesceriffo Sandoval e Rini. Sono convinto che con il cane riusciresti a velocizzare le ricerche del ragazzo se si trova nei boschi.»

«Aggiorna la squadra.» disse Josie. «Avremo bisogno di rinforzi con l'unità cinofila. È un'area molto vasta da perlustrare e se questo ragazzo è così violento come sostiene Buckley, sarebbe meglio avere un po' di appoggio.»

«Ricordi quando stavamo parlando con Paxton e lui ha detto qualcosa come "Mio padre nemmeno lo sa". Voleva dire che suo padre non sapeva di Rory, non ti sembra?»

«Penso di sì.» disse Josie. «Se Reed dice la verità ed è stato a casa di Lorelei solo un paio di volte per riprendere Paxton, è possibile che non abbia mai conosciuto Rory. Ma anche Paxton ha detto che suo padre mente. A questo punto mi chiedo su che cosa menta e se ci sia qualche attinenza con questo caso.»

«Vuoi dire che pensi che Reed sia coinvolto?»

«Difficile a dirsi.» rispose Josie. «Buckley l'ha fatta sembrare una cosa estremamente semplice. Lorelei aveva un figlio, poco più che adolescente, che ha tenuto nascosto al resto del mondo per anni perché ha degli scatti di violenza. Questa volta però le cose sono andate troppo oltre.»

«Se è così che è andata, perché Emily non ci ha detto che ha un fratello e che è lui ad aver ucciso sua madre e sua sorella?»

«Non credo che Emily abbia effettivamente assistito all'omicidio della madre e della sorella. Io credo che Holly le abbia detto di nascondersi prima che accadesse qualcosa.»

«Tuttavia, sapeva di Rory e non ce l'ha detto.» commentò Noah. «Perché non ci ha detto semplicemente di avere un fratello?»

Josie ripensò a cosa le aveva detto Emily sul non voler rivelare i segreti per non rischiare di far accadere cose brutte. Questo era il suo disturbo ossessivo compulsivo, questo era il suo timore irrazionale, la voce che le sussurrava all'orecchio: "Sei sicura che non accadranno cose brutte se racconti questi segreti?" Per cui, nonostante le avesse spiegato più volte che doveva dire alla polizia tutto quello che sapeva, lei non riusciva a farlo. Questo avrebbe provocato una reazione di lotta o di fuga. Panico. Josie l'aveva vista e sentita in preda al panico la sera prima. Aveva provato tutte le emozioni fino a quando non erano scomparse. Non c'era da stupirsi che non volesse ripetere l'esperienza. A questo si aggiungeva il problema delle cose brutte che accadevano regolarmente in casa sua se Rory diventava aggressivo e incontrollabile come il dottor Buckley aveva fatto intendere: gli sfoghi del fratello avrebbero certamente rafforzato il pensiero distorto e il bisogno di segretezza di Emily. «Penso che sia il suo disturbo ossessivo compulsivo.» disse Josie guardando Noah. «Ricordi cosa ti ho detto della mia conversazione con la dottoressa Paige Rosetti?»

«Certo. Questo avrebbe senso. Ma che dire di Paxton? Perché non ci ha detto di Rory? Non ha alcun coinvolgimento in tutto questo, specialmente con la scomparsa di Lorelei. È una cosa in meno per la quale suo padre può prendersela.»

«Non lo so.» rispose Josie. «Ma se Pax va con la sua bicicletta nel bosco su quella montagna, c'è la possibilità che si imbatta in Rory, che ora è armato.»

«Un motivo in più per Paxton per dirci di Rory. A meno che quel ragazzo non ci stia nascondendo qualcosa.»

«Sembra che tutti quelli con cui parliamo nascondano qualcosa.» brontolò Josie. Le passò per la testa l'immagine di Paxton che infilava l'indice tra le cassette di prodotti sulla banchina di carico. «Potrebbe valere la pena provare a parlare di nuovo con Reed, ma al momento Rory è il nostro principale sospettato e l'unico membro della famiglia di Lorelei di cui non si hanno notizie.»

Noah si accostò all'auto di Josie nel parcheggio dell'ospedale. Prima che lei scendesse, si allungò sulla console centrale e la baciò intensamente. Poi premette la fronte contro la sua. «Metterò subito al lavoro la squadra e quando sarà tutto finito, ti farò diventare mia moglie.»

VENTUNO

Il nastro della scena del crimine sventolava intorno al perimetro della casa di Lorelei Mitchell. Josie fermò la macchina davanti ai gradini del portico e scese. Non c'era più l'inquietante bambola fatta di pigne, Chan l'aveva portata in laboratorio. Una leggera brezza attraversava gli alberi che circondavano la casa. Gli uccellini cantavano. Il sole splendeva sopra la sua testa. Josie si fermò a riflettere sulla situazione: era tutto così tranquillo in quel posto e così appartato. Non c'erano case vicine. La proprietà si estendeva per ettari in ogni direzione e, dove finiva, partiva il terreno di proprietà delle Harper's Peak Industries. Nonostante ciò, la casa era comunque a chilometri di distanza dagli edifici principali del resort. Non c'era possibilità che qualcuno entrasse per sbaglio nel suo vialetto, perché anche quello era ben nascosto. Si trattava di un rifugio protetto che si era trasformato in un piccolo angolo d'inferno.

Josie salì i gradini ed entrò. La casa era immersa nel silenzio. Attraversò il soggiorno fino alla sala da pranzo, accorgendosi che la porta del seminterrato era aperta. Era la sua squadra che l'aveva lasciata aperta? In cucina, il sangue di Lorelei si era asciugato sul pavimento e sul lato del piano d'appoggio dell'isola. Qualcuno aveva chiuso la porta sul retro. Il vetro in frantumi sull'altro lato dell'isola era stato messo da parte, quasi per fare spazio per arrivare al lavandino. Josie sentì il battito cardiaco che partiva al galoppo mentre si avvicinava al lavandino. Nella vasca c'era un barattolo vuoto girato su un lato, con il coperchio a pochi centimetri di distanza. Era già nel lavandino il giorno prima o qualcuno si era introdotto in cucina?

Si voltò e andò verso le scale, intenzionata a uscire da quella casa il più velocemente possibile. Tutto quello che le serviva era un oggetto che, per quanto potesse ragionevolmente dedurre, fosse appartenuto a Rory. Qualcosa che il cane potesse annusare. Inoltre, non sarebbe stato male se avesse trovato qualche altra prova della sua esistenza, come una fotografia di qualsiasi tipo. Iniziò dall'ultima camera da letto, quella con il materasso a due piazze senza rete, il poster e il disegno della faccia arrabbiata. Josie si chiese se fosse stato Rory a disegnarlo. Era una rappresentazione della rabbia che talvolta provava? Si mise al centro della stanza e girò in cerchio. Come poteva un ragazzo di quindici anni vivere in un posto del genere senza alcun oggetto personale? Era perfettamente comprensibile che la madre avesse cercato di tenere lontano da lui qualsiasi oggetto che potesse essere usato per ferire gli altri, ma sicuramente doveva avere dei vestiti. Si segnò mentalmente di andare a controllare gli armadi al piano di sotto per vedere se c'erano cappotti invernali riposti da qualche parte. Cominciava a percepire la strisciante sensazione che quel ragazzo non esistesse davvero. Se Vincent Buckley non avesse effettivamente visto il ragazzo, sarebbe stato facile credere che Lorelei se lo fosse completamente inventato e che i farmaci nell'armadietto dei medicinali appartenessero davvero a lei.

D'altra parte, tutti i documenti e le fotografie di Lorelei erano stati distrutti. Era stato Rory a farlo? I tentativi di Lorelei di impedire che la sua esistenza fosse nota a chiunque, tranne che alle figlie e a Buckley, si erano estesi anche alla mente di

Rory? Aveva sentito il bisogno di distruggere ogni traccia di sé una volta uccise la madre e la sorella? Sicuramente doveva essersi immaginato che alla fine Emily, il dottor Buckley o persino Paxton avrebbero raccontato alla polizia della sua esistenza. Questo significava che qualcun altro aveva distrutto tutte le cose di Lorelei?

Un forte scricchiolio distolse Josie dai suoi pensieri. La sua mano raggiunse la fondina e la aprì mentre sgattaiolava nel corridoio. Veniva dal piano di sopra o dal piano di sotto? Non conosceva abbastanza bene l'ambiente da poterlo dire. Tenendo una mano sull'impugnatura della pistola, tornò a passi lenti e silenziosi lungo il corridoio, verso la cima delle scale, ruotando la testa per guardare nelle camere da letto. Quando arrivò alla fine del corridoio, qualcosa nel bagno attirò la sua attenzione. Sopra il lavandino c'era un portaspazzolino. Conteneva quattro spazzolini da denti. Lorelei, Holly, Emily e Rory. Se qualcuno aveva cercato di eliminare tutte le prove dell'esistenza di Rory, aveva trascurato quel particolare dettaglio. Josie avrebbe dovuto prenderli tutti come prove e vedere se riuscivano a ricavare il DNA e le impronte dallo spazzolino che apparteneva a Rory.

Un altro scricchiolio riportò la sua attenzione sul corridoio. Con il cuore in gola, estrasse la pistola e la tenne puntata verso il basso. Si stava girando per appoggiarsi con la schiena a una delle pareti del corridoio quando qualcosa di pesante le atterrò sulla spalla da dietro. La pistola le cadde dalla mano. Cercò di girarsi per vedere cosa o chi ci fosse dietro di lei, ma una miriade di pugni le si abbatté sulla nuca e sul collo. Solo allora si rese conto che si trattava di una persona. Una persona molto arrabbiata. Le braccia di Josie si alzarono immediatamente, cercando di proteggere la testa dai colpi. Si abbassò, sperando di individuare la pistola per recuperarla, ma fu colpita da un calcio che la fece cadere a terra a pelle d'orso e l'aggressore le si mise a cavalcioni. Una pioggia di pugni si abbatté su di lei. La testa le schizzava da una parte all'altra. Tutto ciò di cui era consapevole in quel momento era il tentativo di rimanere viva e il suono dei grugniti sopra di lei. Non aveva modo di combattere, bloccata com'era a pancia in giù, con un'altra pioggia di pugni che si abbatteva sulla carne e sulle ossa delle braccia che facevano da scudo alla testa. Tuttavia, con la parte inferiore del corpo cercò in qualche modo di liberarsi da sotto di lui, di puntellare le ginocchia sotto di sé per poterselo scrollare di dosso, di fare qualsiasi cosa per rallentare o fermare il suo assalto, ma ogni tentativo fallì. Sebbene le sue braccia avessero assorbito la maggior parte dell'attacco, non era sicura di quanto potesse resistere ancora. Tanto più che, se avesse usato le braccia, la testa sarebbe stata esposta. Si sarebbe stancato? Poteva aspettare così a lungo? Cercando di superare il panico che le cresceva dentro, si concentrò sulle mani che la stavano colpendo. Non poteva restare in quel modo tutto il giorno, si disse. L'avrebbe ridotta in poltiglia. Doveva reagire in fretta.

Tenendo il viso rivolto verso il pavimento, ritirò rapidamente le braccia e le abbassò in modo da tenerle tra di sé e il pavimento, con i gomiti piegati. Facendo forza sugli avambracci, sfruttò l'effetto leva per fargli perdere l'equilibrio. Ci fu un ritardo di un paio di secondi tra un pugno e l'altro, che lei sfruttò a suo vantaggio, facendo oscillare i fianchi e mandandolo a sbattere contro il muro. A terra, riversa sulla schiena, lo colpì con dei calci per tenerlo lontano, mentre con una mano cercava la pistola. Le sue dita si chiusero sull'impugnatura e, mentre la puntava verso l'uomo, questi si lanciò di nuovo su di lei, facendole sfuggire ancora una volta la pistola di mano. Ma in quel momento lei era in una posizione più stabile, sulla schiena, e questa volta, usando le braccia per proteggersi il viso, piegò le ginocchia e spinse con i piedi. Tentò di nuovo di allontanarlo, ma il corridoio era troppo stretto e finirono col muoversi in un unico confuso ammasso di corpi fusi verso la cima delle scale. A un altro tentativo di allontanarlo, lui si scostò. Josie si rese conto che stava cadendo dai gradini, ma una frazione di secondo dopo sentì che anche lei stava iniziando a precipitare. Le mani dell'uomo la afferrarono per la maglietta, tirandola con sé. Insieme, ruzzolarono verso il fondo. Grazie alla scarica di adrenalina, Josie non sentì dolore durante la discesa e una volta sul fondo, si rese conto di essere improvvisamente libera. Alzò lo sguardo dal punto in cui era atterrata sulla schiena in tempo per vedere l'oscura figura uscire di corsa dalla porta d'ingresso. Scattando in piedi, zoppicò dietro di lui, accorgendosi solo allora che la caviglia sinistra le pulsava. Ignorando il dolore, riprese il passo, sbattendo la porta d'ingresso sul portico. Guardò per tutto il giardino anteriore, dove aveva lasciato la sua auto a pochi metri dal furgone di Lorelei. Tra i due si trovava una mountain bike. Non aveva dubbi, prima non c'era.

Si affrettò a scendere i gradini, massaggiandosi una spalla dolorante. «Pax?» chiamò.

Sentì lo schiocco di un ramo alla sua sinistra, così andò da quella parte, seguendo il rumore tra gli alberi. I suoi piedi si imbatterono in aghi di pino in una zona di fitta boscaglia. Si fermò a intervalli di pochi secondi tendendo le orecchie per sentire qualsiasi movimento. Il terreno si alzava e poi si abbassava di nuovo. Non aveva idea della direzione in cui stava andando. Il suo respiro affannoso le rimbombava nelle orecchie. Il dolore alla spalla si estendeva alla nuca. Le pulsazioni alla caviglia aumentavano. Sentì un altro ramo spezzarsi alla sua destra e si voltò in quella direzione. Le sembrò di vedere una figura indistinta, di colore marrone, e virò da quella parte. Mentre procedeva, la sua mente cercava di elaborare tutti i dettagli che il suo subconscio poteva aver colto sul suo aggressore mentre la parte consapevole della sua mente e del suo corpo lo respingevano. Indossava vestiti color terra, questo lo ricordava. Pantaloni da tuta marroni, pensò. Forse una felpa con cappuccio verde scuro.

Il suono di un respiro affannoso che non era il suo le invase le orecchie. Si fermò di colpo e cercò di rallentare il cuore che batteva all'impazzata. Voltandosi verso sinistra, lo vide, con la schiena appoggiata a una quercia, il petto ansante, la testa reclinata verso il basso. Una sottile patina di sudore gli ricopriva il viso magro coperto di brufoli.

«Rory...» disse Josie.

Il ragazzo alzò la testa di scatto e Josie vide il ciuffo bianco. Una ciocca di capelli perfettamente bianca al centro della fronte. *Che bellezza*, pensò. Probabilmente a Lorelei piaceva molto. Josie fece un passo verso di lui, con movimenti lenti. Lui la guardò con diffidenza, ma non fece alcuna mossa per allontanarsi. Si fermò a circa un metro e mezzo da lui, rimanendo in posizione, lasciando che entrambi riprendessero fiato. «Rory...» disse ancora, «io sono la detective Josie Quinn. Sono qui per aiutarti, io...»

Di nuovo, sentì il suono rivelatore di un ramo che si spezzava e le parole le si congelarono in gola. Sembrava un ramo più grosso. Più vicino. Diede una rapida occhiata in giro, ma non vide nulla. Tornò a guardare il ragazzo. Questi si alzò in piedi, allontanandosi di un passo dall'albero e raddrizzandosi in tutta la sua altezza, che superava quella di Josie di una trentina di centimetri. Josie sentì i peli sulla nuca drizzarsi. Aveva la sensazione che qualcuno o qualcosa li stesse osservando e che si stesse avvicinando. Gli occhi di Rory erano marroni, come quelli di Lorelei. Buckley aveva ragione: a parte il ciuffo bianco, era l'immagine sputata di sua madre.

Lentamente, il ragazzo alzò un indice e se lo premette contro le labbra.

Silenzio.

Josie sentì una sottile striscia di paura avvolgersi intorno alla sua spina dorsale. Udì dei passi, leggeri e attenti, che si avvicinavano alle sue spalle. Si girò di scatto e i passi si fermarono. Non c'era nessuno. Quando guardò indietro verso la quercia, Rory non c'era più.

«Pax?» chiamò Josie. «Rory?»

Di riflesso, la sua mano andò alla fondina, ma la trovò vuota. Accarezzando la tasca posteriore dei jeans, sentì la rassicurante forma del telefono. Ma era facile presumere che in quei boschi non ci fosse campo. Avrebbe dovuto tornare a casa di Lorelei per sperare di trovare la linea. Però non era detto che Paxton questo lo sapesse. Tirò fuori il telefono dalla tasca e lo tenne in aria. «Chiamo la mia squadra.» urlò. «Arriveranno tra pochi minuti. Ti conviene venire fuori adesso e parlare con me prima che arrivino. Possiamo risolvere la questione, io e te.»

Un colpo di arma da fuoco squarciò l'aria. La corteccia della quercia a cui Rory si era appoggiato un attimo prima esplose. Josie si accovacciò e iniziò a correre. Nessun pensiero cosciente spingeva il suo corpo in avanti, solo un istinto primordiale di allontanarsi dalla direzione dello sparo. Corse fino a quando i polmoni le bruciarono, le ginocchia le fecero male e la caviglia le pulsò in modo impressionante. Quando si fermò, riuscì a malapena a riprendere fiato, accovacciandosi sotto un tronco d'albero che era caduto in un piccolo avvallamento. Cercò di ascoltare dei passi sopra il suono del suo stesso respiro. Tirò fuori il telefono e controllò il campo. Una tacca.

Non voleva telefonare. Non se Paxton o Rory erano ancora in giro, se uno dei due era armato. Così decise di inviare un messaggio alla squadra. Guardò il piccolo cerchio accanto al testo girare mentre il telefono cercava di inviare il messaggio. Pochi secondi dopo, accanto al messaggio apparve un punto esclamativo rosso.

Messaggio non inviato.

«Merda...» mormorò.

Altri due tentativi di inviare il messaggio andarono a vuoto. Josie si alzò in piedi barcollando. Non poteva restare all'aperto per sempre. Il telefono non inviava né riceveva messaggi, ma il GPS funzionava ancora. Selezionò l'applicazione e la studiò, cercando di orientarsi. Una volta che fu riuscita a farsi un'idea abbastanza precisa di dove si trovava la casa di Lorelei, iniziò a camminare in quella direzione, cercando di fare piano e di fare attenzione a qualsiasi rumore intorno a lei.

Aveva quasi raggiunto la radura che doveva corrispondere alla casa di Lorelei quando vide un lampo rosso passarle davanti. Si mise a correre in avanti, aggirandosi tra gli alberi, finché non vide una figura che camminava di fronte a lei con una maglietta rossa e dei jeans e con il capo a ciondoloni. Era Paxton Bryan.

Si era cambiato i vestiti dall'ultima volta che l'aveva visto. Josie lo raggiunse di soppiatto, mettendosi in parallelo con lui. Non aveva niente in mano. Sembrava che non si fosse accorto della sua presenza, a meno che non stesse solo fingendo. Josie indietreggiò e si spostò direttamente alle sue spalle. Aspettò di raggiungere la piccola radura davanti a lei e poi lo placcò a terra.

Il ragazzo si schiantò a terra, gridando. Josie si mise a cavalcioni su di lui e gli fece girare le braccia dietro la schiena. «Basta!», gridò. «Fermati!»

«Dov'è il fucile, Pax?» chiese lei.

Lui ruotò il collo, cercando di guardarla. «Quale fucile? Non ho nessuna arma.»

«Cosa ne hai fatto?»

«Non ce l'ho!»

«Mi hai sparato.»

«No, no, lo giuro. Non sono stato io. Non sono stato io. Per favore, mi faccia alzare.»

«Mi stavi seguendo?»

«Cosa? No!» urlò con tono implorante.

«Allora cosa stavi facendo nel bosco, Pax?»

«Stavo... stavo... non posso dirlo, va bene?»

«So di Rory.» gli disse Josie. «Puoi smettere di mentire.»

Lui non disse una parola.

«Lo stavi cercando?»

Di nuovo, nessuna risposta.

Josie sospirò. «Adesso ti lascio andare. Prometti di non farmi del male?»

«Non le farei mai del male. Glielo giuro. Non stavo facendo nulla.»

Josie si alzò, fece qualche passo indietro e lo guardò mentre si metteva sulle ginocchia e poi in piedi. Si spazzolò via dai pantaloni e dalla maglietta la terra, le foglie e gli aghi di pino. Con grande sorpresa di Josie, vide che gli brillavano gli occhi e guardò il suo pomo d'Adamo oscillare un paio di volte mentre deglutiva. Si mise a camminare in un cerchio stretto, finché non si calmò.

«Pax...» disse, «cosa ci fai qui? Dov'è tuo padre?»

Lui continuò a camminare, tenendo lo sguardo basso. «È tornato al mercato. C'era molta gente, così me ne sono andato di nascosto.»

«E sei andato a casa di Lorelei...» disse Josie. «Ho visto la tua bicicletta parcheggiata lì. Stavi cercando Rory?»

Paxton annuì.

«Cosa avresti fatto se l'avessi trovato?»

«Non lo so.» ammise lui. «Tutto quello di cui avevo bisogno era di parlargli.»

«Tu sapevi di lui, ma tuo padre no.»

Paxton smise di camminare e la guardò negli occhi. «Sì.»

«Com'è possibile?» domandò Josie. Ma si chiese come avesse fatto anche lei a non accorgersi della sua presenza quando Lorelei l'aveva soccorsa.

«Rory passa la maggior parte del tempo nella serra. È la sua passione. In un certo senso ci vive. Non gli piace stare in mezzo alle sorelle, perciò se ne sta da solo lì. A volte Lorelei lo fa entrare in casa, ma per lo più sta nella serra. Coltiva molte piante, fa esperimenti. È davvero bravo. Dovrebbe vedere i peperoni che ha piantato l'estate scorsa. Erano giganteschi!»

Prima che potesse partire per la tangente, Josie lo interruppe: «Era nella serra quando tuo padre era venuto a cercarti?»

«Sì. Sapeva che a Lorelei non piaceva che la gente lo incontrasse, così era rimasto lì. Ha problemi di rabbia. Lo sapeva?»

«Sì.» disse Josie.

«È mio amico. So che non riesce a controllare la creatura quando arriva.»

«La creatura?» ripeté Josie.

«È il nome che abbiamo inventato per la sua rabbia, "la creatura". Perché non è in sé, capisce? È qualcosa che si porta dentro, che non riesce a controllare. Non vorrebbe dire quelle cose tremende. Non vorrebbe fare del male a nessuno, ma è come se ci fosse questa cosa dentro di lui che qualche volta lo sovrasta.»

Paxton doveva aver notato che lei aveva aggrottato le sopracciglia perché si affrettò a dire: «Non intendo dire che ha una personalità sdoppiata, se è quello che sta pensando in questo momento. Non è questo che ha Rory. È solo una cosa che abbiamo inventato per rendere più facile parlare delle sensazioni che prova. Ce l'ha insegnato Lorelei. Lui ha la creatura e io ho il l'ingannatore.»

«Cosa?»

Fece un sorrisetto. «L'ingannatore È una parola fantastica, vero? L'ho letta in un vecchio libro di psicologia che ho preso in biblioteca.»

«Che cosa vuole indicare?»

«Un ingannatore è una persona che parla o agisce in modo ingannevole.»

«Un bugiardo.»

Il suo sorriso si allargò. «Proprio così.»

«Chi è il tuo ingannatore?» chiese Josie. «Stiamo parlando di una persona?»

«No.» disse Paxton. «Sa che ho detto che Rory ha questa rabbia dentro di sé che non riesce a controllare e che non vuole? Io ho questa cosa dentro di me che mi causa sempre dei problemi. Mi dice in continuazione cose assurde, cose che non hanno senso, ma mi spaventano anche se so che sono sbagliate, quindi devo fare quello che dice quella cosa, l'ingannatore. Lorelei ci ha fatto dare a queste cose un nome per farci capire che non erano la totalità della nostra persona. Cioè, non è quello che siamo. Rory non è solo la sua rabbia e io non sono solo l'ingannatore. Queste cose sono indipendenti da noi. Rory la sua creatura l'ha persino disegnata.»

Josie pensò all'inquietante disegno nella spoglia camera da letto a casa di Lorelei.

«Sì, credo di aver visto quel disegno.» disse. «L'ingannatore ti ha detto di assicurarti che le scatole sulla banchina di carico stamattina fossero esattamente alla larghezza di un dito l'una dall'altra, vero?» gli chiese. «Perché altrimenti sarebbe successo qualcosa di brutto.»

Gli occhi del ragazzo si spalancarono. «Come fa a saperlo?»

Senza badare alla sua domanda, lei continuò: «Ma l'ingannatore non è una voce o un'identità o una persona reale, dico bene?»

Paxton scosse la testa.

«Hai un disturbo ossessivo compulsivo.»

La sua espressione cambiò completamente. Fece due passi verso di lei, aprendo le braccia, come se stesse per abbracciarla. Invece gliele posò sulle spalle. Josie rimase immobile, non intravedendo alcuna minaccia da parte del ragazzo. «È proprio quello che ha detto Lorelei!» le disse.

Se Paxton non era una minaccia per lei, forse stava dicendo la verità sul fatto che non aveva un'arma e non le aveva sparato.

«Anche Emily ha un disturbo ossessivo compulsivo.» riprese Josie.

Il ragazzo lasciò cadere le mani e fece un passo indietro, ma il suo sguardo di sollievo era mitigato da qualcos'altro; qualcosa di oscuro e incerto.

Se non era stato Paxton a spararle, allora chi era stato?

«Pax...» disse Josie. «Ricordi quando mi hai detto che anche tuo padre mentiva?»

Il ragazzo fece un cenno di assenso. Anche mentre lo guardava ed elaborava lo scenario nella sua mente, Josie teneva le orecchie tese verso la foresta intorno a loro, in ascolto anche del più piccolo rumore. Un passo leggero. Lo schiocco di un ramo. Un respiro.

«Emily è tua sorella, vero?» gli chiese Josie. «È su questo che sta mentendo. Ha avuto una relazione con Lorelei ed Emily ne è il risultato. Ecco perché continuavi ad andare a trovarla.»

Lui sbiancò completamene. «Questo non lo può dire...» sussurrò.

Josie credette di aver sentito qualcosa frusciare nella boscaglia alla loro destra. Si slanciò in avanti e afferrò il braccio di Paxton, tirandolo con sé. «Forza, dobbiamo andarcene da qui.»

VENTIDUE

Josie ritrovò la sua pistola in casa di Lorelei, mise gli spazzolini in un sacchetto di carta che trovò in cucina, caricò la bicicletta di Paxton sul retro della sua macchina e si avviò direttamente verso la stazione di polizia. L'unità cinofila poteva impiegare ore prima di arrivare perché serviva l'intera contea e spesso era impegnata in altre chiamate quando la polizia di Denton chiedeva assistenza; sarebbe stato più veloce incaricare uno dei membri della sua squadra di ispezionare la casa alla ricerca di qualche oggetto personale appartenente a Rory. Al momento, la cosa che le premeva di più era allontanarsi da quella casa.

Sul sedile del passeggero, Paxton stava in silenzio. Quando passarono davanti al mercato di Reed, lo guardò. Anche Josie lanciò un'occhiata e si accorse che mancava uno dei furgoni. Probabilmente suo padre era in giro a cercarlo. Come se le avesse letto nel pensiero, Paxton disse: «Mio padre si arrabbierà molto.»

«Pax, tuo padre ti picchia?» gli chiese Josie.

«È successo solo un paio di volte.» rispose lui, con gli occhi ancora incollati al finestrino, mentre il mercato svaniva in lontananza.

«Sai che ora hai diciotto anni.» disse Josie. «Non sei obbligato a stare con lui.»

«E dove altro potrei andare? Non ho nemmeno finito il liceo. Questo problema che ho può rendere le cose molto difficili per me. Lorelei mi stava aiutando e, per la prima volta dalla morte di mia madre, cominciavo a sentirmi normale. Ma poi mio padre lo ha scoperto e ha detto che mi stava "incasinando la testa". È così che diceva. E poi ha aggiunto che non avrei più potuto vedere né lei né Emily, ma più.»

Josie gli lanciò un'occhiata e lo vide scrollare due volte la spalla sinistra.

«Sei nervoso?» gli chiese.

«Ansioso.» precisò lui.

«Posso parlare con tuo padre per te, se vuoi, quando abbiamo finito alla centrale.» gli propose Josie.

Il ragazzo alzò di nuovo le spalle, ma non disse nulla.

«Pax, posso farti un paio di domande? Sarebbe importante che rispondessi per la nostra indagine.»

«Certo, sicuro.»

«Sai qual è il tuo gruppo sanguigno?»

«No.» rispose. «Non ne ho idea.»

«E il tuo numero di scarpe?»

«Beh, sì, porto il quarantaquattro, proprio come mio padre.»

Josie si sentì percorrere da un brivido, ma poi ricordò a se stessa che poteva non significare nulla. Molti uomini portano il quarantaquattro di scarpe. Noah, per esempio, era uno di quelli.

«Sai che numero di scarpe porta Rory?»

«No. Siamo amici, ma non so queste cose di lui.»

«Mi sembra giusto.» disse Josie.

Davanti a loro si intravedeva la pittoresca e storica Main Street di Denton. Josie vide il Komorrah's Koffee sulla destra ed ebbe una terribile voglia di caffè. Avrebbe dovuto aspettare. Entrò nel parcheggio comunale dietro la stazione di polizia e spense il motore. «Pax, come fai a sapere di Emily? Che anche lei è figlia di tuo padre?»

Lui si guardò le ginocchia. «Vedo quello che mi succede intorno. Sento cosa dicono le persone. Non sono un idiota. So che mio padre pensa che io lo sia. Dice sempre alla gente che non sono a posto con la testa.» lo disse con voce più grave, in un'imitazione di suo padre che Josie trovò allo stesso tempo buffa e triste. Paxton riprese: «È vero, non ho finito la scuola, ma vado sempre in biblioteca. Leggo un sacco. Lorelei diceva che sono brillante.»

«Aveva ragione.» confermò Josie. «Voglio dire, "ingannatore" è davvero una parola fantastica!»

Lui rise. Josie notò che per il momento aveva smesso di scrollare le spalle. Voleva che fosse calmo, soprattutto dal momento che gli avrebbe chiesto di entrare nella stazione di polizia per fare una dichiarazione ufficiale su tutte le cose che le aveva raccontato.

«Una volta ho visto mio padre e Lorelei in ufficio, al mercato.» riprese. «È stato subito dopo la morte di mia madre. Stavano facendo sesso. Li ho visti un altro paio di volte al mercato e poi hanno smesso.»

«Andava a trovarla?» chiese Josie.

«No. Non credo che sia mai andato da nessuna parte. E non credo che sia durata più di quelle poche volte. Lei continuava a venire al mercato per comprare da mangiare, ma lo evitava e lui evitava lei. Poi, con il passare dei mesi, la sua pancia era diventata sempre più grande. Era abbastanza ovvio come stavano le cose. Un'altra cosa di mio padre è che pensa che io non capisca nulla, e così parla con le persone anche se io sono accanto a lui e pensa che io non capisca cosa si dicono.»

«Discusse con lei della gravidanza.» disse per lui Josie.

«Esatto. Lei disse che il bambino era suo, che non era stata con nessun altro. Non sono sicuro che lui le abbia creduto, o forse non voleva crederci, ma poi si arrabbiò con lei e le disse che avrebbe dovuto "sbarazzarsene". Lei gli chiese come poteva dire una cosa del genere del suo stesso bambino. Poi lui disse...»

A questo punto Paxton si interruppe ed ebbe un altro spasmo a una spalla. Josie allungò una mano e lo toccò leggermente, contenta che lui non indietreggiasse. Il pomo d'Adamo gli rimbalzò di nuovo in gola. Poi concluse, con un filo di voce: «Mio padre disse: "Ho già un figlio rotto, perché dovrei volerne un altro?".»

«Oh, Pax...» disse Josie. «Mi dispiace tanto.»

Lui agitò una mano in aria, come per cancellare quelle parole. Josie gli tenne delicatamente la mano sulla spalla, sentendola contrarsi sotto il suo palmo. «Lo sai che non sei rotto, vero?»

Annuì, in modo poco convinto. «Lorelei si interessò a me dopo quella volta. Ogni volta che andava al mercato, veniva a parlare con me. Quando sono cresciuto e ho avuto la mia bicicletta, ho cominciato ad andare a trovarla a casa sua e a fare visita a Emily. La tenevo in braccio e tutto il resto. Giocavo con lei. Poi sono diventato abbastanza grande da lavorare al mercato e non è stato più facile allontanarmi. Deve capire però che nella mia vita non c'è nessun altro, a parte mio padre.

La sorella di mio padre, mia zia, voleva vedermi continuamente dopo la morte della mamma, ma lui non glielo permetteva. Vive lontano, in Georgia. Vorrei che fosse più vicina. Anch'io cercherei di vederla. Mi ha sempre trattato bene.»

«Mi dispiace che tu non sia riuscito a vederla.» disse Josie. «Pax, è possibile che tuo padre... abbia frequentato Lorelei per molti anni prima della nascita di Emily? È possibile che anche Rory e Holly fossero figli suoi?»

«Non credo. Era sposato con mia madre.»

Questo Josie lo sapeva già, ma sapeva anche che non significava un bel niente. Come le aveva detto lo stesso Paxton, se c'è una cosa che fanno tutti gli adulti è mentire.

VENTITRÉ

Josie era seduta sulla sua sedia, si era tolta la scarpa sinistra e aveva appoggiato il piede scalzo sulla scrivania. Noah era accanto a lei, appollaiato sul bordo del tavolo per tenerle una borsa del ghiaccio sulla caviglia e ogni tanto scuoteva la testa. Josie ebbe l'impulso di alzarsi e di spianargli quelle rughe di preoccupazione dalla fronte. Mettner aveva portato Paxton nella sala conferenze per cercare di ottenere da lui una dichiarazione completa sulla famiglia Mitchell e sul rapporto che suo padre aveva con loro. Gretchen era tornata a casa di Lorelei con diverse unità di pattuglia. Il vicesceriffo dell'unità cinofila, Sandoval, e il suo cane da ricerca, Rini, li avrebbero raggiunti lì per cercare di trovare Rory prima di sera. Amber era andata a prendere il caffè al Komorrah's Koffee.

«Avrei dovuto venire con te.» disse Noah.

«Non essere ridicolo.» disse Josie. «Sono andata lì per cercare un oggetto personale di un sospettato. Non mi aspettavo certo di essere presa a cazzotti da un quindicenne, di doverlo inseguire nei boschi e di essere investita da una pioggia di pallottole.»

«A me sembra che se c'è una persona che dovrebbe aspettarsi che accada una cosa del genere, quella sei tu.»

Josie cercò di schiaffeggiarlo dalla sedia, ma lui rise e si allontanò dalla sua portata.

«A proposito.» le disse. «Hummel ha preso le impronte di Buckley dal tuo biglietto da visita. Non sono nel Sistema di Identificazione delle Impronte e non corrispondono a nessuna di quelle non identificate in casa di Lorelei.»

«Ma il dottor Buckley ha ammesso di esserci andato.» ribatté Josie.

«Ha detto che non ci andava da anni. Hummel dice che è del tutto possibile che le sue impronte si siano cancellate se non è stato in quella casa per anni. Ha anche preso le impronte di Paxton da una bottiglia d'acqua che ha buttato via al mercato dei prodotti agroalimentari. Ci è andato subito dopo che gli hai mandato un messaggio questa mattina. Come previsto, le impronte di Paxton corrispondono a una delle serie di impronte non identificate in casa Mitchell.»

«Il che significa che ora abbiamo ben due serie di impronte non identificate dentro casa.» commentò Josie. «Una di queste deve essere di Rory; dunque, chi altro rimane?»

Noah scosse la testa. «Non lo so, ma delle altre due serie di impronte, una è sparsa in tutta la casa, mentre l'altra serie si trova solo sulla porta d'ingresso e in cucina.»

«Immagino che la serie trovata in tutta la casa appartenga a Rory.» disse Josie.

«Giusto. Ma l'altra serie... potrebbe non significare nulla. Potrebbe anche appartenere a un fattorino o a una persona che è passata di lì una sola volta. Potrebbe non essere collegato.»

«Ne dubito.» rispose Josie. «Non credo che Lorelei si sarebbe fatta consegnare delle cose a casa.»

«Ma all'inizio pensavamo che Lorelei conducesse una vita eccezionalmente riservata e che non ricevesse visite a casa sua, e poi abbiamo scoperto che Paxton ci andava regolarmente e che Reed andava a prendere il figlio.» sottolineò Noah. «Diamine, non sapevamo nemmeno dell'esistenza di Rory fino a poche ore fa. Non abbiamo davvero idea di cos'altro facesse Lorelei da quelle parti o con chi altro si intrattenesse. E a parte questo, sono riuscito a scoprire il gruppo sanguigno di Rory dalla sua documentazione anagrafica, e indovina un po'?»

«È o positivo... e corrisponde alle tracce di sangue trovate sul furgone di Lorelei.» ipotizzò Josie.

«Esattamente.»

Quest'ultima scoperta riportava Rory in cima alla lista dei sospettati. Non che la lista fosse molto lunga, in quel momento.

«Quando l'hai visto, ti è sembrato un po' malconcio?» le domandò Noah. «Aveva qualche graffio o qualche lesione?»

Josie scosse la testa. «No, ma non c'era modo di capirlo perché indossava maniche e pantaloni lunghi. Ehi, nessuno ha ancora sentito la dottoressa Feist riguardo alle impronte insanguinate che dalla cucina conducevano fuori dalla porta sul retro? Le impronte a piedi nudi?»

Noah annuì. «La dottoressa ha confermato che quelle sono le impronte di Holly e che il sangue è quello di Lorelei.»

«Ed Emily?» chiese Josie. «Si sa qualcosa di lei?»

«Ora è da Adam e Celeste. L'assistente sociale li ha incontrati e ha detto che si sentiva a suo agio a lasciare Emily con loro temporaneamente.»

«Molto bene.»

Una porta sbatté e il capo Chitwood apparve davanti a loro, con le braccia incrociate sul petto sottile. «Che diavolo è successo, Quinn?»

Lei lo aggiornò, osservando come il suo volto si tingesse di rosso a ogni parola che aggiungeva. «Gretchen avrà bisogno di un po' di uomini in più in quei boschi...» disse Chitwood. «Se quel ragazzo se ne va in giro con un'arma a sparare ai miei detective...»

«Volevo appunto parlarle di questo, Signore.» disse Josie. «Non credo che sia stato Rory a spararmi.»

Noah disse: «Hai detto che hai distolto lo sguardo dal ragazzo, ti sei voltata, lui era sparito e poi è arrivato lo sparo.»

«Sì, infatti...» confermò Josie. «Ma ho seri dubbi che abbia avuto il tempo di girarmi intorno così velocemente e aprire il fuoco. E, parte questo, per tutto il tempo in cui mi è stato davanti, non ho visto nessuna arma. Né in casa né mentre lo inseguivo.»

Il capo Chitwood la interruppe: «E se l'avesse nascosta da qualche parte? Forse è per questo che si è fermato proprio in quel punto. Tu hai pensato che stesse riprendendo fiato, ma magari ti stava facendo avvicinare abbastanza da poter impugnare l'arma e spararti.»

Josie rivide la scena nella sua mente. Cercò di farsi un'idea di quanto tempo fosse passato tra il momento in cui si era voltata verso l'albero per scoprire che Rory non c'era più e il momento in cui era esploso il colpo. Sarebbe stato un tempo sufficiente? A quel punto aveva già fatto il pieno di adrenalina; il tempo non aveva alcun significato: le cose che duravano pochi secondi sarebbero sembrate un'eternità e quelle che duravano molto tempo sarebbero sembrate istantanee. L'unico modo per capire se l'ipotesi del capo Chitwood fosse plausibile sarebbe stato quello di tornare in quel punto esatto e cercare di capire con precisione dove si trovava lei, oltre che la traiettoria e l'origine del proiettile, utilizzando i segni lasciati dallo stesso sul tronco.

«Non tornerai in quei boschi.» disse Chitwood, come se potesse leggere i suoi ragionamenti che fluttuavano sopra la sua testa. «Non stasera, comunque. Senti, chiamerò la Polizia di Stato per vedere se riusciamo a mandare altre forze in quei boschi. Forse, se mandiamo una ventina di poliziotti invece di uno solo, sarà meno propenso a sparare. Una volta che lo avremo arrestato, vedremo se riusciremo a farlo parlare.»

Un pensiero in fondo alla mente le dava il tormento. «Può mettere qualcuno sulle tracce di Reed Bryan? Se sta cercando Paxton e scopre che è qui, sarà una vera tempesta di merda. Magari riusciamo a bloccarlo prima del tempo...»

«Bene.» disse il capo.

Il telefono della scrivania di Josie squillò e Noah le tolse la borsa del ghiaccio dalla caviglia. Mise il piede a terra e si allungò per prendere il ricevitore. «Quinn.»

Le rispose la voce di Adam Long. «Detective Quinn?»

«Mr. Long.»

«Pensa di poter venire su a Harper's Peak? Abbiamo una situazione un po' particolare.»

Josie si chiese se la situazione particolare fosse una nuova crisi di Emily. Non aveva idea se Marcie avesse preparato o meno Adam e Celeste al suo disturbo ossessivo compulsivo.

«Qual è il problema, Adam?»

«È che... beh, Emily è scomparsa.»

VENTIQUATTRO

Josie si ritrovò di nuovo nel salotto di Celeste e Adam e con Noah guardava Celeste camminare freneticamente davanti alla grande finestra panoramica. Le scarpe nere con tacco quindici che indossava affondavano nello spesso tappeto orientale mentre lei andava avanti e indietro. Un abito senza maniche di colore viola avvolgeva la sua figura spigolosa. Alcune ciocche di capelli si erano liberate dallo chignon e fluttuavano intorno alla testa, per quante volte lei cercasse di sistemarle. Josie osservò il suo riflesso nel vetro. Fuori c'era solo il buio, punteggiato dalle luci del resort che scendevano verso valle. In lontananza, si vedevano i bagliori delle luci blu e rosse della polizia. Celeste seguì il suo sguardo e si immobilizzò. Agitò un braccio pallido verso la finestra. «Potreste dire ai vostri uomini di spegnere le luci? Buon Dio. Non voglio veicoli della polizia in questa proprietà. Avrei detto a Tom di farlo, ma anche lui è nel bosco a cercare Emily.»

«Con tutto il rispetto, Ms. Harper...» disse Noah, «È appena scomparsa una bambina di otto anni che è stata vista per l'ultima volta in questa proprietà. Ed è scomparsa ad appena un giorno dal ritrovamento del corpo della sorella maggiore, uccisa sul terreno di questa stessa proprietà.»

La voce di Celeste uscì tremolante. «Sono ben consapevole di ciò che è accaduto nelle ultime ventiquattro ore, ma ho un resort da mandare avanti. Ho degli ospiti che hanno pagato per un certo standard di lusso e le volanti della polizia non soddisfano questo standard.»

«La nostra priorità è trovare Emily Mitchell.» le fece notare Josie «Qualsiasi problema relativo ai vostri ospiti dovrete gestirlo da soli.»

Celeste lanciò a Josie un'occhiataccia. «Non è stata una mia idea. È stata di mio marito. E ora lui è in giro insieme a Tom, metà del mio personale e la polizia a cercare quella bambina, mentre io ho un'attività da gestire. Come posso fare?»

«Emily Mitchell potrebbe essere in pericolo.» sottolineò Noah.

«Non è un mio problema, non è una mia responsabilità!» sbraitò Celeste. «Quella bambina è uscita di qui per conto suo. Abbiamo passato l'intero pomeriggio a cercare di metterla a suo agio e a farla ambientare. Sapete cosa ha fatto?»

Né Josie né Noah risposero.

Celeste passò davanti a loro e si diresse verso il tavolino da caffè, circondato da divani. Josie notò che sulla sua superficie di legno lucido erano sparsi diversi fogli di carta per fotocopie.

Alcuni erano stati tagliati per creare delle forme e altri erano stati usati per disegnare farfalle e quelli che sembravano i ritratti del cagnolino di peluche di Emily. A un'estremità del tavolo era appoggiato un paio di forbici. C'erano almeno quattro dozzine di pastelli, che erano stati allineati con precisione in base al colore. Una fila di verdi, una fila di blu, una fila di rossi, una fila di gialli e così via. Josie nascose un sorriso.

«Ha fatto dei disegni?» chiese Noah.

Celeste sgranò gli occhi. «No. È stata un'idea di Adam. Noi

non sappiamo nulla di bambini, vi è chiaro? Si è fatto dare i pastelli da un nostro dipendente. Ci siamo arrangiati con la carta della stampante. Pensava di farle lezione di bricolage, o che so io. Alla fine, l'ha lasciata da sola, perché abbiamo un sacco di lavoro da fare e c'era bisogno di lui nell'edificio principale. Allora Emily ha staccato quasi tutti i bottoni dei nostri divani!»

A queste parole, Josie passò lo sguardo per tutta la lunghezza di ciascuno dei divani Chesterfield, accorgendosi che sembravano molto più rigonfi di quanto non fossero quella mattina. Senza i bottoni, i divani sembravano in qualche modo nudi e incompleti.

«Che bambino è quello che fa una cosa del genere?» si chiese Celeste.

Quando Noah parlò, Josie capì che stava trattenendo a stento le risate. «A dire il vero, sui braccioli dei divani ne sono rimasti alcuni.»

«Sapete cosa mi ha detto quando le ho chiesto perché aveva fatto una cosa del genere?» continuò Celeste, senza badare a Noah. «Mi ha detto che li aveva dovuti levare perché aveva paura di soffocare.»

Josie e Noah la fissarono con sguardi perplessi. «È sicura che sia questo ciò che ha detto?»

Celeste sbuffò. «Pensate che mi sia sbagliata? Sì, ha detto proprio così.»

A Josie sembrava che fosse una cosa veramente strana da dire e da fare per chiunque, ma sospettava che avesse a che fare con il disturbo ossessivo compulsivo di Emily. Si prese un appunto mentale per ricordarsi che avrebbe dovuto chiedere a Paige o a uno specialista di disturbi ossessivo compulsivi in un secondo momento. Oppure avrebbe potuto chiederlo a Emily, se possibile, non appena l'avesse trovata.

«Le ha chiesto cosa intendeva dire?» domandò Josie.

«Perché avrei dovuto? Che importanza aveva? Ha distrutto una nostra proprietà!»

Prima che Celeste potesse continuare, Josie cambiò argomento. «Come fa a sapere che è uscita da qui?»

«Quando Adam se n'è andato, io sono rimasta qui con lei. Dovevo rispondere a una telefonata. È stata... piuttosto lunga, ma mi sono solo spostata in cucina. Non è mica una neonata. Ho pensato che sarebbe stata bene qui per un po', quindi non mi sono preoccupata. Ma quando sono tornata, non c'era più e la porta d'ingresso era aperta. Si era portata via quel vecchio cane di peluche e i bottoni per i capitonné!»

«Non può dare per scontato che se ne sia andata di sua spontanea volontà!» le fece notare Josie. «Non avete telecamere sul davanti?»

Celeste sbuffò. «Non qui fuori. Questa è la nostra residenza privata. Privata è il concetto chiave. In tutti gli anni in cui ho vissuto qui, cioè per tutta la mia vita, non abbiamo mai avuto il benché minimo problema. Fino a ora. Non poteva che essere la figlia di Lorelei a provocarne, no?»

Cercando di tenerla in argomento, Josie chiese: «L'ha cercata quando si è accorta che non era più nella stanza e che la porta era stata lasciata aperta?»

«Naturale che l'ho fatto. Non sono certo un mostro. L'ho cercata percorrendo tutto il perimetro. Dato che non sono riuscita a trovarla qui, sono scesa nell'area del resort e l'ho cercata lì. Ho parlato con Tom e abbiamo chiesto aiuto a diversi membri del personale. Quando ho trovato Adam, ho chiesto anche a lui. Alla fine, non essendo riusciti a trovarla sul posto, Adam ha chiamato direttamente lei.»

«Ma non l'ha effettivamente vista andare via.» chiarì Josie.

Celeste tornò alla finestra d'ingresso, soffermandosi un attimo a guardare fuori. «No, mi dispiace. Non l'ho vista. Mio Dio... chi l'avrebbe mai detto che tenere dei bambini fosse così problematico? Ha otto anni. Dovrebbe essere più facile occuparsene. Lorelei è arrivata da noi quando aveva nove anni e, sebbene io abbia sempre disprezzato sia lei che tutto ciò che rappresentava, per essere una bambina di quell'età si comportava abbastanza bene.»

«Da quanto tempo è scomparsa?» si informò Noah.

Celeste alzò lo sguardo verso il soffitto. «Oh, non lo so. Forse mezz'ora fa. Quarantacinque minuti. Ho passato un po' di tempo a cercarla prima che Adam vi chiamasse.»

«Avete ancora il borsone di Emily?» chiese Josie.

Senza neanche voltarsi a guardare verso di loro, Celeste fece un cenno alle sue spalle. «Al piano di sopra, nella terza camera da letto a sinistra. L'ha lasciato qui...»

Josie fece un cenno a Noah che sparì al piano di sopra e tornò qualche istante dopo con una delle magliette di Emily. «La porto a Sandoval.» disse.

«Dille di dare priorità alla ricerca di Emily.» disse Josie. «Non possiamo sapere se Gretchen ha trovato qualche oggetto di Rory da dare a Rini per seguire le sue tracce, ma anche se fosse, che lo metta da parte per ora. Voglio che Emily sia ritrovata sana e salva. Ci occuperemo di Rory più tardi. Chiama e chiedi all'ufficio dello sceriffo se possono mettere a disposizione un'altra unità cinofila. Una volta qui, potranno cercare Rory.»

«Agli ordini.» disse Noah e uscì dalla porta principale. Josie lo guardò allontanarsi attraverso la finestra d'ingresso.

Dalle sue spalle, Josie sentì arrivare una risata amara. «Quello è il suo futuro marito?»

«Sì.» disse Josie. «Lo sa.»

«L'ha addestrato bene. Segue le sue istruzioni con precisione, non è vero?»

Lei le rispose con un'espressione confusa. «Non è addestrato bene e nemmeno segue le mie istruzioni. Siamo colleghi. Siamo in perfetta sintonia, semplicemente.»

«Siete in perfetta sintonia...» mormorò Celeste. «Se solo i miei genitori fossero stati ugualmente in sintonia... non saremmo qui, dico bene?»

Josie non rispose. Era troppo occupata a guardare due figure che si muovevano lungo la passeggiata che portava dall'area del resort alla casa di Celeste e Adam, una delle quali aveva un'andatura familiare e spingeva davanti a sé un deambulatore. Cosa ci faceva sua nonna in quel posto?

Josie lasciò Celeste alla finestra e uscì. Quella che si stava dirigendo verso la casa era proprio sua nonna Lisette. Dietro di lei c'era Sawyer. Josie andò verso di loro, ma Lisette non si fermò. Al contrario, continuò verso la porta di Celeste, anche se la nipote le chiedeva a ripetizione. «Nonna, che ci fai qui?»

Lisette sorrise quando Josie si mise al passo accanto a lei. «Alcuni degli ospiti avevano prenotato il soggiorno in questo bellissimo posto per l'intero fine settimana del vostro matrimonio, tesoro. Me compresa.»

Dietro di loro, Sawyer mormorò: «Non vuole saperne di tornare a Rockview.»

«Non vedo il motivo per cui dovrei.» ribatté Lisette. «Dovevo rimanere qui per il fine settimana. Anche se mia nipote non si è sposata, intendo comunque approfittare appieno di un'occasione irripetibile come questa.»

Alla luce fioca che proveniva dalla casa di Celeste, Josie vide la nonna farle l'occhiolino. Celeste li raggiunse sulla porta. Un cellulare le penzolava da una mano. «Entrate e basta, allora. Fate quello che dovete. Ho dei problemi con gli ospiti di cui occuparmi. È un disastro che Tom sia fuori a cercare quella bambina e non svolga i suoi soliti compiti. Mi faccia sapere quando avete finito, per favore.»

«Ho bisogno di sedermi un po'.» disse Lisette entrando nel soggiorno. Si fermò un attimo a fissare i divani prima di sedersi. «È interessante quello che ha fatto qui, vero?»

Josie aspettò che Lisette fosse saldamente seduta su uno dei divani con Sawyer accanto a lei prima di ripetere: «Nonna, cosa ci fai qui?»

«Le voci si diffondono a macchia d'olio in questo complesso...» spiegò Lisette. «Sappiamo tutti che state cercando una bambina. Io l'ho vista.»

Josie si mise a sedere sul tavolino e si avvicinò alla nonna. «Quando? Dove?»

«Un paio d'ore fa.» spiegò Lisette. «Ero giù a Griffin Hall con tutti gli altri. Ero riuscita ad allontanarmi dalla folla per un po'.» Guardò Sawyer di sottecchi. Lui si limitò a scuotere la testa.

«Stavo facendo due passi nel giardino di fronte a Griffin Hall e ho visto una bambina. Era da questa parte, in effetti. Indossava una maglietta blu e pantaloni da ginnastica grigi. Aveva le tasche gonfie. Tra le braccia teneva un cagnolino di peluche. Non ci avrei fatto caso se non fosse stato che mi ricordava te, tesoro.»

Josie si passò una mano sul petto. «Ti ricordava me?»

Lisette sorrise. «Sì, tu e il tuo cagnolino di peluche, Wolfie. Ma immagino che non te ne ricordi. È scomparso quando avevi sei anni.» A quelle parole, Lisette si sporse in avanti e passò la punta delle sue dita calde lungo la cicatrice sul viso della nipote.

Josie deglutì. «Non è scomparso. Dove stava andando la bambina? Era con qualcuno?»

«Per quanto ho potuto vedere, era sola. Si è allontanata nel bosco.» disse Lisette.

Josie si alzò in piedi. «Pensi di potermi indicare in che punto?»

«Lasciami riposare un minuto, tesoro, e torneremo indietro verso Griffin Hall. Se ricordo bene era circa a metà strada tra qui e lì.»

«Hai detto che è successo un paio d'ore fa?» chiese Josie.

«Sì. Ne ho parlato con il personale di Griffin Hall e mi hanno assicurato che avrebbero chiamato la residenza privata. Se la tua squadra è qui, è ovvio che non è ancora stata trovata.»

«Sei assolutamente sicura che sia successo un paio d'ore fa?» chiese Josie. «Non solo un'ora?»

«Sì. Sono vecchia, ma so ancora leggere l'orologio, tesoro.»

Josie si chiese perché Celeste avesse dovuto mentire. O magari era stata via molto più a lungo di quanto aveva detto e aveva semplicemente perso la cognizione del tempo? Sarebbe stato abbastanza facile stabilire se aveva mentito sentendo il membro del personale con cui Lisette aveva parlato e scoprendo a che ora aveva chiamato la residenza.

Josie scrisse in fretta e furia un messaggio al resto della squadra, informandoli che c'era una discrepanza nell'orario della scomparsa di Emily. Noah rispose che avrebbe rintracciato sia il membro del personale che Celeste e avrebbe chiesto loro spiegazioni. Sawyer sparì in cucina e tornò con una bottiglia d'acqua, che porse a Lisette. «Immagino che quando Celeste ha detto "fate quello che dovete" intendesse dire che era lecito saccheggiare il suo frigorifero.»

Lisette alzò le spalle e bevve un sorso. Pochi minuti dopo era in piedi e si stava dirigendo verso la porta. Il sentiero era una striscia d'asfalto che correva dalla residenza agli edifici del resort ed era illuminato solo in parte da luci a energia solare incassate nel terreno su entrambi i lati. Ogni pochi metri, Lisette si fermava e scrutava nella notte. Alla fine, disse: «Ancora un po' più avanti.»

«Lisette, so che stai cercando di renderti utile, ma da quello che ho sentito, ci sono già diverse squadre di ricerca nel bosco.» La avvertì Sawyer. «Forse sarebbe meglio che tu tornassi nel salone per il momento e aspettassi domani mattina per cercare con la luce del giorno di individuare il punto in cui hai visto questa bambina andare nel bosco.»

«Devo tornare a Griffin Hall a prescindere da tutto, no?» rispose lei. «Perché non mostrare a Josie dove ho visto questa bambina?»

«Per i cani dell'unità cinofila è meglio partire dall'ultimo posto in cui si trovava la persona da cercare.» disse Josie.

«Allora i cani possono partire dalla casa.» disse lui. «È l'ultimo posto in cui è stata vista prima di addentrarsi nel bosco.»

Lisette alzò una mano in aria. «Ora voi due, piantatela. Non c'è niente di male se mostro a Josie dove ho visto l'ultima volta quella bambina. Ci vorrà solo un attimo. Tanto ci passeremo davanti mentre torniamo a Griffin Hall.»

Sawyer emise un verso di esasperazione. Josie si voltò e vide che gli brillavano gli occhi nella penombra e allora capì che era solo preoccupato che Lisette riuscisse a tornare indietro con le sue forze. Lei stessa era sorpresa che fosse riuscita a raggiungere la residenza privata di Celeste e Adam senza assistenza. Ne avrebbe pagato il conto il giorno seguente. «È una lunga passeggiata, però.» obiettò di slancio. «Perché tu e io non rimaniamo qui e cerchiamo di trovare quel posto, mentre Sawyer vede se riesce a convincere il personale a fa venire un resort cart per riportarvi indietro?»

«Certo.» disse Lisette. «Mi sembra una buona idea.»

Le fu facile intuire che la nonna doveva essersi proprio stancata se non aveva protestato. In compenso, Lisette aspettò che Sawyer si fosse allontanato a sufficienza per non sentire prima di dire: «È un bravo ragazzo, ma è molto apprensivo.»

«Ci sono difetti peggiori.» argomentò Josie.

«Non ho detto che è un difetto.» puntualizzò Lisette. Fece passare il suo deambulatore attraverso due piccole lanterne appese lungo il sentiero e lo spinse sul prato.

«Aspetta un attimo, nonna...» disse Josie tirando fuori il cellulare e aprendo l'applicazione della torcia. Accendendola, raggiunse Lisette e fece luce sull'erba. La linea degli alberi era a una decina di metri da loro. «Come fai a sapere dove l'hai vista?»

«C'è un tronco d'albero a cui sembra che qualcuno abbia dato fuoco, come se fosse coperto di fuliggine.»

Josie scrutò gli alberi con la torcia. «Non sembra fuliggine.» osservò. «Piuttosto, muffa nera fuligginosa. È prodotta da un insetto, la lanterna maculata. Quando mangiano, producono questa sostanza zuccherina che credo si chiami appunto mielata. Comunque, si deposita su ogni superficie. Ecco perché gli alberi di cui si nutrono sembrano sopravvissuti a un incendio.»

Lisette continuava ad avanzare appoggiandosi al suo deambulatore e, ogni tanto, nei punti in cui l'erba era più fitta, lo sollevava e lo spingeva in avanti. «Alla tua sinistra.»

Josie si girò verso sinistra puntando la torcia e Lisette si fermò quando arrivarono a meno di tre metri dalla linea degli alberi. «Eccoci!»

La luce della torcia si posò su una giovane betulla dal tronco annerito. «Sei sicura che sia qui?» chiese Josie.

«Credo proprio di sì.»

Si avvicinarono agli alberi. «Sei sicura che fosse sola?»

«Sì, direi di sì.»

Josie puntò il fascio di luce sul terreno per esaminarlo. Che ragione aveva Emily di andarsene? Perché si era addentrata nel bosco a poche ore dal calar della sera? Stava scappando? Stava cercando Rory? «Quando Sawyer tornerà, darò un'occhiata più attenta, anche se ormai Emily potrebbe essere ovunque.»

Dagli alberi si sentì un fruscio. Josie puntò il telefono verso l'alto, ma non prima di aver visto un piccolo mucchio di bottoni grigi per il capitonné nel contorno di luce. Erano ammucchiati alla base della betulla. Emily li aveva lasciati di proposito o le erano semplicemente caduti?

«Emily?» chiamò Josie, facendo oscillare la luce avanti e indietro.

«Josie...» disse Lisette. Si allontanò dal suo deambulatore e mise una mano sul braccio libero della nipote. «Tesoro, dobbiamo...»

Da dietro il tronco della betulla rovinata si sentirono altri fruscii, ma nonostante Josie continuasse a puntarci contro la torcia, non riusciva a vedere altro che rami e tronchi bassi.

La presa di Lisette si fece più stretta e Josie riuscì a ricordare dell'unica altra volta nella sua vita in cui aveva sentito le dita della nonna scavare nella sua pelle in modo così incisivo. Josie era una bambina, stavano per separarsi perché stava per tornare nella casa degli orrori di Lila Jensen e Lisette sapeva di non poter fare nulla per impedirlo. Josie si girò a guardarla e incrociò lo sguardo della nonna, cogliendone la paura. «Nonna?» disse.

Lisette inclinò leggermente il capo verso gli alberi e con le labbra mimò le parole "un fucile". Il battito del cuore di Josie andò in fibrillazione. Voleva chiedere a Lisette cosa avesse visto. Una persona? Rory? D'istinto avrebbe di nuovo puntato la luce contro gli alberi, ma se appostato là dietro c'era Rory con un'arma, a pochi metri da loro, sarebbero stati bersagli facili. Quel giorno l'aveva già attaccata una volta senza provocazione e già era difficile immaginare di riuscire a ragionare con lui anche nelle migliori circostanze. E comunque che diamine ci faceva lì? Era lui che aveva preso Emily? L'aveva attirata nel bosco?

Con una mano Josie aprì la fondina e tirò fuori la pistola, tenendola salda mentre con l'altra mano puntava la torcia davanti a sé. Tenne la canna rivolta verso il basso per non rischiare di colpire per sbaglio qualcuno che non rappresentasse una vera minaccia; però, se tra quegli alberi si era appostato qualcuno che le puntava contro un'arma, voleva fargli capire che era preparata. C'era solo un problema: lei non poteva catturare con il fascio di luce della sua torcia quella persona che si nascondeva nel bosco, chiunque fosse. La luce tremolò sotto il peso della mano di sua nonna sull'avambraccio.

«Polizia!» gridò. «Chiunque tu sia là dentro, vieni fuori dove possiamo vederti.»

Lisette tirò il braccio di Josie e il raggio della torcia scattò verso il basso. «Dovremmo tornare indietro.»

Davanti a loro si mosse qualcosa, una macchia scura. Lisette strattonò ancora il braccio di Josie, con una forza sorprendente, facendole perdere l'equilibrio e facendola cadere a terra. Il telefono le cadde di mano con la torcia rivolta verso il terreno, precipitandole nell'oscurità. Un colpo di arma da fuoco squarciò l'aria. Josie non riusciva a vedere, ma percepì il corpo di Lisette accasciarsi. Prese l'impugnatura della Glock con entrambe le mani e la puntò verso gli alberi. Ma non poteva sparare alla cieca: nel bosco c'erano altri agenti di polizia e squadre di volontari impegnati nelle ricerche, correva il rischio di colpirne qualcuno. Attraverso l'impeto nella sua testa, sentì un suono inconfondibile che le fece raggelare il sangue nelle vene: un fucile che veniva ricaricato. Stava per arrivare un altro colpo.

«No!» gridò a pieni polmoni, mettendosi in ginocchio e tenendo l'impugnatura della pistola con una mano sola per farsi strada verso Lisette con l'altra. Si rendeva conto che il tutto stava accadendo in una manciata di secondi, eppure il tempo sembrò allungarsi in un gocciolio angosciante, come la linfa che cola da un albero. Josie sfiorò la mano di sua nonna proprio mentre la vide ergersi in tutta la sua altezza. Fu allora che il secondo colpo trafisse l'aria. Lisette cadde all'indietro, precipitando addosso a Josie e facendola cadere a terra.

«Nonna! Nonna!»

Con le orecchie tese per cogliere il suono dell'arma che veniva caricata di nuovo, Josie si contorse da sotto Lisette. Aveva la mente sovraccarica. A livello istintivo sapeva di dover scegliere tra inseguire la minaccia nel bosco, rischiando così di rimanere uccisa, e occuparsi di sua nonna. Le sue mani avevano già scelto per lei quando gettarono la pistola da una parte e cominciarono a tastare il corpo di Lisette alla ricerca di ferite.

«Nonna!»

Lisette era riversa sulla schiena. Un sollievo profondo e viscerale invase tutto il corpo di Josie quando sentì le mani tremanti di sua nonna che si alzavano per toccarle il viso.

«Josie...»

Respirava con grande affanno. Le dita di Josie risalirono dai polsi della nonna fino alle spalle, accarezzandole il viso e i capelli. Niente di bagnato o appiccicoso. Nessuna ferita alla testa o al viso. Per il petto e il torso era tutta un'altra questione. Sangue caldo le rimase appiccicato alle dita. L'assassino aveva usato un proiettile o una cartuccia a pallettoni? Più le sue dita esploravano il corpo di Lisette, più Josie si convinceva che il fucile fosse caricato a pallettoni, il che significava ferite multiple.

«Dio Santo...» gridò. «Nonna! Tieni duro.»

Non riusciva a vedere niente. Le sue mani frugarono nell'erba. Aveva bisogno del telefono, di fare luce con la torcia e di chiamare la sua squadra.

«Nonna!»

Percepì ogni terminazione nervosa del suo corpo vibrare. Non riusciva a trovare il telefono. Lisette tossì. Josie si voltò verso di lei ma ebbe la sensazione di allontanarsi dal suo corpo. Improvvisamente, si ritrovò a fluttuare sopra se stessa e a sua nonna, ad assistere alla scena come se stesse guardando attraverso gli occhiali per la visione notturna, con le loro figure entrambe scure su uno sfondo verde brillante. Riuscì a vedersi inginocchiata, con le mani che scivolavano sull'erba, senza trovare nulla. Lisette era supina, con gli occhi fissi verso l'alto. Alzava un braccio per cercare la nipote.

Non c'era più tempo.

Josie tornò di scatto dentro di sé. Sentì il terrore strozzarle l'aria nei polmoni, il sangue caldo sulle mani, l'adrenalina che le faceva percepire tutto il corpo come un conduttore in tensione. Sentì dei rumori in lontananza. Qualcuno che si allontanava, attraverso il bosco. Un motore che sfrecciava nella direzione opposta. Poi, come se fosse in piedi sopra di lei e le sussurrasse all'orecchio, Josie sentì la voce del suo defunto marito, Ray. *"Concentrati!"* le disse.

«Ci sto provando!» gridò Josie, rendendosi conto solo in

quell'istante di essere scoppiata a piangere. L'aveva detto ad alta voce? Non lo sapeva, non le importava.

"*Jo...*" disse di nuovo la voce. "Devi caricarla a cucchiaio".

Josie ripeté mentalmente la procedura del caricamento a cucchiaio, usata dalle forze dell'ordine quando una vittima di violenza, in particolare nelle sparatorie, perde sangue troppo velocemente per aspettare l'arrivo dei soccorsi: l'agente deve prenderla letteralmente tra le braccia e portarla fino al proprio veicolo, per poi precipitarsi a cercare soccorso.

Josie strisciò verso Lisette, trovò le sue spalle e i suoi fianchi, e ci fece scivolare sotto le braccia per sollevarla. Con grande fatica si mise in piedi, ondeggiando, cercando di trovare l'equilibrio sull'erba con una caviglia gonfia e dolorante. Poi si mise a correre.

VENTICINQUE

Josie raggiunse il sentiero proprio mentre Sawyer vi si fermava a bordo di un resort cart; osservò per un attimo le emozioni che si alternavano sul suo viso in una manciata di secondi: confusione, allarme, paura. Poi il suo addestramento prese il sopravvento. Mise il freno a mano prima ancora che l'auto si fermasse e saltò fuori, correndo verso di loro. Le raggiunse sul prato e prese Lisette dalle sue braccia. «Che diavolo è successo? Erano spari quelli che ho sentito?» le chiese mettendosi a correre verso il resort cart.

Josie lo seguì a ruota. «C'era qualcuno nel bosco. Ci hanno sparato. Non riuscivo a vedere, io...»

«Devi guidare tu.» le disse Sawyer, interrompendola. Cercò il modo migliore di far sedere Lisette sul sedile posteriore dell'auto e poi si infilò accanto a lei. «Ce la fai? Non avevano personale a disposizione e mi hanno dato le chiavi.»

«Certo.» disse Josie.

Alla scarsa luce delle lanterne che illuminavano il sentiero, Josie riuscì a vedere il sangue che impregnava il torso di Lisette. Si sparse sul cambio e sul volante appena Josie si mise alla guida per fare manovra. Non aveva mai guidato un'auto elettrica da resort prima di allora, ma non era diversa da una golf cart, solo estremamente più grande, e assomigliava abbastanza a un'automobile da mettere il suo corpo in pilota automatico.

«Lisette!» gridò Sawyer. «Maledizione. Sta sanguinando dappertutto. Dappertutto, Josie! Quante volte le hanno sparato?»

«Erano pallettoni.» disse Josie.

«Oh, mio Dio. Lisette!»

Josie schiacciò il pedale dell'acceleratore più forte che poté e sfrecciò di nuovo lungo il sentiero che portava a Griffin Hall, diretta verso le luci rosse e blu lampeggianti di una delle volanti della polizia di Denton. Lanciò una breve occhiata alle sue spalle per vedere che Sawyer aveva sollevato la camicia di Lisette nel tentativo di trovare le ferite. Con una mano faceva pressione sul lato sinistro del torace, mentre l'altra cercava di trovare il battito sul collo. A Josie sembrava che Lisette non avesse emesso un fiato in quella che le era sembrata un'eternità, ma che probabilmente era meno di un minuto. Cercò di non pensare a cosa significasse.

Sawyer disse: «Non ce la farà se aspettiamo un'ambulanza.»

«Lo so.» disse Josie. «Prendiamo una volante della polizia.»

Davanti a Griffin Hall si era radunata una folla di persone, tra le quali molti membri della famiglia di Josie e Noah che erano rimasti per il fine settimana. Sembravano tutti nervosi e con gli occhi puntati verso l'orizzonte. Josie si rese conto che avevano sentito gli spari. Sentì diverse grida quando si fermarono davanti all'edificio e le espressioni erano confuse. La folla si accalcò intorno a loro, ma lei si fece strada. Dietro di lei, Sawyer era sceso dal veicolo con in braccio Lisette. L'agente in uniforme non fece domande; gli bastò guardarla in faccia mentre gli si avvicinava per porgerle le chiavi. Josie aprì la portiera posteriore e aiutò Sawyer a sistemare Lisette sul sedile, mettendola distesa. Nel frattempo, l'agente aveva aperto il bagagliaio e si era messo a rovistare all'interno per cercare un kit di pronto soccorso. Lo trovò e lo diede a Josie, che lo passò a Sawyer. Intanto Josie si fiondò al volante e mentre accendeva la sirena e faceva retromarcia, sentì sua nonna tossire. Quel suono la fece sobbalzare. «Saremo in ospedale tra pochi minuti, nonna...» la rassicurò. «Tieni duro.»

Dai sedili posteriori si sentì una cerniera stridere e il velcro strapparsi, mentre Sawyer si accaniva contro lo zaino del pronto soccorso. «Dio mio...» disse. «Non ho niente. Non posso controllare i segni vitali. Non posso...»

«Fai quello che puoi!» gli disse Josie. «Arriviamo il più velocemente possibile.»

«Resisti, Lisette.» mormorò Sawyer. «Le vie respiratorie sono libere. Il polso è debole. Ferite multiple al petto e all'addome. Ho della garza. Non è molta, ma posso usare quella che c'è qui per tamponare alcune di queste ferite. Non vedo segni di pneumotorace aperto, grazie a Dio.»

«Cerca un emostatico. Si chiama QuikClot. Ce l'abbiamo tutti nel kit in dotazione in macchina.» gli spiegò Josie. Assomigliava a una garza, ma conteneva un agente che arrestava più rapidamente il sanguinamento. Era un farmaco che, fino a poco tempo prima, era utilizzato soltanto dai militari in azione, ma da quando era diventato disponibile per l'acquisto anche da parte dei cittadini privati, il capo Chitwood lo aveva incluso nell'equipaggiamento di pronto soccorso che tutti gli agenti del Dipartimento di Polizia di Denton avevano a disposizione.

«Trovato!» annunciò Sawyer. «Questo sarà utile. Lisette! Lisette! Resta con me.»

Josie spinse a tutta velocità l'auto di pattuglia, raggiungendo quasi i centotrenta chilometri all'ora sulla lunga strada di montagna che portava in città. Una volta raggiunta la zona residenziale, rallentò solo quanto bastava per non urtare oggetti o persone. Sembrava che ci volessero delle ore per raggiungere l'ospedale, quando invece erano passati solo pochi minuti. Nel momento in cui imboccò la lunga salita che portava all'ospedale rasentava i cento all'ora ed entrò di gran carriera nell'area delle ambulanze del Pronto Soccorso. L'agente di pattuglia a cui aveva preso il veicolo doveva aver chiamato in anticipo, perché il dottor Nashat e alcuni membri della sua équipe erano già fuori con una barella pronta, in attesa del loro arrivo. Quando Josie scese dal sedile del conducente e zoppicò intorno all'auto, Lisette era già stata caricata sulla barella. Il dottor Nashat, uno dei suoi specializzandi e quattro infermieri si affiancarono a Lisette mentre la portavano di corsa verso il reparto. Josie guardò alla sua destra e vide Sawyer immobilizzato, con le braccia molli lungo i fianchi, coperto dal sangue della nonna. Si voltò verso di lei. Nella sua espressione si leggeva una combinazione di paura e rabbia. «Che diavolo è successo in quel bosco, Josie?»

Lei degluti il furore che le saliva in gola. «C'era una persona appostata tra gli alberi e...»

Lui avanzò verso di lei, interrompendola. «C'era una persona in agguato tra gli alberi che ha deciso di sparare a una povera donna di ottant'anni?»

«No... non lo so. Eravamo lì e lei ha visto qualcosa, un'arma da fuoco.»

«Pensavo steste cercando una bambina di otto anni, Josie!»

«Ed è così. Ma c'è dell'altro...»

Sawyer puntò un dito verso le porte del Pronto Soccorso. Non sfuggiva all'occhio che gli tremava tutto il braccio. «Ma che razza di persona sparerebbe a una vecchietta, Josie? E che non cammina senza il deambulatore, per giunta! Non rappresenta di certo una minaccia per nessuno. Tu sei un'agente di polizia... non avevi con te la pistola? Che diavolo è successo,? Tu non sei ferita. A te non hanno sparato!»

Ammutolita, non riusciva a far uscire mezza parola: che era buio pesto ed era successo tutto così in fretta, che lei non era riuscita a vedere nulla; che quel giorno le avevano già sparato una volta; che l'assassino stava mirando a lei, non a Lisette. La sensazione della presa d'acciaio della nonna sul suo braccio, il modo in cui l'aveva sbilanciata come se non pesasse nulla, il modo in cui si era piazzata in tutta la sua altezza di fronte a lei prima che venisse esploso il secondo colpo: tutte queste cose continuavano a ripetersi nella sua mente come un film. Erano ricordi sensoriali, ombre che attraversavano il suo cervello in preda al terrore.

«Si è messa davanti a me.» gli disse con voce strozzata.

«Che cosa?»

«Ha cercato di proteggermi.»

«Che stronzata...» sbraitò Sawyer.

Ma lui non era presente. Era il nipote di Lisette in linea di sangue, ma non la conosceva davvero. Non aveva trascorso una vita a conoscerla. Non aveva idea di quanto Lisette fosse disposta a fare per proteggere le persone che amava. Non aveva idea delle cose che aveva fatto per proteggere lei dal momento stesso in cui era entrata nella sua vita. Se lo avesse saputo, non avrebbe guardato sua nonna allo stesso modo. Era naturale che Lisette avrebbe protetto Josie, in modo istintivo e spontaneo. Senza alcun pensiero o riguardo per la propria sicurezza. In quell'orribile momento, Josie era tornata una bambina pelle e ossa e Lisette era pervasa dalla forza di una potente leonessa la cui ferocia superava qualsiasi limite fisico.

«Non avrebbe dovuto essere in giro!» la redarguì Sawyer. «Al buio e nel bosco! Tu hai qualche problema serio, lo sai?»

«Io?» gridò Josie. «Mia nonna è una donna adulta. Non si è mai fatta dire da nessuno cosa fare e di sicuro non inizierà a farlo adesso.»

«*Nostra* nonna...» la corresse Sawyer. Si allontanò e si sfiorò la guancia con la manica. Quando si voltò, Josie vide che aveva lasciato una striscia di sangue di Lisette sotto l'occhio.

«Hai ragione...» concesse Josie. «Nostra nonna.»

Gli si avvicinò e cercò di toccargli la mano, ma lui si ritrasse. Si voltò di nuovo, le spalle gli tremavano. Josie aspettò un momento. Cercò di toccarlo di nuovo, ma lui si allontanò ancora di più. «Vai.» le disse Sawyer. «Vai a vedere come sta. Io chiamo Noah.»

Josie si rese conto di non avere più il telefono. Era rimasto da qualche parte lungo il margine del bosco insieme alla sua pistola. «Digli che deve mettere in sicurezza l'area dove le hanno sparato. È una scena del crimine.»

Senza guardarla, lui annuì. Josie corse attraverso le porte del reparto di traumatologia. Seguì il rumore delle grida tese e della voce del dottor Nashat che abbaiava istruzioni. Avevano portato Lisette in uno dei reparti con le pareti di vetro, ma la porta era aperta. Le avevano tagliato i vestiti che poi erano stati gettati sul pavimento. Aveva le braccia, il petto e l'addome pieni di piccole ferite rotonde dove i pallettoni avevano penetrato i vestiti e la carne, e da ciascuna ferita uscivano fiotti di sangue che si spargeva sulla sua pelle. Alcune buttavano sangue più velocemente di altre e due infermiere lavoravano rapidamente per fermare il flusso. Un'altra infermiera cercava di rilevare i segni vitali. Il dottor Nashat aveva cominciato a toglierle i pallini dalle braccia che poi lasciava cadere in una bacinella. Una maschera di ossigeno copriva il viso di Lisette. La sua pelle era cinerea come i suoi riccioli grigi. «Nonna...» gracchiò Josie.

Una delle infermiere gridò i suoi parametri vitali. Il dottor Nashat mise da parte la bacinella e le pinzette su un tavolo vicino.

«Dobbiamo portarla a fare la TAC. Dobbiamo sapere cosa sta succedendo all'interno.»

Lisette girò lentamente la testa. I suoi occhi scrutarono la stanza fino a quando non si fermarono su Josie. Tutto ciò che le circondava svanì per qualche prezioso secondo. Lisette mosse le labbra, ma da sotto la maschera non si riusciva a capire cosa stava cercando di dirle.

«Detective!»

Josie distolse gli occhi da quelli di sua nonna abbastanza a lungo da vedere il dottor Nashat in piedi davanti a lei.

«Dobbiamo portare questa donna al piano di sopra. Ha bisogno di una TAC e, considerando la posizione di alcune di queste ferite, direi che avrà sicuramente bisogno di un intervento chirurgico.»

Josie si fece da parte. «Potreste tenermi aggiornata, per favore? È mia nonna...»

Il dottor Nashat si bloccò per un attimo, il suo contegno professionale si attenuò per un momento. Poi le diede una pacca sulla spalla. «La informerò su tutto quello che scopriremo.»

Le infermiere portarono Lisette fuori dalla porta. Josie riuscì a toccarle la spalla nuda mentre passava. La sua pelle era fredda.

VENTISEI

Josie avvertì una paralisi mai provata prima. I pensieri le sfuggirono dalla mente. Rimase in piedi nel mezzo del corridoio finché non apparve una guardia di sicurezza che la accompagnò in un'altra piccola stanza del Pronto Soccorso adibita a sala d'attesa privata. Percepì appena che le stava dicendo che era meglio che non entrasse nell'area principale perché, ridotta com'era, avrebbe spaventato tutte le altre persone. La fece sedere su una sedia e le porse un asciugamano. Lei lo tenne mollemente in grembo, con gli occhi fissi davanti a sé ma senza vedere nulla. Passarono infermieri, medici e altri pazienti. Alcuni le chiesero se stava bene, ma lei si limitò ad annuire. La sua mente rielaborò più volte la scena a Harper's Peak, cercando di capire cosa avrebbe potuto fare di diverso.

Non sarebbero dovute andare a cercare la bambina.

Avrebbe dovuto rimandare Lisette a Griffin Hall insieme a Sawyer. Emily doveva essersi allontanata dal luogo in cui Lisette l'aveva vista l'ultima volta. Che importanza aveva il punto esatto in cui era entrata nel bosco? E Rory? Che cosa ci faceva lì? Perché si trovava a Harper's Peak? Non poteva sapere che c'era anche Emily. O magari lo sapeva. Perché aveva aperto il fuoco contro di loro? Forse non era stato Rory. Ma chi altro si sarebbe aggirato nei boschi con un fucile? Mettner aveva riaccompagnato Paxton al mercato dei prodotti agroalimentari dopo avergli fatto rilasciare la sua dichiarazione. Era possibile che fosse stato Paxton a sparare e che lei non lo avesse capito? Quella mattina, la prima volta che le avevano sparato, Paxton si trovava nel bosco, per l'appunto.

«Josie!»

Alzò lo sguardo, cercando di scacciare la foschia che le annebbiava il cervello, e vide Noah che si precipitava verso di lei. Alle sue spalle c'erano Trinity, il loro fratello, Patrick, Drake, Shannon, Christian e Misty.

Misty si portò la mano alla bocca.

Trinity esclamò: «È sangue tuo, quello?»

Shannon si abbassò e mise un braccio intorno alle spalle di Josie, dicendole all'orecchio: «Dov'è Lisette?»

«Mamma!» la ammonì Trinity. «Non fare domande.»

«Vado a cercare un dottore o qualche infermiere per capire cosa possono dirci.» annunciò Christian.

Josie voleva dirgli di chiedere del dottor Nashat, ma la sua bocca non voleva saperne di aprirsi. Noah si appoggiò su un ginocchio davanti a lei: in mano teneva il suo telefono e la sua pistola ma lei non fece nessun movimento per prenderli. Allora Noah li rimise in tasca e le toccò il viso, sussurrando «Josie... sei in grado di dirmi qualcosa?»

Lei non disse nulla. Lui le sfiorò la guancia. «Sawyer ci ha detto cos'è successo. È qui fuori.»

Finalmente arrivarono le parole. «Qualcuno dovrebbe stare con lui.» riuscì a dire. «La nonna vorrebbe che qualcuno gli facesse compagnia.»

Christian apparve di nuovo con il dottor Nashat al suo fianco. «Non ho dovuto cercare molto.» disse.

Il medico abbassò lo sguardo su Josie e i suoi lineamenti si fecero carichi di preoccupazione. «Detective, sta bene?»

Josie guardò Noah. «Sawyer...» disse. «Non è il caso che stia da solo.»

Shannon disse: «Sentiamo cosa ha da dire il dottore e poi Drake e tuo padre possono andare a sedersi con Sawyer.»

«Mrs. Matson è in sala operatoria.» annunciò il dottor Nashat. «La maggior parte delle ferite che ha riportato sono superficiali e sono riuscito a rimuovere i pallini da solo. Ma anche così ha subito gravi danni al radio e all'ulna del braccio destro. Faremo controllare la situazione da un ortopedico, ma al momento la nostra priorità è cercare di riparare i danni interni. Le scansioni mostrano perforazioni multiple del fegato e dell'intestino. Due pallettoni si sono conficcati nella parete antero-inferiore del ventricolo destro.»

«Meno tecnico, per favore.» lo pregò Trinity.

«La parete del cuore.» le spiegò Shannon.

«Oh mio Dio.» squittì Misty.

«La buona notizia è che non c'è emorragia arteriosa attiva nella cavità toracica.» proseguì il dottor Nashat. «Ma dovremo tenerla in sala operatoria per un po' di tempo. È piuttosto in là con gli anni e, sebbene sia stata molto fortunata, non trattandosi di colpi ravvicinati, le probabilità che riesca a superare con successo lo stress di molteplici interventi chirurgici per rimuovere i pallettoni e riparare i danni interni sono, temo, piuttosto basse. E se anche se la cavasse, le complicazioni post-operatorie potrebbero essere...»

«Basta così.» lo interruppe Trinity. «Abbiamo capito. C'è un posto dove possiamo aspettare e ricevere aggiornamenti dai chirurghi?»

Il dottor Nashat annuì. «C'è una saletta al quarto piano, è un'area di attesa per la chirurgia. Mrs. Matson è l'unica in sala in questo momento e il dottor Justofin è il chirurgo d'urgenza che se ne sta occupando. Manderà qualcuno ad aggiornarvi o se ne occuperà lui stesso. Tenete conto, comunque, che ci vorranno diverse ore.»

Josie sentì dei passi alle spalle del dottor Nashat. Era la dottoressa Feist, che lo superò e si precipitò verso di lei. «Mi dispiace tanto. Ho appena saputo quello che è successo. Josie...»

Si fermò e si guardò intorno, guardandoli tutti. Incrociando lo sguardo del collega, disse: «Ho appena parlato con la specializzanda in chirurgia. Mi ha detto come procedono le cose. Li accompagno io nella sala d'attesa al piano di sopra.»

Il dottor Nashat annuì e li salutò. Drake diede un colpetto al fianco di Christian e disse: «Perché non vediamo se riusciamo a trovare Sawyer?»

Mentre si allontanavano con Patrick al seguito, la dottoressa Feist mise una mano sulla spalla di Noah, che si alzò e si allontanò.

«Immagino che nessuno le abbia dato un'occhiata, dico bene?» disse la dottoressa mettendole due dita sul lato della gola.

«Sto bene.» protestò Josie con voce rauca.

«Sei un disastro.» le disse la sorella. «Dobbiamo toglierti questi vestiti.»

La dottoressa Feist infilò una mano calda sotto un'ascella di Josie e la fece alzare in piedi. «Venga di sotto nel mio ufficio. Ho un altro paio di camici che possono andare bene e un bagno privato.»

«Josie.» disse Noah.

Dovette compiere un bello sforzo per concentrarsi. «Credo sia stato Rory...» gli disse. «Forse. Non ne sono sicura. Non sono riuscita a vedere nessuno, ma so che era armato. Lorelei è stata uccisa con il suo stesso fucile. Rory si nasconde tra quei boschi.»

«Ci stiamo lavorando.» le assicurò Noah. «Quella montagna pullula di poliziotti. Chiunque sia stato, verrà trovato. Chiamo Mett e Gretchen. Volevano un aggiornamento immediato.»

«Di Emily si sa niente?» chiese Josie speranzosa.

Noah scosse la testa.

«Andiamo.» le disse la dottoressa Feist. «Tenente, sa dove trovarci quando avrà finito.»

Noah si avvicinò e baciò Josie sulla fronte. «Vi troverò.» disse.

Circondata da Shannon, Trinity, Misty e dalla dottoressa Feist, Josie si ritrovò in un ascensore. Pochi minuti dopo erano nell'ufficio del medico legale. Lo sguardo di Josie cadde sul suo abito da sposa appeso in un angolo. Avrebbe dovuto sposarsi, pensò debolmente. Avrebbe dovuto lasciare che Mettner e Gretchen si occupassero del caso, percorrere la navata e guardare Lisette raggiante mentre lei e Noah si scambiavano i voti. Invece, era precipitata nel suo inferno personale.

Misty posò una mano sulla schiena di Josie e la spinse delicatamente nella direzione opposta, verso il bagno privato della dottoressa. «Non guardarlo.» le disse. «Una cosa alla volta, d'accordo? Prima ti diamo una ripulita.»

Si accalcarono tutte nel bagno. Sebbene fosse uguale a tutti gli altri bagni sterili dell'ospedale, la dottoressa Feist aveva aggiunto alcuni tocchi personali, tra cui una piccola panchina e un armadietto. Mentre la dottoressa prendeva gli asciugamani e un paio di camici dagli armadietti, Misty fece mettere Josie a sedere. Shannon e Trinity iniziarono col toglierle la maglietta. Poi Misty tornò con un asciugamano caldo e bagnato con cui la ripulì accuratamente dal sangue di Lisette.

«Cosa ne facciamo di questa?» chiese Shannon sfilandole la maglietta.

«Buttiamola via.» disse Trinity, ora inginocchiata davanti alla sorella per toglierle le scarpe da ginnastica.

«No.» gridò Josie. «Non la buttate!»

Non riusciva a sopportare il pensiero di perdere la maglietta che aveva indossato l'ultima volta che era stata vicina a Lisette. E se quella fosse stata davvero l'ultima volta in cui aveva potuto abbracciare sua nonna? Misty, Trinity e Shannon la fissarono. Un lungo momento si protrasse, riempiendo la stanza di un disagio pesante. Alla fine, la dottoressa Feist disse: «Ci sono delle borse per gli effetti dei pazienti nella sala visite. Vado a prenderne una.»

In silenzio, la madre, la sorella e l'amica presero a strofinarle via il sangue finché non rimase un mucchio di asciugamani bianchi macchiati di rosso in un angolo del bagno. La Feist prese tutti gli indumenti di Josie e li mise in una borsa, come promesso. Josie fece tutto quello che le dissero di fare finché non fu pulita e rivestita con il camice della dottoressa Feist, nonostante avesse la pelle ancora umida. Misty le spazzolò i capelli, mentre Shannon e la dottoressa pulivano le sue scarpe con delle salviette. Si limitavano a chiedere dove si trovava qualcosa o a darsi istruzioni a vicenda. Nessuna pretendeva nulla da lei e di questo Josie era contenta. Poi si ritrovò di nuovo nell'ascensore, circondata dalle quattro donne come se fossero le sue guardie del corpo. Nella sala d'attesa di chirurgia al quarto piano trovarono Noah che aspettava. «Ancora nessuna notizia.» disse accogliendole.

Josie si sedette su una delle poltroncine e Noah si sedette accanto a lei. Raggomitolandosi, gli appoggiò la testa in grembo. Non voleva che nessuno le parlasse. Non voleva rispondere a nessuna domanda. Non voleva pensare. Eppure, una voce nella sua testa non smetteva di ripetere: *non avrebbero dovuto trovarsi in quei boschi.*

VENTISETTE

Josie si svegliò di soprassalto. Nei suoi sogni il colpo d'arma da fuoco partiva ancora e ancora. Lisette cadeva. Lisette si alzava. Cadeva di nuovo. Per quante volte fosse successo, Josie non poteva cambiare il risultato. Noah le accarezzò i capelli. «Ehi.» le disse. Josie sbatté le palpebre e si tirò su a sedere. Guardandosi intorno nella stanza vide che tutta la sua famiglia sonnecchiava. La dottoressa Feist se n'era andata. Anche Misty era andata via, probabilmente per stare con Harris e Trout, mentre Christian, Patrick e Drake avevano invitato Sawyer a sedersi insieme a loro. Solo lui era sveglio, accasciato sulla sedia e con lo sguardo fisso nel vuoto.

Guardò l'orologio: erano le cinque del mattino passate. Quindi erano già trascorse otto ore. «Nessuna novità?» gli chiese.

Noah scosse la testa.

Non sapeva se prenderlo come un segno positivo o negativo perché, se Lisette era ancora in sala operatoria, significava che era ancora viva, ma se non c'erano novità né in un senso né nell'altro dopo più di otto ore non poteva essere un buon segno.

Come se le avesse letto nel pensiero, Noah disse: «Vado a vedere cosa riesco a scoprire.»

Tornò dopo venti minuti accompagnato da un'infermiera. Dietro di loro c'era Misty, che aveva comprato al Komorrah's Koffee caffè per tutti e diversi prodotti per la colazione, che appoggiò su uno dei tavolini. Piano piano, uno dopo l'altro, cominciarono a svegliarsi tutti, si stiracchiarono e si servirono il caffè; intanto, l'infermiera li aggiornava sulle condizioni di Lisette, che continuava a resistere. Erano riusciti a estrarre la maggior parte dei pallettoni e a trattare il più possibile le lesioni, ma una parte dell'intestino doveva essere asportata. Ci sarebbero volute ancora alcune ore prima che venisse trasferita in rianimazione.

Josie si sedette di nuovo sulla poltrona, rinunciando a caffè e colazione, finché Misty non insistette per farla mangiare, sedendosi accanto a lei e guardandola masticare ogni boccone come una mamma chioccia. La gente entrava e usciva, ma Josie rimaneva su quella poltrona, dormendo quanto più poteva perché la sua realtà si era fatta così orribile che non voleva restarci.

Finalmente, quattro ore più tardi, un medico alto e corpulento, con un camice blu e una cuffia chirurgica con dei delfini, entrò nella stanza. «Josie Quinn?» chiese.

Josie alzò la mano. «Sono io.»

Lui si avvicinò e le strinse la mano. «Ho saputo che lei è la nipote di Mrs. Matson...»

Josie annuì. Con lo sguardo trovò Sawyer dall'altra parte della stanza e lo indicò. «Quello è il nipote, Sawyer Hayes.»

«Molto bene. Io sono il dottor Justofin. Vostra nonna è in rianimazione nel reparto di terapia intensiva. Abbiamo dovuto rimuovere una parte del fegato e alla fine le abbiamo dovuto praticare due resezioni intestinali. Poi è arrivata l'équipe di ortopedia che ha fatto del suo meglio per ricomporre il braccio. Hanno dovuto applicare delle placche e dei perni. Vostra nonna è stata estremamente fortunata a sopravvivere, ma è in condizioni critiche.»

«Se la caverà?» chiese Noah.

Il dottor Justofin aggrottò le sopracciglia. «Per il momento è ancora viva. Se mi chiede una prognosi a lungo termine, non posso dargliela con precisione. Molto dipenderà dai prossimi giorni. Ha più di ottant'anni e il suo corpo è stato sottoposto a un notevole stress. Il rischio di infezione è estremamente alto e siamo ancora preoccupati per le emorragie interne. Nella mia vita ho assistito a diversi incidenti di caccia provocati da fucili a pallettoni e molte persone, più giovani e in salute, non ce l'hanno fatta con ferite molto meno gravi. Detesto essere latore di cattive notizie, ma credo che dobbiate essere preparati al fatto che i prossimi giorni potrebbero essere gli ultimi che passerete con vostra nonna.»

Josie deglutì. Era così disidratata che la lingua le si era incollata al palato. «Quando possiamo vederla?»

«Tra qualche ora.» disse il chirurgo. «Potete scendere al terzo piano, dove c'è la sala d'attesa della terapia intensiva, e qualcuno verrà a prendervi quando sarà il momento.»

Lo ringraziarono e Josie lo guardò lasciare la stanza.

Sawyer si alzò in piedi e guardando Josie, disse: «Sta per morire. Ci restano pochi giorni per stare con lei, se siamo fortunati. Spero che questo caso, qualunque sia il motivo per cui ci state lavorando, valga la sua vita.»

«Ehi!» lo apostrofò Noah, piazzandosi tra Sawyer e Josie. «So che stai soffrendo, ma ora cominci a esagerare.»

La voce di Sawyer uscì così calma che suonò come un coltello dritto al cuore di Josie. «Non doveva tenerla là fuori. Non ce n'era alcun bisogno. Avreste potuto festeggiare il vostro matrimonio come persone normali! E invece no, la grande Josie Quinn non poteva stare lontana dai riflettori.»

Un coro di proteste si levò nella stanza. Drake cercò di inserirsi tra Noah e Sawyer, ma troppo tardi. Josie non riuscì nemmeno a vedere che Noah alzava la mano; il suo pugno colpì il viso di Sawyer veloce come un fulmine. Misty gridò, poi si tappò le bocca con le mani.

Shannon strillò: «Basta così!»

Drake trascinò Sawyer verso la porta mentre Christian e Patrick trattenevano Noah.

Una mano si infilò in quella di Josie, che si voltò per vedere Trinity al suo fianco.

Sawyer alzò una mano sopra la spalla di Drake, puntando un dito accusatore contro Noah. «Sai che ho ragione, bello. La tua donna non porta altro che guai. Sei fortunato a non esserti sposato. Scommetto che finirà col far crepare anche te!»

Drake spinse Sawyer attraverso le porte e fuori nel corridoio, lasciando gli altri in silenzio. Noah era in piedi dietro Christian e Patrick, con il petto gonfio e i pugni stretti ai fianchi. «Augurati che non sporga denuncia.» mormorò Christian. «La tua carriera finirebbe in uno schiocco di dita.»

«Non me ne frega niente!» sbottò Noah.

«Bisogna darsi tutti quanti una calmata. Fate un respiro profondo e mangiate qualcosa.»

Prendendo spunto, Misty aprì un'altra delle confezioni della colazione e ne offrì un po' a Christian e a Patrick e quando arrivò a Noah, lui rifiutò e andò a sedersi in un angolo della stanza. Josie si alzò, facendo scivolare la mano dalla presa di Trinity. «Ho bisogno di prendere un po' d'aria.»

Tutti la fissarono, ma nessuno fece obiezioni né si offrì di accompagnarla, cosa di cui fu grata.

Attraversò il reparto del Pronto Soccorso e varcò le porte dell'atrio senza essere notata. Una volta fuori, si allontanò di qualche metro dalle porte, prese una boccata d'aria fresca e si girò verso il sole. Era incredibile il modo in cui certe cose funzionavano, pensò. La sua intera vita stava andando in frantumi e il sole sorgeva ancora, splendeva ancora indifferente sul mondo.

«Quinn.»

Josie si voltò e vide il capo Chitwood che avanzava a grandi passi verso di lei. Un senso di timore le salì dalla bocca dello stomaco. Per la prima volta dopo ore, il suo corpo tornava a provare delle sensazioni e si sentì sul punto di svenire. Avrebbe dovuto mangiare qualcosa. Non ne aveva voglia, ma che le piacesse o no, il suo corpo lo esigeva.

«Signore...» lo salutò.

Lui aggrottò le folte sopracciglia mentre la guardava. «Non ho intenzione di farti un mucchio di domande stupide.» esordì. «Mi sono appena girato tutta la sala d'attesa del reparto di terapia intensiva per trovarti. Mi hanno fatto un rapporto completo.»

«Allora sa che Noah ha aggredito Sawyer?» chiese Josie.

Lui sventolò una mano in aria. «Non mi interessa in questo momento.» Tese un mazzo di chiavi: erano le chiavi della sua auto. «Ho riportato la tua macchina da Harper's Peak. È rimasta lì tutta la notte. Ho pensato che ti servisse. Sai, nel caso in cui le cose si facciano troppo intense lì dentro e tu abbia bisogno di prenderti una pausa. Te l'ho lasciata nel parcheggio dei visitatori.»

«Grazie, Signore...» disse lei prendendo le chiavi.

«Un'altra cosa.» la fermò Chitwood scavando nella tasca della giacca e tirando fuori quella che sembrava una collanina di perline che le depositò in mano.

«Cos'è questo?»

«Un braccialetto con il rosario.» spiegò.

«Non sono cattolica, Signore.» disse Josie.

«Nemmeno io.»

Josie fissò il braccialetto. Sulla medaglietta c'era una donna in abiti fluttuanti. Intorno a lei la scritta: "Nostra Signora che Scioglie i Nodi".

Josie era troppo stanca per capire cosa stesse cercando di fare Chitwood. «Non capisco, Signore.»

Lui allungò una mano verso di lei e le fece chiudere le dita intorno al braccialetto. «Un giorno ti racconterò la storia di come ho avuto questo piccolo rosario. Tutto quello che ti basta sapere per il momento è che, anche se non hai pregato neanche un giorno in tutta la tua vita, quando una persona che ami sta morendo, impari a farlo molto velocemente. Questo me lo ha detto una persona che credeva profondamente nel potere della preghiera e, in quel momento, mi è stato di grande conforto. Magari per te non significherà nulla. Non lo so. Comunque sia, se è arrivata l'ora di tua nonna, non c'è niente che possa trattenerla qui. Ma tu? Avrai bisogno di tutto l'aiuto possibile. Tienilo stretto finché non sarai pronta a restituirmelo. E Quinn... lo rivoglio.»

«Come faccio a sapere quando sarò pronta a restituirglielo?» gli chiese.

Chitwood iniziò ad allontanarsi e da sopra la spalla le rispose: «Oh, lo capirai. Ci vediamo in terapia intensiva?»

«Sì.»

Quando se ne fu andato, Josie aprì la mano e fissò il braccialetto. Le perline erano verdi, lucide e calde contro il suo palmo. Era molto bello. Lo strinse di nuovo e lo mise nella tasca del camice della dottoressa Feist. Aveva pregato il Signore tante volte durante la sua infanzia perché la salvasse dalle situazioni orribili che viveva. Non aveva quasi mai funzionato. Nemmeno Lisette, nonostante tutte le sue macchinazioni, era riuscita a salvare Josie dalle cose peggiori che le erano capitate. Così aveva imparato a contare solo su se stessa. Tuttavia, apprezzò quello strano gesto che il capo Chitwood aveva tentato di compiere per lei. Da quello che poteva capire, nel suo modo bizzarro lui aveva voluto offrirle un minimo di conforto.

Giocherellando con le chiavi dell'auto, fece quattro passi nel parcheggio finché non trovò la sua macchina. Teneva sempre un cambio di vestiti in un borsone nel bagagliaio. Quando si avvicinò, premette il telecomando del portachiavi.

Sentì il tintinnio metallico delle serrature che si sbloccavano. Alzò lo sguardo e qualcosa sul finestrino del lato guida attirò la sua attenzione. Per un attimo non riuscì a capire esattamente cosa stesse guardando. Poi un rantolo le sfuggì dalle labbra e le chiavi caddero a terra.

Sul parabrezza c'era una pigna.

VENTOTTO

Mezz'ora più tardi, Josie, Noah, Chitwood e Gretchen si stavano ammassando all'interno della sala di sorveglianza delle telecamere di sicurezza dell'ospedale a guardare il responsabile di turno che faceva scorrere un filmato in bianco e nero del parcheggio. Era un'inquadratura dall'alto, ripresa da un palo della luce che si trovava a diversi metri di distanza dal punto in cui Chitwood aveva parcheggiato l'auto di Josie. Avevano aspettato l'arrivo di Hummel per raccogliere la bambolina come prova prima di richiedere il filmato delle telecamere di sorveglianza. Josie dubitava che avrebbero ricavato qualcosa di utile da quel pupazzetto o dal filmato, ma Chitwood voleva comunque che tutto fosse documentato. Gretchen aveva raggiunto il reparto di terapia intensiva quando Josie era tornata a chiamare Noah e Chitwood. I pantaloni cachi e la polo della polizia di Denton che indossava erano stropicciati e coperti di sporcizia. I suoi capelli brizzolati a spazzola erano insolitamente poco curati e le occhiaie indicavano che non dormiva da almeno ventiquattro ore. Probabilmente aveva finito il turno, ma aveva fatto una deviazione verso l'ospedale per controllare le condizioni di Lisette, anche se a questo punto le si prospettava un altro turno apparentemente interminabile sul caso Mitchell. La sua presenza diede a Josie un grande senso di sollievo.

«Ecco qui.» disse il responsabile della sicurezza, indicando lo schermo. «Questo è il vostro Capo che accosta e parcheggia.»

Guardarono sullo schermo il momento in cui la macchina di Josie si fermava nel posto auto. Chitwood scendeva, cliccava sul pulsante della chiave di avviamento e se ne andava. Il responsabile della sicurezza mandò avanti il filmato. All'incirca dieci minuti dopo, sul bordo dell'inquadratura appariva una figura incappucciata che camminava lungo la fila di auto. Portava il cappuccio troppo calato sul viso per distinguerne i lineamenti e teneva le mani ben infilate nelle tasche della felpa. Josie osservò che indossava jeans e un paio di scarponi. Non erano gli stessi vestiti che il giorno prima aveva visto indossare da Rory, quando lo aveva incontrato nei boschi. Forse era tornato a casa sua per cambiarsi. Ma non ricordava di aver visto in casa degli abiti che potessero appartenere a lui.

«Eccolo.» disse il responsabile della sicurezza.

La figura si fermava davanti all'auto di Josie e la fissava per qualche secondo, come se stesse cercando di prendere una decisione. Forse si stava chiedendo se avesse trovato la macchina giusta? Poi esaminava l'area circostante ed estraeva rapidamente la pigna dalla tasca della felpa e l'appoggiava sul parabrezza. Controllando ancora una volta di non essere stato notato, usciva di corsa dall'inquadratura.

Chitwood disse: «Che diavolo di storia è questa?»

«Perché questo ragazzo si è dato tanto da fare per venire fin qui e lasciare quella bambolina?» si domandò Noah. «Perché a Josie?»

«La bambola significa che gli dispiace.» spiegò Gretchen. «È quello che ci ha detto Emily. Rory gliele lascia quando è dispiaciuto.»

«Sta cercando di dire che gli dispiace di aver sparato a Mrs. Matson?» disse Chitwood.

«Una bambolina stravagante non lo salverà.» disse Noah. «Quel ragazzo deve essere arrestato. Immediatamente.»

«Quello non è Rory.» disse Josie.

Si voltarono tutti verso di lei.

«Rory ha soltanto quindici anni. Non sa ancora guidare. E se anche sapesse guidare, dove troverebbe un'automobile? Non ha nemmeno una bicicletta. Lorelei lo teneva chiuso dentro casa. Era il suo grande segreto, ricordate?»

«Se quello non è Rory...» chiese Gretchen, «allora chi è?»

«Paxton Bryan.» rispose Noah. «Non può che essere lui. Ha la patente e l'accesso ai furgoni di suo padre.»

«E allora cosa ci faceva Paxton Bryan nei boschi vicino a Harper's Peak ieri sera?» sbottò il capo Chitwood. «E come faceva a sapere dove trovare Quinn oggi?»

«E se stesse proteggendo Emily, perché la bambina avrebbe lasciato i bottoni?» aggiunse Gretchen.

«Emily è andata nel bosco.» disse Josie. «Questo lo sappiamo. Sappiamo anche che Paxton va spesso in giro in bicicletta e che di frequente percorre la strada che va dal mercato del padre a Harper's Peak. Sarebbe sufficiente che avesse visto tutti i veicoli della polizia: non avrebbe dovuto far altro che chiedere cosa stesse succedendo a uno qualsiasi dei volontari che stanno cercando Emily per andare a cercarla.»

«Va bene, ammettiamo sia andata così...» disse Chitwood, «ma che motivo aveva Paxton di venire a lasciare la bambolina di pigne? Pensavo fosse una cosa che fa Rory.»

Josie si passò le mani sul viso, cercando di scacciare la stanchezza. Aveva la mente annebbiata. «Emily non ha mai pronunciato il nome di Rory. Cristo santo... Abbiamo cercato la persona sbagliata per tutto questo tempo.»

«Ma porca puttana.» esclamò Gretchen. «Il boss ha ragione. Emily ha detto "lui". Non ha mai detto un nome. Abbiamo dato per scontato che si trattasse di Rory basandoci sul fatto che ha un passato di violenza.»

«E sul suo gruppo sanguigno.» aggiunse Josie.

«Però non conosciamo il gruppo sanguigno di Paxton.» ribadì Gretchen. «Potrebbe anche essere o positivo. E di scarpe porta il numero quarantaquattro.»

«Emily ha detto che Paxton era suo amico.» ricordò Noah. «L'avrebbe detto se avesse ucciso sua madre e sua sorella?»

«Questa è una buona osservazione.» concesse Josie. «Sapeva che doveva nascondersi quando Rory diventava violento. Faceva parte del piano di sicurezza.»

«Ma Emily non ha assistito effettivamente agli omicidi.» precisò Gretchen. «Questa è la teoria su cui stiamo lavorando. Non appena le cose si sono fatte violente, lei è andata a nascondersi.»

«Tuttavia, il piano di sicurezza si applicava a Rory.» insistette Josie.

«Magari il nostro Paxton era lì quella mattina.» suggerì Chitwood. «E magari le cose si sono scaldate ed Emily è andata a nascondersi perché è stata abituata a farlo.»

«Allora perché non ci ha detto che c'era Paxton in casa sua?» domandò Gretchen.

«Se è per questo, non ci ha nemmeno detto di avere un fratello.» sottolineò Chitwood. «Invece ha menzionato Paxton. Ha parlato di lui all'assistente sociale, dico bene?»

Josie annuì.

«Però Paxton Bryan ha un alibi per il momento in cui Lorelei e Holly sono state uccise.» gli fece presente Noah.

«Suo padre.» disse Josie. «Può anche darsi che Reed Bryan non possa aggiudicarsi nessun premio come padre dell'anno, ma sono convinta che sarebbe disposto a mentire per proteggere suo figlio. Ma a parte questo, c'è qualcosa che non mi quadra in tutta questa storia...»

«Questo vuol dire che ci manca ancora qualche tassello del puzzle...» concluse Chitwood. «Portiamo Bryan in centrale per interrogarlo. Dobbiamo anche trovare tutti e tre i ragazzini:

Paxton, Rory ed Emily. Dobbiamo farlo immediatamente, prima che qualcun altro si faccia del male. Manderò subito una pattuglia all'indirizzo dei Bryan e al mercato.»

«Se Paxton non c'è e se ne va in giro con uno dei furgoni di suo padre, dobbiamo emettere un mandato di ricerca per il veicolo che sta usando.» proruppe Noah. «Dobbiamo ancora chiarire il problema di Rory Mitchell, che potrebbe essere o non essere un omicida, che si aggira tra i boschi.» si girò verso a Gretchen. «Com'è andata con le ricerche?»

«Niente. Non siamo arrivati a nulla. Abbiamo trovato solo i bossoli di fucile esplosi vicino al punto in cui Lisette è caduta e, come sapete, non possiamo ricavarne le impronte una volta che sono stati esplosi dal fucile, pertanto sono inutili.»

«E le squadre cinofile?» chiese Noah. «Non hanno trovato niente?»

Gretchen scosse la testa. «Abbiamo impiegato tre dozzine di volontari e due unità cinofile che hanno lavorato tutta la notte e comunque non hanno trovato nulla. Avevamo dei vestiti per individuare l'odore di Emily e a casa di Lorelei abbiamo trovato un cappotto che crediamo appartenga a Rory e che abbiamo usato per il suo odore. Quei cani hanno corso per chilometri nel bosco, finché non sono quasi crollati per la stanchezza. Hanno perso le tracce di entrambi.»

«I cani non perdono le tracce molto facilmente.» disse Josie. «A meno che non ci siano determinate condizioni meteorologiche, e la notte scorsa non ce n'erano, o che la persona che stanno cercando non venga portata via da un veicolo.»

«E in quale veicolo potrebbero essere saliti?» domandò Noah.

«Per quanto ne sappiamo al momento, Paxton è l'unica persona in tutto questo quadro ad avere accesso a un mezzo.» concluse Josie.

«Ed è un altro motivo per cui dobbiamo trovare quel ragazzo il prima possibile.» intervenne Chitwood.

Josie chiese: «Qualcuno è riuscito a scoprire se Celeste ha mentito sull'ora in cui Emily è scomparsa?»

«Ho trovato l'impiegato con cui aveva parlato Lisette.» disse Noah. «Ha chiamato Celeste ben due ore prima che Adam ci telefonasse. Così sono andato a chiedere spiegazioni direttamente a lei, ma mi ha risposto solo che aveva perso la cognizione del tempo.»

«Puttanate.» mormorò Josie.

«Sia l'odore di Rory che quello di Emily sono stati trovati a Harper's Peak.» riferì Gretchen.

«Sappiamo già perché la traccia di Emily era a Harper's Peak.» disse Chitwood. «Invece non sappiamo perché Rory avrebbe dovuto trovarsi così in alto sulla montagna. Non poteva sapere che la sorellina si trovava lassù...»

«Nemmeno Paxton avrebbe potuto saperlo.» aggiunse Josie. «Nessuno gli ha detto dove stava andando Emily. E anche se fosse andato lassù per fare una consegna per suo padre, Emily era stata sistemata nella residenza privata, quindi non avrebbe potuto vederla...»

«A meno che non abbia sentito per caso qualche membro del personale che ne parlava.» ipotizzò Gretchen.

«Va bene. Il nostro scenario è il seguente...» ricapitolò Chitwood. «Ieri sera la bambina si trovava nella residenza privata di Harper's Peak. Rory Mitchell era in giro per i boschi, e questo lo sappiamo perché ha massacrato di botte Quinn e lei lo ha inseguito. Paxton è stato in centrale a rilasciare una dichiarazione per una parte della giornata di ieri e poi Mettner lo ha riaccompagnato al mercato dal padre. Poco dopo, Emily è uscita dalla residenza privata di Harper's Peak e si è addentrata nel bosco. Mrs. Matson l'ha scorta e ci ha riferito che l'ha vista da sola. Quando Mrs. Matson ha accompagnato Quinn a controllare il punto in cui la bambina si era addentrata nel bosco, qualcuno ha sparato contro di loro. I volontari delle ricerche hanno setacciato la montagna da casa Mitchell a Harper's Peak alla ricerca dei fratelli Mitchell, ma non hanno trovato nessuno dei due. Subito dopo, Paxton si è presentato al parcheggio dell'ospedale e ha lasciato l'inquietante bambolina sulla macchina di Quinn.»

«Esatto.» disse Gretchen. «Questa è la situazione.»

Josie sentì il telefono vibrare nella tasca del camice. Lo tirò fuori e vide che le era arrivato un messaggio da Trinity.

«Ora possiamo vedere mia nonna.» annunciò.

VENTINOVE

Lisette stava ancora dormendo. Sembrava minuscola e fragile nel letto d'ospedale, sovrastata da tutte le apparecchiature a cui era stata collegata. Per la prima volta, Josie si rese conto di quanto apparisse vecchia. Tra i settanta e gli ottanta anni, anche con un deambulatore e una terribile artrite, Lisette le era sempre sembrata estremamente vitale. Nella sua mente, non era mai invecchiata. Per lei era sempre stata quella che l'aveva portata a pattinare e in spiaggia per la prima volta. Piena di energia, con un luccichio malizioso negli occhi. Josie desiderava che aprisse gli occhi, ma medici e infermieri le avevano detto che potevano passare ore prima che si svegliasse.

Le avevano ingessato il braccio destro e lo avevano appoggiato su un cuscino. Quantomeno, qualcuno si era preso il tempo di pulirla, ma anche se non c'era più sangue, dove il camice dell'ospedale lasciava intravedere un po' di pelle, si stavano iniziando a formare delle croste nei punti in cui il dottor Nashat aveva rimosso i pallettoni dal braccio buono e dal petto. L'infermiera della terapia intensiva aveva dato loro il permesso di entrare solo in due alla volta e per non più di dieci minuti a visita. Quando toccò a loro, Noah si tenne alle spalle di Josie che fissava sua nonna. Le lacrime le arrivarono calde e rapide. Inarrestabili. La compartimentazione era sempre stata una delle sue abilità speciali; ma in un momento come quello, in cui si ritrovava a guardare sua nonna, che senza ombra di dubbio era la donna più formidabile che avesse mai conosciuto, si sentiva come se il suo cuore si stesse frantumando in un milione di pezzetti che non sarebbe mai stata in grado di rimettere insieme.

Josie cercò la mano sinistra di Lisette attraversando una matassa di cavi e tubi per la flebo. Stringendola, si chinò e le sussurrò piano all'orecchio: «Sono qui, nonna. Andrà tutto bene. Mi basta soltanto che tu rimanga con me.»

Lisette continuò a dormire; il regolare alzarsi e abbassarsi del suo petto non fu di grande conforto per Josie. Come aveva chiarito il chirurgo, erano i suoi organi interni a essere stati devastati dalla sparatoria, perciò, restava da vedere se il suo corpo sarebbe guarito completamente o se avrebbe sofferto di complicazioni o infezioni. Noah circondò le spalle di Josie con un braccio e la strinse da dietro, appoggiando la testa contro la sua. Josie tenne la mano di Lisette finché l'infermiera non entrò per accompagnarli fuori dalla stanza, dove Sawyer aspettava il suo turno. Li guardò con un'occhiataccia. Non le sfuggì il leggero livido sotto l'occhio sinistro, dove Noah gli aveva tirato il pugno e sentì un improvviso aumento del battito cardiaco: non importava se Lisette non era sveglia, non voleva fare una scenata fuori dalla sua stanza. Per fortuna né Sawyer né Noah proferirono parola e Sawyer sparì all'interno.

La giornata trascorse all'insegna dell'attesa: una volta ogni ora, medici e infermieri le permettevano di entrare nella stanza di Lisette per passare dieci minuti con lei. Il tempo che restava, Josie lo trascorse nella sala d'attesa del reparto di terapia intensiva. Noah aveva preso i suoi vestiti di ricambio dal bagagliaio, così poté cambiarsi. Il resto della famiglia, degli amici e dei colleghi andarono e venirono tutto il giorno, cercando di farle mangiare qualcosa, di assicurarsi che bevesse e di farla parlare.

Ma Josie non aveva nulla da dire se non che non avrebbero dovuto essere lì. Non avrebbe dovuto portare Lisette ai margini del bosco. Non lo disse a nessuno perché sapeva che avrebbero avuto mille spiegazioni sul perché quei pallettoni che Lisette si era presa non erano colpa sua.

Josie non credeva a nessuna di quelle spiegazioni.

Finalmente, verso le tre del pomeriggio, Lisette si svegliò. Era il turno di Sawyer di entrare nella sua stanza, così andò per primo. Josie sperava solo che non dicesse nulla che potesse turbare la nonna, anche perché non aveva idea di quanto fosse lucida o di quanto ricordasse. Quando lo vide uscire, asciugandosi le lacrime, entrarono lei e Noah. Lisette alzò la mano buona e Josie si precipitò al capezzale per prenderla, incrociando i suoi occhi.

«Non è colpa tua, tesoro.» le disse Lisette.

«Mi dispiace tanto, nonna.» mormorò Josie.

«No, non è colpa tua. Devi ricordartelo.»

Per un attimo il volto di Lisette si fece pallido e una smorfia di dolore lo attraversò, approfondendo ogni ruga del suo viso.

«Va tutto bene, nonna.» la rassicurò Josie. «Non dobbiamo parlare. Hai bisogno di riposare.»

La presa di Lisette sulla sua mano si fece più stretta. «Non sono riuscita a vederlo in faccia.» le disse. «Solo la canna del fucile.»

«Lo so.» disse Josie. «Non ti preoccupare. Lo troveremo. Ci sono decine di persone che lo stanno cercando. Mettner e Gretchen se ne stanno occupando. Non pensarci.»

Lisette fece un piccolo cenno di assenso. Josie poteva vedere lo sforzo che il suo corpo faceva per permetterle di parlare e lei non voleva farle pressione. Le bastava vederla con gli occhi aperti, stringere la sua mano calda. Lo sguardo di Lisette si allontanò da Josie e Noah e si abbassò ai piedi del letto. Poi tornò a guardare verso di lei. «Non ce la farò, tesoro.»

Josie non riuscì a controllare la nuova crisi di pianto che le bagnò il viso e il singhiozzo che le uscì dal profondo. «Che dici? No, nonna. Non dire così. Puoi sopravvivere a tutto questo. Il peggio è passato, l'operazione...»

Lisette le strinse più forte la mano e Josie smise di parlare. «Devo dirti due cose: la prima è che non voglio che tu e Sawyer litighiate più. Lui darà la colpa a te, ma questo è un suo cruccio da sopportare, non tuo. Non è stata colpa tua.»

Fece una pausa e il suo petto si alzò e si abbassò più rapidamente mentre cercava di riprendere fiato. Josie aspettò.

«La seconda è che voglio che voi due vi sposiate.»

«Lo faremo.» promise Josie.

«Certamente.» concordò Noah.

Lisette scosse la testa, con un piccolo movimento. «No. Adesso. Voglio che vi sposiate adesso. Voglio vederlo. Non voglio andarmene senza vedervi sposati. Josie, Noah è il migliore.»

Josie non poté fare a meno di ridere. «Lo so, nonna.»

«Se non lo fai ora, prima che io muoia, non lo farai più.»

«Questo non è vero.» disse Josie.

Sentì la presa di Lisette stringersi nella sua. «Sì che è vero.»

Noah si avvicinò e toccò la spalla di Lisette. «Ci sposeremo, Lisette. Te lo prometto.»

«Voglio solo esserci...» disse lei, sbattendo le palpebre. Aspettarono di vedere se avrebbe continuato, ma i suoi occhi si chiusero. Josie sentì la sua presa allentarsi e per un attimo il cuore le sussultò nel petto, al timore che Lisette se ne fosse andata. Poi guardò lo schermo che mostrava i suoi segni vitali e si sentì confortata nel constatare che i numeri rimanevano costanti.

Poco dopo furono accompagnati fuori dalla stanza. Quando si avvicinarono alla sala d'attesa, Josie poté vedere attraverso il vetro che tutti gli altri aspettavano notizie: Trinity, Drake, Shannon, Christian, Misty, il capo Chitwood e persino la dottoressa Feist. Si tirò indietro: non si sentiva pronta ad affrontare nessuno. Asciugandosi le lacrime, guardò Noah. «Devo andare in bagno. Torno subito.»

Lo lasciò andare avanti e trovò il bagno più vicino.

Si sciacquò il viso con l'acqua fredda e fece qualche respiro profondo. Quando si fu ricomposta, tornò nel corridoio e andò a sbattere contro Mettner. Rimbalzò sul suo petto e lui la afferrò per le braccia prima che potesse cadere all'indietro. Aiutandola a rimanere in piedi, abbassò lo sguardo, con i suoi occhi marroni pieni di preoccupazione. «Boss...» disse. «Mi dispiace. Non volevo venirti addosso. Però ti stavo cercando. Mi dispiace molto per tua nonna. Il capo Chitwood dice che resiste ancora.»

«Sì.» rispose Josie. «Per ora. Grazie.»

«In realtà non sono venuto a dirti soltanto questo, ho anche pensato che tu e Noah voleste sapere che abbiamo trovato Reed Bryan nella sua fattoria. Era nel fienile. Qualcuno lo ha colpito a morte.»

TRENTA

Josie, Noah, Mettner e Chitwood si riunirono per un breve aggiornamento in un angolo del corridoio, fuori dalla sala d'attesa. Solo la dottoressa Feist era al corrente di quanto avevano appena appreso, poiché l'avevano chiamata fuori dalla stanza per permetterle di intervenire sulla scena del crimine di Reed Bryan. Mettner teneva il telefono con una mano e con l'altra scorreva i suoi appunti mentre faceva un resoconto. «Le squadre di ricerca stanno ancora setacciando la montagna tra casa Mitchell e Harper's Peak. Non potevamo permetterci di tenere occupate le unità cinofile più a lungo, ma ci sono ancora degli agenti che stanno cercando nei boschi. Non credo che troveremo nulla a questo punto. Altrimenti a quest'ora l'avremmo già fatto.»

«Cosa puoi dirci di Reed Bryan?» gli chiese Chitwood.

Mettner scorse ancora un po' i suoi appunti. « Vengo ora dalla scena, Hummel e la sua squadra la stanno ancora analizzando. Una pattuglia era andata a casa sua qualche ora fa. Hanno bussato alla porta. Nessuno ha risposto, ma c'era un camion parcheggiato sul posto. Hanno controllato la targa e hanno constatato che è il suo veicolo personale, così hanno dato un'occhiata in giro ma senza trovare nessuno. La porta del fienile era parzialmente aperta, così uno di loro è entrato e ha trovato Reed steso a terra, già morto, con un grave trauma alla testa. Sembra che qualcuno si sia accanito su di lui e che la maggior parte dei colpi siano stati inferti alla nuca. Almeno da quello che ho potuto vedere. È un tipo grosso, perciò, chiunque sia stato ad abbatterlo, lo ha colpito da dietro e non si è fermato finché non è crollato. La dottoressa Feist lo esaminerà a breve, ma da quello che ho visto non sembrava avere alcuna possibilità di cavarsela.»

«Hai idea di cosa abbia usato l'assassino?» chiese Noah.

«Proprio lì accanto c'era una pala con sopra il suo sangue e alcuni capelli... quindi, sembra che l'assassino abbia lasciato lì l'arma.»

«Paxton?» chiese Josie.

«Non c'è. La casa è stata perlustrata, così come il resto del terreno. Del ragazzo non c'è traccia.»

«E i furgoni?» chiese ancora Noah. «Usava due furgoni per la vendita dei prodotti alimentari.»

Mettner annuì. «Ne abbiamo trovato uno. In realtà, diverse persone hanno riferito di averlo visto circolare in modo irregolare per la città. A circa un chilometro e mezzo dal mercato di Reed si è schiantato contro il portico di un privato. Gli ha praticamente falciato il prato ed è andato a schiantarsi contro la casa.»

«Questa non ci voleva.» disse Josie. «Si è fatto male qualcuno?»

«Nessun ferito per fortuna.» disse Mettner. «I proprietari di casa hanno dichiarato di aver visto un ragazzo uscire a fatica dal posto di guida e scappare. Hanno chiamato la centrale, ma siamo a corto di forze perché sono tutti occupati con le ricerche in montagna, perciò, quando la pattuglia è arrivata sul posto, il ragazzo era già sparito da un pezzo.»

«Hanno fornito una sua descrizione?» chiese Chitwood.

Mettner tornò agli appunti. «Maschio caucasico, all'incirca tra il metro e settantacinque e il metro e ottanta, indossava jeans larghi e una felpa blu con cappuccio. È tutto quello che so.»

«E allora non possiamo essere sicuri se fosse Rory o Paxton.» disse Josie.

«Io punto su Rory...» disse Noah. «Per la guida irregolare. È appena quindicenne. Forse Lorelei gli ha insegnato a guidare un po', ma dubito fortemente che abbia una buona padronanza, almeno in teoria.»

«Oppure poteva essere Paxton.» disse Chitwood. «Forse è ferito. Quinn, hai detto che i rapporti tra lui e suo padre erano tesi. È possibile che Reed si sia arrabbiato con il ragazzo, lo abbia trascinato e colpito e che Paxton abbia reagito?»

«Suppongo di sì.» disse Josie, ma stava pensando al metodo dell'uccisione. Testa e collo. Attacco lampo. Da dietro. Quando la vittima non guardava e non se lo aspettava. Era un metodo molto simile a quello usato dal paziente che aveva quasi ucciso Lorelei una ventina d'anni prima. Ed era anche il modo in cui Rory aveva attaccato lei nel corridoio di casa sua. Josie pensò alle autopsie di Lorelei e Holly. Lorelei aveva subito un trauma cranico prima di essere uccisa dal colpo d'arma da fuoco. Holly mostrava i segni di traumi prolungati alla testa che, in base a ciò che aveva detto il dottor Buckley, ormai sapevano essere stati causati da Rory.

«Hai fatto delle foto?» si informò Josie. «Della scena intendo...»

«Hummel ne ha scattate alcune.»

«Ma tu fai sempre uno schizzo.» gli fece notare Josie. «Sul tuo computer. Di solito fai le tue foto con il telefono per avere un riferimento nel caso in cui la squadra di Hummel ci metta troppo a caricare il file.»

Mettner fece un paio di passaggi e girò il telefono verso Josie. Era esattamente come l'aveva descritto. Al centro del fienile, sul pavimento di terra battuta, Reed Bryan giaceva a faccia in giù in una pozza di sangue. La nuca era un pasticcio spappolato, i capelli bianchi che gli erano rimasti erano scuriti dal sangue rappreso. Aveva le braccia distese, quasi come se avesse cercato di strisciare per allontanarsi dal suo aggressore. La pala giaceva abbandonata accanto a lui.

«Non so cosa tu stia cercando.» disse Mettner.

Josie esaminò il resto della foto, pizzicando con il pollice e l'indice per ingrandire e rimpicciolire le altre aree del fienile immortalate. «Penso che sia stato Rory Mitchell.»

«In base a cosa?» le chiese Chitwood.

Josie spiegò il collegamento che aveva dedotto dal metodo di attacco.

«Non è molto.» commentò Mettner.

«Lo so, ma dobbiamo tenerne conto.» ribatté Josie.

«Cosa ci faceva Rory Mitchell alla fattoria di Reed Bryan?» chiese Chitwood. «Stai dicendo che Paxton ha rapito sia Rory che Emily e li ha portati a casa sua? E allora Rory avrebbe ucciso il padre di Paxton?»

Una piccola macchia nell'angolo della foto attirò l'attenzione di Josie. La ingrandì il più possibile. «Questa è l'unica foto della scena, Mett?» chiese.

«Scorri a sinistra.» le disse lui con aria impaziente.

Josie visualizzò una foto migliore e ingrandì la stessa area; avendo trovato esattamente quello che stava cercando, girò il telefono in modo che gli altri potessero vederlo.

«Sì. Paxton ha portato con sé sia Rory che Emily. Vedete?»

Chitwood prese degli occhiali da lettura dal taschino della camicia e li posizionò sul naso. Strizzando gli occhi, avvicinò il viso a pochi centimetri dallo schermo. «Che diavolo sono quelli? Bottoni?»

«I bottoni grigi dei divani capitonné del salotto di Celeste Harper e Adam Long, sì. Emily era lì. Che abbia lasciato quel mucchio di proposito o che le siano caduti dalle tasche, lei era lì. Devi far intervenire di nuovo l'unità cinofila. Dobbiamo riportare i cani vicino a Harper's Peak, nel caso in cui Rory sia andato da quelle parti, e anche giù alla fattoria di Reed Bryan, nel caso in cui Emily sia ancora in quella zona. La gente ha visto un adolescente che potrebbe essere Rory scendere dal furgone schiantato e tornare indietro in direzione di Harper's Peak, ma non c'era traccia di Emily. C'è la possibilità che possa ancora trovarsi nella zona della fattoria a South Denton.»

Mettner riprese il telefono e guardò la foto. «Non credo che riusciremo a recuperare i cani. Hanno avuto un paio di altre chiamate in altre zone della contea.»

«Prova lo stesso.» lo esortò Chitwood. «Quinn ha ragione. Dobbiamo coprire l'area intorno a Harper's Peak e alla fattoria di Reed Bryan. Fate spostare alcune squadre di ricerca dalla montagna di Harper's Peak alla fattoria.»

«C'è ancora la questione di Paxton.» sottolineò Noah. «Se è stato Rory a schiantarsi con il furgone contro un'abitazione e poi è tornato di corsa sulla montagna, significa che Paxton potrebbe essere ancora in giro per i boschi alla guida dell'altro furgone. Abbiamo qualche indizio su quel veicolo?»

«Stiamo ancora cercando.» gli rispose Mettner. «Abbiamo emesso un mandato di ricerca. La Polizia Municipale e la Polizia di Stato hanno già cominciato le ricerche.»

«Nessuno è andato a dare un'occhiata al mercato agroalimentare?» si informò Josie.

Mettner la guardò allibito. «Stai scherzando, vero?»

«Mett, il mondo di Paxton Bryan è circoscritto a casa sua, il mercato di suo padre e la casa di Lorelei Mitchell. Non c'è altro, questo è tutto ciò che conosce.»

«Gira per tutta la città con suo padre per consegnare i prodotti.» obiettò Chitwood. «Non direi che è tanto circoscritto.»

«Però è in fuga.» ribatté Josie. «Pensateci. Tutti quelli a cui tiene sono stati uccisi o sono scomparsi nelle ultime quarantotto ore. Non sarà lucido. Anche se ha qualcosa a che fare con questa catena di omicidi, è un momento di grande confusione per lui. Andrà in un posto che trova confortevole. Mett, hai detto che ci sono delle squadre di ricerca nei boschi tra la casa dei Mitchell e Harper's Peak... è un'area enorme da coprire. Quand'è stata l'ultima volta che qualcuno ha guardato all'interno della casa o della serra nella proprietà di Lorelei?»

La guardò come se volesse polemizzare. Spesso aveva da ridire sulle sue ragioni. Era una cosa che faceva impazzire Noah, invece Josie lo apprezzava, perché significava che lui pensava in modo critico e anche lei aveva bisogno di essere messa alla prova per rimanere lucida. «Sputa il rospo, Mett.» lo esortò.

«Non credo che Paxton lo farebbe. È... un'idiozia.»

«Mett.» lo ammonì Noah.

Josie alzò una mano per metterlo a tacere. «È un'idiozia, ma sarebbe altrettanto stupido non controllare i posti in cui è più ovvio che si sia nascosto. Ci sono già delle unità in zona. Quanto tempo ci vorrà per far passare qualcuno dal mercato e da casa Mitchell?»

Mettner guardò Chitwood, che scrollò le spalle. «Dobbiamo trovare questo ragazzo, Mett. Oggi stesso. Adesso. Qualunque cosa sia necessaria, falla.»

Mettner sospirò. «Va bene. Manderò delle unità. E invece Emily? Nessuna idea su dove possa essere?»

«Potrebbe essere con Paxton.» osservò Josie.

Si risparmiò di dire quello che tutti stavano pensando: che il motivo per cui nessuno l'aveva ancora trovata era che era già morta.

TRENTUNO

Due ore più tardi, una Gretchen esausta si affacciò nella sala d'attesa del reparto di terapia intensiva. Tutti gli altri erano entrati e usciti dalla stanza per tutto il giorno per mangiare, dormire, fare la doccia e cambiarsi. Solo Josie e Noah erano rimasti. Sawyer era in giro da qualche parte, lo sapevano, perché l'avevano visto fare avanti e indietro dalla stanza di Lisette all'ora stabilita.

A quel punto rimanevano solo Trinity e Shannon a vegliare insieme a loro due, ciascuna addormentata su un divanetto a sé. Attenta a non fare rumore, Gretchen si avvicinò a Josie e Noah e chiese: «Come sta Lisette?»

«Hanno dovuto drenare del liquido da una delle ferite all'addome, ma a parte questo, resiste.» la informò Josie. «Dorme parecchio. Ci fanno entrare ogni ora per una decina di minuti, ma niente di più.»

«Dalle ricerche ci sono aggiornamenti?» domandò Noah.

Gretchen tirò fuori dalla tasca gli occhiali da lettura e li infilò. Poi tirò fuori il suo taccuino e sfogliò alcune pagine. Guardò la porta. «Il capo Chitwood dovrebbe essere proprio dietro di me. L'ho appena visto al distributore automatico.»

Aspettarono qualche minuto, finché non lo videro entrare con un sacchetto di patatine e una Coca Cola in mano. Andò a piazzarsi accanto a Gretchen, come se fosse lui ad averla aspettata, e disse: «Sentiamo.»

Gretchen gli lanciò un'occhiataccia e poi si rivolse a Josie. «Mett mi ha detto di dirti che avevi ragione.»

«Davvero?» disse Noah con un leggero sorriso sulle labbra.

«Non tu.» chiarì Gretchen. «Il boss.»

«Lo so.» disse Noah. «Avete trovato Paxton?»

Gretchen annuì. «Il secondo furgone era parcheggiato dietro il mercato di prodotti di Reed Bryan. Aveva usato diversi pallet, casse vuote e contenitori per coprirlo, ma non ci è riuscito molto bene.»

«Emily era con lui?» chiese Josie.

«No.»

«Dove hanno trovato Paxton?» domandò Josie. «Dentro al furgone?»

«No. Era nella serra di casa Mitchell. Se ne stava raggomitolato sotto uno dei tavoli. Non ha opposto resistenza quando la pattuglia lo ha prelevato.»

Chitwood infilò la lattina di Coca sotto il braccio, aprì il sacchetto di patatine con un gran scricchiolio di plastica e si infilò in bocca una manciata di patatine.

«Ti sembrerà strano se te lo chiedo, ma avete trovato qualche... bottone? Magari nel furgone o nella serra?»

Gretchen la guardò stranita. «Intendi dire come quelli presenti sulla scena in cui abbiamo trovato il corpo di Reed Bryan? I bottoni grigi da divano? No. Mett ha detto a tutti di starci attenti da quando ne avete discusso prima.»

«Paxton ha detto qualcosa?» si informò Noah.

«No. È stato informato dei suoi diritti. Non ha chiesto un avvocato. L'unica cosa che ha chiesto è stato di parlare con Josie.»

Josie alzò di scatto lo sguardo sul viso di Gretchen. «Che cosa?»

«Vuole parlare con te e solo con te.»

Le dita di Chitwood si bloccarono a metà strada tra il sacchetto di patatine e la bocca.

«Non è possibile.» disse Noah.

Josie si sentiva attratta, come sempre, dal lavoro, dallo scopo, l'azione. Tuttavia, il suo cuore era nell'altra stanza con Lisette. Non voleva andarsene. E se le condizioni di sua nonna si fossero aggravate o, peggio, se fosse morta e lei non fosse stata presente? D'altra parte, la situazione era rimasta invariata per ore. Quando il medico era venuto ad avvertirli che le avrebbero drenato del liquido dall'addome, aveva sottolineato che per Lisette sarebbe stata una notte molto lunga e che una volta terminata la procedura, non avrebbe potuto ricevere visite per almeno un paio d'ore. Perciò, se lei non poteva vedere sua nonna per due ore, non c'era motivo per non impiegare un po' di quel tempo a parlare con Paxton. Tanto più che la centrale di polizia era a pochi minuti di distanza. «E se Paxton sapesse dov'è Emily?» si sentì dire Josie.

Chitwood rinfilò le patatine nel sacchetto e lo arrotolò per infilarlo nella tasca della giacca. Josie si aspettava che dicesse qualcosa del tipo: "Non sei in servizio in questo momento, Quinn!" Oppure: "Te lo puoi scordare!". E invece rimase in silenzio.

Noah si girò verso di lei. «Non sei obbligata a farlo. Non devi sempre farti carico di ogni cosa.»

«In questo caso, però, devo farlo.» ribatté Josie. «Se sapessimo già dove si trova Emily, non lo prenderei nemmeno in considerazione. Ma se c'è anche solo una possibilità di trovarla... tanto non mi faranno vedere la nonna per altre due ore. Tornerò per tempo.»

«Josie...» disse Noah.

«C'è una bambina spaventata, da qualche parte, che ha

appena perso tutta la sua famiglia e probabilmente ha assistito all'omicidio di suo padre, anche se non sa che quell'uomo era suo padre. Il punto è che ha perso tutti ed è profondamente traumatizzata. E noi non sappiamo dove si trova in questo momento. Non le resta più nessuno, Noah. Nessuno. In condizioni simili, almeno io avevo mia...» Fu costretta a interrompersi, trovando improvvisamente difficile anche solo prendere aria. Distolse lo sguardo dai colleghi, concentrandosi sul suo respiro, cercando di rimanere calma. Sentì la mano di Noah scivolare nella sua. «Tua nonna.» concluse lui per lei. «Lo capisco.»

«Non te lo permetterei se non fosse in gioco la vita di una bambina, ma posso restare qui mentre tu vai a parlare con Paxton Bryan.» disse Chitwood. «Però devi ricordarti di mantenere la calma. Per quanto ne sappiamo, questo ragazzo è quello che girava per i boschi sparando alla gente. Se vai a parlargli, devi concentrarti su Emily Mitchell, non su tua nonna. Mi hai capito? Se questo ragazzo dovesse mai essere processato per quello che ha fatto, non possiamo permettere che le confessioni che potrebbe rilasciare vengano rigettate perché sei stata tu a raccoglierle.»

Josie gli restituì lo sguardo e annuì.

Chitwood alzò il mento verso Gretchen. «Palmer, occupati tu di questa faccenda: porta Quinn alla centrale e riportala indietro il prima possibile. Se succede qualcosa qui, se c'è anche solo un accenno di cambiamento nelle condizioni di Mrs. Matson, mi attaccherò al telefono prima che tu possa schioccare le dita. E adesso fila.»

TRENTADUE

Né Josie né Gretchen proferirono mezza parola durante il tragitto verso la stazione di polizia. Quando il grande edificio apparve davanti ai suoi occhi, Josie sentì sciogliersi la tensione che le si era accumulata dentro. Quello era il luogo in cui il mondo aveva un senso. Quello era il luogo in cui sapeva cosa fare e cosa dire. Quello era il luogo in cui aveva uno scopo. C'erano sempre dei rompicapi su cui la sua mente poteva arrovellarsi, c'erano sempre distrazioni da tutto ciò su cui il suo cuore non voleva soffermarsi. E quel giorno, più che mai, aveva bisogno di provare quella sensazione, anche soltanto per un'ora.

Si mise ad aspettare alla sua scrivania mentre Gretchen faceva trasferire Paxton dalle celle di detenzione nel seminterrato a una delle sale per gli interrogatori al secondo piano. Una volta che il ragazzo fu sistemato, Josie prese posto nella saletta di osservazione adiacente dove potevano vedere le riprese delle telecamere a circuito chiuso, approfittando dell'attimo in cui Gretchen gli portava dell'acqua e dei cracker, che Paxton lasciò intatti davanti a sé. Intanto, gli lesse nuovamente i suoi diritti e attese che chiedesse un avvocato. Lui disse solo: «Voglio parlare con Josie Quinn.»

Gretchen lo lasciò al tavolo della saletta e incrociò Josie nel corridoio. «È tutto tuo.»

Mentre Gretchen spariva nella sala di osservazione per seguire l'interrogatorio, Josie rimase in piedi davanti alla porta e si prese un attimo per farsi forza. Emily. Doveva solo pensare a ritrovare Emily. Se da quella situazione orribile fosse potuto emergere un lato positivo, quello sarebbe stato il ritrovamento di Emily sana e salva. Con un respiro profondo, spinse oltre la porta. Paxton, che era rimasto ingobbito con i gomiti appoggiati sul tavolo, si mise dritto a sedere. I suoi occhi si spalancarono e Josie percepì il suo palpabile sollievo. C'era una sedia di fronte a lui, che Josie trascinò fino al suo lato del tavolo e la spinse il più vicino possibile a lui prima di sedersi.

Paxton si girò leggermente per guardarla negli occhi. Josie entrò con il viso nel suo spazio personale e gli chiese: «Dov'è Emily?»

Il suo labbro inferiore cominciò a tremare. «Io... io non lo so.»

«Pax. C'è una persona a cui voglio molto bene che è ridotta in fin di vita in un ospedale a un chilometro di distanza. Non sono obbligata a stare qui. Anche se hai chiesto di me, non ero tenuta a venire. Sono qui perché voglio trovare tua sorella. Allora dimmi dov'è.»

La sua voce si fece appena udibile. «Non lo so. Glielo giuro, io non lo so.»

«Allora perché mi hai fatta venire qui, Pax?»

Una lacrima gli scivolò sulla guancia. Non si preoccupò di asciugarla. Scrollò la spalla sinistra. Josie si rese conto che era un tic.

«Rory ha ucciso mio padre.»

Josie si appoggiò allo schienale della sedia. «Questa è una notizia tremenda, Pax.» disse. «Puoi parlarmene?»

«Eravamo nel fienile. Io, Rory, Emily...»

«Come sono finiti Rory ed Emily nel tuo fienile?»

«Ce li ho portati io.»

«Negli ultimi due giorni mezza contea si è mobilitata per cercarli, Pax. Come hai fatto a trovarli?»

La sua spalla tremò due volte in rapida successione. «Quando l'altro agente mi ha accompagnato due giorni fa, dopo che ero stato qui, mio padre era occupato, così ho preso la mia bicicletta e sono tornato nel bosco. Senta, sapevo dove trovare Rory, va bene? L'ho visto il giorno in cui io e lei ci siamo imbattuti nel bosco.»

«Hai parlato con lui quel giorno?»

«No, stava scappando.»

«C'è parecchio verde da quelle parti.» osservò Josie. «Come hai fatto a trovarlo quando nessun altro ci è riuscito?»

«Quando andavo a casa di Lorelei, a volte io e lui andavamo in esplorazione. Diceva che lo aiutava con la sua... creatura.»

«Vuoi dire la sua rabbia.» disse Josie.

Paxton annuì. «Ho pensato che, se eravamo amici, forse non avrebbe dovuto sforzarsi così tanto per impedire alla sua creatura di venire fuori. Nel bosco ci sono alcune zone in cui andavamo sempre e che solo noi sapevamo dove si trovavano. Certi alberi, piccoli fossi e cose del genere. Così sono andato a cercarlo nei nostri posti.»

Qualcosa tormentava Josie dal giorno in cui le avevano sparato nel bosco. «Pax, perché stavi cercando Rory?»

Lui distolse lo sguardo. La spalla gli tremò altre tre volte e con le dita picchiettò sul tavolo.

«Pax?»

«Me l'aveva promesso.» disse a bassa voce.

Josie gli si avvicinò di più. «Che cosa ti aveva promesso?»

«Che non avrebbe permesso alla creatura di far loro del male. Mi aveva fatto una promessa e non ha mantenuto la parola. Ha ucciso Lorelei e Holly.»

«Cosa avresti fatto quando l'avessi trovato?» gli chiese Josie.

Il ragazzo tornò a guardarla negli occhi. Con un'espressione di perfetta innocenza, disse: «Volevo chiedergli perché.»

«E nient'altro?»

«Nessuno ha mai infranto una promessa con lei?» le chiese. «Nemmeno una davvero importante?»

Stava quasi per dirgli che la differenza tra lei e lui era che lei avrebbe voluto uccidere chiunque avesse infranto una promessa della portata di quella che Rory aveva infranto, ma la sua priorità era scoprire cosa fosse successo a Emily. «L'hai trovato.»

«Sì. Sono salito piuttosto in alto sulla montagna, quasi più lontano di quanto siamo mai andati, e l'ho trovato. C'era Emily con lui.»

«Emily era con lui?» chiese Josie. «Ti ha detto dove l'aveva trovata?»

«Ha detto che era andato a prenderla. Non so dove.»

«Non te l'ha detto?»

«Non c'era tempo per questo. Gli ho detto di venire con me, a tutti e due. Avrei preso uno dei furgoni di mio padre e li avrei tenuti nascosti perché sapevo che lui era in grossi guai e volevo che Emily fosse al sicuro. Poi abbiamo sentito qualcosa nel bosco.»

«Che cosa avete sentito?»

«Come dei passi. Sembrava che qualcuno stesse venendo verso di noi. Rory ha spinto Emily verso di me e mi ha detto di portarla via e di andare a prendere il furgone. Ha detto che ci saremmo visti più tardi nel retro del deposito. Mi ha costretto a prenderla.»

«Dove l'hai portata?» chiese Josie.

«La stavo appunto portando al deposito. Per tenerla nascosta. Le ho detto di nascondersi nel retrobottega. Un paio d'ore dopo sono uscito e Rory era già arrivato. Aveva percorso tutta la strada che porta al mercato. Mio padre stava ancora lavorando in ufficio, stava dando una sistemata ai registri. Ho preso uno dei furgoni e siamo partiti.»

«Paxton...» disse Josie. «Rory aveva con sé un'arma?»

«No.»

«Dove siete andati da lì?»

«Prima abbiamo fatto un giro. Era davvero sconvolto. La creatura gli dava molto fastidio. Ho dovuto trovare un posto dove fermare il furgone per poterne parlare. Ho guidato fino a quella vecchia fabbrica di tessuti. Quella abbandonata, ha presente?»

«La conosco.» disse Josie.

«Ho aspettato che smettesse di dare i numeri, ma non la piantava. Ho cercato di parlargli e mi ha detto che era successo qualcosa di tremendo. Ha detto di aver visto un'agente di polizia e una signora anziana e che era successo qualcosa di grave, che non era riuscito a fermarsi e che gli dispiaceva.»

Josie sentì il cuore rimbombare nel petto, ma si costrinse a rimanere calma. «Cos'altro ha detto?»

«Che era colpa sua, tutta colpa sua, se la poliziotta e la vecchia ci erano finite in mezzo e non la smetteva più di piangere e di dare di matto.»

Ma l'arma non era stata trovata da nessuna parte nel bosco, pensò Josie. «Ma non aveva nessuna arma con sé. Ne sei sicuro, Paxton?»

«Non gli avrei permesso di portare un'arma con noi. Sicuramente non con Emily. Era già sconvolta. Continuava a chiedere quale fosse la poliziotta e lui diceva che non sapeva il suo nome e che era buio. Emily ha chiesto se aveva una cicatrice e lui ha risposto che ne aveva una grande, sul lato del viso, e abbiamo capito che si trattava di lei.»

Paxton la guardò, come se cercasse una sorta di assoluzione, ma Josie non aveva nulla da dare. Deglutì. «Ha detto cosa aveva fatto?»

«No. Solo che era molto grave e che era probabile che foste entrambe in ospedale. Emily si è arrabbiata molto e gli ha detto che doveva fare una bambola per dirle che gli dispiaceva. Io non avevo la minima idea di cosa stessero parlando, ma lui mi ha detto che avrebbe potuto fare una bambola e che io avrei potuto portargliela, visto che sapevo di chi stavano parlando. Gli ho risposto che se gliel'avessi portata, lei mi avrebbe costretto a denunciarlo. Allora mi ha detto che potevo portare la bambola in ospedale e lasciarla sulla sua macchina. E siccome ci ero già salito, sapevo quale auto cercare. A quel punto ho anche iniziato a pensare che Rory stesse sparando una marea di cazzate, ma per Emily era importante che lo facesse, così gli ho assicurato che avrei fatto tutto quello che voleva se mi avesse spiegato perché aveva infranto la promessa che mi aveva fatto. Rory non voleva che Emily lo sapesse, così le ha chiesto di andare a cercare nel bosco quello che gli serviva per fare questa bambola di cui continuavano a parlare e lei ha detto che l'avrebbe fatto. Mi sono raccomandato che rimanesse dove potevo vederla.»

«Che cosa ha detto Rory quando Emily non poteva sentirlo?» lo incalzò Josie.

«Ha detto che non aveva infranto la sua promessa.»

«Cosa vuoi dire?»

«Ha ammesso di aver fatto del male a Holly e a Lorelei, ma non di averle uccise. È stato qualcun altro.»

TRENTATRÉ

Josie lanciò un'occhiata alla telecamera a circuito chiuso: Gretchen era dall'altra parte, ad ascoltare e a guardare, intenta ad annotare qualsiasi cosa Paxton stesse per confessare e pronta a dare l'ordine alla squadra di rintracciare sia Rory che l'altra persona che, stando a quest'ultima versione dei fatti, aveva ucciso sua madre e sua sorella. Quando avesse confessato, Josie sarebbe tornata in ospedale per stare con Lisette.

«Chi è quest'altra persona?» chiese Josie.

Pax allargò le mani. «Non ne ho idea. Rory ha detto soltanto che non le ha uccise lui. Che la creatura è uscita ed è stata brutta. La creatura ha detto tutte quelle cose terribili che avrebbe fatto a tutte loro e Lorelei e Holly si sono spaventate. Hanno detto a Emily di nascondersi. Questo non ha fatto altro che far arrabbiare di più la creatura. Poi Lorelei ha chiamato qualcuno al cellulare.»

«Chi?» domandò Josie.

Scrollò le spalle. «Non lo so. Un uomo. Ho chiesto a Rory chi fosse, ma non ha voluto dirmelo. Ha detto solo che l'uomo è arrivato e quando ha visto che Rory stava facendo del male a

Lorelei, è andato al fuoristrada di sua madre, ha preso il fucile, è entrato e ha cercato di ucciderli tutti.»

Josie osservò con attenzione il volto di Paxton alla ricerca di segni di menzogna: poteva essere una storia che Paxton e Rory si erano inventati insieme. Infatti, per quanto non fosse da escludere che fosse presente un'altra persona il giorno in cui Lorelei e Holly erano state uccise, ci si sarebbe aspettati qualche dettaglio in più, se fosse stato vero. Un qualsiasi dettaglio. «Te lo ha descritto?» gli chiese.

«No, ma io non gliel'ho neanche chiesto. Gli ho chiesto se conosceva quell'uomo e mi ha risposto di sì, ma non ha voluto dirmi chi fosse.»

«Pax, è possibile che fosse tuo padre?»

«No.»

«Ricordi quando ci hai detto che eri con lui la mattina in cui Lorelei e Holly sono state uccise? Stavi dicendo la verità? Non importa se non eri con lui, quello che ci interessa è sapere la verità.»

«Eravamo insieme. Questa è la verità. Non può essere stato lui.»

«Ricordi di aver mai visto degli uomini a casa loro quando andavi a trovarle?» gli chiese allora.

«No.»

«E Rory e Holly? Hanno mai parlato del loro padre? Sai se lo hanno mai conosciuto?»

«Non parlavano mai di lui. Era come se non avessero mai avuto un padre. Una volta, quando avevo iniziato da poco ad andare a trovarli, Rory mi ha raccontato un segreto. Ne ha approfittato quando Lorelei non poteva sentirlo. Mi ha detto che avevano un padre prima che Emily nascesse. Qualche volta andava a trovarli, ma non tanto spesso. Era cattivo, odiava Rory e quando Holly era piccola se n'era andato e non era tornato più. Questo è tutto ciò che so.»

«Rory ti ha mai parlato di Harper's Peak?» chiese Josie. Per questa domanda ottenne due scrollate di spalle. «Pax?»

«Mi ha chiesto di non dirlo a nessuno.»

«Non puoi dirmi cosa?»

«Si ricorda che le ho detto che ho una zia che vive in Georgia? Beh, Rory mi ha confidato che sua zia vive e gestisce Harper's Peak.»

«Ti ha detto se l'ha mai incontrata?»

Pax scosse la testa. «No, non me l'ha detto. Tra l'altro, non sapevo neanche se gli dovessi credere o meno, o se lo stesse dicendo soltanto perché gli avevo raccontato di una zia che non sono mai riuscito a incontrare.»

«Ti ha detto qualcos'altro su di lei?» gli chiese Josie. «Niente di niente?»

Paxton scosse la testa. «Niente.»

«D'accordo...» proseguì Josie. «Quindi siete andati alla fabbrica tessile. Rory ha negato di aver ucciso sua madre e sua sorella. Emily si è messa a raccogliere pigne e legnetti per fargli fare una bambolina. E dopo? Che cosa avete fatto? Dove avete passato la notte?»

«Nel furgone vicino alla fabbrica. Eravamo tutti stanchi e non avevamo un piano. Il giorno dopo ci siamo alzati e Rory ha finito di assemblare la sua bambolina. Io non pensavo che venire a lasciargliela fosse una buona idea, ma loro insistevano perché gliela portassi.»

«Erano con te quando me l'hai lasciata?»

Paxton scosse la testa. «Li ho portati alla fattoria e ho detto loro di aspettarmi nel fienile. Sono andato a lasciare la bambolina, sono tornato indietro e poi è arrivato mio padre. Era furioso. Ho cercato di spiegargli cosa stava succedendo, ma non gliene importava niente. Gli ho raccontato quello che Rory mi aveva detto sull'uomo che aveva ucciso Lorelei e Holly, ma lui ha detto che erano un mucchio di stupidaggini e che non aveva intenzione di tenere nascosto un assassino e ha detto che avrebbe chiamato la polizia. A quel punto Rory...»

Si interruppe, di nuovo sopraffatto dal pianto. «È successo così in fretta che non ho nemmeno avuto il tempo di fermarlo. È stato così veloce.»

Josie sapeva molto bene quanto fosse veloce Rory. Era stata sfacciatamente fortunata che per armi avesse soltanto i pugni quando l'aveva aggredita.

«Emily ha iniziato a urlare e non la finiva più. Ho cercato di fermare Rory, ma era troppo tardi. A quel punto mio padre era già morto. Gli ho detto che dovevamo chiamare la polizia, ma lui ha detto di no. Ci siamo messi a discutere. È stato allora che Emily è scappata. L'ho inseguita, ma l'ho persa. Quando sono tornato, Rory era sparito e anche uno dei furgoni.»

«Perché non ti sei rivolto alla polizia, Pax?» gli chiese Josie.

Lui alzò le spalle. «Volevo farlo. Stavo per farlo, ma ero così sconvolto che non sapevo neanche da dove cominciare. Volevo solo prendermi un po' di tempo per capire, riordinare le idee. Mi dispiace di essermi nascosto. So che è stato uno sbaglio. Ma adesso lo sa: Rory ha ucciso mio padre.»

«Dov'è adesso?»

«Non ne ho idea.»

«Dov'è Emily?»

«Non ha sentito quello che ho detto un secondo fa?» esclamò Paxton. «Non lo so, dico davvero!»

Ansimava vistosamente e Josie gli concesse un momento per rallentare il respiro. Non c'era nient'altro che potesse offrirle su cui lavorare. Era un vicolo cieco. Ma un attimo dopo, si ricordò dei bottoni del divano. «Pax, Emily era stata affidata a delle persone che dovevano prendersi cura di lei per un po' di tempo. Mentre era con queste persone, ha tagliato tutti i bottoni dai loro divani e ha detto ai padroni di casa che lo aveva fatto perché aveva paura che potessero farla soffocare. Sai dirmi cosa significa?»

«Fusione tra pensiero e azione.» spiegò. «È una manifestazione del suo disturbo ossessivo compulsivo. Certe volte, nel nostro cervello, i pensieri si confondono in un modo che non ci permette nemmeno di capire se abbiamo solo pensato quella cosa o se è successa davvero. Per fare un esempio, è probabile che Emily abbia visto quei bottoni e abbia avuto un pensiero intrusivo: e se ci si fosse soffocata con quei bottoni? A quel punto, nella sua mente, non poteva più essere sicura di averne effettivamente ingoiato uno oppure no.»

«Per questo li ha tagliati tutti?»

«Per liberarsene probabilmente, sì.» disse. «Lorelei mi aveva parlato di questi fenomeni quando ho iniziato ad andare a trovarle. È capitato anche a me quando ero piccolo. Una volta stavo contando delle monetine e mi venne in mente di ingoiarne una, ma dopo non riuscii a capire se l'avevo fatto davvero o se l'avevo solo pensato. Mia madre mi portò in ospedale. Alla fine, venne fuori che non ne avevo ingoiata nessuna, l'avevo soltanto pensato.»

«Non pensi che Emily si sarebbe liberata di quei bottoni tutti in una volta?» gli chiese Josie.

Lui alzò le spalle. «Non lo so. Anche lei ha il suo ingannatore, sa. Non so cosa le dice di fare.»

TRENTAQUATTRO

Gretchen riaccompagnò Josie all'ospedale. «Cosa ne pensi di quel ragazzo?»

Josie scosse la testa, guardando la città che passava fuori dal finestrino. Il sole era basso all'orizzonte. Nel giro di un'ora sarebbe calata la notte. «Non so cosa pensare. La prima volta che l'ho incontrato, ho pensato che vivesse nella paura di suo padre. Poi ho pensato che fosse un'anima sensibile che voleva aiutarci. Poi ho pensato che fosse stato lui a spararmi. Poi ho pensato che fosse un ragazzo triste e solo che viveva con un padre che non era pronto a sostenerlo adeguatamente. Arrivati a questo punto? Non so più che cosa pensare.»

«Secondo te quel giorno c'era davvero un altro uomo, come ha detto Rory?» le domandò Gretchen.

«Non lo so. Non lo so davvero. Abbiamo una serie di impronte digitali sparse in casa che non siamo stati in grado di associare a nessuno, il che rende credibile la sua storia. Ma se Rory gli avesse detto la verità, non gli avrebbe fornito maggiori dettagli? E comunque, nessuno ha mai visto Rory con quel fucile.»

«Giusta osservazione.» affermò Gretchen. «Sono d'accordo.

Preparerò un mandato per far perquisire l'intera proprietà dei Bryan per vedere se l'arma salta fuori da lì. Quello che mi chiedo è quale possa essere il fine ultimo di Rory... Vagherà per i boschi per il resto della sua vita?»

«Ha quindici anni.» sottolineò Josie. «Il suo cervello non è completamente sviluppato. Sappiamo che non vuole essere catturato. Il fatto che Lorelei lo abbia tenuto isolato per così tanti anni non aiuta di certo la sua paura delle persone o degli estranei.»

«Vero. Poi c'è Emily. Non può essere andata molto lontano a piedi.»

«Mett ha detto che avrebbe mandato delle squadre di ricerca da quelle parti e che avrebbe cercato di farsi mandare altri agenti dell'unità cinofila...» Josie sentiva che avrebbe dovuto dire di più, proporre qualcosa di più, ma in realtà voleva solo tornare da sua nonna.

Gretchen la lasciò fuori dall'ospedale e tornò al lavoro. Josie notò qualcosa di insolito non appena mise piede nella sala d'attesa della terapia intensiva: Shannon, Christian, Patrick, Trinity, Drake, Misty, Noah e il capo Chitwood erano riuniti in semicerchio e parlavano a bassa voce. Per un attimo Josie rimase impietrita sulla porta, temendo che fosse successo il peggio, che Lisette fosse deceduta durante la procedura di drenaggio e che loro stessero cercando di mettersi d'accordo sul modo migliore per darle la terribile notizia. Poi vide un mazzo di fiori lasciato su uno dei tavolini lungo la parete. Era disteso su un lato, con i gambi legati da un nastro bianco di pizzo.

«Cosa sta succedendo qui?» chiese.

Le rispose Noah: «Lisette sta bene. Ha sopportato bene il drenaggio. È sveglia adesso e ha chiesto di te. Non... ehm, non vuole rinunciare all'idea che ci sposiamo.»

Josie si avvicinò ai fiori e accarezzò il nastro. «Cos'è questo?»

Trinity le si avvicinò e le prese la mano. «Stammi a sentire, d'accordo? Ricordi che Lisette ha detto che voleva vederti sposata prima di...» a quelle parole si interruppe, rendendosi conto di quello che stava per dire.

Shannon riprese il filo del discorso. «Tu e Noah potete sempre organizzare un'altra cerimonia o un altro ricevimento, qualsiasi cosa vogliate, in un'altra occasione.»

Josie si guardò intorno. «C'è qualcosa che non mi state dicendo?»

Tutti la fissavano. Lei si sentì affondare il cuore. Nessuno diceva una parola. All'improvviso una voce giunse dall'ingresso. Era Sawyer. «Ha un'emorragia interna nell'intestino tenue. Hanno difficoltà a tenerla sotto controllo. Potrebbero riportarla in sala operatoria, ma il suo corpo ne ha già passate tante e non sono sicuri che possa sopportarlo.»

«Morirà...» disse Josie a bassa voce.

Sawyer annuì.

Shannon si avvicinò e si mise tra Josie e il tavolo. «Mi dispiace tanto, tesoro...»

«Quanto tempo le resta?»

Di nuovo, nessuno parlò e Josie si voltò a guardare Sawyer. «Quanto tempo le resta?» ripeté.

Lui scosse la testa, con gli occhi lucidi di lacrime non versate. «Poche ore. Forse un giorno. Aspetteranno fino a domani mattina e, se sarà ancora con noi, la riporteranno in sala operatoria per cercare di trovare la fonte. È un'emorragia lenta, ma non può continuare a perdere sangue in questo modo. È molto semplice, non può reggere a lungo.»

Le ginocchia di Josie cedettero. Trinity e Shannon la presero al volo, Noah si precipitò verso di lei e tutti e tre la accompagnarono a una sedia e la fecero mettere a sedere. Noah si mise in ginocchio di fronte a lei e le prese le mani. «Non dobbiamo farlo per forza. Era solo una proposta di cui stavamo discutendo...»

«Io ho preso i fiori.» disse Misty. «È stato sciocco, ma ero talmente sconvolta che... volevo fare qualcosa. È l'ultimo desiderio di Lisette. Volevo essere pronta nel caso in cui tu fossi d'accordo. La dottoressa Feist ha detto che il tuo vestito è di sotto nel suo ufficio. Potrebbe andare. Oh, e il capo Chitwood può celebrare la funzione, che tu ci creda o no.»

Gli occhi di Josie si spostarono sul viso di Chitwood che, con una scrollata di spalle, disse: «Basta seguire dei corsi online e si ottiene l'autorizzazione a sposare le coppiette nel Commonwealth della Pennsylvania. L'ho fatto per alcuni amici qualche anno fa.»

Josie continuò a fissarlo e lui aggrottò le sopracciglia. «Che c'è?» disse. «Anch'io ho degli amici.»

Josie tornò a guardare Sawyer. Un muscolo gli pulsava sulla mascella. I suoi occhi azzurri, come sempre, erano penetranti. «Ho detto alcune cose...» le disse. «Ma se questo è il tempo che ci rimane con lei, dovremmo darle quello che vuole.»

«Vuole che tu e io andiamo d'accordo, Sawyer.» gli fece presente Josie.

«Ma desidera di più vederti sposata. Non lo capisco, ma non occorre che capisca. L'ho trovata. Alla fine della sua vita, ma ho avuto la possibilità di incontrarla, di conoscerla e di sapere di mio padre, di mio nonno, della sua famiglia. Avrebbe potuto respingermi, ma non l'ha fatto. Se questo è ciò che vuole, Josie, glielo devi concedere.»

Josie si girò verso Noah, che era ancora appoggiato su un ginocchio davanti a lei. «Questo è anche il tuo matrimonio.» sussurrò. «È il primo matrimonio per te e speriamo anche l'unico... avevamo fatto tutti quei progetti...»

Noah sorrise. «I progetti sono una stupidaggine...» disse. «Sposiamoci e basta.»

TRENTACINQUE

Qualcuno aveva alzato leggermente il letto di Lisette e si era preso il tempo di pettinare i suoi riccioli grigi. Josie capì dal modo in cui gli angoli dei suoi occhi si increspavano e da come le si arricciava leggermente il labbro superiore che stava patendo un forte dolore. Nonostante tutto, era raggiante mentre guardava Christian avanzare, a braccetto con Josie, dalla porta della sua stanza al letto, dove Noah e Chitwood li aspettavano. Drake aveva preso gli anelli. Nessuno aveva idea da dove. Se ne erano occupati i testimoni e lei aveva perso le tracce di tutto ciò che riguardava il loro matrimonio nel momento in cui Holly Mitchell era stata trovata davanti alla chiesa di Harper's Peak. Misty era tornata a casa loro a prendere lo smoking di Noah. Shannon aveva preso l'abito da sposa di Josie e aveva fatto del suo meglio per sistemare le pieghe e pulire le macchie di terra rimaste sull'orlo. Era ancora un po' malridotto, ma sarebbe andato bene comunque. Bastava un'occhiata per accorgersi che, nonostante il vestito, il trucco e i prodotti per capelli che Misty, Shannon e Trinity le avevano spruzzato e spennellato addosso, coprendo così abbastanza bene i lividi lasciati dall'aggressione di Rory, Josie aveva un aspetto esausto, così come Noah, ma questo non impedì loro di scambiarsi un sorriso, senza neanche una lacrima. Gli altri, compreso Sawyer, circondavano il letto, e si agitavano nervosamente. Josie sapeva anche che il personale infermieristico aspettava fuori con ansia, pronto a disperderli nel momento in cui avessero pronunciato le promesse. Christian baciò Josie su una guancia, prese il bouquet e lo consegnò a Trinity e la lasciò di fronte a Noah. Chitwood si spostò in modo che Lisette avesse una visione completa di entrambi. Josie allungò una mano e prese quella di Lisette.

«Sei bellissima, tesoro...» le disse la nonna. La sua voce era rauca, il suo respiro pieno di affanno.

Chitwood si schiarì la gola. «Siamo qui riuniti oggi per unire Josie e Noah nel sacro vincolo del matrimonio. Il matrimonio è una promessa tra voi due di amarvi, onorarvi e affidarvi l'uno all'altra per il resto della vostra vita. Oggi vi impegnate a sostenervi, incoraggiarvi e amarvi finché avrete vita. Vi impegnate a rispettare questa promessa e a rimanervi fedelmente ancorati. Pur portando avanti le vostre esistenze come due individui distinti, lo farete insieme, uniti nella forza, nella gioia e anche nelle responsabilità.»

Josie rimase sorpresa dal discorso di Chitwood e non poté fare a meno di chiedersi se fosse tratto da un copione o se stesse improvvisando. In entrambi i casi, era molto bello. Sentì Lisette stringerle la mano quando lui pronunciò le parole "porterete avanti".

«Ora...» proseguì Chitwood, rivolgendo lo sguardo a Noah. «Noah, vuoi tu prendere Josie come tua sposa, in presenza di questi testimoni, in salute e in malattia, nei momenti di gioia e di dolore, in ricchezza e in povertà, e prometti di amarla finché morte non vi separi?»

Josie guardò gli occhi nocciola di Noah, fissando lo sguardo sulle striature d'oro nelle sue iridi. Lui sorrise. La sua voce era roca quando disse: «Lo voglio.»

Josie sentì le lacrime che minacciavano di irrompere, ma le

trattenne, incapace di smettere di ricambiare il suo sorriso. Chitwood si rivolse a lei. «Josie, vuoi tu prendere Noah come tuo sposo, in presenza di questi testimoni, in salute e in malattia, nei momenti di gioia e di dolore, in ricchezza e in povertà, e prometti di amarlo finché morte non vi separi?»

Josie sentì l'elettricità che c'era tra loro come qualcosa di vivo e si rese conto di non aver mai provato quel tipo di legame con nessuno prima. «Lo voglio.» disse.

«Ora, per quanto riguarda le promesse...» disse Chitwood. «Mi hanno detto che avevate preparato qualcosa.»

Entrambi girarono la testa e lo fissarono.

«Cosa?» disse Josie.

«Non avete preparato i voti?»

«Oh...» disse Josie, pensando alle settimane che avevano impiegato per preparare segretamente le promesse l'uno per l'altra, scrivendole scrupolosamente. Le avevano portate a Harper's Peak per il loro matrimonio, ma non aveva idea di dove fossero in quel momento. Probabilmente erano ancora nei loro bagagli al resort. Chitwood la guardò con apprensione.

«L'abbiamo fatto...» cominciò a dire, «ma...»

Noah la zittì stringendole la mano. «Ti amo.» disse. «E prometto di correre sempre verso il pericolo con te.»

Josie non poté fare a meno di sorridere. «Ti amo anch'io.» disse. «E prometto di tornare sempre a casa da te... e di non cucinare mai.»

La stanza si riempì di risate sommesse. Josie sentì la stretta di Lisette sulla sua mano.

«Mi sembrano buone promesse...» disse Chitwood. Si guardò intorno. «Chi ha gli anelli?»

Drake fece un passo avanti e depositò gli anelli nel suo palmo aperto. Prese quello più piccolo e lo porse a Noah. «Metti questo anello al dito di Josie e ripeti dopo di me.»

Josie lasciò la mano di Lisette in modo che Noah le facesse scivolare la fede all'anulare della mano sinistra. Sentì che gli tremavano leggermente le dita mentre ripeteva le parole di Chitwood. «Josie, ti dono questo anello come simbolo del mio amore e della mia fedeltà verso di te.»

Josie fissò la fascia luccicante e sbatté le palpebre per trattenere un'altra ondata di lacrime. Le mani cominciarono a sudare quando Chitwood le diede l'altro anello. Facendolo scivolare sull'anulare di Noah, anche lei ripeté le parole del capo. «Noah, ti dono questo anello come simbolo del mio amore e della mia fedeltà verso di te.»

Nella stanza era calato un silenzio carico di tensione. Josie guardò verso Lisette e la vide più bella che mai. Fece un piccolo cenno e Chitwood, che disse: «È mio piacere e mio privilegio dichiararvi marito e moglie. Ora potete baciarvi!»

Noah raccolse le guance di Josie tra le mani e la tirò a sé, posandole un lungo e morbido bacio sulle labbra. Josie cercò la mano di Lisette e quando la trovò, sentì la presa di Lisette ferma e inflessibile. Josie le tenne la mano mentre Trinity scattava alcune foto di loro due accanto al letto di Lisette. Poi tutti si misero in fila per porgere le loro congratulazioni. Josie sentiva già scivolare via quel poco di vertiginosa felicità che il matrimonio con Noah le aveva procurato, rendendosi conto che il suo mondo sarebbe andato in frantumi nel giro di poche ore. Dopo alcuni minuti, un'infermiera entrò nella stanza e li fece uscire tutti. Tranne Josie. Lisette non voleva lasciarla andare.

«Ha un minuto.» la avvertì l'infermiera. «Poi devo darle un'occhiata.»

Josie annuì e quando l'infermiera se ne fu andata, Lisette la tirò a sé. Josie si chinò per sentire meglio quello che voleva dirle. «Devi imparare a convivere con entrambi, tesoro mio.» le sussurrò la nonna.

«Entrambi?» ripeté Josie, chiedendosi se Lisette stesse delirando.

«Il dolore e la felicità...» Fece una pausa per prendere

qualche debole respiro. «Se non riesci a convivere con entrambi, non ce la farai mai.»

«Va bene.» disse Josie.

«No, non "va bene".» Fece un'altra pausa per respirare. «Josie, non hai mai imparato che alcune cose vanno affrontate e sentite davvero prima di poterle superare.»

Si stava stancando, il suo respiro si era fatto più affannoso. Josie pensò a Emily e a quello che la sorella maggiore le aveva detto sul fatto che a volte bisogna provare tutte le emozioni finché non se ne vanno; Josie aveva passato tutta la sua vita a spingere tutti i sentimenti negativi e terrificanti più in profondità possibile, non aveva mai imparato a gestirli come avrebbe dovuto nei momenti in cui fuggivano da quel luogo oscuro e sua nonna l'aveva vista cadere nell'autodistruzione molte volte.

Josie baciò la guancia di Lisette. «Ho capito, nonna. Ora riposati. Tornerò non appena me lo permetteranno.»

<hr>

I festeggiamenti, se così si potevano definire, si svolsero nella saletta d'attesa in modo contenuto e dagli occhi di Misty e Shannon era chiaro che stavano cercando di non lasciarsi andare al pianto.

Trinity passò a Drake la sua macchina fotografica e gli fece scattare altre foto. Josie si chiese come sarebbero apparsi a distanza di qualche mese o al loro primo anniversario. Si sarebbe visto nelle loro espressioni come apparivano tesi e scavati? Sarebbero sembrati esausti tutti quanti come già era più che evidente? Forse avrebbero dovuto aspettare e sposarsi dopo la morte di Lisette, dopo il suo funerale, dopo un periodo di lutto commisurato. Ma Josie comprese subito, dal momento in cui quel pensiero le si affacciò alla mente, che non ci sarebbe mai stato un periodo di lutto commisurato. Anche perché sarebbe stata una tortura organizzare un altro matrimonio sapendo che Lisette non vi avrebbe preso parte e sapendo che, se invece avessero celebrato il matrimonio a Griffin Hall e se Josie avesse percorso la navata come previsto, Lisette avrebbe potuto vederla. Non sarebbe stata in grado di sposare Noah dopo questo episodio e, alla fine, lui si sarebbe stancato del dolore che li separava e li teneva separati. Lisette conosceva Josie meglio di qualsiasi altra persona presente al matrimonio; per quanto dolce e amaro al contempo, questo era il suo regalo alla nipote.

Quando furono scattate abbastanza foto, Shannon e Trinity accompagnarono Josie nell'ufficio della dottoressa Feist per aiutarla a cambiarsi di nuovo con i suoi abiti normali. Tornate al piano di sopra, si misero ad aspettare. Josie aspettò insieme a Sawyer di poter rivedere Lisette, ma allo stesso tempo aspettò insieme a Noah e a Chitwood di ricevere notizie sul caso. Poche ore più tardi, Mettner si presentò nella saletta, con un'aria stravolta e il viso scurito dalla barba. Un'occhiata all'orologio della sala d'attesa rivelò che erano da poco passate le undici di sera.

«Non abbiamo ancora trovato niente.» annunciò ai tre colleghi riunitisi nel corridoio, fuori dalla sala d'attesa. «Gretchen è ancora impegnata nelle ricerche di Rory Mitchell. Io mi sono occupato di Emily. I due ragazzi sono ai lati opposti della città e le nostre forze sono ridotte al minimo. Anche con l'aiuto della Polizia di Stato, non abbiamo trovato tracce di nessuno dei due. Non riuscirò a farci mandare il sostegno dell'unità cinofila prima di domani.»

«Per caso avete trovato dei bottoni?» si informò Josie. «Mentre cercavate Emily...»

«Due.» disse. Tirò fuori il telefono e selezionò l'applicazione di Google Maps. Dopo qualche passaggio, girò la mappa verso di lei e con un dito indicò lo schermo. «Qui. Questa è la fattoria dei Bryan, okay? In questo posto, a circa un miglio da questa parte...» Scorse ancora un po', spostando la mappa in modo da visualizzare una zona più ampia di South Denton. «Qui c'è un piccolo torrente. Anzi, non è nemmeno un torrente, non è niente di più che un rigagnolo d'acqua che defluisce dai margini dei campi coltivati. Qui uno dei volontari ha trovato due bottoni grigi.»

«Quindi ha già percorso più di un chilometro e mezzo...» osservò Chitwood. «Non può essere lontana, Mett. Prendete un po' di uomini impegnati nelle ricerche di Rory Mitchell e mandateli a South Denton. Sappiamo già che questo ragazzino è in grado di vivere nei boschi per giorni. Emily è una bambina di otto anni. Quanto può resistere all'addiaccio? Sarà affamata e disidratata.»

«Rory Mitchell è pericoloso, Signore.» obiettò Noah. «Per quanto ne sappiamo ha ucciso almeno una persona.»

«Chi di noi è il capo della polizia, Fraley?» sbottò Chitwood, somigliando più a se stesso di quanto non avesse fatto per tutto il fine settimana. «Io dico a tutti voi cosa dovete fare e quindi dico a Mettner di prendere tre quarti delle forze impegnate sulla montagna di Harper's Peak e di mandarle a South Denton. Riprenderanno le ricerche dal punto in cui sono stati trovati gli ultimi bottoni e si disporranno a ventaglio.»

Josie stava ancora fissando lo schermo. «Posso?» chiese a Mettner, che glielo consegnò e poi si rivolse a Chitwood per chiedergli: «Non crede che dovremmo coinvolgere anche la stampa e chiedere ai cittadini di darci una mano con le ricerche? Amber potrebbe smuovere qualcosa molto velocemente.»

Josie ingrandì la schermata del telefono e spostò la visualizzazione sul terreno, osservando come le linee e le forme asimmetriche sulla mappa si trasformassero in campi e alberi.

«È una buona idea, Mett.» convenne Chitwood. «Dille di parlare con la WYEP e di vedere cosa riescono a tirare fuori in fretta, d'accordo? È troppo tardi per il notiziario delle undici, ma possono ancora lanciare un appello sui social media e magari qualcosa quando torneranno in onda domani mattina. Mi sembra che il primo servizio vada in onda alle quattro. Più persone coinvolgiamo, meglio è.»

Come Josie sospettava, non lontano dal luogo in cui erano stati trovati i bottoni, c'era un'apertura nella foresta: un piccolo quadrato indistinto che interrompeva il verde sconfinato. «Questa è la vecchia casa di Rowland...» disse indicandola.

Chitwood si infilò gli occhiali da lettura e scrutò lo schermo. «Cos'è la vecchia casa di Rowland?»

«Prima che lei assumesse il suo incarico...» spiegò Noah, «a Denton viveva un miliardario. Una specie di celebrità locale. Ha fatto soldi a palate creando sistemi di sicurezza, ma ha sempre posseduto una casa in questa zona.»

«È disabitata da anni.» puntualizzò Josie. «La casa è fatta quasi interamente in vetro.»

«Come una serra.» disse Mettner.

«Esatto.» disse Josie. «A noi magari può non sembrare una serra...»

«Ma a un bambino di otto anni sì.» concluse Mettner.

«Andiamo a vedere.»

«Seguite i bottoni.»

TRENTASEI

Era appena passata la mezzanotte quando il dottor Justofin si affacciò alla porta della sala d'attesa. Erano rimasti solo Josie, Noah, Sawyer e Trinity. Tutti gli altri avevano lasciato l'ospedale per andare a riposare e a mangiare un boccone. Josie diede una gomitata a Noah quando vide il dottore. Sawyer si alzò di scatto dalla sedia. «Che succede?»

Il dottor Justofin fece loro un sorriso sofferto. «Mi dispiace, ma le condizioni di vostra nonna stanno peggiorando. Crediamo che non sarà abbastanza forte per sottoporsi all'intervento di domani mattina.»

«È ancora viva?» chiese Trinity, mettendo una mano sulla spalla di Josie.

«Sì. È ancora viva e ancora lucida, quando non dorme, ma non sono sicuro che possiamo fare molto di più per lei. Ha rifiutato qualsiasi altra cura salvavita.»

«Può farlo?» chiese Noah.

Il dottor Justofin annuì. «Può farlo. Ha già firmato i documenti. La trasferiremo in un reparto normale e faremo del nostro meglio per non farla soffrire. Non ci saranno restrizioni sulle visite. Farò in modo che chiunque di voi possa restare con lei per tutto il tempo che desidera.»

Josie riuscì a malapena a pronunciare un soffocato "grazie" e una volta che il dottore se ne fu andato, si abbandonò all'abbraccio della sorella, senza opporsi ai singhiozzi che per diversi minuti sfogò nella sua spalla. Dalla parte opposta, poteva sentire che anche Sawyer piangeva. Avrebbe voluto confortarlo, ma non riusciva a muoversi. Com'era possibile che non gli restasse nessun amico, nessun familiare?

Noah strinse il ginocchio di Josie. «Chiamo i vostri genitori.»

«E la vostra squadra.» aggiunse Sawyer. «Questo sta per diventare un caso di omicidio.»

***

Nel giro di un'ora, Josie e Sawyer mandarono tutti a casa a riposare, compreso Noah, mentre loro vegliavano la nonna, che intanto era stata trasferita in una nuova stanza. Si sedettero ai lati del letto. Il reparto era molto più tranquillo di quello di terapia intensiva, in particolare suonavano meno allarmi alla postazione delle infermiere. Lisette aveva un aspetto migliore senza tutte le apparecchiature collegate. Le avevano lasciato soltanto una flebo nel braccio buono. Sorrise, prima a Sawyer e poi a Josie. «Così va meglio.» disse.

No, non va meglio, avrebbe voluto gridare Josie.

«Vogliono evitare che senta dolore.» proseguì Lisette. «Questo significa che mi stanno dando della roba buona. Roba veramente buona.»

Chiuse gli occhi e tirò un sospiro. Senza riaprirli, disse: «Josie, non sono riuscita a dire addio a tuo padre... al mio Eli. E Dio solo sa quanto avrei desiderato poterlo fare. Così come a mia figlia Ramona. È stata con me per così poco tempo e poi un giorno se n'è andata.» Fece una pausa e prese diversi respiri. «Non ho mai potuto dirle addio. Questa è una benedizione.»

«Come può essere una benedizione?» chiese Sawyer con voce rotta.

Lisette aprì gli occhi e lo guardò con affetto. «Non potevo restare qui per sempre, tesoro. Lo sapevamo tutti. Vorrei avere più tempo, davvero...»

Si addormentò, la stanchezza e le medicine stavano facendo il loro effetto ancora una volta. Josie si avvicinò con la sedia e prese la mano sana di Lisette. Allora Sawyer raggiunse il lato opposto, quello con il braccio ingessato, abbassò la spalliera, si avvicinò il più possibile al letto e appoggiò la fronte sulla sua spalla. Josie vide che le sue spalle cominciavano a tremare.

Dopo un po', perse la cognizione del tempo. Con il dito medio appoggiato sul polso di Lisette, contava i deboli battiti del suo cuore. Passò un tempo indefinito. A un tratto Lisette riaprì gli occhi e fissò lo sguardo ai piedi del letto e sorrise. Poi il suo viso si rilassò. Josie pensò che stesse per andarsene, ma il polso, seppur debole, batteva ancora sotto il suo dito. Rimase così per diversi minuti.

«Sawyer.» sussurrò.

Lui alzò la testa e le si avvicinò ancora di più, in modo da mettere l'orecchio proprio sopra la bocca della nonna. Lei gli sussurrò qualcosa che Josie non riuscì a sentire. Poi lui tornò ad appoggiare la testa alla sua spalla, piangendo sul lenzuolo. Lisette girò la testa verso Josie, che a sua volta si alzò e si protese in avanti, con il viso appena accostato al suo. Lisette le sussurrò poche parole all'orecchio, le baciò la fronte e le strinse la mano per l'ultima volta.

TRENTASETTE

Josie e Sawyer rimasero con Lisette finché il suo corpo non divenne freddo e il personale medico non li fece uscire dalla stanza. Si misero ad aspettare in corridoio, in piedi, impacciati, fino all'arrivo della dottoressa Feist che li abbracciò entrambi. «Mi dispiace tanto.» disse. «Vi assicuro che mi prenderò buona cura di lei.» Poi si rivolse a Josie. «E riferirò le mie conclusioni al detective Mettner.»

Josie annuì. Non avrebbe mai immaginato di dover sottoporre Lisette a un'autopsia quando fosse morta; aveva sempre immaginato che Lisette si sarebbe spenta tranquillamente sulla sua poltrona mentre giocava a carte nella caffetteria della casa di riposo. O che una notte si sarebbe addormentata nella sua stanza e non si sarebbe più svegliata. Immaginava che sarebbe morta di vecchiaia, di una morte serena. Invece, era stata ammazzata a sangue freddo, in modo selvaggio, proprio davanti ai suoi occhi. Quando sarebbe riuscita a prendere il colpevole, il sistema giudiziario avrebbe richiesto che l'entità delle ferite che avevano ucciso Lisette fosse documentata dall'autopsia.

Guardarono la dottoressa Feist che spostava dalla stanza il letto di Lisette, il volto coperto da un lenzuolo, verso uno degli ascensori riservati al personale in fondo al corridoio. Josie si sentiva stranamente intorpidita, ma sapeva che era solo il suo corpo che era passato in modalità di sopravvivenza. Era così che era riuscita a superare un'infanzia di traumi, la perdita di suo padre e poi quella del primo marito. In quel momento la sua mente stava prendendo l'orrore incommensurabile della nuova realtà in cui era stata proiettata e l'aveva messo a tacere, in modo che il suo corpo potesse continuare a fare tutte le cose che gli servivano per funzionare e sopravvivere. Qualche volta, a posteriori, doveva farci i conti, se non riusciva a tenere a bada tutte quelle brutte emozioni. La maggior parte del tempo riusciva a tenerle così profondamente sepolte sotto la superficie che potevano passare anche lunghi periodi senza che qualcuna si scatenasse all'improvviso. Ma ogni anno che passava diventava sempre più difficile non avvertire quelle emozioni e ormai cominciava a sospettare che prima o poi sarebbe arrivato il momento in cui sarebbe stata costretta a pagare pegno per tutti quegli anni di indolenza verso la sua interiorità.

Ma non sarebbe successo quella sera.

«Sawyer...» disse. «C'è qualcuno che posso chiamare per te?»

«No.» rispose lui. E con questo si avviò verso il corridoio e salì sull'ascensore.

Josie invece prese le scale e scese fino al piano terra e uscì dall'ingresso del Pronto Soccorso. Sapeva che avrebbe dovuto avvertire qualcuno. Aveva una schiera di persone care che aspettavano notizie, che aspettavano di confortarla e di fare tutte le cose che lei non riusciva a immaginare di fare in quel momento. Aveva sempre detestato la pianificazione che seguiva un lutto. Quando era morto il suo primo marito, Ray, era stata la suocera che si era occupata della maggior parte dell'organizzazione del funerale.

Si prese qualche momento per rimanere fuori, all'aria fresca della notte, respirando in un mondo senza sua nonna. Com'era possibile?

Tirò fuori il telefono e mandò un messaggio a Noah.

Se n'è andata.

Le rispose immediatamente.

Arrivo subito.

Rimise il telefono in tasca e guardò verso l'ingresso proprio mentre arrivava una volante della polizia. Ne scese un agente in uniforme che aprì la portiera posteriore, da cui sbucò Mettner.

Si voltò verso la portiera aperta, si infilò sul sedile e ne uscì con Emily Mitchell tra le braccia.

Josie li seguì all'interno.

TRENTOTTO

Josie rimase in ascolto dall'altro lato della tenda, in attesa che l'équipe medica facesse la sua valutazione iniziale: Emily era gravemente disidratata e aveva bisogno di alcuni punti di sutura per un taglio sul braccio, ma per il resto era in buone condizioni. Non appena la lasciarono sola con Mettner, Josie entrò nel box.

«Josie!» esclamò Emily agitando in aria il suo cagnolino di peluche, che aveva un aspetto molto più trasandato rispetto a quando l'aveva visto l'ultima volta.

«Sono così felice di vederti.» rispose Josie.

«Stai bene!» osservò Emily.

«Sì.»

Emily abbassò la voce. «Siamo morte adesso?»

Josie sorrise. «No, non siamo ancora morte.»

Mettner sgranò gli occhi. «Di cosa state...? No, non importa, non voglio saperlo. Emily, tu resta qui mentre parlo per qualche minuto con la detective Quinn in fondo al corridoio, d'accordo?»

«Intendi dire dove non posso sentirvi.» disse lei con tono deciso.

«Sì, esatto.» disse Josie, strizzando l'occhio alla bambina.

Mettner la prese per un braccio e la guidò a qualche metro di distanza, tirandola verso un lato del corridoio. «Cosa ci fai qui? Come sta Lisette?»

«È morta.» rispose Josie.

La sua espressione rivelò quanto ne fosse addolorato. «Oh, mio Dio. Boss, mi dispiace tanto. Hai bisogno che ti... vuoi che faccia...?»

«Noah arriva tra poco.» rispose lei semplicemente. «Ma ti ringrazio.»

«D'accordo allora...» disse lui, evidentemente agitato. «Io... beh, avevi ragione. Emily si era nascosta nella vecchia tenuta di Rowland. Ha lasciato una piccola scia di bottoni. Non è stato facile vederli al buio, ma ne abbiamo trovati alcuni. Starà bene. I Servizi Sociali stanno arrivando e ho già parlato con Marcie. Non la affideranno a Celeste e Adam, come credo sia meglio. In compenso, Gretchen ha contattato la zia di Paxton che vive in Georgia, le ha raccontato tutto quello che sta succedendo qui e lei ha espresso un certo interesse a incontrare Emily e a prenderla in custodia.»

«D'altronde è una sua parente di sangue.» osservò Josie. «Attraverso Reed Bryan.»

«Giusto. Era piuttosto sconvolta quando ha saputo cosa stava succedendo, ma comunque ha dato conferma di quello che ci ha detto Paxton, cioè che Reed non le permetteva di vedere il nipote. Prenderà il prossimo volo. Ora dobbiamo soltanto trovare Rory. Ma cosa sto dicendo? Hai appena perso tua nonna. Non dovresti essere qui. Posso starci io con Emily.»

«Ti dispiace se parlo con lei per un minuto?» chiese Josie. «E se potessi restare? Solo finché non arriva Noah.»

«Sì, certo, naturalmente.»

Tornarono al box di Emily. Mettner rimase in piedi fuori dalla tenda e Josie accostò una sedia al capezzale del letto.

«Hai ricevuto la tua bambola?» le chiese Emily.

«Sì, l'ho ricevuta.»

Emily si mise a giocare con le orecchie del cane di peluche. «Ha detto che gli dispiace per la cosa brutta che è successa.»

«Chi l'ha detto, Emily?» chiese Josie.

La bambina si portò un dito alla bocca. *Silenzio*. Josie allungò la mano e glielo allontanò dalla bocca. «So di Rory.» le disse. «E so di Pax. So anche che Rory ha fatto cose brutte qualche volta.»

«Lo sai?»

Josie annuì.

«Quella cosa brutta che è successa. Rory ha detto che ha sparato a una persona. Era tua madre?»

«Mia nonna.» rispose Josie.

Emily abbassò la voce a un sussurro. «È morta?»

«Sì.» disse Josie, sentendo salire nel petto una marea di emozioni, che rapidamente respinse.

«Mi dispiace che ti siano successe cose brutte. Eri pronta?»

Josie sorrise. «Sai una cosa? Credo che nessuno di noi sia mai pronto per le cose brutte.»

Emily annuì, ma non rispose.

«Emily, Rory ti ha raccontato che ha sparato a mia nonna? Te l'ha proprio detto?»

Lei tornò a giocare con le orecchie del cagnolino. «No. Ha detto che è stata colpa sua.»

«Non è la stessa cosa che averlo fatto davvero. Lo capisci?»

«Sì, lo capisco.»

«Sei rimasta sola con Rory per un po' dopo che Pax ti ha portata alla sua fattoria. Ti ha detto qualcosa? Riguardo a quello che aveva fatto?»

La bambina scosse la testa.

«Pax non ti ha detto niente? Non ha detto di aver fatto del male a qualcuno?»

«No, non ha fatto del male a nessuno. Pax è buono.»

«Ma non è mai capitato che ti dicesse di aver fatto del male a qualcuno?»

«No.»

«Hai mai visto Rory o Pax con un'arma? Mai?»

«No.»

«Emily, qualcuno ti ha detto perché stiamo cercando Rory?»

Lei abbracciò il cagnolino tenendolo stretto al petto. «Perché ha ucciso il padre di Pax.»

«Sì.» disse Josie. «Ma anche perché la gente pensa che Rory abbia ucciso anche la tua mamma e tua sorella. Ricordi la prima volta che abbiamo parlato, quando ti ho fatto un mucchio di domande e tu hai detto che non potevi darmi le risposte perché sarebbero potute succedere cose brutte?»

«Sì, mi ricordo. Ma ora conosci il segreto. Rory è cattivo. A volte ci faceva del male. La mamma non voleva che finisse in affidamento o nel "sistema", così ci costringeva a non parlare mai di lui. Aveva sempre paura che se ne sarebbe dovuto andare e che non l'avremmo mai più rivisto. Questa cosa la faceva piangere sempre.»

«Mi dispiace tanto.» disse Josie. «Rory ha detto a Pax che c'era qualcun altro in casa il giorno in cui tua madre e Holly sono state uccise. Sai dirmi se è vero?»

Emily rimase immobile. «Non posso dirlo.»

«È stato Pax?»

Lei scosse la testa con forza.

«Hai visto chi era?»

Di nuovo un vigoroso scuotimento di testa.

«Allora come puoi essere sicura che ci fosse qualcun altro?»

«Non posso dirtelo. Rory mi ha fatto promettere di non dirlo.»

«Mi sembrava che avessi detto che Rory non ti aveva detto nulla.»

La bambina cominciò a dondolare avanti e indietro sul letto. Contò fino a sei sottovoce. Poi disse: «Non posso dirlo. Ho promesso di non dirlo a nessuno. Se non mantengo una promessa, potrebbe morire un'altra persona. Cosa faresti se fossi tu?»

Josie allungò la mano e toccò il braccio di Emily. Si ricordò di ciò che aveva detto la dottoressa Rosetti sul fatto che il disturbo ossessivo compulsivo è un disturbo insensato, e che cercare di usare la logica era come dire a un diabetico di produrre più insulina. «Ricordi la prima notte che siamo state qui in ospedale e ti sei arrabbiata perché qualcuno aveva buttato via le tue cose?»

«Uno, due, tre. Sì, me lo ricordo. Uno, due, tre, quattro, cinque, sei.»

«Ti ricordi cosa mi hai detto di tua madre? Ti diceva che quando si prova angoscia, bisogna "tollerarla".»

«Uno, due, tre, quattro, cinque, sei. Sì. È quello che diceva.»

«E Holly ti aveva detto che questo significa che dovevi provare tutte le tue emozioni finché non finiscono...»

«...Cinque, sei. Sì.»

«Credo che questo sia uno di quei momenti.» disse Josie. «L'angoscia che proveresti nel dirmelo passerebbe. Non succederà nulla di male se mi dici quello che ti ha detto Rory. Io non morirò. Il tuo cervello ti sta facendo degli scherzi. Ti sta mentendo.»

Smise di contare, anche se continuò a dondolare. Le sue dita impastavano la pelliccia del cane. «Come l'ingannatore di Pax?»

Josie sorrise. «Esattamente, proprio così. La tua mamma te ne ha parlato?»

Lei annuì.

«Hai un nome per il tuo... ingannatore?»

«Non ne avevo ancora uno. Volevo chiamarlo Bugiardo con la Lingua biforcuta ma la mamma ha detto che era troppo lungo.»

Josie rise. «Mi piace. Che ne dici di serpe per abbreviare?»

La sua presa sul cane si allentò. «Mi piace.»

«Credo che la serpe sia nel tuo cervello e ti dica che se mi racconti quello che ti ha confessato Rory, qualcuno morirà, ma non è affatto vero. La serpe ti fa sentire in difficoltà quando pensi anche solo di dirmelo. Ti torna?»

«Non tanto...»

«Vogliamo provare con un esperimento?»

«Non mi va molto...»

Josie si avvicinò di più. «Neanche a me piace provare tutte le mie emozioni, a dire la verità.»

«Però non hai una serpe. E nemmeno un ingannatore.»

«No, è vero, non ce l'ho.»

«Dev'essere difficile.»

«In effetti sì.» ammise Josie. «Ma sono disposta a stare qui e ad aiutarti, come ho fatto l'ultima volta, ti ricordi? Quando ci siamo sedute insieme sul pavimento?»

Emily si dondolò più forte. Strinse più forte il cagnolino e contò fino a sei tre volte sottovoce. Josie diede un'occhiata alla porta e vide Mettner, Noah e Marcie Riebe che aspettavano in piedi. Guardò di nuovo Emily che incrociò le gambe e poi le fece cenno di sedersi accanto a lei. Josie salì sul letto e si sedette in modo che stessero faccia a faccia, incrociando a sua volta le gambe. La bambina allungò un braccio e lo girò in modo che Josie potesse vedere uno squarcio lungo l'avambraccio. «Anche io avrò una cicatrice.»

«Si direbbe di sì.» disse Josie.

«Pensi che le cicatrici ci ricordino le cose brutte?»

Josie si toccò la propria cicatrice, facendo scorrere le dita dall'orecchio fino a sotto il mento. L'aveva sempre odiata. Fino a quel momento. «No.» disse poi. «Penso che ci ricordino quanto siamo forti, quanto siamo in grado di sopravvivere e quanto possiamo tollerare. Sono... segni di cazzutaggine.»

Emily ridacchiò. «Hai detto una parolaccia!»

«Ci puoi scommettere... perché sai una cosa? Penso che io e te ci siamo guadagnate il diritto di dire che siamo "cazzute".»

Emily si guardò il taglio. «Il marchio della cazzutaggine!»

«Allora, sei pronta?» chiese Josie.

Emily sospirò. «Non sarò mai pronta per questo. Penso che avessi ragione tu sulla questione dell'essere pronti. Ma la mamma ha sempre detto che era la cosa migliore da fare e io mi sono sempre sentita meglio dopo averlo fatto.»

Josie allungò le mani ed Emily appoggiò le proprie mani sulle sue. Chiuse gli occhi. «Uno, due, tre, quattro, cinque, sei. Ho sentito un uomo. È così che l'ho capito. È così che so che c'era qualcun altro in casa. Non posso... non posso...»

Josie le tenne le mani più saldamente. Emily prese a dondolare più forte e non riuscì a trattenere un pianto a dirotto. «Qualcuno morirà. Qualcuno morirà.»

«È la tua serpe, Emily.» le ricordò Josie. «Non lasciarti comandare da lei. Hai sentito qualcosa di quello che ha detto?»

I suoi occhi rimasero chiusi, ma la sua testa oscillò avanti e indietro. «Ho sentito solo alcune cose. Era talmente forte, talmente arrabbiato. Diceva "basta, basta" e "vivi nel mondo delle fantasie".»

«Sai con chi stava parlando?» chiese Josie.

Emily ebbe un sussulto. Un singhiozzo le uscì dalla bocca. Josie le strinse più forte le manine. «Stai andando benissimo, Emily. Io sono qui. L'angoscia sparirà presto. Sai dirmi con chi stava parlando quell'uomo?»

«Non lo so. Non lo so. Ha detto "Ti odio" e ha detto delle brutte parole. Un sacco di parole davvero cattive. Continuava a dire "No" e "Non mi interessa". Poi ha detto: "Non è stata una mia scelta". Poi ho pensato che se ne fosse andato, ma è tornato. Non ricordo tutte le cose che ha detto dopo. Erano molte cose e la mamma piangeva e Rory gridava: "Ti odio, ti odio" e poi l'uomo ha urlato: "Vorrei che non fossi mai nato" e poi è arrivato il botto.»

Finalmente aprì gli occhi. Erano arrossati e vitrei. Le lacrime le scesero sulle guance. «Voglio smettere...» la implorò. «Non mi piace come mi fa sentire.»

«Lo so.» disse Josie. «Ma ci siamo quasi. Stai andando alla grande. Avevi mai visto un uomo prima di quel giorno? In casa tua?»

«No. Solo quando il padre di Pax è venuto a prenderlo. Lui era l'unico. Però avevo sentito un altro uomo prima.»

«Davvero?»

«Uno, due, tre, quattro, cinque, sei. Sì, un paio di volte quando Rory cercava di fare del male alla mamma e a Holly, e Holly mi diceva sempre di nascondermi. Faceva parte del piano. Mi andavo sempre a nascondere finché una di loro non veniva a chiamarmi e mi diceva di uscire. A volte sentivo la voce di quell'uomo. Non riuscivo a sentire quello che diceva, ma sapevo che era la voce di un uomo perché non assomigliava a quella della mamma, di Holly o di Rory.»

«Ma non l'hai mai visto?» la incalzò Josie.

«Uno, due, tre, quattro, cinque, sei. Non l'ho mai visto perché dovevo nascondermi.»

«Molto bene.» le disse Josie, stringendole le mani. «Emily, hai chiesto a Rory di quell'uomo quando l'hai rivisto?»

«Non gliel'ho chiesto, ma mi ha detto che non è stato lui a uccidere la mamma e Holly. Ha detto che è stato un uomo e che gliela avrebbe fatta pagare. Per questo non poteva andare alla polizia. Gli ho detto che, se ti avesse chiamato, gli avresti creduto e avresti potuto andare a prendere quell'uomo e l'avresti messo in prigione. Ma lui ha detto che nessuno gli avrebbe mai creduto perché è solo un ragazzo disturbato con "problemi di rabbia".»

«Quindi Rory sta cercando di trovare quell'uomo?»

Emily lasciò andare una mano di Josie abbastanza a lungo per asciugarsi le lacrime. «Sì e credo che voglia ammazzarlo come ha ammazzato il padre di Pax.»

«Non hai idea di chi fosse quest'uomo?»

Emily scosse la testa e fece un respiro tremolante.

«D'accordo, sei stata bravissima, Emily.»

«Lo sento ancora...» disse lei, dondolandosi.

«E io sono ancora qui.» la rassicurò Josie.

Si rilassarono in un confortevole silenzio. Josie non aveva fretta di andarsene. Provava un senso di pace quando era con quella bambina e sapeva che, una volta che se ne fosse andata, le sarebbe rimasto solamente un dolore atroce e non era ansiosa di ritrovarlo. Quando Emily le lasciò andare le mani e si distese per abbandonarsi sul cuscino, Josie scese dal letto. Stava per andarsene, ma aveva un'altra domanda. «Emily, perché hai lasciato la casa di Harper's Peak?»

«Ero lì da almeno un paio d'ore e mi avevano lasciata da sola per andare a parlare in cucina, e la serpe mi ha detto che, se non avessi guardato in ogni stanza della casa, rischiavo di non riuscire a vedere mai la mamma o Holly in paradiso. Così, sono andata in ogni stanza della casa e ho controllato. Sapevo che la signora e il marito non avrebbero voluto che lo facessi, ma non se ne sono neppure accorti. La signora era al telefono in cucina. Continuava a camminare avanti e indietro e diceva: "Tom, Tom calmati" e "non è stata una mia scelta". Cose del genere. Non è mai venuta a controllare come stavo! Comunque, in una delle stanze al piano di sopra ho visto una foto di lei e Rory insieme.»

Josie guardò verso l'apertura della tenda per assicurarsi che Mettner stesse ancora prestando attenzione.

«Quale signora?»

«La signora.» rispose Emily. «Ho dimenticato come si chiama. Si è arrabbiata quando ho tagliato i bottoni del suo divano. Sì, lo so, so che non avrei dovuto farlo, ma pensavo che mi sarei strozzata con quei bottoni.»

«Hai visto una foto di Celeste e Rory insieme?» specificò Josie. «Che tipo di foto era?»

Emily scrollò le spalle. «Non lo so. Stavano insieme e sorridevano.»

«Quanti anni aveva Rory nella foto? Era piccolino?»

«No. Era com'è adesso. Quando ho visto la foto, mi sono

spaventata perché sapevo che la mamma voleva che Rory fosse un segreto. Mi sono innervosita. Volevo dirlo a quel signore... a suo marito, perché era più gentile di lei, ma doveva andare a fare una cosa per lavoro. E allora ho iniziato a tagliare i bottoni dei divani. Dopo di che quella signora è andata su tutte le furie, così quando è tornata a fare le sue telefonate in cucina, me ne sono andata.»

«E dove volevi andare?»

«Volevo semplicemente trovare un posto sicuro. Poi ho visto Rory sbucare tra gli alberi e così mi sono avvicinata a lui. Ci siamo addentrati nel bosco, poi abbiamo incontrato Pax ed è stato allora che ogni cosa è andata storta.»

«Porca puttana.» esclamò Mettner mentre si riuniva insieme a Josie e Noah fuori dal Pronto Soccorso. «Paxton diceva la verità. C'è un uomo coinvolto.»

«E Celeste Harper è una bugiarda.» aggiunse Noah. Continuava a guardare Josie e lei sapeva che stava cercando di capire come stava. Avrebbe voluto dirgli che stava bene, almeno in quel momento, ma non voleva parlarne davanti a Mettner.

«Vado a Harper's Peak a scoprire cosa nasconde Celeste.» si offrì Mettner.

«Tanto non ti dirà nulla.» commentò Josie.

«Ma di cosa si tratterà?» si chiese Noah. «Perché mai si sarà fatta ritrarre in una foto insieme a Rory? Anche se sapeva della sua esistenza, anche se aveva mantenuto i rapporti con la sorellastra e suo figlio, perché avrebbe dovuto mentire?»

«Forse perché non voleva che il marito ne venisse a conoscenza?» ipotizzò Mettner.

«Però Adam sapeva di Lorelei.» ribatté Noah.

«Ma non dei suoi figli.» aggiunse Josie. «O almeno così ci ha detto. Dovresti convocare entrambi in centrale, tenendoli separati, e vedere cosa riesci a cavargli fuori. E già che ci sei, portati anche Tom Booth. Non c'è dubbio che era con lui che Celeste stava discutendo animatamente quando Emily ha lasciato la loro residenza privata.»

«Esatto.» convenne Noah. «C'è una strana dinamica tra Celeste, Tom e Adam. Non sono sicuro che abbia qualche rilevanza sul nostro caso, ma non mi lascerei sfuggire l'occasione di interrogare anche Tom. Anche perché sapeva di Lorelei.»

«Ma questo ci porterà all'assassino?» chiese Mettner.

«Non lo sappiamo.» ammise Josie. «Ma qualcuno deve come minimo andare a parlare con Celeste. Ha mentito quando ci ha detto che aveva troncato i rapporti con Lorelei. Ha mentito quando ci ha detto di non conoscere i figli di Lorelei. Ha mentito sull'ora in cui Emily si è allontanata nel bosco. Quindi sta nascondendo qualcosa, anche se non sappiamo di cosa si tratta. Ascolta, hai ancora la prova del DNA dalla scena del crimine di Mitchell che richiederà settimane per essere analizzata. Questo potrebbe sbloccare le cose, ma fino ad allora, devi continuare a tirare i fili sciolti che hai. Chitwood ha rimandato le squadre di ricerca sulla montagna di Harper's Peak?»

Mettner annuì. «Solo la polizia, visto che è presumibile che Rory sia armato e pericoloso.»

Josie guardò Noah e poi di nuovo Mettner. «Ci terrai aggiornati?»

«Certamente.» rispose Mettner.

Josie si appoggiò a Noah e lui le mise un braccio intorno alla vita. «Portami a casa.» disse lei.

Noah aveva riportato Trout da casa di Misty e il cane andò in brodo di giuggiole quando Josie attraversò la porta d'ingresso. Aveva temuto il momento in cui sarebbe rientrata a casa da quando le erano uscite di bocca le parole "portami a casa". Avevano spesso sistemato Lisette nella loro stanza degli ospiti quando veniva in visita, cosa che faceva abitualmente, e con lei avevano trascorso innumerevoli momenti meravigliosi a casa. Anche se aveva vissuto a tempo pieno nella casa di riposo, era stata con loro abbastanza a lungo e adesso sapere che non sarebbe più tornata rendeva la casa vuota e triste. Almeno, lo scodinzolare frenetico di Trout e i suoi guaiti di gioia lenirono un po' quella ferita. Si mise sul pavimento e si lasciò leccare il viso. Poi gli strofinò la schiena, il collo e le orecchie e, quando si buttò a terra e si rotolò, gli grattò la pancia.

La seguì ovunque andasse, anche in bagno, e quando andò in cucina per mangiare un po' di uno stufato che Misty aveva lasciato, si sdraiò ai suoi piedi. Lei e Noah si muovevano in silenzio l'uno intorno all'altra e lei era contenta che lui non sentisse il bisogno di chiacchierare o di farla parlare. Era presente, e tanto bastava. Poi andarono a letto e Trout si mise in mezzo a loro e zampettò sulle coperte finché Josie non gli permise di infilarsi sotto e stringersi al suo fianco. Noah rotolò verso di lei e le prese la mano. Quando si addormentò, lei rimise la mano sul suo lato del letto. Prese il telefono dal comodino e lo accese. C'erano messaggi a centinaia, ma solo quelli di una persona in particolare le interessavano.

Trinity le aveva inviato tutte le foto del matrimonio che avevano fatto in ospedale. Josie le scorse una per una, soffermandosi su quelle che la ritraevano al fianco di Noah in piedi accanto al letto di Lisette. L'espressione di pura gioia sul volto di sua nonna lasciava a bocca aperta. Ce n'era una in cui loro due si guardavano in quell'istante di felicità e di gioia dopo che avevano inventato al volo le loro promesse, dato che quelle che avevano scritto mesi prima erano rimaste da qualche parte in una stanza di Harper's Peak, e dietro di loro c'era Lisette che sorrideva. Una che immortalava Sawyer quasi le fece venire un colpo: assomigliava così tanto al figlio di Lisette, Eli Matson, da toglierle quasi il fiato. Aveva già notato quanto fossero simili, ma non le era mai sembrato così evidente come in quel momento.

Perché solo adesso? Si chiese. Lo aveva visto un sacco di volte. Lo aveva visto un sacco di volte anche prima di sapere chi fosse, e non le era mai passato per la testa che assomigliasse in qualche modo a Eli o a Lisette. Certo, Lisette aveva sempre detto che sia Eli che Sawyer assomigliavano più al suo defunto marito che a lei.

Trout gemette quando Josie gettò via le coperte e scattò fuori dal letto. Gli rimboccò le coperte e scese al piano di sotto. Su una libreria del soggiorno, lei e Noah avevano riposto diversi album di foto di famiglia. Josie ne trovò uno vecchio che Lisette le aveva regalato anni prima. Era pieno di fotografie di quando era giovane, di quando si era sposata e di quando era appena diventata madre di Eli. C'erano anche foto di Eli da piccolo, che Josie aveva spesso guardato con piacere. Aveva condiviso quell'album con Sawyer le prime volte che si era unito a cena con loro e a lui piaceva molto quella raccolta. Avrebbe dovuto fargliene una copia. Avrebbe dovuto farlo da un secolo. Si mise a sfogliare le pagine finché non trovò la foto del matrimonio di Lisette. Anche allora, i riccioli di Lisette erano morbidi e indisciplinati, ma erano castani, non grigi. Aveva la pelle liscia e vellutata e un sorriso contagioso. Suo marito, il nonno di Josie e Sawyer, che era morto molto prima che nascessero, era in piedi accanto a lei, con un'aria molto più seria. Lisette aveva sempre detto che era uno stoico. Ma nella foto, le sue labbra si arricciavano in un sorriso luminoso e la sua espressione sembrava dire: "Guardate un po', questa donna formidabile ha accettato di sposarmi! Riuscite a crederci?".

Era proprio così che si ricordava Eli. Una copia sputata di suo padre.

«Porca vacca.» borbottò.

Lasciò l'album da una parte, in modo da ricordarsi di farne una copia per Sawyer, e si precipitò in cucina. Il suo portatile era sul tavolo. Lo accese e attese che si avviasse. Dal piano di sopra, intanto, le giunsero i suoni di Trout e Noah che russavano. Spesso Noah si svegliava se lei si alzava nel cuore della notte, ma sapeva che gli ultimi giorni erano stati molto pesanti per lui. Probabilmente ora avrebbe dormito senza problemi.

Josie aprì il browser internet e digitò i termini di ricerca. Ci vollero diversi minuti e dovette consultare quattro siti web diversi per trovare quello che stava cercando: un annuncio di matrimonio e una foto di diciotto anni prima.

«Che mi venga un accidente.» disse, e si precipitò di sopra per vestirsi.

QUARANTA

Josie cercò di fare il più silenziosamente possibile, ma non aveva importanza: come sospettava, Noah dormiva profondamente e, dopo essersi infilata un paio di jeans, una maglietta e una giacca, gli lasciò un biglietto. Trout alzò la testa vedendola che lo lasciava sul comodino di Noah, ma quando lei gli disse che era un bravo cane e di rimettersi a dormire, lui rimise la testa sotto le coperte. Scesa al piano di sotto, andò in garage e trovò un bidone di vecchi oggetti da caccia, da campeggio e da pesca che avevano accumulato nel corso degli anni. La maggior parte era di Noah, ma quando il loro vecchio capo, Wayland Harris, era morto quasi sei anni prima, sua moglie le aveva fatto avere una scatola di oggetti dal suo ufficio, tra cui alcune attrezzature da caccia che a volte le erano tornate utili durante il lavoro. Josie trovò una delle torce di Noah e gli occhiali per la visione notturna del capo Harris. Cambiò le batterie scariche di entrambi e infilò tutto in tasca.

Salì in macchina, prese il cellulare e controllò rapidamente se Mettner le aveva inviato qualche messaggio: ce n'erano diversi in cui le diceva che avevano convocato Celeste per interrogarla e lei aveva ammesso di essere stata al telefono con Tom nelle ore in cui Emily era stata a casa sua. Avevano discusso per il fatto che lei e Adam avevano deciso di accogliere Emily. Mettner sospettava che Celeste e Tom avessero una relazione, ma nessuno dei due voleva confermarlo. Celeste aveva anche affermato di non aver mai saputo dell'esistenza di Rory. Aveva detto che non avrebbe potuto riconoscerlo se avesse dovuto fare un confronto. Aveva sostenuto che Emily aveva mentito quando aveva detto di averla vista in foto insieme a Rory perché non esisteva nessuna foto del genere.

«Ci scommetto.» mormorò Josie.

Adam Long aveva raccontato la stessa storia, le riferiva Mettner. Tom Booth aveva ammesso che molti anni prima aveva spiato Lorelei dopo che Celeste gli aveva parlato di lei, soprattutto perché i suoi dieci ettari ostacolavano l'espansione del resort, ma aveva dichiarato di non averla mai incontrata ufficialmente e che, avendola seguita solo una volta andare e tornare dal mercato dei prodotti agroalimentari di Bryan, non aveva idea che avesse dei figli. Celeste, Adam e Tom avevano fornito un alibi l'uno per l'altro: erano tutti al resort il venerdì mattina e Celeste aveva detto di aver visto sia Adam che Tom quella mattina. Dopodiché, tutti e tre erano stati rilasciati. Quindi, erano tornati al punto di partenza.

A meno che non fossero riusciti a trovare Rory.

Era ancora nel vialetto. Guardò le finestre buie, sapendo che sarebbe dovuta rientrare in casa, tornare a letto con suo marito e il suo cane, e lasciare che fosse qualcun altro a risolvere il caso, a prendere il cattivo. Le parole di Sawyer la tormentavano: *La grande Josie Quinn non poteva stare lontana dai riflettori.* Ma non era quello il punto. Lei non voleva e non aveva bisogno di riflettori puntati addosso. Come Emily, aveva delle compulsioni quando si trattava del suo lavoro. Il caso peggiore della sua vita era stato quello delle ragazze svanite di sei anni prima e non era nemmeno un caso suo. Era stata sospesa per aver superato ogni limite. A distanza di tanti anni, era ancora inorridita da come si era comportata, in modo avventato e sfrontato. Aveva imparato ormai quanto fosse importante seguire tutte le regole e non prendere le cose sul personale.

A prescindere da questo, sarebbe andata lo stesso a cercare Rory, ma non in veste di agente di polizia; non aveva nemmeno la pistola. Ma del resto, non ne aveva bisogno. Non l'avrebbe mai usata su di lui. Doveva andare perché era necessario. Perché la madre di quel ragazzo l'aveva salvata una volta da una tempesta di neve e nevischio. Perché quella donna aveva passato quindici anni a cercare di proteggerlo e ora lui era all'addiaccio, da solo, vulnerabile e braccato.

Un assassino che dà la caccia a un altro assassino, pensò. Era appropriato. Triste, ma appropriato. Lo stava facendo come una civile che era rimasta coinvolta, un'amica della sua sorellina. Questo fu ciò che disse a se stessa. Una volta trovato, lo avrebbe consegnato sano e salvo alla sua squadra e avrebbe lasciato che fossero loro a occuparsi del resto, per prima cosa arrestando l'assassino di Lorelei e Holly. Ma sapeva bene che, nonostante tutte le giustificazioni che stava cercando, non stava agendo correttamente; altrimenti, non avrebbe fatto tutto nel pieno della notte e senza dirlo a nessuno. Prese il telefono. Il dito si soffermò sul nome di Mettner. Ma poi lo lanciò da una parte, tolse il freno a mano e lasciò che l'auto uscisse silenziosamente dal vialetto. Una volta in strada, accese il motore e partì di gran carriera.

Quando arrivò a Harper's Peak erano passate le cinque. Il cielo era ancora nero come l'inchiostro, mancava circa un'ora e mezza al sorgere del sole.

Il giardino e i parcheggi erano immersi nel silenzio e nella quiete. Josie trovò un posto nel parcheggio dell'edificio principale e vi lasciò la macchina. Era abbastanza lontana dalle porte dell'atrio; nessuno alla reception si sarebbe accorto della sua presenza. Affondando le mani nelle tasche del giubbotto, attraversò il parco come se fosse ospite abituale di quel posto. Non c'era nessuna regola che vietasse agli ospiti di stare all'aperto durante la notte. C'erano diversi sentieri asfaltati illuminati da piccole lanterne piantate nel terreno. Si tenne lontana dai sentieri, ma abbastanza vicina per approfittare della luce che li illuminava. Quando si avvicinò a Griffin Hall, deviò verso il prato. Nel cielo, la luna era coperta dalle nuvole. Quando si fu allontanata abbastanza e si ritrovò al buio, si fermò e tirò fuori gli occhiali per la visione notturna, li indossò e diede un'occhiata tutt'intorno. Soddisfatta di vedere che con quelli non avrebbe urtato senza volerlo nessun animale, masso o albero, si incamminò. Il percorso fu più lungo del previsto, ma Josie voleva avvicinarsi alla chiesetta dal retro. Una volta raggiunto il crinale, la luna emerse dalle nuvole, illuminando tutto con una luce argentata. Si tolse gli occhiali e li ripose in tasca. Una volta abituati gli occhi, si avvicinò di soppiatto all'entrata della chiesa. C'era una porta sul retro. Avvicinandosi, vide che il chiavistello era rotto.

Josie aprì la porta il più lentamente possibile, cercando di non fare rumore. Quando entrò, aspettò che gli occhi le si adattassero ancora una volta all'ambiente. Alla luce di un lumicino tremolante al centro della chiesa, l'altare e il pulpito proiettavano grandi ombre. Quattro falcate la portarono sul bordo dell'altare. Là, tra le due file di panche, disteso sul pavimento, c'era Rory. Giaceva rannicchiato su un fianco sopra un sacco a pelo. Accanto a lui c'era un grosso borsone, dal quale si intravedevano spuntare alcuni vestiti di ricambio. Tutto ciò che gli restava di casa sua, pensò. Fissava la fiammella danzante di una candela sul pavimento.

«Rory.» sussurrò Josie.

Saltò in piedi, con le mani tese in avanti, cercando tutt'intorno. «Chi è?» sibilò.

Josie si avvicinò alla luce e anche lei tese le mani, per mostrargli che non era armata. «Sono Josie Quinn.» rispose. «Ho parlato con tua sorella, Emily, poco fa.»

Si guardò intorno e la fissò. Il suo viso era sporco di terra. Le ciocche dei suoi folti capelli castani erano sporche e scompigliate. Il ciuffo bianco al centro della fronte brillava alla luce della candela. Indossava una felpa nera e jeans sporchi di sangue secco. Josie immaginò che il sangue appartenesse a Reed Bryan. Una fetida combinazione di odori lo circondava: odori corporei, l'odore ramato del sangue e un retrogusto terroso.

Si immobilizzò sul posto ma Josie notò che teneva le ginocchia piegate e i talloni leggermente sollevati dal pavimento, come se fosse pronto a balzare in avanti.

«Non voglio farti del male.» gli assicurò lei. «Voglio solo parlare. Per favore.»

«Emily sta bene?»

«Sì, sta bene.»

La sua postura si rilassò leggermente. Le mani gli caddero lungo i fianchi. «Come mi hai trovato?»

«Hai portato qui Holly.»

«Sì, e allora?»

«Con un cadavere davanti a una chiesa, nessuno verrà qui per almeno un paio di settimane.»

Un accenno di sorriso gli attraversò il volto. «Nascondersi in bella vista.»

«Rory, sono venuta a chiederti di venire con me.»

«Dove?»

«Alla stazione di polizia.»

Rory fece cenno all'altare alle sue spalle. «E c'è una squadra di poliziotti fuori ad aspettarmi?»

Josie scosse la testa. Si avvicinò di un passo a lui, anche se così facendo il cuore le balzò in gola. Aveva solo quindici anni, ma era molto più alto di lei. Era magro ma atletico; si ricordava bene con quanta rapidità e brutalità l'aveva sopraffatta al loro ultimo incontro. «No.» gli rispose. «Ci sono solo io. E non sono venuta in veste di agente di polizia. Come vedi non ho nemmeno la pistola. Non sono una minaccia, né per te... né per la creatura.»

«Te l'ha detto Pax, vero?»

«Sì.»

«Non è stata la creatura a uccidere la mia famiglia e nemmeno io.»

«Questo lo so.» disse Josie.

«Come fai a saperlo?»

«L'ho capito.» rispose Josie.

«Nessuno mi crederà.» mormorò Rory con voce sempre più flebile.

Josie fece un passo più vicino a lui, con le spalle doloranti a forza di tenere le braccia distese. «Io ti credo.»

«Ho portato Holly in questa chiesa in modo che quell'uomo vedesse ciò che aveva fatto e perché sapesse che non gli avrei permesso di farla franca con le sue azioni, ma non ho ucciso l'altra donna... quella con cui eri quella sera. Non vi ho sparato io.»

«Lo so.»

«Non ho nemmeno un'arma. Non ho mai avuto un'arma. Il fucile era di mia madre. Lo teneva nel fuoristrada. Lo usava per i cervi, gli orsi e i coyote. Non mi è mai stato permesso toccarlo. Neanche una volta. Un giorno mi sono arrabbiato molto e ho cercato di tirarlo fuori dalla cassetta di sicurezza del fuoristrada, ma non ci sono riuscito. Non ne avevo la forza... nemmeno quando ero molto arrabbiato.»

«Lo so.» disse Josie.

«Ma questo non importa.» insistette. «Non importa se mi credi perché nessun altro mi crederà e ora ho ucciso il padre di Pax. Non volevo farlo. Non volevo, ma la creatura... mi ha fatto arrabbiare. Non ricordo nemmeno...»

«Non è di questo che voglio parlare.» disse Josie. «Qualunque cosa succeda adesso, oggi dovrai andare alla polizia. Lo capisci?»

«Sì, lo capisco. È esattamente quello che mia madre non voleva che accadesse.»

«Mi dispiace, Rory. Mi dispiace davvero, ma ora ho bisogno

del tuo aiuto. Sappiamo entrambi chi ha ucciso tua madre e tua sorella, e il primo passo per farlo arrestare è che tu venga con me e dica alla mia squadra tutto quello che sai.»

«Non voglio consegnarlo.» disse Rory con un filo di voce. «Voglio che muoia. Voglio ucciderlo. Voglio spaccargli la faccia finché non ne rimane una poltiglia.»

Josie percepì una tensione amorfa intorno a lui e non voleva che degenerasse. «Capisco.» disse.

Lui smise di parlare. I suoi occhi scuri lampeggiarono alla luce della candela. «Sul serio?»

«Ha ucciso mia nonna.» disse Josie. «Il modo in cui ti senti per tua madre, è come mi sento io per mia nonna. Mi ha cresciuta, mi ha protetta, ha cercato di tenermi fuori dai guai, ha cercato di fare del suo meglio per me anche quando non era la cosa migliore.»

«Sembra proprio una cosa da mia madre.»

Josie annuì. «Ho conosciuto tua madre. Quel giorno non eri in casa. Lei mi ha aiutato. Ora lascia che sia io ad aiutare te.»

Prima che potesse rispondere, si sentì uno scricchiolio. Poi una folata d'aria attraversò la piccola stanza. La candela si spense. Rory le sbatté contro, spingendola verso l'altare. «Dobbiamo andare.» disse. La sollevò praticamente da terra e la lanciò fuori dalla porta sul retro. Lei si girò, disorientata, ma poi sentì la mano del ragazzo nella sua, che la strattonava.

«Corri.» le disse.

QUARANTUNO

Rory la tirò con sé mentre i suoi occhi cercavano ancora una volta di adattarsi alla luce della luna. Il cielo si era un po' schiarito, ma era ancora molto buio, soprattutto in mezzo agli alberi. Ben presto, i rami degli arbusti più bassi le sbatterono sul viso e lei inciampò su una radice nodosa e cadde a terra. Rory la tirò in piedi e continuò a trascinarla. «Corri!» le ordinò. «Ci ucciderà tutti e due.»

Un passo dopo l'altro, Josie incespicava tra le sterpaglie per stargli dietro e sentiva il sudore che si formava sul palmo della mano di Rory. Di tanto in tanto, un raggio di luce lunare fendeva le fronde degli alberi. Mentre ne superavano uno, Rory si guardò alle spalle, oltre lei, e Josie vide la paura nei suoi occhi spalancati. Sembrava un bambino. Non c'era più il mostro che l'aveva aggredita in casa Mitchell. Non c'era più il mostro che aveva colpito a morte Reed Bryan con una pala. Quello era il bambino che Lorelei aveva sempre visto quando guardava suo figlio.

Continuarono a correre finché a Josie non iniziò a dolere il fianco. Sbuffando, Rory si fermò e si piegò sulle ginocchia, cercando di riprendere fiato. Josie si frugò nelle tasche alla ricerca dei suoi occhiali per la visione notturna, ma non c'erano più; dovevano esserle caduti. Almeno aveva ancora la torcia. Quando le apparve in mano, Rory gliela strappò. «Non la accendere!» la avvertì. «O lo condurrai dritto da noi.»

«Troppo tardi, piccolo bastardo.»

Il suono della voce sconosciuta nel buio li fece sobbalzare entrambi. Josie si avvicinò a Rory e si strinsero, schiena contro schiena, cercando in tutte le direzioni dove fosse l'uomo avvolto dalle tenebre.

«Avete corso in cerchio, idioti!» disse ancora. Stavolta la voce arrivava da un'altra direzione. Sopra le loro teste, nonostante le fronde degli alberi tenessero lontana la luce fosca dell'alba imminente, Josie riusciva a scorgere qualche ombra. Di queste, una in particolare si trasformò in un uomo man mano che si avvicinava. Una lama di luce rivelò il volto di Adam Long. Un sorriso sinistro gli incurvava le labbra e i suoi capelli candidi erano tutti in disordine. Indossava una maglietta e quando sollevò il fucile che teneva tra le mani, Josie vide quella che sembrava una profonda ferita da taglio sulla parte interna dell'avambraccio, infetta e ributtante pus. In una frazione di secondo, pensò subito all'impronta della mano insanguinata sul furgone di Lorelei. «Lorelei ha chiamato te...» sbottò Josie, sapendo per esperienza che parlare di più porta a sparare di meno. Oltretutto, se fosse riuscita a distrarlo, avrebbe potuto riprendere la torcia dalle mani di Rory, accecare Adam e disarmarlo.

Adam non disse una parola, così Josie continuò. «Sei tu il padre. Il padre di Rory e di Holly.»

«È questo che ti ha detto questo piccolo stronzetto? Mi sono sbattuto mia cognata un paio di volte e lui ti dice che abbiamo avuto dei figli? Questo ragazzino vive nel mondo dei sogni.»

«Non me l'ha detto lui.» ribatté Josie. «Tu hai la poliosi. E anche Holly e Rory ce l'hanno. È una condizione genetica. Da cui il ciuffo bianco.»

Adam levò una mano dal fucile per ravviarsi i capelli. «Ho tutti i capelli bianchi, dolcezza. Non significa un cazzo.»

«Ho visto la foto del vostro matrimonio.» disse Josie. «Non è stato facile trovarla, ma l'ho trovata online. All'epoca avevi i capelli neri. A parte una ciocca di capelli bianchi sul davanti. Quando Emily è stata a casa vostra, ha visto la foto del vostro matrimonio, ma non aveva capito che quello eri tu. Ha pensato che fosse Rory. Ha pensato che fosse una foto di Celeste insieme a Rory.»

«E allora? Quella bambina è matta tanto quanto questo ragazzino. Tutto quello che Lorelei ha fatto è stato scopare e sfornare ragazzini con il cervello in corto circuito.»

«Sei tu quello con il cervello in corto circuito!» gridò Rory.

Josie allungò una mano dietro di sé e gli afferrò il braccio, per trattenerlo nel caso volesse precipitarsi su Adam, perché questi gli avrebbe sparato.

«Holly e Rory sono figli tuoi.» affermò di nuovo Josie. «Emily invece no. Lorelei ha cercato di crescerli da sola, ma quando Rory è diventato più grande, non è più riuscita a controllarlo. Così ti ha scritto.»

«Scemenze.» disse Adam.

«Tutt'altro.» insistette Josie. «Ho una parte della lettera.»

«L'ho bruciata quella lettera. Gliel'ho riportata e gliel'ho restituita. E dopo... l'ho bruciata. Ho bruciato tutto quanto. Ogni foto. Ogni documento. Il suo computer e il suo telefono. Ogni brandello di prova che avrebbe potuto usare per affermare che quei figli li aveva avuti da me.»

Josie continuò, cercando il modo di tenerlo distratto. «Voleva che tu confessassi, che dicessi a Celeste la verità e che la aiutassi con Rory. Il giorno degli omicidi, Rory era diventato violento, molto violento, e lei ti ha chiamato al cellulare. Tu sei andato a casa loro. Anche se non so per quale motivo...»

«Sono andato là per dirle una volta per tutte che non sarei mai stato il suo... qualsiasi cosa volesse che fossi. Un padre. Un genitore, o quello che è. Diamine, non sapevo nemmeno chi cavolo fosse quando l'ho incontrata per la prima volta. Ci siamo incontrati per caso al mercato dei prodotti di Bryan. Stavo cercando quello che mi serviva per il menù. E lì c'era questa ragazza hippie con un bel culo, che viveva in mezzo ai boschi. Ed era disposta a farsi una scopata ogni volta che mi presentavo. Non avrei potuto chiedere di meglio. Sono venuto a sapere chi era solo dopo un anno che ero già sposato, quando ho trovato i documenti tra le cose di Celeste.

È saltata fuori tutta la storia. Ma andava bene perché a Lorelei non importava; infatti, continuavamo ad andare a letto insieme e ci davamo dentro. Finché non è rimasta incinta. Anche allora, all'inizio, non era così male. Non le importava che non facessi parte della vita del bambino. Finché non è rimasta di nuovo incinta e questo ragazzino ha cominciato a cercare di far fuori la sorella.»

«Andava tutto bene.» esclamò Rory. «E tu hai rovinato tutto.»

Adam scoppiò in una risata secca. I suoi denti brillarono in un bagliore di bianco. Più stavano lì, più gli occhi di Josie si adattavano alla scarsa luce che si alzava nel cielo. Mancava poco all'alba.

«Ragazzo, non riconosceresti la perfezione nemmeno se te la ritrovassi davanti. E tua madre non era altro che una sgualdrina manipolatrice. Le avevo detto che, con o senza il test del DNA, non potevo essere tuo padre. E a lei andava bene così. Finché non ti sei incasinato la testa. Allora, improvvisamente, Lorelei ha voluto giocare alla famiglia e quando le ho detto che non sarebbe mai successo, le è andato bene anche questo. Poi, di punto in bianco, un giorno, ha iniziato a pretendere che lasciassi mia moglie.»

«Avresti potuto lasciare tua moglie.» gli fece notare Josie. «Nulla te lo impediva.»

Lui scosse la testa, gli ultimi raggi di luce lunare gli proiettavano ombre sul viso. «No che non posso lasciare la mia mogliettina del cazzo. Abbiamo un accordo prematrimoniale perché, come immagino che avrai notato, Celeste è una fredda, egoista, acida e odiosa stronza. Se venisse a sapere di Lorelei e dei ragazzini, mi ritroverei per strada senza più nulla. Con meno di niente. E se pensi che sarei passato dal lusso di Harper's Peak a una merdosa casa di riabilitazione per ragazzi disturbati sperduta tra i boschi senza un soldo a mio nome, sei fuori di testa, esattamente come Lorelei, perché pensava che fossi disposto a farlo. Sono andato a casa sua per dirle di non chiamarmi mai più.»

«Sei venuto a casa nostra per ucciderla!» gridò Rory.

Josie lo sentì scivolare un po' dalla sua presa e gli conficcò le unghie nella pelle per fermarlo.

«No, ragazzo.» ribatté Adam. «Non ho mai voluto uccidere tua madre. Non è colpa mia se sei impazzito tutto a un tratto. L'avresti uccisa tu se non fossi intervenuto io. Quel proiettile che ho sparato era destinato a te, stronzetto. Mi hai accoltellato! Con il mio stesso dannato temperino!»

A Josie parve di sentire Rory singhiozzare quando chiese: «E invece Holly?»

«Anche lei è morta per colpa tua, ragazzo. Sei stato tu a cercare di strangolarla. Che colpa ne ho io se è morta? Sei tu che l'hai lasciata davanti a una chiesa.»

«Holly è morta per trauma cranico, non per strangolamento.» puntualizzò Josie.

«Stava cercando di aiutarmi.» intervenne Rory. «L'ho strozzata, sì. Non ho potuto evitarlo. Mi sono arrabbiato... la creatura mi ha... so solo che mi sono ritrovato con le mani intorno alla sua gola. È stato allora che la mamma lo ha chiamato. Ma non l'ho uccisa. E lui è venuto e ha cercato di ammazzarmi...»

«Avevi spaccato la testa di tua madre sul bancone di cucina. Cosa ti aspettavi?» sbraitò Adam.

«Lui mi ha inseguito e ha cercato di colpirmi.» spiegò Rory.

«Holly gli è saltata addosso per cercare di fermarlo. Lui se l'è scrollata di dosso e lei ha battuto la testa. A quel punto gli ho preso il temperino dalla cintura e l'ho accoltellato. È scappato fuori. Mia sorella stava bene. Si è alzata, ha provato a dire qualcosa. Poi lui è tornato dentro con il fucile. Ha sparato a nostra madre. Io e Holly siamo corsi nel bosco per sfuggirgli.»

«Erano tue le impronte di scarpe in cucina e sul retro.» disse Josie. «Numero quarantaquattro.»

«Sì.» disse Rory. «Sono scappato insieme a lei per allontanarmi da lui. Pensavo che stesse bene, ma poi è caduta e... ha smesso di respirare.»

«Aveva una ferita alla testa.» disse Josie. «Mi dispiace.»

«A me no.» disse Adam. «Una è andata, ne manca uno.»

«Solo uno?» chiese Josie. «Davvero non sapevi di Emily?»

Lui emise una risata roca. «Non ne sospettavo minimamente l'esistenza. Non l'ho mai vista. Lorelei era dannatamente brava a mantenere i segreti. Ma, d'altra parte, quella bambina ha otto anni e io ho smesso di vedere Lorelei prima che lei nascesse. Da allora sono andato a casa sua solo qualche volta, quando questo mostro era fuori controllo.»

«Avresti fatto fuori pure Emily!» lo accusò Rory.

«Solo se mi avesse riconosciuto.» spiegò Adam. «Ma non l'ha fatto.»

«Celeste lo sa?» chiese Josie. «Sa cosa hai fatto? Ha fornito il tuo alibi per venerdì mattina...»

Di nuovo, Adam scoppiò a ridere. Quella risata fece correre un brivido lungo la schiena di Josie. «Celeste ha fornito un alibi per me perché pensava che fossi a casa a dormire. E, in effetti, stavo davvero dormendo quando è uscita per incontrarsi con Tom. Sono anni che se la fanno insieme. E pensano che io non lo sospetti nemmeno. Quando mia moglie è uscita, Lorelei mi ha chiamato e sapevo che Celeste sarebbe stata impegnata con Tom per qualche ora, così sono andato a sistemare le cose con sua sorella una volta per tutte. Celeste non ha mai capito niente di tutto questo e io voglio che le cose rimangano così. Mi resta solo quest'ultima macchia da pulire.» Alzò il mento in direzione di Rory. «Sono giorni che cerco questo stronzetto qui, in questi boschi. Un giorno ti ho quasi investito e sono andato a sbattere contro un albero. Sei sempre in mezzo ai piedi.»

«Stavi cercando Rory quando mia nonna ti ha visto...» disse Josie, cercando di non far tremare la voce.

«Non potevo certo uscire dal bosco come se niente fosse, ti pare? Soprattutto non con questo in mano. Ho pensato che, se avessi sparato a voi due, avrei potuto dare la colpa al ragazzo. Poi l'avrei trovato, gli avrei spezzato il collo e l'avrei fatto sembrare un incidente. Da queste parti ci sono molti precipizi in cui si può cadere...»

Josie si sentì pungere gli occhi dalle lacrime, ma le ricacciò indietro. Con la mano con cui non stringeva il braccio di Rory, gli tastava l'altro fianco, cercando la torcia. All'inizio il ragazzo non sembrò capire. Josie non voleva fare movimenti troppo bruschi e allarmare Adam, ma l'unica possibilità di uscirne vivi era la torcia. Con quell'uomo non si poteva ragionare. A differenza di suo figlio, non aveva rimorsi per niente di ciò che aveva fatto; a differenza di suo figlio non aveva bisogno degli scatti d'ira per uccidere, ma solo di una buona occasione. Batté di nuovo sull'avambraccio di Rory e poi usò due dita per far scendere la mano verso il polso. Lui si girò e la mano di Josie si chiuse intorno all'impugnatura della torcia.

«C'è qualcos'altro di cui voi babbei volete parlare mentre siamo qui fuori?» domandò Adam. «È la vostra ultima possibilità. Non vedo l'ora di chiudere questa storia una volta per tutte.»

Sollevò il fucile e lo puntò verso di loro. Il dito di Josie trovò il pulsante sul lato della torcia. Con l'angolo della bocca, il più discretamente possibile, disse a Rory: «Scappa.»

«Che cosa hai detto?» chiese Adam. Il fucile tremò leggermente nella sua presa. Josie roteò il braccio e accese la luce, puntandola direttamente sul viso di Adam che staccò una mano dal fucile e la portò in alto per coprirsi gli occhi. «Puttana!» urlò.

Rory scattò da una parte. In un attimo, Josie colmò di corsa la distanza tra lei e Adam e con un salto gli calò la torcia sulla testa. Lui urlò, ma non lasciò cadere l'arma. Josie diede un calcio nel punto in cui immaginava si trovasse il suo ginocchio, ma non accadde nulla. Ci riprovò. Questa volta, lui si piegò leggermente. Le mani di Josie si allungarono nell'oscurità fino a trovare la canna del fucile, vi si aggrappò e ruotò il busto, agganciando un gomito sulla canna del fucile in modo da averla sotto l'ascella. Adam si raddrizzò e si spinse contro di lei, allungando la mano e afferrandole il viso. Lasciando andare il fucile, Josie con una mano afferrò le dita di Adam proprio mentre le scavavano nel mento e con uno strattone gli ruotò le dita all'indietro. Sentì il suono di ossa che si spezzavano, cui seguì l'acuto grido di Adam, prima di lasciarsi cadere a terra.

Con un altro strattone, Josie gli strappò il fucile dalle mani e stringendo la canna come se fosse il manico di una mazza da baseball, lo colpì con il calcio. Ma nella penombra la sua mira si rivelò mal presa: il fucile sfrecciò nell'aria e con tutto il suo peso proiettato all'indietro, Josie si sbilanciò. Adam era ora alle sue spalle; si rimise in piedi e la placcò. Josie cadde a terra con forza, ma il terreno era in leggero pendio, così lei sfruttò lo slancio che Adam si era dato per farlo rotolare sotto di sé e iniziare a colpirlo. Con i pugni colpì qualsiasi cosa solida. Era troppo buio per poter scegliere i bersagli. Adam biascicò un'altra imprecazione. Alzò un braccio e la colpì con un manrovescio. Un lampo di stelle pervase la vista di Josie. Poi si ritrovò di nuovo sulla schiena, ma solo per un secondo, perché stavano rotolando, rotolando e poi precipitando.

Da queste parti ci sono molti precipizi in cui si può cadere.

Lei atterrò sopra di lui e lo sentì boccheggiare sotto il suo peso. Dimenandosi, Adam cercò di agguantarla, ma lei riuscì a scivolare via, tastando tra le foglie, le sterpaglie e le radici degli alberi, finché il terreno non cominciò ad acquistare pendenza, come un muro inclinato che sbarrava la strada.

Doveva arrampicarsi. Puntellandosi sulle ginocchia, si spostò da un lato all'altro, cercando di trovare un buon punto dove aggrapparsi. Non era una salita completamente verticale, ma era ripida. A pochi metri di distanza, un fascio di luce mattutina soffusa si stava insinuando tra gli alberi. Josie si precipitò in quella direzione, percependo i rumori di Adam che si muoveva alle sue spalle. Fruscii, tonfi e qualche imprecazione a denti stretti si avvicinavano, anche se si stava muovendo con la massima rapidità che il suo corpo malconcio le consentiva. Nella debole luce del mattino, vide che una parte del terreno era franata a formare la scarpata quasi verticale che si trovava davanti a lei e da cui sporgeva uno stuolo di radici di alberi, robuste e nodose. Se fosse riuscita ad afferrarne una, avrebbe potuto raggiungere una posizione più elevata e allontanarsi da Adam. Dovette saltare per afferrare la prima e tirare con tutte le sue forze, con le spalle e i muscoli del petto che protestavano. Poteva correre per chilometri ma non riusciva a fare più di una trazione, che Dio la benedicesse. Ma una era tutto ciò di cui in quel momento aveva bisogno.

Sentì la mano di Adam sfiorare uno scarpone mentre si tirava su e cominciava a risalire il pendio. Seguendo la luce, usò le braccia e le gambe per arrampicarsi sulla sporgenza da cui erano caduti. Per due volte sentì Adam avvicinarsi a lei, con la mano che le sfiorava i piedi e scalciando prontamente riuscì a farlo indietreggiare di qualche metro. Arrivata in cima, il bordo sporgeva appena, rendendo l'ultimo ostacolo particolarmente impegnativo: dovette usare i gomiti per aggrapparsi e cercare di tirarsi su.

Improvvisamente si bloccò, con il busto sopra la sporgenza e le gambe ancora sotto. Nella luce del mattino c'erano una cerva e due piccoli cerbiatti, silenziosi e immobili. La cerva tese le orecchie e puntò gli occhi dritti su quelli di Josie, come se, pur essendo sorpresa di vederla lì, non fosse del tutto sicura che rappresentasse una minaccia. Quello era il territorio della cerva, non di Josie; per cui, quando vide Josie lì sospesa, agitò la coda e si allontanò dalla luce addentrandosi nell'oscurità degli alberi. I suoi piccoli la seguirono, costretti a correre più rapidamente per tenere il passo della madre.

La pesante mano di Adam si chiuse intorno al polpaccio di Josie. «Pensi di sfuggirmi?» ringhiò. «Non finisce qui, puttana. Ti spezzo in due. Mi hai sentito? Ti ammazzo.»

Josie sentì che le tirava la gamba e cercò di resistere irrigidendo il busto. Davanti a lei c'era un'altra radice d'albero nodosa che spuntava dal terreno. Vi si aggrappò con entrambe le mani e girò la testa, guardando in basso oltre le sue spalle.

«Non puoi fermarla.» gli disse.

«Non posso fermare cosa? La morte? Hai ragione. Nessuno può fermarla.»

«No.» disse Josie. «La vita. Non puoi fermare la vita.»

E con questo, usò la gamba libera per dargli un calcio. Sotto la suola dello scarpone il naso di Adam scricchiolò con un suono forte e nauseante. Adam mollò la presa e cadde nel baratro sottostante.

QUARANTADUE

Josie vagò nel fitto della vegetazione finché non vide abbastanza tacche sul cellulare per chiamare i soccorsi. Il sole si affacciava all'orizzonte e Noah si era già svegliato, aveva trovato il suo biglietto e aveva chiamato la cavalleria. Dopo pochi minuti dalla sua chiamata, gli agenti della Polizia di Stato la trovarono. Si offrirono di trasportarla fuori, ma lei poteva camminare da sola. La scortarono sulla strada che costeggiava Harper's Peak. Due ambulanze e una mezza dozzina di veicoli della polizia erano sparsi qua e là. I poliziotti la condussero verso una delle ambulanze, ma prima che la raggiungessero vide Noah lungo la strada, che parlava con Mettner, Chitwood e Gretchen. Quando la vide, iniziò a correre. Anche lei si mise a correre.

Quando si incontrarono a metà strada, finirono per sbattere l'uno contro l'altra. Josie si lasciò andare tra le sue braccia, languendo nel suo calore e nel suo odore, nel peso rassicurante che aveva nella sua vita.

«Ehi...» le sussurrò all'orecchio. «Ho promesso di correre verso il pericolo con te.»

«Lo so.» disse Josie. «Ma non sapevo di correre verso il pericolo. Volevo solo trovare Rory. L'avete trovato?»

«È già a bordo di una delle ambulanze.» disse Noah. «Ha fatto una brutta caduta mentre scappava. Pensano a una gamba rotta, dovrà fare delle radiografie.»

«Adam?»

Noah la liberò leggermente dall'abbraccio, quanto bastava per poterla guardare negli occhi, pur tenendo le braccia ancora avvolte intorno alla sua vita, per sorreggerla in piedi. Scosse la testa.

Josie si chiese se fosse stata la caduta a ucciderlo, perché a occhio non si sarebbe detto. La prima caduta non aveva ucciso nessuno dei due e per giunta lei era atterrata sopra di lui.

Noah disse: «Sembra che abbia battuto la testa contro una pietra.»

Oppure, pensò Josie, *qualcuno lo ha colpito con una pietra*. Era molto probabile che Rory fosse caduto dalla stessa sporgenza da cui erano caduti lei e Adam, solo che lui non era atterrato bene. Era facile immaginare che fosse là sotto quando erano caduti. Adam doveva essere rimasto disorientato dalla seconda caduta, forse gli era anche mancato il respiro. Non era escluso che Rory avesse trovato la forza per cercare una pietra e mettere Adam fuori combattimento per sempre.

Ma potevano dimostrare qualcosa? Valeva almeno la pena di provarci? Allo stato attuale delle cose, Rory sarebbe stato arrestato e accusato dell'omicidio di Reed Bryan. Non sarebbe stato una minaccia per gli altri. Non spettava a lei decidere se indagare o meno sulle modalità della morte di Adam. Lo capì nel momento in cui vide il capo Chitwood avanzare verso di lei.

«Oh già...» le sussurrò Noah all'orecchio. «Chitwood è incazzato nero.»

«Per quale motivo?» borbottò Josie.

Noah la lasciò andare. Chitwood puntò un dito in aria mentre si avvicinava.

«Quinn, se tua nonna non fosse appena morta, avrei parecchie cose spiacevoli da dirti. Hai decisamente esagerato. È inaccettabile. Sei in permesso. No, sei sospesa. Pensi di poter fare queste stronzate da poliziotto canaglia sotto il mio comando? Che razza di dipartimento pensi che stia dirigendo? Non puoi fare quello che ti pare. Avresti potuto mettere a rischio l'intera indagine, se non tutte le indagini, perché oggi qui c'è proprio uno spettacolo di merda. Che diavolo ti è passato per il cervello? Anzi, non me lo dire. Sai perché? Perché non voglio sentire una sola parola uscire dalla tua bocca. Non voglio vederti per almeno due settimane, e a quel punto, può darsi che...»

Josie gli parlò sopra. «Mi pare invece che lei abbia qualcosa da dire, Signore.»

Chitwood rimase perfettamente immobile. Quando riprese a parlare, lei poteva ancora sentire l'ira che ribolliva appena sotto la superficie delle sue parole. «Sparisci dalla mia vista, Quinn. Sei sospesa.»

Josie si voltò e si allontanò, incamminandosi verso le ambulanze. Stranamente, non si sentiva sconvolta e nemmeno dispiaciuta. Né arrabbiata. Non si sentiva in nessun modo, in realtà. Avrebbe cercato di conservare il suo lavoro e c'erano buone probabilità che, una volta inflitta la giusta punizione, Chitwood l'avrebbe fatta rientrare in servizio. Avrebbe dovuto subire ciò che le spettava. Senza dubbio. Ma tutto questo non aveva alcuna importanza, perché nell'immediato futuro doveva ancora dare l'ultimo saluto a sua nonna.

Trovò Rory su una barella nel retro di un'ambulanza. Quando la vide, si tirò su di scatto e i suoi lineamenti si illuminarono. Cercò di alzare una mano in segno di saluto, ma era ammanettata alla barella. «Stai bene.» disse. «Ero preoccupato.»

Josie annuì. «Anch'io sono contenta di vedere che stai bene.»

«Solo la gamba, ma mi hanno detto che si può aggiustare. Però finirò in prigione. Probabilmente in una per adulti. Per molto tempo.»

«Avrai bisogno di un avvocato.» gli disse Josie. «Ricordati di chiederne uno. La tua storia di salute mentale dovrebbe essere presa in considerazione. Sono sicura che il dottor Buckley sarebbe disposto a testimoniare a tuo favore. E, a parte questo, sei ancora minorenne. Potrebbero esserci speciali...»

«Non sono un bravo ragazzo.» esclamò lui, interrompendola. «Vado dove merito di andare.»

«Lo credi davvero?» chiese Josie.

«Non è vero? Non pensi che io sia un cattivo soggetto? Facevo del male a mia madre e alle mie sorelle. Non volevo, ma lo facevo. Non riesco a controllare la rabbia che mi porto dentro. Per quanto mi sforzi, ho pensieri cattivi e faccio cose cattive. Questo fa di me una persona cattiva. Mia madre non lo capiva. Invece tu l'hai capito. Per questo sei venuta a prendermi. Hai capito come funziona la mia mente.»

Josie salì sull'ambulanza. Noah rimase ad aspettare fuori.

Si sedette accanto alla barella. «Rory...» gli disse, ma lui la interruppe prima che continuasse a parlare. «Ma tu mi hai anche creduto, riguardo a Adam. Credo che tu abbia cercato di aiutarmi anche se mi hai detto che dovevi consegnarmi. Perché mi avresti aiutato? Se sapevi cosa c'era nella mia testa, per quale motivo mi hai aiutato?»

Josie appoggiò i gomiti sulle ginocchia e si chinò verso di lui, sentendo finalmente tutto il peso della stanchezza. Noah avrebbe dovuto portarla in braccio fino alla macchina. «Mia nonna mi ha detto una cosa ieri, poco prima di morire. Ha detto il mio nome, mi sono avvicinata e mi ha sussurrato qualcosa all'orecchio.»

Rory si piegò in avanti verso di lei. «Che cosa? Che cosa ti ha detto?»

«Mi ha detto: "Ne valevi la pena. Ne sei sempre valsa la pena".»

Lui la fissò, con gli occhi spalancati, per un lungo momento. Poi chiese: «Che cosa significa?»

Josie rise. «Significa che valevo tutte le cose che ha fatto per me: crescermi, proteggermi, aiutarmi, tenermi al sicuro. Valevo tutto questo. Valevo ogni decisione che ha preso, quelle buone e quelle cattive. Rory, è così che tua madre si sentiva nei tuoi confronti. Per lei valevi tutto. Tutto.»

La testa gli ricadde sul cuscino. Emise un lungo sospiro e chiuse gli occhi. «Grazie.» disse.

Josie si trovava al centro dell'ingresso della pista di pattinaggio "Bob's Big Party" e si guardava intorno. C'erano praticamente tutte le persone che conosceva, ma anche diverse persone di cui sapeva appena il nome. I residenti della casa di riposo di Rockview Ridge erano seduti ai lunghi tavoli di fronte al bancone delle vivande, alcuni in sedia a rotelle, altri sulle sedie della pista con i loro deambulatori al fianco. La maggior parte degli altri si era accomodata lungo le panchine, cambiandosi le scarpe con i pattini a rotelle. La pista di pattinaggio era vuota, ma una grande palla da discoteca girava pigramente, proiettando puntini di luce da tutte le parti. Josie guardò Bob, il proprietario della pista, e uno dei suoi dipendenti che stavano spingendo un tavolo al centro della pista sul quale poi deposero due grandi vasi di fiori, una gigantografia di Lisette con un gran sorriso e la sua urna. Una volta sistemato il tutto, Bob tornò da Josie. «Sei pronta?» le chiese.

«Bob.» disse Josie. «Mia nonna ha organizzato tutto questo insieme a te. E io non ne avevo idea. Mi chiedi se sono pronta? Non lo sono affatto. Ma procedi lo stesso.»

Rise e si diresse verso la cabina del DJ. Trinity le atterrò addosso, instabile su un paio di pattini, e Josie la prese al volo prima che finisse a terra di faccia. La sorella si rimise in equilibrio e guardò i pattini di Josie. «Da quando sei così brava a pattinare?»

Josie scrollò le spalle. «Ci andavamo sempre quando andavo al liceo. La nonna si sentiva sempre in colpa perché la prima volta che mi avevano invitato a una festa di pattinaggio, che sarebbe stata anche la mia prima volta sui pattini, non potei andarci. Perché, beh...»

Trinity fece le virgolette con le dita. «Problemi di custodia. Sì, è così che li chiamano i rapitori di minori. Beh, devo ammettere che questo è il ricevimento funebre più strano a cui abbia mai partecipato. In assoluto. E sono praticamente una celebrità.»

«Tu sei una celebrità.» puntualizzò Josie.

«Beh, sì, è vero, lo sono, e questo resta comunque il funerale più strano del mondo. Anche se, pur avendo conosciuto Lisette per poco tempo, non posso dire di essere sorpresa.»

Le prime note di una canzone da discoteca si diffusero in tutto l'ambiente. «Non credo che volesse che lo chiamassimo funerale.» precisò Josie, gridando un po' per farsi sentire.

«Oh, giusto.» convenne Trinity. «Una celebrazione della sua vita. Ma, seriamente, a te va bene?»

Josie sorrise. «Mi stai chiedendo se mi va bene che mia nonna non ci sia più? No. Se mi stai chiedendo se mi va bene tutto questo...» Agitò una mano tutto intorno a sé mentre gli invitati iniziavano a riempire la pista di pattinaggio. «Sono abbastanza sicura che sia meglio di ogni funerale e di ogni celebrazione della vita a cui sono stata, e ne ho viste parecchie.»

Trinity la abbracciò. «Vado a cercare Drake.»

Josie la guardò andare via, pattinando per raggiungere Drake sulla pista e afferrandogli una mano. Lui le sorrise. La musica da discoteca ora rimbombava e la gente svolazzava lungo la pista, sollevando una brezza che accarezzava il viso di Josie.

Era difficile non sorridere. Ed era proprio quello il senso, secondo lei.

Lisette aveva vinto.

Due giorni dopo l'arresto di Rory, Josie aveva incontrato l'avvocato di Lisette. Nel suo testamento non c'era nulla di particolare. Viveva a Rockview Ridge da anni e non aveva più beni, solo una manciata di oggetti personali che aveva distribuito tra Josie e Sawyer. Le sue istruzioni per il funerale, invece, erano una questione tutta diversa. Sawyer era rimasto a guardare mentre Josie apriva la busta, estraeva un unico pezzo di carta e ne lisciava le profonde pieghe. Era lì dentro da tempo. Risaliva all'anno in cui Lisette si era trasferita a Rockview.

«Ha modificato il suo testamento l'anno scorso.» li aveva informati l'avvocato. «Ma ha lasciato quello. Ha detto che non c'era bisogno di cambiarlo.»

Il foglio conteneva due istruzioni: la prima era di cremarla e la seconda di chiamare Bob al numero indicato sotto.

«Chi diavolo è Bob?» aveva sbottato Josie.

Come si era scoperto, Bob McCallum era il proprietario della più vecchia pista di pattinaggio a rotelle di Denton. Josie non si era nemmeno resa conto che le piste di pattinaggio non erano sopravvissute nel ventunesimo secolo, ma la pista di pattinaggio di Bob, invece, aveva proseguito con la sua attività, proprio come diversi anni prima, quando Lisette aveva escogitato un'idea folle per il suo "funerale" e l'aveva fatta approvare da Bob.

«Vostra nonna aveva lavorato nella gioielleria di Campbell Street.» aveva spiegato Bob a Josie e Sawyer quando erano andati a trovarlo. «Vi ricordate?»

«Sì.» disse Josie.

«Mi aveva venduto l'anello di fidanzamento che usai per chiedere a mia moglie di sposarmi. Sono sposato da quarantasette anni. La cosa migliore che abbia mai fatto. Avrei fatto qualsiasi cosa per vostra nonna.»

«È ovvio.» aveva commentato Sawyer, ma Bob aveva completamente ignorato il suo sarcasmo, consegnando loro un'altra busta che conteneva istruzioni dettagliate e scritte a mano da Lisette sulla festa che voleva organizzare per celebrare la sua vita.

Nel giro di pochi giorni, il locale di Bob si era riempito di persone venute a rendere omaggio a Lisette. Josie si era aspettata una certa resistenza. Shannon aveva suggerito un compromesso: una piccola cerimonia alle pompe funebri al mattino e poi, nel pomeriggio, la festa alla pista di pattinaggio. Aveva funzionato e quasi tutti quelli che erano venuti alle pompe funebri si erano riuniti nel pomeriggio alla pista di pattinaggio, non solo a pattinare, ma anche a mangiare o semplicemente a ballare a ritmo di musica.

Josie osservò la folla, individuando Misty e Harris che pattinavano mano nella mano. Shannon pattinava avanti e indietro, aggirando le persone, mentre Christian si aggrappava al recinto che circondava la pista. Patrick, il fratello minore di Josie e Trinity, era venuto accompagnato dalla sua ragazza. Mettner e Amber si tenevano per mano mentre si muovevano in perfetta armonia, ondeggiando al ritmo della musica. Anche Gretchen si era rivelata particolarmente affezionata al muro, ma sembrava comunque che si stesse divertendo come una matta. Sua figlia Paula era da lei quella settimana e Gretchen l'aveva portata con sé. L'abilità di Paula nel pattinaggio era di gran lunga superiore a quella di sua madre e Josie vedeva che si stava divertendo molto a guardarla mentre cercava di trovare una tecnica per pattinare. Anche Chitwood era arrivato, anche se non aveva ancora rivolto parola a Josie e non stava pattinando. Era rimasto davanti ai tavolini con le vivande insieme ai residenti di Rockview Ridge. Anche la dottoressa Feist e alcuni membri del Pronto Soccorso erano in pista. Solo Sawyer rimaneva in disparte. Non si era ancora scusato per quello che aveva detto la sera in cui avevano sparato a Lisette, ma stavano mantenendo una tregua e questo era sufficiente per Josie. Non poté fare a meno di pensare a Emily. Probabilmente le sarebbe piaciuto essere lì, ma adesso lei era con Paxton e sua zia Karin. Stavano per vendere la fattoria di Reed e trasferirsi in Georgia per un nuovo inizio. Nella settimana trascorsa dalla morte di Adam Long, tutte le prove erano state analizzate per corroborare la sua confessione. Le sue impronte corrispondevano a quelle dell'ultima serie non identificata in casa Mitchell. Il suo gruppo sanguigno era o positivo e corrispondeva al gruppo sanguigno trovato sul fuoristrada. I tabulati del cellulare di Lorelei mostravano che lo aveva chiamato la mattina in cui lei e sua figlia Holly erano state ammazzate. Il caso era chiuso. Josie sperava solo che sia Paxton che Emily potessero trovare un po' di pace nei mesi e negli anni a venire. Come lei, anche loro avevano davanti un grande lutto da affrontare.

Un paio di braccia le cinsero la vita. Josie abbassò lo sguardo per vedere Noah che le allacciava le dita sul ventre, con la fede nuziale che ammiccava sotto le luci da discoteca. La baciò sul collo. «Stai bene?»

Era una battuta tra di loro. Non importava quanto fosse disordinata nel suo mondo interiore, Josie rispondeva sempre alla domanda "Stai bene?" con "Sto bene" e questo non aveva mai impedito a Noah di continuare a chiederglielo.

«Non lo so.» ammise Josie.

Lui sospirò tra i suoi capelli. «Non mi sembrava che avessi giurato di essere sincera nelle tue promesse. È una specie di gratifica questa, o cosa?»

Le venne da ridere. *Devo iniziare a provare tutte le mie emozioni*, pensò, ma non lo disse ad alta voce perché la musica si affievolì e la voce di Bob uscì dall'impianto di amplificazione. «Dove sono i miei sposini?» chiamò. «Qualcuno mi ha detto che ci sono degli sposi in casa! Posso avere Josie e Noah al centro, per favore? Josie e Noah?»

Josie si girò tra le braccia di Noah. «Mia nonna non avrebbe potuto pianificare anche questo...»

«No.» disse Noah. «L'ho fatto io.»

Tra gli applausi, i due raggiunsero il centro della pista sui pattini e Bob annunciò: «Posso avere tutti ai lati, per favore? Liberate la pista per questi novelli sposi. Questo è il loro primo giro di pattinaggio come marito e moglie.»

Noah le prese la mano e lei gli sorrise: «Questo è...»

Sentì le prime note della loro canzone nuziale riempire l'aria: "Bless the Broken Road" dei Rascal Flatts.

«Esattamente come avrebbe voluto Lisette!» concluse Noah al posto suo.

Josie annuì e lasciò che lui la tirasse a sé per un bacio.

UNA LETTERA DA LISA

Grazie per aver scelto di leggere *Silenzio piccolina*. Se questo libro vi è piaciuto e desiderate rimanere sempre aggiornati su tutte le mie ultime uscite, iscrivetevi al seguente link. Il vostro indirizzo e-mail non verrà mai condiviso e potrete disiscrivervi in qualsiasi momento.

italia.bookouture.com/subscribe/

Come sempre, per me è un piacere assoluto potervi presentare un altro libro di Josie Quinn. Se state leggendo questa mia lettera, significa che non vi siete arresi dopo quello che è successo a Lisette. Questo è stato uno dei libri di Josie Quinn più difficili che abbia scritto fino a oggi, ma mi auguro che a questo punto abbiate capito che, se Lisette doveva andarsene, era così che avrebbe voluto farlo. Senza contare che questo costringerà Josie a crescere ancora di più tanto sul piano intimo quanto su quello professionale. Perciò spero tanto che vogliate seguirla anche nella prossima puntata del suo viaggio.

In questo libro, parte fondamentale dell'attenzione è rivolta al disturbo ossessivo compulsivo e al modo in cui si manifesta nei bambini. Non si tratta solo del frutto delle mie ricerche, ma anche di un'esperienza profondamente personale. Io l'ho vissuto. Quella del disturbo ossessivo compulsivo è una condizione che conosco molto bene e una delle cose che spero possiate portare con voi dalla lettura di questo libro è che nel disturbo ossessivo compulsivo c'è molto di più del semplice bisogno di tenere tutto pulito e in ordine. Dire che è una patologia impegnativa è a dir poco riduttivo ed è per questo che gli specialisti che la trattano sono degli eroi. Detto questo, qualsiasi imprecisione nelle spiegazioni o nella rappresentazione che ne ho dato è da imputare esclusivamente a me.

Sono entusiasta di ricevere i commenti dei lettori. Potete mettervi in contatto con me attraverso i social media qui sotto, compresi il mio sito web e la mia pagina Goodreads. Inoltre, se ve la sentite, vi sarei molto grata se poteste lasciare una recensione e magari consigliare *Silenzio piccolina* ad altri lettori. Le recensioni e le raccomandazioni attraverso il passaparola sono di grande aiuto ai lettori che scoprono per la prima volta i miei libri. Come sempre, grazie mille per il sostegno e l'entusiasmo che dimostrate per questa serie. Significa molto per me. Non vedo l'ora di avere vostre notizie e spero di vedervi la prossima volta!

Grazie,

Lisa Regan

www.lisaregan.com

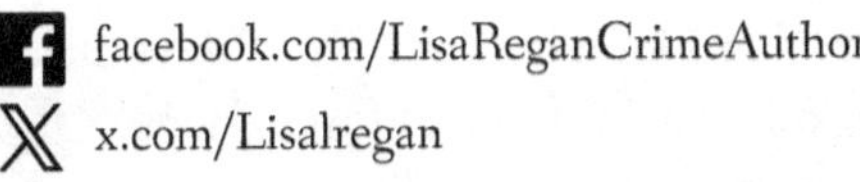

facebook.com/LisaReganCrimeAuthor

x.com/Lisalregan

RINGRAZIAMENTI

Meravigliosi lettori! Non riesco a credere che siamo all'undicesimo libro! Mi auguro che vogliate continuare questo viaggio insieme a me. Per me è stato molto difficile scrivere nel corso dell'ultimo anno, a causa delle condizioni in cui versa il mondo, ma la vostra incrollabile passione per questa serie mi ha fatto andare avanti ogni singolo giorno. Per questo sono infinitamente grata della vostra presenza e desidero ringraziarvi di cuore! Grazie, grazie, grazie!

Come sempre, per primi voglio ringraziare mio marito Fred e mia figlia Morgan per la pazienza e il sostegno che mi dimostrano. Un secondo ringraziamento va alle mie prime lettrici: Dana Mason, Katie Mettner, Nancy S. Thompson, Maureen Downey e Torese Hummel. Grazie a Cindy Doty. Grazie a Matty Dalrymple e Jane Kelly: le mie Prime Soccorritrici di Storie preferite! Voi due siete un regalo del cielo. Grazie alle mie nonne: Helen Conlen e Marilyn House; alla mia famiglia: William Regan, Donna House, Joyce Regan, Rusty House e Julie House; ai miei fratelli e alle mie cognate: Sean e Cassie House, Kevin e Christine Brock e Andy Brock; e grazie alle mie adorabili sorelle: Ava McKittrick e Melissia McKittrick. Grazie anche a tutti i soliti sospetti per aver sparso la voce: Debbie Tralies, Jean e Dennis Regan, Tracy Dauphin, Claire Pacell, Jeanne Cassidy, Susan Sole, la famiglia Regan, la famiglia Conlen, la famiglia House, la famiglia McDowell, la famiglia Kays, la famiglia Funk, la famiglia Bowman e la famiglia Bottinger! Vorrei ringraziare anche tutti i fantastici blogger e i recensori che hanno letto i primi dieci libri della serie su Josie Quinn o che l'hanno recuperata a metà strada. Apprezzo molto la vostra gentilezza! Grazie mille al sergente Jason Jay per aver risposto alle mie numerosissime domande a qualunque ora del giorno e della notte. Grazie a Lee Lofland per avermi aiutata a risolvere alcuni problemi legati alla procedura. Grazie a Ken Fritz per avermi aiutata con la scena della sparatoria. Grazie a Marcie Riebe e a Erin O'Brien Garcia per l'aiuto che mi hanno dato a risolvere tutte le questioni relative all'assistenza sociale. Vorrei poi ringraziare Jenny Geras, Kathryn Taussig, Noelle Holten, Kim Nash e tutto il team di Bookouture, compresi i miei adorabili copy editor e correttori di bozze, per aver reso questa impresa così scorrevole, così emozionante e così incredibilmente divertente. Infine, ma non per questo meno importante, ringrazio di cuore una delle persone che più apprezzo in tutto il mondo, l'impareggiabile Jessie Botterill, che mi ha sempre aiutata a risolvere ogni minimo problema e che mi ha praticamente tenuto la mano durante questo difficilissimo capitolo della vita della povera Josie. Lo dico sempre, ma è sempre vero: non potrei mai scrivere un libro senza di te, e non vorrei mai farlo! Sei la redattrice più adorabile, incredibile, intelligente e competente e sono veramente fortunata a poterlo fare con te!